HEYNE <

DAS BUCH

Das Leben der 28-jährigen Moni könnte so perfekt sein: Sie hat einen interessanten Job, ihre Traumwohnung und ist seit acht Jahren mit ihrem Mr. Right Jens glücklich. Wenn da nicht ihre peinlichen Eltern wären, die keine Gelegenheit auslassen, ihre unkonventionellen Ansichten und sexuellen Vorlieben in aller Öffentlichkeit kundzutun, und Moni immer wieder in die unmöglichsten Situationen zu bringen. Doch dann macht plötzlich auch noch Jens Ärger! Zum Glück hat Moni ihre besten Freundinnen, Saskia und Ellen, an ihrer Seite. Zusammen unternehmen sie einen Road Trip nach Sylt, der sich vollkommen anders als geplant entwickelt. Und dann ist da auch noch der gut aussehende Surfer-Typ Lennart ... Amouröse Turbulenzen bleiben da natürlich nicht aus, und Moni muss sich entscheiden – für Spießertum oder Freiheit!

DIE AUTORIN

Ursprünglich wollte Emma Flint Sportlehrerin werden, musste dann aber feststellen, dass nichts schwieriger ist, als Kindern den Felgaufschwung beizubringen, wenn man ihn selbst nicht kann. Also suchte sie einen garantiert felgaufschwungfreien Job und wurde Journalistin. Emma Flints Spezialität sind selbst gebastelte Adventskalender, lustige Mädelsabende (zur Not mit sich allein), ausgelassenes Tanzen (zur Not auch mit sich allein), Spaghetti mit Artischocken und das Ausdenken von Geschichten. *Ordnung ist nur das halbe Leben* ist ihr dritter Roman.

LIEFERBARE TITEL

Männer verstehen das nicht

Emma Flint

Ordnung ist nur das halbe Leben

Roman

WILHELM HEYNE VERLAG
MÜNCHEN

MIX
Papier aus verantwortungsvollen Quellen
FSC® C014496

Verlagsgruppe Random House FSC-DEU-0100
Das für dieses Buch verwendete FSC®-zertifizierte Papier
Holmen Book Cream liefert Holmen Paper, Hallstavik, Schweden.

Originalausgabe 01/2013

Printed in Germany 2013
Umschlaggestaltung: Eisele Grafik Design, München
unter Verwendung eines Fotos von © Magnus Ragnvid/GettyImages
Satz: Uhl + Massopust, Aalen
Druck und Bindung: GGP Media GmbH, Pößneck
ISBN: 978-3-453-43699-2

www.heyne.de

1

Der ganze Schlamassel mit meinen Eltern begann am Tag meiner Geburt. Es hatte lange nicht geklappt bei ihnen mit dem Kinderkriegen, und der Arzt hatte ihnen zu einem Tapetenwechsel geraten. Da sie es schon bei einem romantischen Wochenende in Paris, mehrfach in ihrem Dauerurlaubsort an der Costa Brava und zigmal zu Hause probiert hatten, wagten sie einen radikalen Tapetenwechsel und reisten auf den Selbstfindungssubkontinent, nach Indien. Berauscht von den Farben, den Menschenmassen und dem Duft nach Curry, Abgasen und Müll, vergaßen sie allen Stress und zeugten mich nach einer ausgiebigen Shoppingtour auf den seidenen Laken des Maharashtra Garden Resort. An diesem Tag wurde der Grundstein gelegt für eine Sammlung bizarrer Souvenirs – und für mich.

Überwältigt von ihren Gefühlen der Dankbarkeit, ließen sie sich bei meiner Geburt dazu hinreißen, mich nach dem Zeugungsort und dem Zeugungstag zu nennen. Mit anderen Worten: Sie brachten es tatsächlich fertig, mich auf den Namen Puna Monday Steckelbach zu taufen. Mein kleiner Bruder dagegen hatte mehr Glück. Der hieß Hannes. Warum der nicht nach seinen Zeugungsdaten benannt worden war, wollte ich von meinen Eltern wissen, kurz nachdem ich über die Vorgänge aufgeklärt worden war, die zur Entstehung von neuem Leben führten – also mit fünf.

»Nee, Puna«, sagte meine Mutter, »Köln-Porz Donnerstag klingt ja fürchterlich. Das kann man einem Kind nicht antun.«

Ich trug also einen Hippienamen, obwohl meine Eltern noch nicht mal Hippies waren. Was für eine unsinnige Aktion! Aber ich arrangierte mich mit meinem Namen. Seit der Grundschule erwähnte ich ihn nie wieder. Ich nannte mich Moni. Wenn ich erst mit Jens verheiratet wäre, wäre mein Name perfekt: Moni Hill. Mit meinen Eltern kam ich gut klar. Vor allem wenn ich nichts mit ihnen zu tun hatte.

Eine Zeit lang war es auch tatsächlich prima zwischen uns gelaufen, und zwar genaugenommen seit ich nach dem Abitur ausgezogen war bis letztes Jahr im Juni. Da machte Jens, mit dem ich seit acht Jahren zusammen war, mir an meinem achtundzwanzigsten Geburtstag einen Heiratsantrag. Aus irgendeinem unerklärlichen Grund fassten das meine Eltern als Aufforderung auf, wieder mit dem anzufangen, was sie am besten konnten: sich in mein Leben einzumischen. Das hatten sie schon immer gerne gemacht. Von Anfang an.

Das betraf mein Aussehen:

»Kurze Haare sind für Kinder am praktischsten.« – Ich sah mit meinem ausrasierten Nacken aus, als ob ich Jagd auf den Vietcong machen wollte.

Das betraf meine Kleidung:

»Kinder müssen fröhlich angezogen sein.« – Die schrillen Outfits von Lady Gaga waren nichts gegen die Farbenpracht meiner Klamotten.

Das betraf mein Spielzeug:

»Die Natur macht die schönsten Spielsachen.« – Meine Eltern waren der Überzeugung, dass Wasser, Sand, Matsch,

Stöcke und Steine als Beschäftigungsobjekte völlig ausreichten. Was für ein Blödsinn! Es ist doch allgemein bekannt, dass Eltern überhaupt keinen Schimmer davon haben, was Kinder brauchen und was nicht. Für mich gab es jedenfalls nichts Sinnvolleres als den Princess-Coralie-Schminkkopf samt Kosmetikkoffer und die Barbie-Hochzeitskutsche. Aber was bekam ich, wenn meine Eltern doch mal in einen Spielzeugladen gingen? Fantasie und Enttäuschung anregendes Pädagogenspielzeug aus unlackiertem Kiefernholz. Bah!

Auch in meine Freizeitbeschäftigungen mischten sie sich ein. »Es gibt nichts Besseres für Kinder, als draußen zu spielen«, behaupteten sie und sahen überhaupt nicht ein, dass meine Anwesenheit in meinem Zimmer zwingend erforderlich war, weil meine Barbie Kimberley, die mir Tante Marianne unter den missbilligenden Blicken meiner Eltern geschenkt hatte, gerade eine harte Zeit im Internat durchlebte. Sie schickten mich vor die Tür. Immer. »Es gibt kein schlechtes Wetter, nur falsche Kleidung«, sagten sie ungerührt, wenn ich wegen Platzregen oder Graupelschauern um Gnade bat.

Meinem Bruder machte auch das fürchterlichste Wetter nichts aus; er streifte liebend gerne herum, auf der Suche nach Tierkadavern oder knotigen Ästen oder Wurzeln, die aussahen wie Monster. Bei seiner schlammüberströmten Rückkehr wurde er von meinen Eltern für seine Funde immer über den grünen Klee gelobt, ganz so als wäre er ein abgerichteter Hund, der seinem Herrchen die Jagdbeute vor die Füße legte.

Natürlich wollte ich auch gelobt werden. Also begab ich mich ebenfalls auf die Pirsch. Von platt gefahrenen Fröschen und Mäuseleichen hielt ich mich natürlich fern. Ich wollte etwas richtig Tolles finden. Als ich auf dem Damm im Gras ein echtes Markstück entdeckte, wusste ich, dass meine Stunde gekommen war. Meine Eltern hatten recht gehabt. Im Freien spielen war das Allerbeste! Ich müsste einfach nur lange genug draußen sein, dann würde ich auf einen echten Schatz stoßen, meine Eltern würden sich gar nicht mehr einkriegen vor Freude über ihre schlaue Tochter, und ich würde mir all die schönen Spielsachen kaufen können, die ich schon immer haben wollte. Wenn das nicht genial war!

Anfangs suchte ich den Schatz im Sandkasten, entdeckte aber nur die klumpigen Hinterlassenschaften unserer Katzen. Dann lief ich jeden Tag mit auf den Boden gehefteten Augen den Radweg oder den Damm entlang und stürzte mich auf alles, was blinkte. Dabei fand ich aber nur Stanniolpapier aus Zigarettenschachteln, Dosenverschlüsse und anderen Müll. Also verlagerte ich meine Suche auf die Wiese hinter unserem Haus. Es war eine Streuobstwiese, ungefähr zwei Fußballfelder groß, die auf den ersten Blick idyllisch aussah, sich aber bei genauerem Hinsehen als feindliches Terrain entpuppte. Die Schatzsuche war überaus beschwerlich. Überall krabbelte und summte es. Man lief Gefahr, von Wespen, Bienen oder Mücken gestochen zu werden, die harten Gräser schnitten einem in die Hand, Disteln und Brombeeren schlitzten einem Beine und Arme auf, und Brennnesseln taten ihr Übriges. Außerdem war der Boden sowieso zu hart, als dass ich mit dem großen Spaten meines Vaters etwas hätte ausrichten können. Ich kam nicht mal knöcheltief in die Erde rein.

Frustriert von der Widerspenstigkeit der Erdkruste und genervt von dem zänkischen Dickicht am Boden kletterte ich auf einen Apfelbaum. Der Ausblick war schön, auch wenn ich leider von oben ebenfalls keinen Hinweis auf einen Schatz entdeckte. Das Blödeste aber war, dass ich alleine nicht wieder runterkam. Mein Bruder und meine Kusine Anja, die ein Jahr jünger war als ich, sahen mich, lachten und fingen dann an zu singen: »Auf der Mauer, auf der Lauer sitzt 'ne kleine Wanze.« Dann liefen sie davon, um auf Engels Weide ein paar sonnengetrocknete Kuhfladen zu holen, mit denen sie mich beschmeißen konnten. Ich brüllte um Hilfe.

Unser Nachbar, Herr Engels, rettete mich schließlich. Das war mir auch lieber, als wenn meine Eltern gekommen wären. Sie hätten es vermutlich als sportliche Herausforderung und moralische Lehre gesehen, mich alleine runterklettern zu lassen.

»Wer alleine hochkommt, muss auch alleine runterkommen«, sagten sie gerne, genau wie: »Ein paar Schrammen sind das sicherste Zeichen, dass man ein Abenteuer erlebt hat.«

Sollten sie doch selbst Abenteuer erleben! Machten sie natürlich nicht. Sie saßen gemütlich in ihren Sesseln und tranken Tee. Als mir das eines Tages bewusst wurde, wurde ich stutzig. Ich ließ mir nichts anmerken, aber der Samen des Zweifels an den Aussagen meiner Eltern war gesät.

Trotzdem gab ich noch nicht auf. Der Schatz wartete irgendwo auf mich; ich wusste es. Doch dann kam der Tag, an dem ich von einer Wespe gestochen wurde und mein Fuß anschwoll wie eine Apfelsine. Meine Eltern meinten, das sei reiner Zufall. Diese Wespe habe vorher von einer mit Pestiziden besprühten Blüte genascht, nur deswegen sei es möglich, dass mein Körper so reagiere.

Aber Tante Marianne sagte: »Nein, das Kind ist allergisch, und es ist lebensgefährlich, es draußen rumlaufen zu lassen.«

Meine Mutter hielt dagegen, dass meine ungewöhnliche Reaktion vielleicht auch nur von den Weichmachern in dem fiesen Plastikspielzeug komme, das mir Tante Marianne gekauft und das mich schon vergiftet habe.

Da ich Sorge hatte, dass meine Eltern mir meine schönsten Spielsachen wegnehmen würden, beruhigte ich alle und behauptete, der Stich sei überhaupt nicht schlimm und niemand solle sich Sorgen machen, es sei bestimmt wirklich nur Zufall gewesen.

Aber als mir Tante Marianne unter vier Augen sagte, ich könne jederzeit nachmittags zu ihr kommen und in Anjas Zimmer mit ihren Spielsachen spielen, die diese ja aus unerfindlichen Gründen sowieso nicht benutzte, da war ich unheimlich erleichtert. Anjas Spielzeugsammlung war legendär. Sie hatte all das, was ich mir immer erträumt hatte: ein großes Puppenhaus, Pferde samt Kutsche von Barbie und ein Set Putzgeräte mit Besen, Mini-Wischmopp und einem süßen kleinen Plastikstaubsauger, der sogar die typischen Geräusche machte. Aber Anja machte sich nichts aus dem ganzen Zeug, sondern spielte lieber freiwillig draußen.

Also gewöhnte ich mir an, meinen Eltern zu sagen, dass ich draußen spielen würde, um dann ein paar Straßen weiter zu meiner Tante zu laufen. Die freute sich, dass sie mit mir wenigstens »ein Mädchen« im Haus hatte. Wir sangen Lieder, kochten zusammen, und zur Belohnung für streifenfreies Putzen des Spiegels in der Diele bekam ich ein Dolomiti, bei dem die Kühlkette einwandfrei eingehalten worden war. Anders als bei uns zu Hause, wo Tiefkühlware gerne mal zwanzig Minuten rumstand, bevor sie ins Eisfach gesteckt wurde.

Tante Marianne schenkte mir auch die fast ungetragenen Kleider meiner Kusine, die Anja nicht mehr passten (sie war zwar ein Jahr jünger, aber schon immer ein ganzes Stück größer als ich) und die wirklich geschmackvoll waren im Gegensatz zu den bunten Fetzen, die meine Eltern für mich aussuchten. Zum ersten Mal verstand ich den Sinn des Satzes »Kleider machen Leute«, den Tante Marianne zu sagen pflegte. Ich wurde plötzlich viel weniger gehänselt in der Schule als vorher. Und Tante Marianne überzeugte ihre Schwester – meine Mutter – in einem großen Streit, dass ich mir die Haare wachsen lassen durfte.

Da es typisch war für meine Eltern, ihre Vorschriften als Vorschläge zu tarnen, behauptete meine Mutter hinterher, sie habe mir nie *verboten*, meine Haare wachsen zu lassen, sie habe nur das Beste für mich und mein feines, dünnes Haar gewollt, das einfach nicht geeignet sei für eine Langhaarfrisur. Mit zehneinhalb konnte ich zum ersten Mal eine Haarspange benutzen, die Sinn machte, und mit zwölf konnte ich mir endlich einen Pferdeschwanz binden. Es sah zwar nicht besonders gut aus – dafür war mein Haar tatsächlich etwas zu fein und dünn, aber ich betrachtete es dennoch als Erfolg. Nur die schnippischen Bemerkungen meiner Mutter nervten. Sie bemängelte zum Beispiel die Dauer des Trocknens nach dem Waschen und zwang mir eine Mütze auf, oder sie behauptete, dass es immer ziepe, wenn man lange Haare kämmt.

»Wenn mir Tante Marianne die Haare kämmt, ziept es nicht«, konterte ich, und daraufhin weigerte sich meine Mutter, mir fortan bei der Haarpflege zu helfen. Und das verbuchte ich dann wirklich als Erfolg, auch wenn ich nicht umhinkam, weiterhin ihre mäkelnden Blicke zu ertragen.

Als ich zu Hause auszog, reduzierten sich naturgemäß die Gelegenheiten für ungebetene Ratschläge und sinnlose Empfehlungen drastisch, und ich hoffte deswegen fälschlicherweise, meine Eltern hätten eingesehen, dass ich erwachsen war und mein eigenes Leben lebte. Doch seit dem Heiratsantrag drängten sie sich wieder monumental in den Vordergrund und setzten damit alles aufs Spiel, was mir wichtig war: meinen Mann und meinen Job.

Auf ihren oberpeinlichen Fernsehauftritt im letzten Sommer, der unsere Verlobungsfeier zu einer Katastrophe werden ließ, komme ich später. Zunächst möchte ich von dem Vorfall berichten, der dazu führte, dass mein neuer Job bei der Höveler & Wulf Vermögensverwaltungs-AG nach gerade überstandener Probezeit plötzlich wieder in Gefahr war.

Es passierte am Freitag, den 2. März. Mein Verlobter (ich liebe dieses Wort!) verbrachte die Mittagspause mit mir, anstatt wie sonst üblich mit seinem Chef. Auf dem Weg zu unserem Café nahm ich Jens' kräftige Hand und freute mich im Stillen, dass unsere Arbeitsplätze beide am Kölner Neumarkt lagen. An diesem Tag war ich nämlich ziemlich nervös, weil ich nachmittags eine Konzeptpräsentation für einen neuen potenziellen Mandanten aus der Abteilung Superreich machen musste. Ich hatte mir extra einen neuen Hosenanzug von Betty Barclay gekauft, der fast so schön war wie der von Valentino, der bei meinem Bewerbungsgespräch einen unschlagbaren Eindruck hinterlassen hatte. Trotzdem wollte ich mir für meinen Vortrag noch ein paar Tipps von Jens geben lassen, der bei so was total cool und souverän war.

»Bitte«, sagte er und hielt mir die Tür zum Café auf. Er war ein echter Gentleman und sah sehr gut aus. Mit dunkelbraunen, dichten kurzen Haaren, die er akkurat zur Seite kämmte, graugrünen Augen hinter einer eckigen Hornbrille, einer eher kurzen Nase und einem Mund, dessen Winkel nach oben zeigten, sodass er immer ein bisschen aussah, als würde er lächeln. Er war einen Meter zweiundachtzig groß und damit perfekt für mich, um mit meinen eins achtundsechzig zu ihm aufzuschauen. Er trug meistens Anzüge in Grautönen, was gut mit seinen Augen harmonierte und ihm eine noch vertrauenswürdigere Ausstrahlung gab. Wir bestellten Milchkaffee und Vollkornbrötchen mit Putenbrust und Salat.

»Also, worauf muss ich gleich besonders achten?«, fragte ich, dabei wusste ich eigentlich schon, dass ich vor allem langsam und deutlich reden und mich an mein Konzept halten sollte, aber auch auf Zwischenfragen gefasst sein musste.

»Bei dir klingt es immer so einfach«, sagte ich, nachdem Jens seine Ausführungen abgeschlossen hatte.

Er lachte geschmeichelt. »Ist es ja auch.«

»Für dich vielleicht«, stöhnte ich.

»Immerhin siehst du in dem Ding da ganz passabel aus.« Er deutete auf meinen neuen Hosenanzug.

»Danke! Jetzt muss ich gleich nur noch eine Schicht Make-up auftragen, um hektische rote Flecken zu überdecken.«

»Dabei fällt mir was ein«, wechselte Jens plötzlich das Thema. »Guck mal hier. Was habe ich da?«

»Wo?«

»Na, hier!« Er zeigte auf seinen Hals. Ich sah nichts und beugte mich deswegen näher zu ihm.

»Nicht so auffällig«, zischte er leise. Ich setzte mich wieder aufrecht. »Da, siehst du nicht diesen Fleck?« Er zeigte auf einen winzigen Punkt über seinem Kragen.

»Doch, jetzt sehe ich ihn. Undeutlich, aber ich sehe ihn.«

»Der ist neu, oder?«

»Ich weiß nicht«, sagte ich. »Vielleicht hast du ihn auch schon länger, und er ist dir nur nicht aufgefallen.«

»Oh Gott«, stöhnte er. »Meinst du wirklich?«

»Ich weiß es nicht!«

»Aber was könnte das sein?«

Ich zuckte mit den Schultern. »Geh zum Hautarzt, wenn du dir Sorgen machst.«

»Ja, ich glaube, das muss ich dann wohl machen.« Er seufzte, als stünde er schon mit einem Bein im Grab.

»Komm, Hase. Das wird schon nichts Schlimmes sein.« Ich tätschelte beruhigend seinen Arm.

Immerhin führte sein Anfall von Unsicherheit dazu, dass ich mich plötzlich souveräner fühlte. So konnte der Supermandant kommen! Als wir aus dem Café gingen, betrachtete ich Jens' Hals noch mal von Nahem. Dann fing ich an zu lachen.

»Was ist?«, herrschte er mich an.

»Süßer, das ist Filzstift. Ein kleiner Punkt von einem schwarzen Rollerpoint.«

»Echt jetzt?«

Ich nickte und sagte geschäftsmäßig: »Ich verschreibe Ihnen Wasser und Seife, dann sind Sie geheilt.«

»Danke, Frau Doktor!« Er lächelte erleichtert. »Ich wusste, dass Sie die Beste sind in Ihrem Fachgebiet.«

»Stets gerne zu Diensten, Herr Hill.«

Wir küssten uns kurz. »Meine Eltern haben gesagt, dass sie heute Mittag hier in der Nähe wären«, sagte ich. »Sie wollten Banjo mitbringen.«

»Oha«, machte Jens.

Banjo war mein Jack-Russell-Terrier, für den ich aufgrund der langen Arbeitszeiten unter der Woche nicht genügend Zeit hatte, was mir ein schrecklich schlechtes Gewissen bereitete. Aber da Jens sich von vornherein geweigert hatte, sich um meinen Hund zu kümmern (dies und »weder Hundehaare noch Hundegeruch in der Wohnung« waren seine Bedingung für eine gemeinsame Wohnung gewesen), blieb mir nichts anderes übrig, als meine Eltern zu fragen, ob sie Banjo während der Woche bei sich aufnehmen. Am Wochenende kam er zu uns, und wegen meines peniblen Hygieneplans hatte Jens auch nichts zu beanstanden. Für meine Eltern war es zum Glück kein Problem, ein Haustier mehr aufzunehmen. Erstens bot der ehemalige Bauernhof genug Platz, und zweitens arbeiteten beide überwiegend von zu Hause aus.

Mein Vater war staatlich geprüfter Restaurator und restaurierte für das Kölner Rautenstrauch-Joest-Museum antike Statuen und Möbel in seinem Atelier, das in der ehemaligen Scheune untergebracht war. Meine Mutter arbeitete als freie Journalistin für diverse Frauenzeitschriften, wobei ich die Bezeichnung »Journalistin« immer etwas übertrieben fand, da sie hauptsächlich Seitensprungs- und Krankheitsdramen der Kategorie »Mein Leben, mein Schicksal« schrieb, deren Wahrheitsgehalt niemand überprüfte und die sich auch in einem Groschenroman gut gemacht hätten.

Sie freuten sich, dass sie auf Banjo aufpassen durften, aber noch mehr begrüßten sie die Tatsache, dass ich jetzt zweimal die Woche vorbeikommen musste, um sonntagabends Banjo zu bringen und freitagabends wieder abzuholen. Bei der Gelegenheit konnten sie mir die neuesten Entwicklungen in meinem Leben aus der Nase ziehen und Ratschläge mit auf den Weg geben wie, dass ich auf keinen

Fall mehr Margarine essen dürfe, weil die gehärteten Pflanzenfette darin total ungesund seien, oder dass ich keine schwarze Kleidung mehr kaufen könne, weil da laut einem Fernsehbericht unheimlich viele Giftstoffe drin steckten, oder dass ich beim Kauf von Dielen immer auf irgendein Zertifikat zum Schutz der Regenwälder achten solle. Sie liebten es nämlich, die Welt mit ihren Weisheiten und ihrem neu gewonnenen Halbwissen zu beglücken. Aber all das nahm ich auf mich für meinen Hund, der dort totale Verwöhnung (futtertechnisch) und einen sehr großen Freiraum (auslauftechnisch) genoss und sehr vergnügt schien. Aber ich vermisste ihn natürlich sehr, und deswegen hätte ich ihn gerne an diesem Tag gesehen.

»Wartest du noch einen Moment mit mir?«, fragte ich meinen Verlobten.

»Nein, Möhrchen, ich muss los«, sagte Jens.

Ich schaute auf die Uhr. »Aber du hast doch noch zehn Minuten Pause.«

»Ich muss noch was vorbereiten«, sagte er, küsste mich auf die Stirn und eilte Richtung Saldo-Bank, in der er Leiter der Kundenbetreuung war. »Und lass dich nicht ärgern!«, rief er mir noch zu.

Ich musste lächeln. Er war so süß! Und ich konnte wirklich verstehen, dass er meinen Eltern lieber aus dem Weg ging. Das hätte ich auch gemacht, wenn sie nicht meine Eltern gewesen wären.

Weil ich ebenfalls noch ein paar Minuten Zeit hatte bis zu dem Termin mit unserem neuen möglichen Mandanten, hielt ich Ausschau nach meinem Hund. Es wäre schön gewesen, kurz sein niedliches Gesicht mit den lustigen Augen zu sehen und sein struppiges braun-weißes Fell zu streicheln. Doch ich konnte ihn nirgends erblicken. Nun denn, das wäre auch wirklich ein Zufall gewesen, dachte ich und wandte mich zum Gehen.

Da hörte ich plötzlich merkwürdige Geräusche, die ich nach ein paar Sekunden als Trillerpfeifen, Rasseln und Trommeln identifizierte. Eine Gruppe Demonstranten war am anderen Ende des Platzes aufgetaucht und kam in meine Richtung. Wogegen sie protestierten, konnte ich nicht erkennen, es war mir auch herzlich egal. Ich wollte schon zu meinem Büro eilen, da erregte eine Person in der ersten Reihe meine Aufmerksamkeit. Sie trug einen roten Poncho. War das etwa – meine Mutter?

In ihrem letzten Urlaub in Bolivien hatte sie sich (wie immer) in die landestypische Kleidung verliebt. Dass sie jedes Mal mit folkloristischen Gewändern aus der Ferne zurückkehrte, hatte zwei Gründe: Erstens wiesen diese meist recht abenteuerliche Kolorierungen auf, und meine Mutter fand farbenprächtige Kleidung eben nicht nur für Kinder, sondern auch für Erwachsene angemessen. Und zweitens fiel sie damit natürlich auf wie der sprichwörtliche bunte Hund, was wiederum bei Anwesenden zu Fragen führte wie: »Wie um alles in der Welt kann man nur so rumlaufen?« Oder – und das war eher das, was die Leute laut fragten: »Wo bekommt man denn solche Kostüme?« Und das war dann der perfekte Auftakt für einen detaillierten Reisebericht, den meine Eltern wie nach einem einstudierten Skript vorbrachten und beliebig oft reproduzieren konnten, einschließlich der eingestreuten Lacher meiner Mutter über die Pointen, die mein Vater mit seiner Laientheaterstimme vorbrachte. Die Reise nach Indien, auf der ich gezeugt wurde, hatte damals auf meine Eltern wie ein Aphrodisiakum gewirkt, auch was die Liebe zu exotischen Ländern anging.

»Wenn wir Indien geschafft haben, schaffen wir alles«, pflegten sie zu prahlen, als ob sie damals auf eigene Faust einen tollkühnen Survivaltrip durch die finstersten Gebiete des Subkontinents gemacht hätten und nicht eine geführte Gruppenreise im klimatisierten Bus. Jedenfalls waren sie der Auffassung, dass sie die ganze Welt bereisen müssten und sich auch überall zurechtfänden, solange es nur ein »Minimum an Infrastruktur« gäbe. Damit meinten sie eine Fünf-Sterne-Anlage, die sie nur zu organisierten Trips zu verlassen brauchten. Denn auch wenn sie zu Hause nicht gerade Wert auf Hygiene legten (weil sie Besseres zu tun hatte, als dauernd zu putzen, wie meine Mutter immer sagte), bevorzugten sie in der Fremde das Sicherheitsgefühl, das ihnen ein luxuriöses Ambiente mit Annehmlichkeiten wie Reinigungspersonal, Zimmerservice und hauseigener Cocktailbar vermittelte. Aber am meisten genossen sie ihren Urlaub sowieso zu Hause – dort, wo die bewundernden Blicke und neugierigen Fragen von Nachbarn, Freunden und Verwandten auf sie warteten und sie ihre extravaganten Reisen jedes Mal in aller Ausführlichkeit schildern konnten.

Bei der letzten Reise hatte meine Mutter einen knallroten Poncho aus Alpakawolle und einen dieser runden, schwarzen Hüte gekauft, wie sie die Frauen in den Anden trugen. Er stand meiner Mutter nicht schlecht, vor allem verdeckte er ihre neue auberginefarbene Fransenfrisur, die sie sich in einem übereilten Entschluss von ihrem Friseur hatte aufschwatzen lassen.

Auch mein Vater war auf den Hut gekommen und hatte sich ein Indiana-Jones-Modell zugelegt, das er gerne mit seiner geliebten Lederjacke kombinierte. Immerhin verkniff er es sich, mit einer Peitsche rumzufuchteln. Mit seinen grau melierten kinnlangen Haaren, die er mit etwas Gel zurückkämmte, und seinem Bartensemble, bestehend aus einem gezwirbelten dunklen Schnurrbart und einem weißen Kinnbärtchen, sah er ein bisschen aus wie ein spanischer Edelmann. Allerdings hatte er sich in letzter Zeit etwas gehen lassen und einen ziemlich runden Bauch bekommen. Da er ansonsten immer noch recht schlank war, sah es jetzt so aus, als klammerte sich unter seinem Hemd ein dicker Koalabär an seiner Taille fest.

Eine zierliche Frau im roten Poncho und ein großer beleibter Mann mit Hut – das konnten nur meine Eltern sein. Banjo entdeckte ich nun auch, der – zu meiner Erleichterung – an der Leine vor ihnen her lief. Jetzt konnte ich auch die Plakate lesen und entzifferte folgende Forderung auf dem Spruchband, das vornweg getragen wurde: *Keine neue Landebahn*. Das Plakat, das mein Vater trug, hatte die Aufschrift: *Natur statt Beton!*

Meine Eltern auf einer Demo! Das war ja mal wieder ganz was Neues. Aber Überraschungen aller Art waren ihre Spezialdisziplin. Sie machten gerne aus allem ein Geheimnis, um dann ganz plötzlich mit einem neuen Hobby, einem neuen Outfit oder irgendeiner anderen wahnwitzigen Idee um die Ecke zu kommen und sich an den verwunderten Mienen ihrer Familie, Freunde und Bekannte zu ergötzen. Jetzt protestierten sie also gegen den geplanten Flughafenausbau.

Der Flughafenausbau!

Plötzlich wurde mir heiß. Sie dürfen mich hier nicht sehen, schoss es mir durch den Kopf. Oder anders gesagt: Ich durfte auf keinen Fall in dieser Situation mit meinen Eltern gesehen werden! Das würde sich gar nicht gut machen – weder bei unserer empfindlichen Klientel noch bei unserem reizbaren Chef. Zum Glück waren sie noch weit genug weg auf dem Platz, jenseits der dreispurigen Straße. Ich würde es schaffen, in mein Büro zu verschwinden, ohne dass ein zufällig vorbeischlendernder Kollege die verhängnisvolle Verbindung zwischen mir und den Demonstranten entdecken und weitertratschen konnte.

Ich drehte mich um, um zu unserem Bürogebäude zu hasten, da trat ausgerechnet mein Chef aus einem Straßencafé. Er kniff wegen der Sonne die Augen zusammen, und ich dachte, ich könnte noch unbemerkt vorbeischlüpfen, da rief er schon: »Hallo, Moni!«

Ich zwang mich stehen zu bleiben, obwohl alles in mir schrie: *Lauf!*

Zacharias Höveler kam auf mich zu, leicht gebräunt und federnden Schrittes, ein gewinnendes Lächeln auf den Lippen. Die Sonnenstrahlen reflektierten sich in seiner Armani-Sonnenbrille, die er in seinem kurzen, braunen Haar stecken hatte wie ein Krönchen. Er trug einen dunkelblauen Maßanzug. Das silberne Dreieck des akkurat gefalteten Einstecktuchs schimmerte auf seiner Brust wie ein Orden der Eleganz.

Neben ihm ging ein großer, schlanker Mann mit aschblondem, kurzem Haar, deutlich lässiger gekleidet mit Jeans, kariertem Hemd und Cordjackett und mit dem entspannten Gesichtsausdruck eines Menschen, der bei niemandem einen guten Eindruck erwecken musste, da sein Bankkonto dies schon für ihn erledigte.

»Moni, darf ich Ihnen unseren neuen Mandanten vorstellen, Herrn Gunther Bogert«, sagte Höveler mit dieser Stimme voll jovialen Selbstbewusstseins, das man haben muss, um Leute dazu zu bringen, ihr Vermögen in unsere Hände zu legen.

Das war er also. Der neue Supermandant, den mein Chef schon seit Wochen umgarnte. Gunther Bogert, der schwerreiche Besitzer der Hotelkette Bogerts Best. Und Hauptinvestor des Flughafenausbaus.

Ich gab ihm die Hand. »Schön, dass Sie Höveler & Wulf Ihr Vertrauen schenken«, sagte ich nervös.

»Noch habe ich mich nicht entschieden«, erwiderte Bogert, ohne eine Miene zu verziehen. »Muss erst sehen, ob Sie mein Vertrauen verdienen.«

In diesem Moment schwollen die Trillerpfeifen und Rasseln der Demonstranten zu einem Dröhnen an. Die Männer bemerkten jetzt auch den Protestzug, der sich anschickte, die dreispurige Straße zu überqueren, um auf den Bürgersteig zu gelangen – auf dem wir standen.

»Das gibt es doch gar nicht!«, rief mein Chef erstaunt, als er gewahr wurde, wogegen hier protestiert wurde.

»Das ist ja ein Zufall«, kommentierte Bogert trocken.

In zwei Minuten würden sie uns erreicht haben. Mir brach der Schweiß aus. Wenn herauskäme, dass meine Eltern hier und jetzt gegen den Flughafenausbau protestierten, wo ausgerechnet heute Nachmittag der Hauptinvestor Gunther Bogert anwesend war, weil er bei uns einen Termin hatte, würde ich natürlich sofort unter Verdacht geraten, ihnen einen Tipp gegeben zu haben.

»Ja, was für ein Zufall«, sagte ich schrill.

»Was für Spinner!« Mein Chef verzog angewidert das Gesicht.

»Genau! Können diese Spinner nicht woanders ihre kleine Parade abhalten?«, rief ich.

Eine Frau im langen Wollrock mit fettigen Haaren, die mit ihren beiden kleinen Kindern mit bunten Strickmützen neben uns stand, warf mir einen mürrischen Blick zu. Als sich unsere Blicke trafen, schaute sie nicht sofort weg. Das irritierte mich. Kannte ich sie? War sie vielleicht eine ehemalige Schulkameradin? Ach, es war so blöd, wenn man entfernt bekannte Leute irgendwo anders traf als normalerweise. Da musste man immer überlegen, wer das jetzt war. Wie letztens, als ich meine Nachbarin im Supermarkt nicht auf Anhieb erkannt und deswegen nicht gegrüßt hatte und sie mich seitdem ignorierte wie eine Aussätzige.

Damit ich nicht wieder in einen Fettnapf trat, nickte ich der Frau knapp zu und wandte mich dann wieder an meinen Chef und Gunther Bogert. »Kommen Sie«, sagte ich. »Lassen Sie uns ins Büro gehen – das brauchen Sie sich doch nicht anzutun.«

»Nee«, knurrte Bogert. »Das guck ich mir an. Ist immer gut, seine Feinde zu kennen.«

Ich schluckte. Was sollte ich bloß tun? Meine Eltern würden mir garantiert zuwinken oder, noch schlimmer, mich vielleicht sogar mit meinem Taufnamen rufen, weil sie äußerst lernresistent waren, was das anging. Ich hatte ihnen zwar schon hundertmal gesagt, dass sie mich Moni nennen sollten, aber der Name, der in meinem Pass stand und der sie an einen Augenblick der höchsten Verzückung erinnerte, rutschte ihnen immer wieder raus. Und zwar in den unmöglichsten Situationen.

Wie zum Beispiel damals, 1993, sechste Klasse. Vor Beginn der weiterführenden Schule hatte ich – aus Schaden wird man klug – in einem langen Brief die Schulleiterin des Gymnasiums angefleht, dass kein Lehrer jemals meinen Taufnamen erwähnen sollte, da ich in der Grundschule genug darunter gelitten hätte. Das Lehrerkollegium schien ein Einsehen zu haben und hielt sich daran. Ich war Moni – und ich war glücklich damit.

Dann kam das Schulfest. Ich hoffte, ich könnte den Besuch meiner Eltern vermeiden, weil sie sich gerade in einer äußerst merkwürdigen Phase befanden, die mit ihren bevorstehenden vierzigsten Geburtstagen zu tun zu haben schienen. Jedenfalls hatten sich beide zu einer äußerst hirnverbrannten Aktion hinreißen lassen und sich Tätowierungen zugelegt: eine Rose (Schulter, meine Mutter) und einen springenden Tiger (Brust, mein Vater), die sie in diesem Sommer gerne mit entsprechend knapper Bekleidung vorgezeigt hatten. Ich schämte mich sehr für dieses ungebührliche Verhalten und fragte mich, warum es keine gesetzlich vorgeschriebene Frist für Eltern gab, bis wann sie erwachsen geworden sein mussten.

Als sie beim Schulfest auftauchten, hatte ich gerade mit einigen anderen den Stand zum Thema »NRW zur Zeit der Römer« aufgebaut. Zunächst war ich von ihrem Erscheinungsbild positiv überrascht. Denn zum Glück präsentierten sie nicht ihren frisch erworbenen Körperschmuck, sondern den Grunge-Look, der auch Gartenarbeits-Look genannt werden könnte. In ihren Jeans und den bunten Holzfällerhemden sahen sie jedenfalls zu meiner großen Erleichterung weder übergeschnappt noch exzentrisch aus, sondern dankenswerterweise einfach nur ein wenig ungepflegt. Ich wollte mich gerade freuen, ihnen unser Projekt erklären zu dürfen, da riefen sie: »Puna Monday, da habt ihr euch aber Mühe gegeben!«

Ich werde das belustigte Funkeln in den Augen meiner Klassenkameraden niemals vergessen. Die normale Moni war verschwunden, jetzt war ich nur noch die verrückte Puna Monday, das gefundene Fressen für alle Aasgeier. Heulend rannte ich raus und setzte nie wieder einen Fuß in diese Schule.

Und so ähnlich würde es mir heute ergehen, wenn rauskäme, dass ich einen Hippienamen trug und mit diesen Umweltschützern unter einer Decke steckte. Das wäre nicht gut. Überhaupt gar kein bisschen gut. Bei unserer Klientel war ein makelloser Ruf entscheidend. Bei dem leisesten Verdacht auf eine linke oder grüne Gesinnung oder andere Befindlichkeitsstörungen würden die Leute mir nicht das Wertvollste anvertrauen, was sie im Leben besaßen: ihr Geld.

Die Demonstration steuerte jetzt genau auf uns zu. Meine Mutter und mein Vater in der ersten Reihe. Etwas hinter ihnen entdeckte ich ein Schild, auf dem stand: *Boykottiert Bogerts Best.* Der Weg zu unserem Büro war bereits abgeschnitten. Ich ging hinter dem groß gewachsenen Bogert in Deckung und überlegte fieberhaft.

»Hey«, sagte Höveler. »Dieses verrückte Pärchen da vorne kenne ich! Die wohnen in dem Ort, wo ich jetzt wohne. Das ist der Puff-Louie mit seiner Frau.«

Ein Schauder lief mir über den Rücken.

»Puff-Louie!«, lachte Bogert.

»Witzig, was? Wie der richtig heißt, weiß ich überhaupt nicht«, stellte Höveler fest. »Bei uns im Ort wird er einfach nur Puff-Louie genannt.«

Mein Vater hatte den Spitznamen *Puff-Louie*?

»Wie ist der denn zu dem Namen gekommen?«, fragte Bogert.

»Der war letztes Jahr im Fernsehen, in so einer Schmuddelsendung«, sagte Höveler und betrachtete meinen Vater mit einem verächtlich-neugierigen Blick.

»Sie meinen doch den mit dem Hut, oder?«, fragte Bogert.

»Ja«, antwortete Höveler, »den mit dem Hut und dem Hund.«

Oh mein Gott! Banjo. Natürlich! Er würde mich riechen,

auch wenn ich mich hier hinter Bogert versteckte. Er würde mich bemerken, auf mich zurennen und meine Eltern mitziehen. Und dann: Gute Nacht, Moni, zukünftige Hill, Wertpapierspezialistin, Guten Tag, Puna Monday Steckelbach, Tochter von Puff-Louie, dem grünen Protestler!

Ich musste hier weg! Aber wie?

»Da wir ja sowieso warten müssen, bis der Spuk vorbei ist, wäre es doch eine gute Gelegenheit, Frau Steckelbach, wenn Sie Herrn Bogert schon mal eine kleine Kostprobe geben würden, was Sie ihm anzubieten hätten.« Mein Chef nickte mir aufmunternd zu.

Verflixt und zugenäht. Was ich ihm anzubieten hätte? Keine Ahnung! Jedenfalls nicht jetzt. Die Demonstranten waren nur noch gute zwanzig Meter von uns entfernt. Aus dem Augenwinkel sah ich, dass die Frau mit den fettigen Haaren und den zwei Kindern mich immer noch argwöhnisch beobachtete. Ich dachte gerade darüber nach, was sie wohl von mir wollte, und bemerkte zu spät, dass Bogert einen halben Schritt zur Seite trat und damit meine Deckung öffnete. Dann ging alles ganz schnell. Meine Mutter sah mich. Sie stieß meinen Vater an. Jetzt hatten mich beide entdeckt. Ich drehte mich ab.

»Moni?«, erinnerte mich mein Chef an seine Anweisung.

»Aber«, stammelte ich, »wir müssen hier weg. Was ist, wenn die Demonstranten Herrn Bogert erkennen?«

Noch fünfzehn Meter. Meine Mutter winkte in unsere Richtung.

Mein Chef schaute verwirrt. »Meint die mich?«

Mein Vater ließ Banjos Leine los.

»Das wird nicht passieren«, sagte Herr Bogert gelassen. »Ich lasse mich nie fotografieren, und deswegen kennt mich auch keiner.«

»Darauf können wir uns nicht verlassen!«, rief ich panisch. »Schnell, Herr Bogert!« Ich packte ihn am Arm. »Hier entlang!«

Der biestige Fettkopf mit den zwei Kindern kreischte: »Was? Das ist Bogert? Hey, habt ihr das alle gehört? Das ist Gunther Bogert, der Mann, der die Natur zerstört!«

Sie holte ein iPhone aus dem wollenen Rock, und noch bevor Bogert flüchten konnte, hatte sie ihn fotografiert.

2

Es dauerte keine zwei Stunden, da war das Bild online. Die Frau hatte genau in dem Moment geknipst, in dem ich Bogert durch einen Ruck aus dem Gleichgewicht gebracht hatte. Die ganze Selbstgefälligkeit war aus seinem Gesicht gewichen, das ebenso schief in der Luft hing wie er. Er sah verblüfft aus, so als ob ihn die Existenz von Problemen, die nicht mit Geld zu lösen waren, völlig überraschte.

Das Einzige, was mich etwas beruhigte, war, dass wenigstens ich anonym bleiben würde. Von mir war zum Glück nur der Mantelärmel auf dem Foto zu sehen, wie ich auf der Facebook-Seite des Bürgervereins feststellen konnte. Auch auf Youtube war bereits ein Video von der Demo hochgeladen worden, in das das Foto von Bogert hineingeschnitten und mit düsterer Musik unterlegt worden war. In der Kombination wirkte er wie das größte Schwein des Universums. Mist.

Wieso lebten die Naturschutzheinis von heute nicht mehr hinter dem Mond? Wenn sie erst umständlich Flugblätter hätten drucken und verteilen müssen, wäre mein Fehler vielleicht nicht ganz so monströs gewesen. Aber so war es eine Katastrophe! Kaum verwunderlich, dass Höveler & Wulf nicht das Vertrauen von Gunther Bogert hatte gewinnen können. Er war abgesprungen, der Superdeal geplatzt. Mein Chef war mehr als sauer.

»Was war nur mit Ihnen los?«, brüllte Höveler mich an,

als ich mit schwitzenden Händen vor seinem Schreibtisch stand. »Sind Sie von allen guten Geistern verlassen?«

Er machte eine Pause und funkelte mich finster an. Ich betrachtete den Bonsai auf seinem Schreibtisch, eine faszinierende Miniatureiche, bestimmt schon dreißig Jahre alt, aber nicht höher als eine Tulpe. Da Höveler nichts weiter sagte, fasste ich das als Aufforderung auf, mich doch zu seiner Frage zu äußern. Doch gerade als ich den Mund aufmachte, um ihm zu versichern, dass ich natürlich noch bei Trost sei, schrie er weiter: »Und warum sind Sie weggerannt, als wäre der Teufel hinter Ihnen her?«

Der zweite Geschäftsführer, Matthias Wulf, hatte sich zu ihm gesellt. Er stand in seinem steingrauen Anzug neben dem Chefsessel von Höveler und schaute mich an. Er war einer, der nicht schrie, sondern nur starrte. Die ganze Enttäuschung der Welt hatte sich in seine fleischigen Gesichtszüge gemeißelt und sie zu einer feisten Maske der stummen Anklage werden lassen.

Nun, auf diese Frage fiel mir wenigstens schnell eine vernünftige Antwort ein. »Da war dieser Hund«, stammelte ich.

»Ein Hund?«, fragte Wulf.

Ich nickte bestätigend. »Ja, und er wollte mich beißen.«

Höveler war für einen Moment so fassungslos, dass er sogar vergaß, zu schreien. »Sie sind vor diesem kleinen Hund weggerannt? Diesem Puna?«

»Äh. Ja«, sagte ich und guckte verschüchtert auf meine Schuhe. Jedenfalls hoffte ich, dass ich einen verschüchterten Eindruck machte, der seine Wut ein wenig abmildern würde. Ich meine, wenn es vorher schon ungünstig gewesen wäre, meine Blutsverwandtschaft zu den Demonstranten zu offenbaren, war es nach Enttarnung von Gunther Bogert schlichtweg unmöglich gewesen. Das hätte wie Vorsatz ausgesehen! Wie ein perfider Plan, um seine Person bloßzustellen und ihn der Rache der Fluglärmgeschädigten und Vogelschützer preiszugeben. Ich wäre völlig unten durch gewesen. Also hatte ich das Logischste gemacht, was man hätte machen können. Ich hatte mich umgedreht und war gerannt. Die Rufe meiner Eltern nach mir hatte ich ignoriert. Da Banjo das natürlich als Spiel aufgefasst hatte, war er mitgelaufen.

»Der Hund hieß Puna?« Diese Information brachte sogar Matthias Wulf dazu, sein Schweigen zu brechen.

Höveler nickte, ohne mich aus den Augen zu lassen.

»Was für ein blödsinniger Name.« Matthias Wulf schüttelte den Kopf. »Ich hasse Hunde«, fügte er hinzu, bevor er wieder in seiner mahnenden Pose erstarrte.

»Und wo waren Sie danach so lange?«, schrie Höveler. Ich biss mir auf die Lippen und suchte fieberhaft nach einer überzeugenden Ausrede. »Ich …«

Ich war zu meiner Freundin Ellen gerannt, die nicht weit weg wohnte und noch in Elternzeit war, und hatte sie gebeten, ausnahmsweise auf Banjo aufzupassen und ihn später zu meinen Eltern zurückzubringen. Da ich völlig aufgelöst war, hatte sie zugesagt.

»Ich – äh, habe mich geschämt«, sagte ich und wurde knallrot. Ich senkte noch ein bisschen mehr den Kopf zum Zeichen, dass ich meinen Fehler voller Demut einsah.

Höveler sog geräuschvoll die Luft ein. Vermutlich ging ihm jetzt ein Licht auf, dass er mir doch nur wegen des Valentino-Outfits den Job gegeben hatte.

»Das sollten Sie auch«, brüllte Höveler mit sich überschlagender Stimme. »Aber wenn Sie sich das nächste Mal schämen, dann tun Sie es wenigstens nicht während Ihrer Arbeitszeit!«

»Ja, Herr Höveler.«

»Nur weil Sie die Probezeit überstanden haben, heißt das nämlich nicht, dass Sie sich hier solche Fehler leisten können. Wissen Sie, was uns heute durch die Lappen gegangen ist durch Ihr unprofessionelles Verhalten?«

Ich nickte und sagte kleinlaut: »Ich mach es wieder gut.«

»Das müssen Sie auch!«, tobte Höveler. »Und jetzt gehen Sie in Ihr Büro, und verschaffen Sie unseren verbliebenen Kunden einen Haufen Geld!«

Matthias Wulf schüttelte mitleidig den Kopf, was mich fast noch mehr zermürbte als die Schreierei von Höveler.

Ich trat auf den Flur, Kopf knallrot, Achselhöhlen verschwitzt, Gehirn geschreddert. Mein Kollege Ilja stand vor dem Sideboard im Empfangsraum und blätterte scheinbar interessiert einen Firmenprospekt durch. Als er die Bürotür von Höveler hörte, legte er ihn zurück und schlenderte gelassen auf mich zu, dabei schlenkerte er wie immer seine gigantische Breitling-Uhr, die am rechten Handgelenk hing wie eine Handschelle.

»Ah, Steckelbach. Da hast du dir ja ein Ding geleistet. Alle Achtung, gute Arbeit.« Sein breiter Mund verzog sich zu einem Grinsen. »Man könnte fast meinen, du arbeitest mit den Gegnern des Flughafenausbaus zusammen.«

Er beugte sich näher zu mir, und ich konnte sein Rasierwasser riechen, das mir immer leichte Übelkeit verursachte.

»Schade, Steckelbach. Ich hatte nämlich echt gute Pläne für Bogert. Wegen dir geht mir sehr viel Kohle durch die Lappen. *Sehr* viel.« Er lachte bitter, drehte sich um, und ließ mich verstört stehen.

Mist. Auch wenn ich gegen ein bisschen Konkurrenz unter Kollegen nichts hatte, wollte ich aber niemanden zum Feind haben. Schon gar nicht Ilja. Ilja Jansen kümmerte sich für unsere Kunden um Immobilien, Beteiligungen und Grundstücksspekulationen. Als ich hier angefangen hatte, war er mir sympathisch gewesen. Zugegebenermaßen vor allem weil er mich ein bisschen an George Clooney erinnerte, aber viel jünger war. Nicht dass ich mich für andere Männer interessierte – ich hatte ja meinen Jens und war verlobt. Aber auch eine Verlobte ist nicht blind. Ilja war Mitte dreißig, hatte dunkelbraune Augen und schwarze Haare mit ein paar grauen Strähnen an den Schläfen und trug meistens schwarze Anzüge mit schwarzen Hemden. Bei meinem Jens sah diese Kombination sehr morbide aus und erinnerte an einen übereifrigen Leichenbestatter. Aber Ilja stand das – und er wusste das auch. Er war sehr freundlich auf mich zugegangen und hatte mich mit seiner selbstsicheren Ausstrahlung gleich für sich eingenommen. Doch als ich nicht auf seine Einladungen für den Feierabend einging, bekam seine nette Fassade die ersten Risse. Und als ich einige gute Deals an der Rohstoffbörse abschloss, die dem Chef sehr positiv aufgefallen waren, erkannte er auf einmal doch, dass ich nicht nur ein dekoratives Element war.

Bei Höveler & Wulf gab es jedes Jahr einen Bonus für den Mitarbeiter, der für unsere Kunden die meisten Gewinne verbuchen konnte. Ilja hatte ihn in den vergangenen zwei Jahren bekommen. Aber natürlich hatte ich vor, diesen selbst einmal einzustreichen und Jens mit einer Reise auf die Malediven zu überraschen. Bisher lag ich auch ganz gut im Rennen – auf Platz drei.

Ich ging in mein Büro, das ich mir mit Sören teilte, einem sehr talentierten Trader, der sich auf den Handel mit Devisen spezialisiert hatte. Da ich davon ausging, dass mein Fehlschlag mit Gunther Bogert schon die Runde gemacht hatte, erwartete ich auch von ihm eine blöde Bemerkung.

»Hey, Sören«, sagte ich und blieb einen Moment stehen, um die Verbalattacke aufrecht hinnehmen zu können.

Aber er hing nur wie immer wie hypnotisiert vor seinen vier Bildschirmen und stopfte mit der Linken Marshmallows in sich rein, während er mit der Rechten die Maus bediente. »Ah, Moni. Wie war die Mittagspause?«

Die war eigentlich schon zweieinhalb Stunden vorbei, aber das sagte ich nicht. Ich war einfach erleichtert, dass er mich nicht fertigmachte, weil ich in der Mittagspause unsere Firma mal eben um ein Million-Dollar-Baby gebracht hatte.

»Gut«, antwortete ich erleichtert. »Heute ist echt schönes Wetter.«

»Nieselregen und fünf Grad würde ich nicht schön nennen«, murmelte Sören.

»Hä? Es sind angenehme achtzehn Grad und Sonnenschein.«

»In London?«

»Nicht in London. Draußen!«

»Ach so.« Sören wandte den Blick zu dem Smartphone, das stets neben ihm lag. Er blätterte ein bisschen, bis er auf die Seite mit der aktuellen Wetterlage stieß. »Echt. Stimmt. Cool!« Dann fixierte er wieder die blinkenden Charts auf seinen Monitoren.

Ich wischte erst einmal Schreibtisch und Tastatur mit einem desinfizierenden Tuch ab, weil mich das beruhigte, und überlegte, was ich anstellen müsste, um das wieder geradezubiegen. Dass ich meinen Fehler wiedergutmachen würde, das war sonnenklar. Das war schon immer meine Devise gewesen: Fehler sind dazu da, um sie wieder auszubügeln. Ich müsste dringend ein paar gute Deals abschließen. Heute würde das aber wohl nichts mehr werden.

Ich hatte die wichtigsten Termine verpasst, die neuesten Zahlen der US-Rohöllagerbestände, die Prognose zur brasilianischen Weizenernte und die Pressekonferenz der GrainCorp Ltd zu den australischen Getreidepreisen. So analysierte ich ein paar Charts, traute mich aber nach dieser Aufregung nicht, Kundengelder zu riskieren. Lieber nichts gewinnen als viel verlieren, lautete nämlich meine Devise. Heute hatte ich definitiv bereits so einiges verloren. Und wenn ich Pech hätte, würde ich bald noch mehr verlieren. Nämlich meinen Job.

Drei Stunden später taumelte ich aus dem Büro raus und fuhr mit der Bahn nach Hause – zu meinem Jens, der meistens eine Stunde früher als ich nach Hause kam. Schon als ich die Tür zu unserer Wohnung aufschloss, ging es mir besser.

Dieser Duft! Ich hatte am Wochenende unsere Sitzmöbel mit einem Antigeruchsspray behandelt und fand wirklich, dass das Raumklima angenehmer war. Es hatte so was Blumiges mit einer leichten Zitrusnote, wirklich toll. Jens und ich liebten es sauber. Von Hausmitteln wie Essig und Backpulver und Zitronensaft zum Putzen hielten wir beide gar nichts. Bunte Flaschen mit großen Reinigungsversprechen mussten es sein. Manchmal gingen wir sogar gemeinsam in den Drogeriemarkt und schnupperten an Scheuermilchflaschen, Fettlösern und Duschkabinensprays wie an Parfümflakons. Immer wenn es eine neue Duftrichtung gab, probierten wir sie aus. Wir mochten Orangen- und Pfirsichduft bei Spülmitteln, aber besonders angetan hatte es uns ein Badreiniger mit dem Geruch von wildem Lavendel, mit dem ich jeden zweiten Tag das Badezimmer und jeden Sonntag, wenn Banjo wieder weg war, alle Böden schrubbte, damit Jens nur ja keinen Grund hatte, sich über unseren vierbeinigen Wochenendgast zu beschweren. Dass Jens so ordnungsliebend war, hatte mich gleich an ihm fasziniert.

Ich hatte ihn mit neunzehn kennengelernt, als ich im Jahr 2001 bei der Saldo-Bank die Lehre zur Bankkauffrau angefangen hatte. Jens war fünf Jahre älter als ich und wirkte in allem überzeugend. Er half mir, mich zurechtzufinden, erklärte mir die Feinheiten der Kundenbetreuung und entjungferte mich in der Silvesternacht, am noch taufrischen 1. Januar 2002. Er war genau das, wovon ich immer geträumt hatte: ein Mann, der mit beiden Beinen auf dem Boden stand und statt Flausen eine ausgetüftelte Karriereplanung im Kopf hatte. Seinen Haushalt hatte er auch fest im Griff. Er lebte in einem Appartement mit Pantry-Küche, einem Schlafsofa, das er jeden Morgen zusammenklappte, und mit gebügelten und sauber aufgestapelten Handtüchern im Bad. Ich war begeistert!

Ich hatte auch gerade meine erste eigene Wohnung bezogen, die nur unwesentlich größer war als Jens', aber über einen Balkon und – was mir sehr wichtig gewesen war – eine Duschwand statt eines klebrigen, vergilbten Duschvorhangs wie zu Hause verfügte. Es war so wunderbar, nicht mehr in dem verfilzten Haus meiner Eltern wohnen zu müssen! Meine ersten Anschaffungen waren ein Dutzend Tupperdosen, Frischhaltefolie, eine ganze Batterie Putzmittel sowie ein leistungsstarker Staubsauger gewesen. Von dem Geld, das ich vom Zeitungaustragen und Babysitten eisern gespart hatte, kaufte ich mir preiswerte Möbel. Tante Marianne schenkte mir eine gebrauchte Waschmaschine und einen Herd. Es war nicht viel, aber es war meins.

Endlich konnte ich es so sauber haben, wie ich wollte! Meine Eltern hatten neben ihrer nachlässigen Raumhygiene einen recht sorglosen Umgang mit Lebensmitteln an den Tag gelegt und hielten das hermetische Abdecken von Essensresten für überbewertet, was zu einem wenig appetitlichen Anblick im Kühlschrank führte. Wenn ich ihn nicht regelmäßig ausgemistet hätte, hätte man dort stets Kartoffelgratin von vorletzter Woche, Wurstreste vom vergangenen Herbst oder Marmeladereste aus meiner Grundschulzeit finden können. Wenn ich von meinen Eltern eine verantwortungsbewusste Vorratshaltung einforderte, erwiesen sie sich als beratungsresistent.

Meine Mutter sagte immer nur: »Ja, es ist unglaublich! Nirgends vergeht die Zeit schneller als in der Vorratskammer. *Das* war der Grund für Einstein, sich der Relativitätstheorie zu widmen!« Sie sagte das so, als wäre es ein geradezu genialer Schachzug, das Zeug vergammeln zu lassen.

Die zweite echte Plage im Haus meiner Eltern – neben den Katzenhaaren, dem Geruch von dem Hasenstall und meinem Bruder – waren die Motten, die sich meine Eltern mit einem ihrer Souvenirs, einem afrikanischen Wandteppich, eingefangen hatten. Sie hatten sich sehr schnell im Wohnzimmerteppich breitgemacht, da meine Mutter sich weigerte, sie mit chemischen Mitteln zu bekämpfen.

»Dann bin ich zwar die Motten los, aber wer weiß, was das Gift mit mir macht«, sagte sie. »Außerdem tun die ja nichts.«

Kein Wunder also, dass ich eine eigene Wohnung herbeigesehnt hatte. Und ich genoss es sehr! Ich genoss es, mich auf mein Sofa zu kuscheln, und staunte beim Aufstehen jedes Mal über die Sauberkeit meiner Kleidung, die nicht mit Katzenhaaren übersät war. Und ich genoss es, das Waschbecken zu wischen und es beim nächsten Gang auf die Toilette immer noch sauber vorzufinden, weil zwischenzeitlich niemand dort seine Malpinsel ausgewaschen oder sich selbst die Haare geschnitten hatte. Und zu meiner neuen Wohnung und meiner neuen Arbeit bekam ich also auch noch – endlich! – einen Freund. Und dieser Freund würde bald – endlich! – mein Ehemann werden.

»Hallo, Schatz«, rief ich.

»Hallo, Möhrchen«, antwortete er aus dem Wohnzimmer.

Ich hängte meinen Mantel auf, stellte meine Schuhe in das Schuhregal, nicht ohne vorher einmal mit einem bereitliegenden weichen Lappen über das schwarze Leder zu wischen, legte meine Tasche in die oberste Schublade der Kommode in der Diele, dann ging ich mir die Hände waschen – nach dem Bahnfahren immer besonders wichtig – und anschließend ins Wohnzimmer.

Jens saß vor dem Fernseher. Er hatte schon seine Arbeitsklamotten – Anzug, Hemd, Krawatte – getauscht gegen eine Chinohose und einen dunkelblauen Sweater, was mir gut an ihm gefiel, auch wenn ein Hemd seinen Bauch, den er in den letzten Jahren angesetzt hatte, etwas mehr kaschierte. Mein süßer Knuddelbär! Als ich mich neben ihn setzte und meinen Kopf an seine Schulter lehnte, merkte ich erst, wie mich dieser ganze Tag mitgenommen hatte. Ich stöhnte leise.

Jens bemerkte sofort, dass was nicht stimmte. »Was ist

los, Möhrchen?«, fragte er und legte den Arm um mich. »Lief die Präsentation nicht gut?«

»Es gab keine Präsentation.«

»Was? Wieso nicht?«

Ich fing an zu schluchzen.

»Aber was ist denn?«

»Meine Eltern …«

»Was haben die schon wieder gemacht?«

»Sie haben demonstriert. Gegen den Flughafenausbau.«

»Wie kommen die denn auf diese schwachsinnige Idee?«

»Na ja, das wäre ja noch in Ordnung gewesen, wenn wir nicht diesen Termin gehabt hätten. Mit dem Hauptinvestor des Flughafenausbaus. Gunther Bogert.«

»Bogert war da?«

»Ja, er war da. Und dann …« Ich brauchte einige Anläufe, um Jens die ganze Geschichte zwischen meinen Schluchzern zu erzählen.

»Und das Schlimmste ist«, heulte ich, »dass ich noch nicht mal meinen Eltern alleine die Schuld geben kann. Ich habe echt Mist gebaut!« Ich warf mich in seinen Arm.

»*Wie* hat dein Chef deinen Vater noch mal genannt?«, fragte Jens ungläubig.

»Das ist doch jetzt egal!«

Ich heulte auf, um ihm meine Misere deutlich zu machen, und endlich sagte er mit sanfter Stimme: »Ach, Möhrchen, das ist einfach dumm gelaufen.« Dann setzte er spitz hinzu: »Wie immer, wenn deine Eltern mitmischen.« Er streichelte mir über die Wange. »Du konntest doch nichts dafür.«

»Erzähl das mal meinem Chef.«

»Ist er sauer?«

»Das kann man wohl sagen.«

»Hat er dir irgendwie gedroht oder so?«

»Na ja«, schniefte ich. »Er hat schon gesagt, dass ich mir einen solchen Fehler nicht leisten kann.«

»Hat er dich gefeuert?«

Ich schüttelte den Kopf.

»Na, da hast du aber Glück gehabt«, stellte Jens fest. »Wenn ich dein Chef wäre, wärst du so gut wie erledigt.« Ich schaute ihn verdutzt an, aber er schob schnell hinterher: »Aber er wäre ja verrückt, wenn er dich gehen lassen würde.«

Ich schnäuzte mich in ein Taschentuch. »Ich muss es halt irgendwie wiedergutmachen. Aber ich weiß überhaupt nicht, wie ...«

»Dir wird schon was einfallen. Was gibt es eigentlich zum Abendessen?«

Ich kochte uns *Spaghetti aglio, olio e peperoncini* – nur ohne Knoblauch, wegen der Kunden, und mit nur einem halben Peperoncino, weil Jens nichts Scharfes mochte. Er trank sein Glas Wein dazu, während ich Wasser nahm. Als mein Handy klingelte, ignorierte ich es.

Später hörte ich die Mailbox ab. Es war Ellen, die wissen wollte, was los gewesen war. Dann riefen noch meine Eltern an, was ich an der Nummer auf dem Display erkannte, aber ich ging wiederum nicht dran. Ich hatte heute keine Kraft mehr, ihnen alles zu erklären. Außerdem würden wir uns am nächsten Tag sowieso wieder sehen, bei der Trauung meiner Kusine Anja, die Daniel, den Vater ihrer Tochter Mia, heiraten würde. Diese Vorstellung gefiel mir überhaupt nicht. Meine Eltern waren nur in sehr geringer Dosierung zu ertragen.

»Ich habe ja überhaupt keine Lust, zu der Hochzeit zu gehen«, maulte ich.

»Super Idee! Dann lassen wir es«, sagte Jens und hielt die Hand hoch, um mit mir abzuklatschen.

»Jens!«, rief ich entrüstet. »Wie kommst du denn auf die Idee? Wir können doch nicht absagen!«

»Warum nicht?«

»Weil wir schon zugesagt haben. Und es eine Sitzordnung gibt. Und ich ein neues Kleid habe.«

»Schon wieder?«, fragte er, aber ich ging nicht darauf ein.

»Und weil ich endlich mal mit dir tanzen will.«

»Du weißt doch, ich werde nur ein einziges Mal mit dir tanzen. Und zwar auf *unserer* Hochzeit.«

»Das ist der Grund, warum ich dich überhaupt heirate«, scherzte ich.

»Ich weiß«, sagte er und lächelte.

Ich hegte natürlich die Hoffnung, dass er dabei Gefallen am Tanzen finden und seine kindische Haltung aufgeben würde. Dabei verdrängte ich immer den Gedanken, dass ich auch gehofft hatte, dass er Banjo lieb gewinnen würde, wenn er ihn besser kennengelernt hätte.

»Bin mal gespannt, was dein Vater sagt, wenn er von dem Spitznamen erfährt«, sagte Jens.

»Bist du verrückt?«, rief ich. »Das werden wir natürlich niemandem verraten! Ich habe Tante Marianne versprochen, dass es keine Katastrophen gibt.«

»Da hast du ja wohl überhaupt keinen Einfluss drauf«, stellte Jens fest. Das stimmte leider.

3

Die Trauung könnte man im Nachhinein als »Vier Desaster und ein Hochzeitsfall« betiteln. Das erste Desaster ereignete sich, noch bevor alles losging, und war das überflüssigste von allen. Ich stritt mit Jens.

Es war folgendermaßen: Mein Verlobter war einer der Männer, die sich wirklich gut pflegten. Er duschte und rasierte sich täglich, benutzte Conditioner und fönte sich mit Liebe zum Detail die Haare, die unheimlich dick waren und immer in einem exakten Seitenscheitel liegen mussten, der nachher wegen der Fülle seiner Haare zwar kaum auffiel und nur eine Art schmale Schlucht bildete, der aber für sein Wohlbefinden entscheidend war. An diesem Morgen jedoch übertrieb er es mit der Reinlichkeit. Wenn auch nur mit seiner eigenen und nicht mit der des Badezimmers. Aber dazu später. Er duschte nicht kürzer als eine Ewigkeit. Ich saß im Bademantel in der Küche und hörte das Wasser rauschen. Um die Zeit zu nutzen, holte ich meine Nagelfeile aus meiner Handtasche und machte mich an die Maniküre. Vor meiner eigenen Hochzeit würde ich vielleicht wirklich mal zu einer professionellen Nagelpflege gehen.

Wir würden am 21. Juli heiraten, einen Tag vor meinem neunundzwanzigsten Geburtstag. Was ich ziemlich perfekt fand, weil ich immer geplant hatte, vor meinem dreißigsten verheiratet zu sein. Nächste Woche würden wir die offiziellen Einladungen rausschicken.

Und es war mir total egal, dass meine Eltern meinten, ich sei zu jung und vor allem zu unerfahren zum Heiraten. Das glaubten sie nämlich allen Ernstes – ist das zu fassen? Als wir ihnen unsere Heiratspläne verkündeten, gratulierten sie uns zuerst. Nicht überschwänglich, aber das waren sie ja nie, wenn es nicht um ihren eigenen Kram ging. Doch als ich sie kurz danach noch einmal alleine besuchte, um meinen Hund zu bringen, sagte meine Mutter mir klipp und klar: »Du kannst doch nicht den ersten Mann heiraten, mit dem du zusammen bist! Tob dich erst mal aus. Stoß dir die Hörner ab!«

Ich glotzte sie konsterniert an und sagte dann: »Papa war doch auch dein erster Freund, und du hast ihn geheiratet. Und du findest doch auch nicht, dass du was verpasst hast, oder?«

Daraufhin verdrehte sie nur die Augen.

Und ich wurde sauer. »Ja, Jens ist der erste Mann, mit dem ich geschlafen habe, und ich weiß überhaupt nicht, was dagegen einzuwenden ist, diesen Mann auch zu heiraten. Ich finde es absolut romantisch und toll, sein ganzes Leben nur einen Mann zu lieben.«

Meine Mutter sah mich ganz ruhig an und meinte dann nach einer bedeutungsschwangeren Pause: »Ist in Ordnung. Es ist ja dein Leben. Du musst wissen, was du tust.« Dazu verzog sie den Mund, als hätte sie Zitronensaft geschluckt, und ich haute stinksauer ab.

Also ehrlich! Das konnte ich ja wirklich supergut leiden. Wenn sie so taten, als würden sie mir die Entscheidung überlassen, aber mir trotzdem deutlich zeigten, dass sie es ja viel besser wussten. Das hatten sie schon früher gerne gemacht. Und wenn irgendwas schiefgegangen war, hatten sie das ganze Siehst-du-hab-ich's-nicht-gesagt-Repertoire ausgeschöpft, und ich hatte darüber grübeln müssen, welches Gefühl bei meinen Eltern überwog: Mitleid, dass ich mir wehgetan/mich verlaufen/mich lächerlich gemacht hatte, oder Befriedigung, dass sie recht behalten hatten.

Aber natürlich würde diese Sache nicht schiefgehen. Ich würde Jens heiraten, und wir wären glücklich bis an unser Lebensende, ob es ihnen nun passte oder nicht. Und weil sie so gemein gewesen waren, hatte ich Tante Mariannes Angebot, unsere Hochzeit auszurichten, angenommen. Tante Marianne war nämlich sehr enttäuscht, dass ihre Tochter Anja ihre Hochzeitsfeier alleine bezahlen und organisieren wollte.

»Unsere Geschmäcker sind zu verschieden«, hatte Anja zu ihrer Mutter gesagt, und damit war das Thema für sie erledigt.

Tante Marianne wurmte das sehr. »Ich hatte schon so viele tolle Ideen für eine wirkliche Traumhochzeit«, jammerte sie mir vor und erzählte wieder die Story, dass sie und Bernd damals keine Hochzeitsfeier gehabt hätten, weil sie gerade das Haus gebaut hatten und es sich nicht leisten konnten, und dass sie das ihr ganzes Leben lang bedauern würde. Aber als ich sagte, sie dürfe gerne unsere Traumhochzeit organisieren, da war sie total glücklich gewesen. Und wenn meine Eltern sich nun übergangen fühlten und eingeschnappt waren, dann waren sie selbst schuld. Wer versuchte, mir die Hochzeit auszureden, konnte wohl nicht davon ausgehen, an der Planung beteiligt zu werden!

Abgesehen davon wäre ich sowieso nie im Traum auf die Idee gekommen, sie zu fragen. Meine Eltern und meine Partys – das war eine Kombination wie Ananassaft und Milch. Beides vertrug sich nicht. Sie hatten mir nicht nur meine Verlobungsfeier im vergangenen Jahr verdorben, auch der

Gedanke an meine Kindergeburtstage zog noch immer eine Spur der Verwüstung durch meine Erinnerungen. Es war nicht so, dass meine Eltern sich keine Mühe gegeben hätten, mir etwas Besonderes zu bieten. Es war einfach so, dass alles in einem Drama endete.

Zu meinem siebten Geburtstag engagierten sie einen Clown. Als er mit einiger Verspätung eintraf, unterhielt er sich erst eine Zeit lang mit meiner Mutter in der Küche. Dann kam meine Mutter zu uns rein und sagte, Clown Lolli würde gleich loslegen. Sie nahm eine Flasche Wasser aus dem Wohnzimmerschrank mit. Wir kicherten vor Vorfreude.

Dann kicherten wir irgendwann nicht mehr, und ich hörte Mutter laut und vernehmlich sagen: »Hör mal, Uwe, du hast mich gebeten, dir eine Chance zu geben, und mir versprochen, dass du das packst. Und wenn du da jetzt nicht sofort reingehst, trete ich dir höchstpersönlich in den Hintern.«

Wir kicherten wieder. Plötzlich wurde die Tür mit Schwung aufgerissen und knallte gegen die Wand. Clown Lolli sprang herein und blies voller Kraft in eine scheppernde Tröte. Nicki, die kleine Schwester meiner Freundin Claudia, fing an zu weinen.

»Hey, Kinder«, brüllte Lolli, stolperte über seine großen Schuhe und fiel der Länge nach hin. Wir lachten. Als er wieder aufstand, war Lollis rechtes Auge deformiert. Jedenfalls sah es so aus, weil die weiße Schminke mit dem schwarzen Rand total verschmiert war. Die Asymmetrie verlieh dem Clown etwas Diabolisches. Verängstigt hockten wir Kinder auf dem Boden. Nicki wimmerte und hielt sich die Augen zu.

»Wer will mal an dieser wunderschönen Blume schnuppern?«, rief Lolli und hielt meinem Bruder eine Plastikblume ins Gesicht.

»Hau ab«, sagte Hannes. Lolli spritzte ihn trotzdem nass. Ich lachte, weil ich wollte, dass es meinen Freunden gefiel.

»Du blöder Arsch«, schrie Hannes und versuchte, Lolli zu hauen.

»Na, na, Hannes«, sagte meine Mutter, die im Türrahmen stand.

»Mmmhhh«, rief Lolli, »ich habe Hunger.«

Er zog einen überdimensionalen Löffel aus der einen Tasche seines bunt karierten Jacketts und einen kleinen Joghurtbecher aus der anderen. Dann versuchte er, mit dem Löffel den Joghurt auszulöffeln, was natürlich nicht klappte. Wir beobachteten eine Zeit lang seine vergeblichen Versuche.

Dann sagte meine Kusine Anja: »Der Löffel ist zu groß.«

Clown Lolli seufzte, steckte Joghurtbecher und Löffel weg und holte ein silbernes Fläschchen aus der Innentasche. »Clown Lolli hat Durst«, sagte er und trank einen tiefen Schluck.

»Du bist nicht lustig«, kommentierte Anja.

»Genau. Du bist überhaupt nicht witzig«, bekräftigte Hannes.

Meine Mutter sagte seufzend: »Nun komm zum Schluss, Uwe.«

»Gut, ihr kleinen Miesepeter«, sagte Lolli. »Ich zeige euch jetzt, wie man einen Purzelbaum macht.«

Er ließ sich auf die Hände fallen und streckte den Popo in die Höhe.

»Dafür ist es hier doch viel zu eng«, sagte meine Mutter.

Clown Lolli schien zu überlegen, ob sie recht hatte, denn er verharrte in dieser Position.

»Langweilig«, sagte Anja.

Da sprang plötzlich Hannes auf und trat Clown Lolli in den Hintern. Riesenlacher! Plötzlich kam wieder Schwung in den Auftritt. Lolli erkannte seine letzte Chance, doch noch die Wende zu schaffen und sich fröhlichen Applaus zu verdienen.

Er rief übertrieben jammernd: »Aua!«, und fügte dann triumphierend hinzu: »Ätschi, hat ja gar nicht wehgetan.«

Das hätte er besser nicht gemacht. Hannes holte aus und trat mit der Wucht des Mittelstürmers zu, verfehlte aber sein Ziel um Haaresbreite und versenkte seine Schuhspitze zwischen den Beinen von Clown Lolli.

»Ahhh«, brüllte Lolli, sackte zusammen wie eine Marionette, der die Fäden abgeschnitten wurden, und krümmte sich in embryonaler Haltung auf dem Teppich.

Wir wussten nicht genau, ob das jetzt witzig war oder nicht, aber weil mein Bruder die Hände hochriss und »Tor, Tor!« schrie, lachten wir ein bisschen und applaudierten tapfer.

Dann schickte uns meine Mutter raus. Ich blieb noch einen Moment betreten stehen und schaute auf den winselnden Clown.

»Was ist mit ihm?«, fragte ich meine Mutter.

»Er hat Probleme«, sagte sie und reichte ihm etwas zu trinken, wobei ich fand, dass sie ihm ruhig ein größeres Glas hätte geben können. Das Glas, in das sie ihm Wasser aus der Glasflasche mit den Weizenähren drauf füllte, war jedenfalls winzig.

Ein Jahr später wollten meine Eltern alles wiedergutmachen und versprachen mir eine Schatzsuche. Bei meiner Freundin Claudia hatte ich mal eine Schatzsuche durch den Garten mitgemacht. Nach der Schnitzeljagd hatten wir, mit Plastikjuwelen behangen und mit Krönchen im Haar, Goldtaler-Kaubonbons gegessen, bis uns die Zähne aneinanderklebten. Großartig!

Der Ehrgeiz meiner Mutter war angestachelt, meinen Geburtstag ebenfalls zu einem unvergesslichen Erlebnis werden zu lassen. Und das wurde es auch. Meine Mutter besaß einige durchaus nützliche Charaktereigenschaften, aber Organisationstalent und Orientierungssinn gehörten definitiv nicht dazu. Die ersten zwei Zettel, die uns zu dem Schatz im Kottenforst führen sollten, fanden wir noch, aber dann verfransten wir uns. Mit ihrer mitreißenden Art brachte es meine Mutter fertig, uns noch weitere zweieinhalb Stunden durch den Wald zu jagen, immer mit dem Versprechen, dass wir es gleich geschafft hätten und schon ganz nah wären. Wir fanden die Schatztruhe nie. Und da darin das Essen und die Spielsachen waren, gingen alle hungrig und enttäuscht nach Hause.

Im nächsten Jahr wollte keiner mehr zu meiner Experimente-mit-dem-Chemiekasten-Feier kommen, die meine Eltern für mich veranstalten wollten. Das verriet mir meine Freundin Claudia unter dem Siegel der Verschwiegenheit. Ich war am Boden zerstört. Doch meine Tante Marianne sprang mir zur Seite. Sie hatte eine geniale Lösung, und die hieß: McDonald's. Das hätten mir meine Eltern niemals erlaubt, die zu der Zeit auf dem vegetarischen Trip waren und Fleisch nicht ins Haus ließen und auch meinten, man solle solche Weltkonzerne grundsätzlich boykottieren. Also feierte ich – ohne dass meine Eltern je davon erfuhren – bei McDonald's. Alle meine Freundinnen kamen. Dass ich meinen Bruder, den Zankapfel, nicht einladen konnte, weil er dann meinen Eltern alles verraten hätte, war nur ein positiver Nebeneffekt. Wir aßen Hamburger und Fritten, rutschten und aßen wieder Hamburger und Fritten. Dieser übersichtliche Ablauf wiederholte sich einige Male, bis meine Freundin Claudia sich auf die Rutschbahn erbrach. Ich dachte die ganze Rückfahrt über, ich müsste es Claudia gleichtun, aber unter Aufbietung all meiner Willenskraft schaffte ich es tatsächlich, die wertvolle XL-Portion Pommes und Hamburger und damit das Geheimnis meiner Feier für mich zu behalten. Und so war die McDonald's-Party bis dahin der beste Geburtstag für mich gewesen – und der Anfang eines eingeschworenen Partybündnisses zwischen mir und meiner Tante.

Als Jens endlich die Dusche abstellte, war es schon Viertel vor elf. Um zwölf mussten wir los. Aber anstatt sich zu beeilen, dauerte es auch danach noch ewig. Er föhnte sich geschlagene zehn Minuten. Ich hatte mir mittlerweile alle Fingernägel in einem perfekten, leicht spitz zulaufenden Oval gefeilt und auch noch Zeit gehabt, sie in einem schicken Nude-Ton zu lackieren. Als sie trocken waren und Jens immer noch nicht fertig war, klopfte ich an die Badezimmertür.

»Wie lang brauchst du denn noch?«, fragte ich, und es klang vielleicht ein klitzekleines bisschen gereizt.

»Ich brauche so lange, wie ich eben brauche«, gab er pampig zurück.

»Was macht der denn?«, brummte ich genervt vor mich hin. »Kämmt er sich jedes Haar einzeln oder was?«

Um zehn nach elf kam er raus, ein Handtuch um die Hüften gebunden, wohl duftend, glatt rasiert, das Haar perfekt zur Seite gestriegelt. Was nicht perfekt war, war das Badezimmer. Es war immer noch voller Dampf, weil er natürlich nicht auf die Idee gekommen war, das Fenster zu öffnen. Der Boden war nass. Die Toilette war mit Tropfen gesprenkelt. Überall lagen feuchte Handtücher. Der Spiegel war total beschlagen, bis auf die Stelle, die er mit einem Tuch trocken gewischt hatte, was totale Schmierstreifen gab. Ich hatte ihm schon tausendmal gesagt, dass ich das hasste.

»Reg dich nicht auf«, beruhigte ich mich selbst und atmete tief ein und aus, wie ich es auf einem Stressseminar gelernt hatte. Ich holte mir trockene Handtücher aus dem Schrank und nahm mir vor, erst morgen alles zu putzen. Ich duschte mich in Windeseile, trocknete mich in Windeseile ab, wickelte mir ein Handtuch um die Haare und lüftete das Badezimmer, damit ich mich nicht im Nebel schminken musste, dann ging ich mich anziehen.

Ich war gerade mit dem rechten Fuß in die Nylonstrumpfhose gestiegen, da kam Jens herein. Er trug schon die dunkelblaue Anzughose und ein Hemd.

»Guck mal hier«, sagte er.

»Was denn?«, rief ich und schaute kurz hoch, und in dem Moment passierte es: Mein vielleicht etwas zu perfekt gefeilter Fingernagel rutschte zu tief in den feinen Stoff der Strumpfhose und ratschte sie auf. Ich stöhnte.

»Der Kragen von meinem Hemd ist schief«, sagte Jens. »Der ist falsch gebügelt worden.«

»Dann bügle ihn halt schnell richtig«, knurrte ich genervt und holte mir eine neue Strumpfhose aus der Kommode.

»Du kannst das doch viel besser als ich«, behauptete Jens. »Jedenfalls normalerweise.«

»Ich habe aber keine Zeit«, sagte ich. Ich hasste es, wenn man mich in der Vorbereitung auf eine Feier hetzte. Der halbe Spaß an einer Feier war das Fertigmachen.

»Wenn du den Kragen von Anfang an richtig gebügelt hättest, dann hätte ich jetzt kein Problem«, argumentierte er. »Von daher, hier bitte!« Er hielt mir das Hemd hin.

»Wenn du im Badezimmer nicht so lange gebraucht hättest, dann hätte ich dafür jetzt auch noch Zeit«, motzte ich zurück. »Zieh eben ein anderes Hemd an.«

»Die anderen passen farblich nicht.«

Ich schaute ihn mürrisch an. Irgendwie hatte er immer die besseren Argumente.

»In der Zeit, die wir hier diskutieren, hättest du das doch schon längst machen können«, beharrte er.

Ich stöhnte erneut und nahm das Hemd entgegen. Ich sollte dringend mal einen Rhetorikkurs für Frauen in Beziehungen belegen. Aber jetzt hatte ich tatsächlich keine Lust, noch mehr Zeit mit Debattieren zu verplempern, und ging schnell in unser Bügelzimmer, wo die Kleiderschränke standen und das Bügelbrett aufgebaut war. Als ich ihm das neu gebügelte Hemd wieder gab, bedankte er sich mit einem strahlenden Lächeln und gab mir einen Kuss.

»Du bist die Beste, Schatz«, hauchte er.

Ich schnupperte. »Hast du etwa wieder meine Chanel-Creme benutzt?«

»Ja. Du hast doch nichts dagegen, oder?«

»Nein, natürlich nicht«, sagte ich schnell. »Aber willst du nicht mal eine eigene kaufen?«

»Ach, das lohnt sich doch nicht.«

»Würde es schon«, sagte ich schnippisch. »So oft, wie du meine nimmst!«

»Du wirst doch nicht etwa geizig, jetzt wo du mehr verdienst als ich?«, fragte er mit süffisantem Lächeln.

Ich musste schlucken. Aber eine passende Erwiderung verkniff ich mir, weil ich einen richtigen Streit vermeiden wollte. Nichts sollte an diesem Tag unsere Traumpaar-Ausstrahlung trüben. Eine Hochzeit war nämlich der perfekte Anlass, allen Anwesenden zu beweisen, dass wir füreinander bestimmt waren und dass es keineswegs zu früh war, um zu heiraten, wie meine Eltern meinten. Um einen besonders glücklichen Eindruck zu machen, hatte ich mir ein Kleid von Donna Karan New York gekauft.

Es war silbergrau und wadenlang, hatte einen runden Ausschnitt und eine raffinierte schräge Raffung, was meine schlanke Taille gut zur Geltung brachte. Dazu toupierte ich meine mittellangen braunen Haare mit den dezenten goldenen Strähnen nach einer Vorlage aus der *InStyle* an, um mehr Volumen vorzutäuschen, und föhnte mit Hilfe der Rundbürste ein paar Locken hinein. Meine großen, braunen Augen schminkte ich zurückhaltend mit Lidschatten in Hellgrau und Anthrazit und mit schwarzer Wimperntusche und trug einen kirschroten Lippenstift auf. Dazu passten meine schwarze Clutch und die schwarzen Pumps mit den roten Fersenkappen.

Ich sah umwerfend aus. Auch Jens war beeindruckt, als ich mich ihm präsentierte.

»Wow«, sagte er und pfiff durch die Zähne. »Und was hat dieser Fummel wieder gekostet?«

Dieser Blödmann! Das war ja nun wirklich nicht das, was man hören wollte. Er sollte sich mit mir freuen, dass ich mein Geld nun für schöne Sachen ausgeben konnte, nachdem ich endlich vor ein paar Monaten den Ausbildungskredit abbezahlt hatte, den ich für Fortbildungen und das berufsbegleitende Fernstudium aufgenommen hatte. Aber nein! Er machte dauernd so blöde Bemerkungen über meine Klamotten. Sogar, dass ich ja ganz schön materialistisch sei, hatte er mir schon vorgeworfen. Dabei war ich gar nicht materialistisch. Ich trug nur gerne schöne Kleider. Und außerdem kaufte ich nur Schnäppchenangebote. Meistens jedenfalls. Aber das verstand er nicht.

Ausweichend sagte ich: »Es war runtergesetzt.«

»Und was heißt das in Zahlen?«

»Fünfhundert«, murmelte ich. »Und das ist ja wohl eindeutig die lohnendste Investition des Monats, oder meinst du nicht?« Ich drehte mich vor ihm.

»Ja, du siehst wirklich ganz gut aus …«, sein Blick blieb an meinem Kopf hängen, »*so weit.*«

»Was soll das denn heißen, *so weit*?«, giftete ich.

»Was hast du mit deinen Haaren gemacht?«

»Ein bisschen auftoupiert. Sollen wir?« Ich nahm meinen Mantel.

Doch er blieb stehen. »Du siehst deinem Bruder ganz schön ähnlich, weißt du das?«

Ich schnappte nach Luft. Das war die Höhe! Er wusste genau, dass er mich damit tödlich beleidigte. Wie oft hatten wir uns schon über den traditionell ungepflegten Haarschopf meines Bruders ausgelassen.

»Und du, du siehst aus wie dein Vater!«, keifte ich zurück.

Jens' Vater hatte ein hängendes Auge wie Karl Dall. Sobald die Wörter meinen Mund verlassen hatten, merkte ich, dass ich zu weit gegangen war.

»Willst du dich etwa über die Krankheit meines Vaters lustig machen?«, fragte Jens eisig.

»Nein, nein, nein«, stammelte ich erschrocken. »Auf gar keinen Fall.«

»Er hat eine angeborene Lidmuskelschwäche. Findest du das etwa lustig?«

»Nein, natürlich nicht.«

»Und vielleicht bekomme ich die selbst auch. Letztens hat mein Auge schon so gezuckt.«

»Aber der Augenarzt hat doch gemeint, dass es nur Stress ge…«

»Und jetzt sagst du so was absolut Unpassendes und wirklich Verletzendes«, unterbrach er mich.

»Es tut mir leid«, gab ich zu.

»Das sollte es auch. Und sag so was *nie* wieder.«

»Mach ich auch nicht.« Trotzdem konnte ich es mir nicht verkneifen, hinzuzufügen: »Aber sag du so was wie mit meinem Bruder auch nicht noch mal.«

»Dann kämm dich ordentlich, dann brauche ich so was auch nicht sagen.« Er schaute demonstrativ auf seine alte Uhr. Schon wieder trug er nicht die, die ich ihm zur Verlobung geschenkt hatte. Einen Kommentar dazu ersparte ich mir zähneknirschend.

»Wenn wir jetzt nicht fahren, bleiben wir hier«, bestimmte Jens. »Ich komme lieber gar nicht als zu spät.«

Als ob das meine Schuld wäre, dass wir noch hier waren! Ich war stinksauer. Ich hetzte ins Badezimmer, um mir die Haare noch einmal zu bürsten, was leider mein Haarexperiment mit dem Toupieren zum Scheitern brachte. Nichts mehr mit Volumen! Ich behalf mich mit einer Spange, die meine Haare etwas in Form brachte, aber natürlich nur eine mäßig schicke Alternative war.

»Ja, so kannst du dich mit mir sehen lassen«, sagte Jens und gab mir grinsend einen Kuss. Und diese Sparkomplimente hasste ich auch. Aber das sagte ich nicht. Ich brauchte jetzt meine ganze Kraft für die Füreinanderbestimmt-Ausstrahlung, mit der wir heute die Gesellschaft bezirzen würden.

Als wir nach einer halben Stunde Fahrt durch die volle

Innenstadt in der Altstadt ins Parkhaus fuhren, hatte ich den Ärger endlich verdaut und mich wieder im Griff.

»Ich bin ja so froh, dass wir erst heiraten werden«, sagte ich fröhlich.

»Wie meinst du das?«, fragte er.

»Na, bevor wir Kinder bekommen! Ich finde es viel schöner, erst zu heiraten und dann Kinder zu kriegen. Nicht so wie Anja und Daniel.«

»Am besten steigst du schon mal aus«, antwortete er abgelenkt, denn die einzige freie Parklücke fanden wir zwischen einem VW Touareg und einem Van, deren gewaltige Ausmaße unseren Audi A4 vor eine Herausforderung stellten.

Ich stieg also aus, damit er den Wagen dort hineinzirkeln konnte, und nahm mir vor, das Thema Nachwuchs zu einem besseren Zeitpunkt noch einmal anzusprechen. Ich hakte mich bei ihm unter, und zusammen schritten wir zum Alten Kölner Rathaus.

Die Atmosphäre vor einer solch großen Feierlichkeit war immer etwas Besonderes. Man begrüßte sich freundlich und beäugte sich distanziert, in dem Versuch, familiäre Spannungen zu diesem Zeitpunkt noch zu umgehen. Von meinen Eltern war weit und breit noch nichts zu sehen, wie nicht anders zu erwarten. Als Erstes begrüßten wir Tante Marianne und Onkel Bernd, die, umgeben von der Aura der Wichtigkeit als Brauteltern, in der Mitte des Vorplatzes standen. Marianne trug einen cremefarbenen Mantel mit Pelzkragen, und ihr aschblondes Haar, das sie seit jeher als kinnlangen Bob trug, hatte trotz ihrer siebenundfünfzig Jahre nicht ein einziges graues Haar.

»Hallo, Moni«, rief sie erfreut. »Hallo, Jens. Ihr seht toll aus! Als ob ihr auch bald heiraten würdet!« Sie zwinkerte mir verschwörerisch zu. »Und eure Feier wird auf jeden Fall besser als dieser Klamauk heute. Ich sag nur: *Café Wirtschaftswunder*. Ein Café ist doch kein angemessener Ort für eine Hochzeitsfeier!«

»Ach komm, Marie«, sagte Onkel Bernd, der Gutmütige. »Anja will es nun mal so, und dann wird es auch schön.«

»Das sagst du so. Du hast ja keine Ahnung«, brummte sie.

»Also dann, bis später«, sagte ich, denn ich wollte nicht in eine ihrer Auseinandersetzungen über Anja reingezogen werden. »Ihr müsst sicher erst einmal die anderen Gäste begrüßen.«

Wir gingen zu Oma Hildegard, die, auf ihren Rollator gestützt, etwas abseits stand. Ihr schwarzer Pelzmantel glänzte in der Sonne und hatte nichts von seinem Volumen eingebüßt, ganz im Gegensatz zu meiner Oma, die jedes Jahr ein bisschen mehr schrumpfte. Ihr Kopf wirkte auf dem aufgeplusterten Mantel so klein und faltig wie eine Rosine. Niemals geändert hatte sich ihre sauertöpfische Miene, die sie seit ihrer Jugend pflegte, und die man nur mit einem Johannisbeerlikör namens Schwarzer Kater und Witzen über Ärzte aufheitern konnte. Und mit meinem Verlobten.

»Hallo, Oma Hildegard«, sagte ich und gab ihr ein Küsschen auf die Wange.

»Guten Tag, Jens«, sagte sie, und ihre kleinen blauen Augen flitzten an ihm rauf und runter.

»Guten Tag, gnädige Frau.« Er deutete einen Handkuss an. Meine Oma kicherte ein bisschen. Er hatte seinen Zivildienst in einem Altenheim abgeleistet und kannte alle Tricks, um alte Damen bei Laune zu halten.

»Wie geht's dir denn, Oma Hildegard?«, fragte ich.

»Wie sollte es mir schon gehen?«, gab sie, jetzt wieder zänkisch, zurück, »ich bin sechsundachtzig Jahre alt, meine Füße sind geschwollen wie eine Anakonda, die ein Warzenschwein gefressen hat, und wenn ich nur dran denke, was meine Tochter Waltraud heute wieder anstellen könnte, würde ich am liebsten tot umfallen.«

»Es geht dir also sehr gut«, fasste ich zusammen und zwinkerte Jens zu.

»Und du siehst auch wie immer entzückend aus. Keinen Tag älter als sechzig«, sagte Jens, und damit schaffte er es erneut, dem faltigen Gesicht meiner Oma ein Lächeln abzuringen.

»Halt dir den Jungen warm«, sagte sie zu mir. »So einen findest du nicht mehr.« Und mit einem Blick auf meinen Bauch sagte sie: »Und wie sieht es bei euch aus? Erlebe ich mein nächstes Urenkelchen denn noch?«

»Natürlich, Oma Hildegard«, sagte ich.

»Erstens, liebe Hildegard, wirst du bestimmt hundert Jahre alt«, sagte Jens. »Und zweitens weißt du doch, dass wir im Sommer heiraten.«

»Im Sommer?«, krächzte Oma Hildegard erstaunt, als wäre das eine Neuigkeit.

»Hi, Leute«, rief mein Bruder Hannes, der sich jetzt zu uns gesellte.

Er umarmte mich flüchtig, aber immer noch lange genug, dass ich den Mief, den er in seinen braunen Haaren herumschleppte, riechen konnte. Er hatte sie rundherum auf vier Millimeter abrasiert – bis auf die Insel von kinnlangem Haupthaar, das sich nicht entscheiden konnte, ob es nun zu Rastazöpfen werden wollte oder nicht. Es war zwar verfilzt, aber für Dreadlocks nicht verfilzt genug. Doch das war typisch für meinen Bruder, den König der Unvollendung.

Dabei war es überhaupt nicht nötig, dass er wie ein Schwachkopf aussah. Denn eigentlich war er ein hübscher Kerl mit braungrünen Augen, vollen Lippen und einem schicken Muttermal auf dem rechten Wangenknochen, das ihn interessant machte. Er war wie mein Vater sehr groß, fast eins neunzig, aber ziemlich dünn. Seine Magerkeit betonte er mit einem langen, schwarzen Mantel und einer schwarzen, engen Lederhose. Dazu trug er Doc Martens und ein hellgraues Hemd, das vom Faltenwurf her dem Gesicht meiner Oma ähnelte und in mir den starken Drang auslöste, ein Reisebügeleisen zu kaufen. Ich fragte mich wieder, wann mein Bruder beabsichtigte, die Ich-bin-jung-und-brauche-kein-Geld-Phase zu beenden und sein Leben richtig zu beginnen. Immerhin war er auch schon siebenundzwanzig, wohnte in seinem alten Saustall bei meinen Eltern und hatte – bis auf eine abgebrochene Lehre als Tierpfleger, ein abgebrochenes Biologiestudium und diverse Nebenjobs – noch nichts geleistet. Aber meine Eltern sagten immer, er würde seinen Platz im Leben schon noch finden. Dabei hatte er ihn längst gefunden. Im Hotel Mama.

»Hey, da sind Ellen und Arne«, sagte ich erfreut zu Jens und zog ihn zu meiner Freundin, die mit Mann, Kind und Mutter im Schlepptau gerade auf dem Vorplatz eintraf.

Wir begrüßten uns alle. Ellen sah etwas erschöpft aus hinter ihrer roten Hornbrille.

»Fritz hat schlecht geschlafen«, sagte sie und schob sich einen Kaugummi in den Mund. Sie hatte mal irgendwo gelesen, dass die Beschäftigung der Kaumuskulatur den Appetit dämpfen würde, was ich angesichts ihrer neu erlangten Körperausmaße eindeutig als Gerücht klassifizieren konnte.

»Das holt er jetzt nach«, sagte ich und schaute in den Kinderwagen, in dem der knapp einjährige Fritz friedlich schlummerte.

Dagmar, Ellens Mutter, fummelte an seiner Decke rum. »Ist ihm nicht zu kalt?«

»Nein«, sagte Arne, Ellens Mann, schnell, »du siehst doch, dass er gut schläft.«

»Also, was war das gestern für eine Aktion mit deinem Hund?«, fragte Ellen. »Irgendwie habe ich das nicht ganz kapiert.«

Während ich ihr die Kurzversion erzählte, unterhielt sich Jens mit Ellens Mann Arne über ihr Lieblingsthema, Autos, und Dagmar schob den Kinderwagen auf der Stelle hin und her, bis Arne sagte: »Halt mal an.«

Er drängte sie zur Seite und kramte in der Tasche, die am Lenker hing. Dagmar wartete, dass Arne seinen Platz am Lenker wieder räumte, er blieb aber dort stehen und versperrte seiner Schwiegermutter den Blick auf ihren Enkel, während er sein Gespräch mit Jens weiterführte. Das schien Dagmar nicht zu passen. Sie ging um Arne rum und quetschte sich zwischen ihn und Jens und legte die Hände von der Seite auf den Kinderwagen.

»Ich zeige dir meinen neuen BMW, Jens«, sagte Arne und schob mit einem Ruck den Kinderwagen an.

»Aua!«, rief Dagmar und ließ den Kinderwagen los. »Du bist mir gegen den Fuß gefahren!«

»Sorry«, sagte Arne. In dem Moment begann der Einlass für unsere Hochzeitsgesellschaft.

»Dann zeige ich ihn dir eben nachher«, sagte Arne zu Jens.

»Soll ich mit Fritz draußen warten?«, bot Dagmar an. »Dann stört er nicht, wenn er aufwacht.«

»Das wäre vielleicht …«, sagte Ellen.

»Nein«, sagte Arne und schob den Kinderwagen Richtung Rathauseingang.

Im Gedränge stießen wir auf meine Freundin Saskia. Sie war schön wie immer mit ihren schokobraunen, leicht gelockten Haaren und dem perfekten Styling mit dezentem Make-up, einem schwarzen Kostüm und sandfarbenem Kamelhaarmantel.

»Schön, dass sie heiraten«, sagte sie mit ihrer dunklen Stimme.

»Endlich wirst du vernünftig«, lachte ich. »Sonst sagst du doch immer, es sei total sinnlos, dass Leute heiraten.« Saskia war Scheidungsanwältin und arbeitete seit knapp zwei Jahren in der Kanzlei ihrer Eltern.

Saskia runzelte die Stirn und zog ihren kirschroten Knutschmund zu einer Schnute. »Das war vorher«, sagte sie vergnügt. »Bevor ich wusste, wie viel Spaß Scheidungen machen. Meine Eltern haben ja immer schon gesagt, dass es toll ist, aber *wie* toll, das weiß ich jetzt erst.« Sie grinste. »Ich habe meinen ersten Fall gewonnen. Alleine!«

»Na, dann meinen herzlichen Glückwunsch, Frau Anwältin«, sagte Jens.

»Ja, auch von mir«, warf ich ein. »Aber eines ist dir schon klar, oder? Nicht jede Ehe wird geschieden!« Ich lachte etwas zu laut und nahm Jens' Hand. »Manche bleiben auch glücklich bis an ihr Lebensende.«

»Ach, Schätzchen!«, sagte Saskia mit mildem Lächeln. »Glück ist nichts weiter als erfolgreicher Selbstbetrug.«

Ich drückte Jens' Hand noch fester und ließ sie erst wieder los, als es vor der Tür zum Trauzimmer eng wurde.

Mein Bruder wurde neben mich gespült und raunte mir zu: »Schwesterherz, kannst du mir fünfzig Euro leihen?«

Ich warf ihm einen scharfen Blick zu. »Wofür brauchst du das denn schon wieder?«

»Ich brauch es halt, okay?«, sagte er. »Komm, hab dich nicht so. Oder bist du jetzt echt schon so ein Kapitalist geworden?«

Schon der Zweite heute, der mich mit einer Anspielung auf meinen Job nervte. Und um zu beweisen, dass das natürlich nicht stimmte, gab ich ihm zähneknirschend das Geld.

»Aber ich kriege es zurück«, sagte ich pädagogisch wertvoll.

»Natürlich, Schwesterherz«, antwortete er und grinste mich an. Ich glaubte ihm kein Wort.

Das Brautpaar saß schon auf ihren Stühlen vor der Standesbeamtin, Töchterchen Mia auf dem Schoß. Anja hatte ihre frühere Abneigung gegen Kleider aufgegeben und sich dem Rockabilly-Stil verschrieben. Sie trug ein schwarzweißes Polkadot-Kleid mit Petticoat und großer Schleife um die Taille. Unter den kurzen Ärmeln ragten ihre bunten Betty-Boop-Tätowierungen hervor. Der hohe Pferdeschwanz war mit einer roten Stoffrose geschmückt. Daniel hatte einen schwarzen Anzug und ein rotes Rüschenhemd an, dazu schwarz-weiße Creepers. Die Haare waren mit Gel zu einer schicken Tolle geklebt. Baby Mia war ebenfalls im Rockabilly-Look gekleidet und trug das winzigste Petticoatkleid, was ich jemals gesehen hatte.

Jens warf mir angesichts des extravaganten Brautpaars einen bedeutungsvollen Blick zu, den ich mit einem Augenrollen erwiderte. Zu solchen Geschmacksverirrungen hatten wir uns noch nie hinreißen lassen.

Die Standesbeamtin schlug ein wichtig aussehendes Buch auf und räusperte sich, da ging die Tür noch einmal auf, und meine Eltern kamen herein. Ich stöhnte leise auf. Meine Mutter trug ein rotes Wildseidenkleid, das sie mit einem grünen Ledergürtel, einem blau-grünen Schal und vor allem einer grün-schwarz-lila karierten blickdichten Strumpfhose seiner zarten modischen Vorzüge beraubte. Mein Vater machte mit seinem milchkaffeefarbenen Nadelstreifenanzug, der bordeauxroten Fliege und der Schiebermütze einen auf »Großer Gatsby«, da er aber über zwei linke Füße verfügte und über jede Fliesenfuge zu stolpern neigte, gerieten er und seine Dandy-Ausstrahlung schon kurz hinter der Tür ins Straucheln. Kopfüber gebeugt konnte er sich nur durch ein paar schnelle Schritte und raumgreifendes Armrudern vorm Hinfallen bewahren. Ich musste weggucken, so peinlich fand ich das – im Gegensatz zu meinem Vater.

»Hallo«, rief er, wieder im Gleichgewicht und nicht im Geringsten verlegen. »Und Vorsicht! Da vorne hat sich gerade Blitzeis gebildet.«

Er guckte in die Runde wie ein Stand-up-Comedian in Erwartung seines Applauses. Dabei kam mir plötzlich in den Sinn, dass er sowohl Unpünktlichkeit wie auch Tollpatschigkeit ganz bewusst einsetzte, um Aufmerksamkeit zu erlangen.

»Das nächste Mal streuen wir für dich, Manni«, rief Anja und warf ihm eine Kusshand zu.

Aus unerfindlichen Gründen fand sie meine Eltern amüsant. Aber vielleicht lag das daran, dass sie selbst auch nicht ganz richtig im Kopf war. Sie war jedenfalls die Einzige gewesen, die sich kein bisschen pikiert gezeigt hatte über den Auftritt meiner Eltern vor meiner Verlobung. Sie hatte nur mit den Schultern gezuckt und gesagt: »Na und? Lass sie doch machen.«

Nein. Nein. Und nochmals nein. So etwas durften Eltern einfach nicht tun. Und schon gar nicht, wenn ich aufgrund meiner Verlobung von Rechts wegen auf Wolke sieben schweben müsste. Und nicht nur das. Vier Tage vor der Verlobungsfeier hatte ich die tolle Nachricht bekommen, dass ich zukünftig bei der Höveler & Wulf Vermögensverwaltungs-AG als Wertpapierspezialistin arbeiten würde! Eigentlich hätte die Feier ein rauschendes Fest werden sollen. Aber dann wurde es eine Katastrophe.

4

Wir feierten unsere Verlobung in einem großen Zelt im Garten von Jens' Eltern, zwei herzensguten Menschen mit Pepitahüten und rosigen Wangen. Sie waren das Gegenteil meiner Eltern. Oder wie Saskia sagen würde: »Leute mit hohem Stimmungsgerinnungsfaktor«. Sie waren sanft und schüchtern, trugen Tweedkleidung in gedeckten Farben, redeten niemals laut und servierten Kaffee in einem Service mit goldenen Rändern. Jens' Mutter, Astrid, trug immer eine Schürze beim Kochen und besaß die gigantischste Sammlung an Mikrofaser-Putztüchern, die ich jemals gesehen hatte. Jens' Vater, Hermann, liebte Folianten und Bildbände über exotische Tiere und spektakuläre Landschaften, aber er und seine Frau verbrachten jeden Urlaub in derselben Pension in Husum. Es gab wenige Gesprächsthemen, die sie interessierten, und ich hatte auch noch nie mitbekommen, dass sie zu irgendwas eine Meinung hatten. Eigentlich redeten sie sowieso fast überhaupt nicht, und bei den gemeinsamen Mahlzeiten war es so still, dass mein eigenes Kauen mir so laut und dröhnend vorkam wie ein Presslufthammer.

Aber sie liebten ihren Sohn bedingungslos und waren sehr stolz auf ihn. Besonders zu seiner Mutter hatte Jens ein enges Verhältnis. Sie hätte gerne noch mehr Kinder gehabt, aber das war aus mir unbekannten Gründen, deren näheren Ursprung ich nicht zu erfragen wagte, nicht möglich gewesen. So wurde Jens rundum verhätschelt. Wenn wir bei ihnen in Leverkusen zu Besuch waren, putzte sie zwischendurch schnell mal seine Schuhe, schenkte ihm neue Hemden in Hellgrau und Weiß und gab uns eine Kühltasche voll eingefrorener Rouladen und Gulasch mit, dem Lieblingsessen von Jens. Dann sagte Jens, dass er großes Glück habe mit mir, weil ich auch gut kochen könne, aber dass gegen die Rouladen seiner Mutter natürlich nichts ankommen würde. Und dann strahlte die kleine Frau mit den weißen Haaren und strich sich über die blassrosa Bluse, als ob es da irgendetwas zu glätten gäbe. Aber zum Glück mochten sie mich auch.

Zumindest bis zur Verlobungsfeier hatten sie mich gemocht. Besonders mit Frau Hill verstand ich mich gut. Ich ließ mir von ihr zeigen, wie man vom Stoffbeutel bis zum Jackett alles richtig bügelte und wie man Bratensoße machte. Ich siezte sie, obwohl ich gehofft hatte, dass sie mir zur Verlobung vielleicht das Du anbieten würden. Daraus wurde nichts, und ich befürchte, dass daran wieder mal meine Eltern schuld waren. Denn ausgerechnet am Tag vor unserer Verlobungsfeier hatten sie ihren Fernsehauftritt.

Es gibt Dinge, über die macht man sich null Gedanken, bis man plötzlich selbst betroffen ist. Zum Beispiel hatte ich nie darüber nachgedacht, dass Leute, die sich in Fernsehshows blamierten, auch Familien hatten, die sie gleich mit in den Abgrund zogen. So erwischte das Erscheinen meiner Eltern im TV mich völlig kalt und ließ mich in den Treibsand der Scham versinken.

Bevor ich aber zu dem Fernsehauftritt und dessen Folgen im Detail komme, muss ich zum besseren Verständnis noch etwas weiter ausholen.

Als ich zwölf Jahre alt war, überfielen mich meine Eltern eines Nachmittags mit der Ankündigung, dass wir einen Austauschschüler bekommen würden. Die Freundin einer Freundin meiner Mutter war Schulleiterin in einem Gymnasium in der Kölner Innenstadt und suchte händeringend eine Ersatzfamilie für Veeti. Veeti kam aus Finnland, genauer aus Vaasa. Aus irgendeinem Grund hatte es mit seiner eigentlichen Austauschfamilie nicht geklappt, und meine Mutter, leichtfertig wie immer, sagte Ja, ohne das mit irgendwem von uns abzusprechen.

Am Nachmittag stand Veeti vor der Tür. Weil das Zimmer von meinem Bruder aussah wie ein Saustall, wurde beschlossen, dass Veeti für die zwei Wochen mein Zimmer bekam und ich ausquartiert wurde. Ich hatte die Auswahl zwischen dem Büro meiner Mutter, dem Gästezimmer unter dem Dach und dem Saustall meines Bruders. Im Büro meiner Mutter gab es ein Schlafsofa, ein Hasengehege und ungefähr drei Trilliarden Bücher, die meinen bescheidenen Statikkenntnissen zufolge in naher Zukunft die Regale zum Einstürzen bringen und Zorro, unserem Häschen, ein literarisch wertvolles Ende bereiten würden. Da würde ich kein Auge zumachen können. Im Gästezimmer bunkerten meine Eltern die Souvenirs, für die sie im Rest des Hauses noch keinen adäquaten Platz gefunden hatten, was auch daran lag, dass einige von ihnen als Schnäppchen auf hiesigen Flohmärkten oder in Ramschläden gekauft worden waren und ihrem Einsatz als Requisite für theatralische Reiseberichte noch harrten. Dafür hätten meine Eltern aber erst mal in die Länder reisen müssen, wo das Zeug ursprünglich herkam. Jedenfalls fühlte ich mich zwischen nigerianischen Dämonenmasken, hölzernen Geisterköpfen aus Papua-Neuguinea und frivolen Gottheiten aus Mittelamerika nicht recht wohl, außerdem war das Badezimmer so weit weg. Und so gab es nur eine Alternative: das Zimmer meines Bruders, in dem es unglaublich nach geschlossenen Fenstern roch.

Die Pflege unserer Zimmer hatten meine Eltern uns schon sehr früh übertragen, offiziell eine pädagogische Maßnahme, die uns zu mehr Selbstständigkeit erziehen sollte, was bei mir auch funktionierte. Bei Hannes nicht. Aber meine Eltern meinten, jeder sei seines eigenen Glückes Schmied – wenn er sich so wohlfühlte, sollte er es so haben.

Also musste ich in der zugemüllten Bude von Hannes auf der alten Matratze schlafen, deren Sprungfedern wir durch ausgiebiges Hüpfen aufs Äußerste strapaziert hatten. Ich war stinksauer.

Veeti war fünfzehn, aber schon fast so groß wie mein Vater. Sein Deutsch war sehr schlecht. Er konnte nur ja, nein, danke, bitte und Prost sagen. Am ersten Abend fand er den Alkoholschrank meiner Eltern, trank einen halben Liter Wodka und erbrach sich in meine Puppenwiege, wo Echthaar-Emily schlummerte. Nach dieser Aktion wurde sie erst Glatzen-Emily, um dann doch ein verfrühtes Grab in der Restmülltonne zu finden. Meine Eltern beschlossen, dass Veeti Heimweh hatte, und versuchten, ihm etwas zu bieten. Wir fuhren ins Schwimmbad. Erst als wir in der Umkleidekabine waren und meine Mutter sagte, die Badeanzüge hätte sie natürlich zu Hause gelassen, dämmerte mir, was Sache war. Wir gingen gar nicht schwimmen. Wir gingen – typisch finnisch – in die Sauna.

»Das habe ich noch nie gemacht«, sagte meine Mutter aufgekratzt, »da wird es dringend Zeit.«

»Ich geh nicht mit«, versuchte ich zu protestieren, aber genau wie meine Eltern mir nicht erlaubten, den Rosenkohl liegen zu lassen ohne wenigstens eine Gabel voll zu essen, kam ich auch hier nicht drum herum.

»Du musst es wenigstens einmal probieren, damit du weißt, ob du es magst oder nicht«, lautete die ungerührte Ansage meiner Mutter.

Was war das bitte schön für eine total beknackte Logik? Ich musste mir ja auch nicht erst mit dem Hammer auf den Daumen schlagen, um zu wissen, dass es wehtat. Ich fand es schon zu Hause unangenehm, dass meine Eltern so einen befreiten Umgang mit allem Körperlichen pflegten und dauernd nackt durchs Haus rannten oder andere Dinge taten, die eigentlich für ein Bett vorgesehen waren und nicht für den Garten (ja, ich hatte sie gesehen) oder das Badezimmer (dito). Aber dass ich hierbei jetzt mitmachen und ebenfalls in aller Öffentlichkeit blank ziehen sollte, war der Schock schlechthin.

»Aber Hannes ist auch nicht mit«, jammerte ich.

»Der hat ein Fußballspiel«, sagte meine Mutter. »Und jetzt stell dich nicht so an – dir guckt keiner was weg.«

Ich wickelte mich in das Handtuch, setzte mich auf die unterste Bank in eine Ecke und schwitzte. Alle anderen legten sich nackt auf ihre Handtücher. Keiner sagte ein Wort. Die meisten schlossen die Augen und entspannten sich. Sphärische Klänge ertönten aus unsichtbaren Lautsprechern, rötliche Lampen tauchten alles in ein warmes Zwielicht. Erst schaute ich nur auf den Boden, doch dann konnte ich nicht anders und lugte verstohlen zu Veeti, der gegenüber auf der obersten Bank lag, die Beine von sich gestreckt, die Arme locker auf der Brust verschränkt. Er sah schon fast aus wie ein Mann, mit muskulösen Armen und Beinen und dem schwarzen Schamhaar, das zwischen seinen Beinen spross.

Trotz des Halbdunkels bemerkte ich plötzlich eine Bewegung, und ich konnte nicht anders – ich musste hinschauen. Veetis Penis fing plötzlich an zu wackeln, er pulsierte, und mit jedem Pulsschlag wuchs er, in die Länge, in die Breite und in die Höhe. Ein solches Schauspiel hatte ich noch nie gesehen, und ich konnte den Blick nicht abwenden. Veetis Penis war bald so dick wie eine Fleischwurst im Ring. Ich musste schlucken. Das war ja so ekelhaft!

In dem Moment bemerkte ich, dass Veeti die Augen geöffnet hatte und mich anzüglich angrinste. Oh mein Gott! Ich wollte rausrennen, aber in meiner Panik bemerkte ich nicht, dass der Fuß meines Vaters auf einem losen Zipfel meines Handtuchs lag und es einklemmte. Das Handtuch glitt mir aus den schwitzigen Händen, fiel zu Boden, und ich stand nackt und schutzlos in der Sauna, als ausgerechnet in diesem Moment die Tür aufgemacht wurde und die hereindringende Helligkeit meine weiße Haut erstrahlen ließ. Als ich mein Handtuch wieder an mich gerafft hatte, rannte ich mit knallrotem Kopf raus.

Veeti grinste jedes Mal, wenn er mich in den folgenden zehn Tagen seines Aufenthalts zu Gesicht bekam. Das war mir so schrecklich peinlich, dass ich tagsüber die Gesellschaft der gruseligen Kunstgegenstände vorzog und mich mit meinen Hausaufgaben und meinen Büchern ins Gästezimmer unters Dach zurückzog. Als Veeti endlich weg war, unterzog ich mein Zimmer einer gnadenlosen Grundreinigung, wofür ich bei meiner Tante Marianne einen Dampfreiniger und diverse andere Spezialgeräte auslieh. Trotzdem dauerte es sehr lange, bis ich wieder in meinem Bett schlafen konnte, ohne an Veetis Fleischwurst zu denken.

Meine Eltern aber gingen seit dieser Zeit regelmäßig in die Sauna. Und ein Jahr später fuhren sie mit uns nach Korsika, um einmal Urlaub im Zelt auszuprobieren, wie sie uns sagten. Wobei sie sich einen kleinen, luxuriösen Wohnwagen mit Doppelbett mieteten und meinen Bruder und mich ins Zelt verfrachteten.

Leider hatte sie vergessen, ein weiteres Detail zu erwähnen: Der Campingplatz war ein FKK-Gelände. Und natürlich gestatteten mir meine Eltern dort ebenfalls keine »Prüderie«. Drei Wochen lang schmorte ich im Hitzestau des Zeltes, weil draußen allerlei Heimsuchungen auf mich warteten, wie zum Beispiel mein dauergrinsender elfjähriger Bruder, der sich unter all den Nackedeis pudelwohl fühlte und jede Stunde in der Campingdusche verschwand.

Ein weiterer Meilenstein in Sachen Abnabelung war erreicht. Ich beschloss, mit diesen Exhibitionisten niemals wieder in den Urlaub zu fahren, sondern mich stattdessen für katholische Freizeiten zu begeistern. Eine kluge Entscheidung. Auf der katholischen Freizeit im folgenden Jahr lernte ich einen Jungen kennen. Er hieß Lorenz. Ich mochte ihn. Wir konnten uns gut unterhalten. Die körperliche Annäherung war bis zum Stadium Ich-bin-aufgeregt-weil-er-in-seinem-schönen-Strickpulli-neben-mir-steht gediehen, und vielleicht würde ich an diesem Tag nach den Ferien, an dem er mich besuchen kam, mit ihm Händchen halten. Das hatte ich mir jedenfalls so ausgemalt. Mein Herz klopfte, als ich ihm die Tür öffnete. Ich wollte ihn unbemerkt in mein Zimmer schleusen, als plötzlich mein Vater auftauchte.

»Hallo«, sagte er, »ich bin der Manni.«

Meine Eltern bestanden bei all meinen Freunden drauf, dass sie sie duzten und Manni und Trautchen nannten. Fand ich ja völlig bescheuert, und ich schämte mich für diese Respektlosigkeit, die sie meinen Freunden gegenüber an den Tag legten.

»Guten Tag, ich bin Lorenz«, sagte Lorenz artig.

»Wie schön, dass du da bist«, sagte mein Vater freundlich und fügte hinzu: »Wollt ihr Kondome haben?«

Ich war vierzehn und wollte sterben vor Scham. Das Einzige aber, was nach dieser Aktion tot war, war die Beziehung zu Lorenz, der mit seinem braunen Pullunder ganz schnell das Weite gesucht hatte.

Dieser Vorfall mit Lorenz war lange Zeit die unangefochtene Nummer eins der Blamagen mit meinen Eltern gewesen. Doch dann hatten sie es geschafft, sich – und vor allem mich – nicht nur lokal beschränkt, sondern gleich nationenweit lächerlich zu machen. Sie hatten bei einer RTL2-Reportage mitgewirkt. Zum Thema Swingerclubs.

Zum ersten Mal dabei: Waltraud und Manfred Steckelbach aus Köln, stand in unschuldigen weißen Lettern auf dem roten Band, das sich über die entblößte Leistengegend meiner Eltern spannte. Die nackten Brüste meiner Mutter, die sich durch ein Geflecht aus schwarzen Lederriemen quetschten, erinnerten an Gefrierbeutel mit halb gefrorener Kartoffelsuppe. Die Schultern meines Vaters bogen sich schlaff nach unten und den Ansatz zur Hängebrust konnte er auch mit seinem sorglosen Grinsen nicht verbergen. Nach dem Interview sah man sie durch die Räume streifen, wo auf diversen Liegewiesen verschiedene Männlein und Weiblein verpixelte Unzucht betrieben. Diese lüsterne Nacktheit meiner Eltern im Licht der Kamera war schockierend. Wie in Gottes Namen kam man, wenn man mit einem Hirn gesegnet war, auf die Idee, sich mit Ende fünfzig nackt ins Fernsehen zu begeben und zu erzählen, dass man sein Liebesleben aufpeppen möchte, indem man andere welke Körper begattet? *Wie*?

Und wieso hatten meine Eltern mir gesagt, ich dürfe ihren Fernsehauftritt nicht verpassen?

Und wieso hatte ich Idiot darauf gehört und mich wirklich aufs Sofa gesetzt und diesen Horrorfilm angeschaut? Schauriger als *Das Omen*, grässlicher als *Das Kettensägenmassaker* und mit weitem Abstand gruseliger als *Das Schweigen der Lämmer*.

Erst als meine Eltern lüstern giggelnd in einer Liebesgrotte verschwunden waren, hatte ich die Kraft aufgebracht, den Fernseher auszuschalten.

»Mein Gott«, flüsterte ich und kämpfte mit dem Brechreiz. »Was ist nur mit ihnen los?«

Jens hatte die Reportage ebenfalls in Schockstarre verfolgt. Doch jetzt löste er sich aus seiner regungslosen Haltung und fing an zu schreien: »Die sind ja wohl total verrückt geworden!«

»Völlig wahnsinnig!«, bekräftigte ich.

»Wie können die denn so was machen?«

»Ich habe keine Ahnung.«

»Denken die eigentlich jemals an andere Menschen?«

Ich schüttelte nur den Kopf. »Was machen wir denn jetzt?«, flüsterte ich panisch.

In diesem Moment war ich mir sicher, dass ich erstens nie wieder Sex würde haben können, zweitens meine Eltern dringend in psychiatrische Behandlung geben und ich drittens meine Verlobungsfeier absagen musste.

Aber dann hätte ich den achtunddreißig Gästen ja einen Grund für die Absage nennen müssen, und da ich niemals die Wahrheit gesagt hätte, hätte jeder gedacht, Jens und ich würden uns trennen oder hätten Probleme oder sonst was Absurdes. Also kam das nicht infrage.

Jens schnaubte. »Wir beten, dass von unseren Gästen niemand diese Sendung gesehen hat. Und vor allem, dass meine Eltern niemals etwas davon erfahren. Die trifft der Schlag!«

Sie erfuhren davon. Denn meine Eltern brachten es tatsächlich fertig, das Thema bei unserer Verlobungsfeier von selbst anzusprechen. Während ich mich an ihrer Stelle bei einem ukrainischen Schönheitschirurgen unters Messer gelegt hätte, und mit einer Fratze getarnt ausgewandert und nie, nie, nie wieder zurückgekehrt wäre, redeten sie auch noch offen darüber!

»Es war wirklich eine schöne Abwechslung!«, posaunte meine Mutter herum, als ob sie japanisch essen gewesen wären statt wie sonst immer chinesisch. »Wirklich, das kann ich jedem nur empfehlen. Es belebt Körper und Geist!« Sie lachte ordinär und zwinkerte mir zu.

Und in diesem Moment durchschaute ich ihr Manöver. Der Swingerclub-Auftritt war ihre Antwort auf meine Frage gewesen, ob sie im Leben was verpasst hätte, weil sie ihren ersten Freund geheiratet hatte. Sie hatte mir eine deutliche Botschaft gesandt, und die hieß: Aus dem Gefängnis der Monogamie kann man nur auf abenteuerlichen Fluchtwegen entkommen.

Auf der Stelle machte ich mich auf die Suche nach meinem Verlobten. An Jens' angewiderter Miene konnte ich genau sehen, wie er sich fühlte. Jede seiner Bewegungen geriet an diesem Abend steif, und seine Stimme klang hohl. Er schämte sich. Und ich schämte mich doppelt. Für den Auftritt meiner Eltern und dafür, dass meine Familie Jens so in Verlegenheit brachte.

Ein heftiger Anfall zärtlicher Liebe wallte in mir auf, als ich ihn betrachtete. Niemals würde ich es bereuen, mein ganzes Leben monogam zu verbringen. Und meine Eltern würden mich mit keinem noch so peinlichen Auftritt der Welt davon abbringen können, ihn zu heiraten! Nur die Feier, die hatten sie mir gründlich verdorben. Anstatt dass wir uns über den wunderschönen Anlass oder meinen neuen Job unterhielten, war der Auftritt meiner Eltern *das* Gesprächsthema!

Tante Marianne war entsetzt. Oma Hildegard weigerte sich, mit »diesen Sittenstrolchen« an einem Tisch zu sitzen, was die ganze Sitzordnung durcheinander und die harmonische Atmosphäre endgültig ins Wanken brachte. Denn meine Mutter ließ es nicht auf sich beruhen, sondern schoss sofort zurück.

»Zum Glück«, zischte sie pikiert. »Dann brauche ich wenigstens nicht mit dem Naziliebchen an einem Tisch zu sitzen.«

»Mama, nicht!«, stöhnte ich genervt. »Nicht schon wieder.«

Die Vergangenheit meiner Großeltern war von jeher das bevorzugte Thema meiner Mutter, wenn sie auch nur den Hauch einer Kritik von meiner Oma zu hören bekam. Opa Johann, der lange vor meiner Geburt gestorben war, hatte sich in der Hitlerjugend hervorgetan und war mit achtzehn der SA beigetreten, verlor aber kurz darauf durch einen Unfall Daumen, Zeige- und Mittelfinger der rechten Hand, was zu seinem großen Bedauern eine weitere Nazikarriere verhinderte. Und Oma Hildegard hatte 1942 ihrer Begeisterung für den Führer Ausdruck verliehen, indem sie ihm einen Verehrerbrief in doppelter Ausfertigung geschrieben hatte. Meine Mutter hatte den Durchschlag irgendwann unter allem möglichen Gerümpel auf dem Speicher gefunden und benutzte ihn seitdem als Totschlagargument in jedem Streit mit ihrer Mutter. Oma Hildegard ging für gewöhnlich gar nicht darauf ein, sondern zog nur ihr essigsaures Gesicht. Nur einmal hatte sie gesagt, dass sie sich vor ihrer Tochter nicht für ihr Leben rechtfertigen würde.

»Du gibst es also zu«, hatte daraufhin meine Mutter geschrien, aber Oma Hildegard hatte nur »Tsess!« gemacht und gesagt, sie würde gar nichts zugeben, und Tante Marianne hatte eingeworfen, dass meine Mutter das Thema doch nun endlich mal begraben sollte. Aber das sah meine Mutter gar nicht ein, wovon man sich auf meiner Verlobungsfeier wieder live und in Farbe überzeugen konnte.

Bumms, da war es wieder, das fiese Wort, das wie kein anderes dazu geeignet war, jede schöne Stimmung kaputt zu machen. Nazi. Aber Oma Hildegard ließ sich gar nicht beeindrucken.

»Lass dir mal was Neues einfallen, Waltraud«, gab sie ihrer Tochter spitz zurück. »Das ist nämlich schon siebzig Jahre her.«

»Na und? So etwas sollte man nie vergessen, nicht wahr?«

»Genauso wenig wie man einige deiner Jugendsünden nicht vergessen sollte, *nicht wahr*?«

»Die kannst du meinetwegen alle erzählen, Mutter«, sagte meine Mutter triumphierend. »Ich habe nämlich nichts zu verbergen.«

»Oh ja, *das* habe ich gestern im Fernsehen gesehen.« Oma Hildegard verzog angewidert den Mund.

Meine Mutter schnaubte wie ein Pferd und wurde tatsächlich ein bisschen rot, vermutlich aber nur aus Wut. So was wie Scham kannte sie ja gar nicht.

Ich verkürzte das Duell und tauschte einfach die Plätze meiner Eltern mit denen meiner Tante Marianne und Onkel Bernd. Das hätte ich eigentlich sowieso von vornherein am liebsten gehabt, aber ich wollte Jens' Eltern nicht so deutlich zeigen, dass ich mit meinen Eltern Differenzen hatte. Ich dachte naiverweise, wir könnten bei meiner Verlobung einmal eine harmonische Familie spielen und meinen zukünftigen Schwiegereltern nicht gleich das ganze Programm von Zwietracht und Wahnsinn bieten, das wir auf Lager hatten. Wie dumm von mir! Aber das hatte ich nun davon.

Verschnupft beobachteten Jens' Eltern, wie ich die Tischkärtchen austauschte. Ihre Wangen waren noch rosiger als sonst. Hermann Hills linkes Lid hing noch ein Stückchen weiter runter auf Halbmast. Trauerbeflaggung.

Astrid Hill schickte mich aus der Küche, als ich ihr helfen wollte, und murmelte: »Gehen Sie sich amüsieren.« Bei *amüsieren* stockte sie und schaute schnell wieder auf ihre Kräuterbutter.

Sie konnten mir nicht mehr in die Augen sehen. Den ganzen Abend nicht. Beim Essen schauten sie auf ihre Teller, als erwarteten sie, dort dem Sinn des Lebens auf den Grund gehen zu können. Die Stimmung an unserem Tisch war gelinde gesagt unterkühlt, auch wenn Tante Marianne und Onkel Bernd sich redlich um belanglose Konversation bemühten. Meine Eltern saßen bei meiner Kusine Anja und ihrem Daniel und hatten dort zu meinem Entsetzen und entgegen jedem Gesetz von Anstand und Sitte offensichtlich riesigen Spaß. Sie lachten so laut, dass wir noch nicht mal verstehen konnten, über was sie sich eigentlich so amüsierten. Diese Störenfriede! Verdarben uns unsere Verlobungsfeier und waren dann auch noch bester Stimmung!

Und als wäre es noch nicht genug gewesen, sich auf den bundesweiten Mattscheiben als liebestolle Grabbelware zu präsentieren, bestanden sie darauf, sich auch auf dieser Festivität zu blamieren. Sie tanzten später wie zwei hormonumnachtete Teenies zu *Hot in Here* von Nelly, während ich mir von den mittlerweile durch alkoholische Getränke enthemmten Gästen einen blödsinnigen Spruch nach dem anderen reinziehen musste. Die meisten beinhalteten den Hinweis, dass ich meiner Mutter ziemlich ähnlich sähe, was ich in dem Zusammenhang mit ihrem Fernsehauftritt natürlich am allerwenigsten hören wollte, und dümmliche Wortspiele, die so oder so ähnlich abliefen:

»Weißt du, Moni, was ich mit solch unerzogenen Eltern machen würde? Ich würde sie in einen *S*winger sperren.«

»Was sagt denn Jens dazu, dass seine Schwiegereltern in Wirklichkeit *Swinger*eltern sind?«

»Hey, Mädels, Moni ist es peinlich, also hört mal auf, große Reden zu *swingen.*«

Ich ärgerte mich. Über meine Eltern, die mir den zweitschönsten Tag in meinem Leben mit den Bildern ihrer nun prominenten nackten Leiber, die sich mir in den Kopf gebrannt hatten, verpatzt hatten. Und darüber, dass sie trotzdem mit sich selbst im Reinen waren. Sie bereuten gar nichts! Und das war ja wohl der Gipfel der Unverschämtheit!

Meine Kusine Anja sagte, es seien doch ihre Körper und nicht meiner; warum ich mich überhaupt aufregen würde? Meine Freundin Ellen sagte, die würden halt spinnen, und ich solle einfach nicht mehr dran denken. Saskia meinte, ich könne sie ja wegen seelischer Grausamkeit verklagen, aber vermutlich gingen auch Richter und Staatsanwälte zu solchen Veranstaltungen, und dann hätte ich schlechte Karten. Besser wäre es, alles zu vergessen.

Aber das würde nicht so leicht werden. Mit wachsendem Unbehagen beobachtete ich, wie Jens' Eltern meine Eltern auf der Tanzfläche wie zwei Außerirdische begafften, bis mein Vater stolperte und eine Box umriss. Das konnten sie offensichtlich nicht mehr mit ansehen und gingen nach draußen. Jens folgte ihnen. Hermann Hill verzog sich ins

Haus. Jens setzte sich mit seiner Mutter auf die Gartenbank unter dem Efeu und redete leise auf sie ein, dabei hielt er ihre Hand. Ich überlegte, ob ich hingehen sollte und irgendetwas zur Verbesserung der Situation beitragen könnte, aber als Jens mich erblickte, schüttelte er unmerklich den Kopf und bedeutete mir damit, mich nicht zu nähern.

Es war schrecklich. Dabei hatte ich so ein schönes dunkelblaues Chiffonkleid im Empirestil an, das ich zu einem Schnäppchenpreis gekauft hatte und das beste Laune verdient hätte. Aber ich konnte mich genauso wenig über mein schickes Kleid freuen wie Jens sich über die tolle Designeruhr, die ich ihm aus Begeisterung über meine neue Arbeitsstelle zur Verlobung geschenkt hatte. Und bei der anschließenden Verlobungsnacht, die ich eigentlich mit neuen, schicken Dessous zu einem privaten Höhepunkt der Feierlichkeit machen wollte, lief im gegenseitigen Einverständnis gar nichts.

Auch am folgenden Tag war die Stimmung zwischen uns beiden noch sehr gedrückt. Jens war wortkarg, hing seinen Gedanken nach. Ich gab ihm etwas Zeit, weil ich wusste, wie sehr er es hasste, über persönliche Probleme zu sprechen.

Aber nachmittags hielt ich es nicht mehr aus. Ich setzte mich neben ihn aufs Sofa und fragte: »Was ist los, Hase?«

»Ach, Moni …«, fing er an und klang dabei so ernst, dass mir fast das Herz in die Hose rutschte. Aber dann sagte er: »Du bist ein anständiges Mädchen, und das liebe ich so an dir.«

Das Aber stand schon im Raum, bevor er es aussprach.

»Aber deine Eltern sind wirklich eine Zumutung. Und meine Eltern sind gelinde gesagt entsetzt.«

»Das sind wir doch alle«, solidarisierte ich mich schnell.

»Vielleicht ist entsetzt nicht ganz das richtige Wort.«

Ich wagte nicht zu fragen, was das richtige Wort für den Zustand seiner Eltern war. »Auf jeden Fall müssen sie sich noch etwas von dem Schock erholen, bis…«

»Bis was?«

»Bis sie sich wieder auf die Hochzeit freuen können. Und einverstanden sind.«

»Aber wir beide heiraten doch«, gab ich zu bedenken. »Sie heiraten ja nicht meine Eltern.«

»Ich weiß. Aber sie machen sich eben große Sorgen, dass du auch so – wirst.«

»Wie soll ich werden?«, fragte ich alarmiert.

»Na, ist doch klar.«

»Nee, ist überhaupt nicht klar. Jetzt sag es!«

Er druckste noch ein bisschen herum, dann sprach er es endlich aus. »Sie haben Sorge, dass du so wirst wie deine Mutter.«

»Wie meine *Mutter*?«, rief ich schrill. Da wäre ich lieber Brigitte Nielsen! »Wie kommen sie denn auf diese völlig abwegige Idee?«

»Keine Ahnung«, sagte Jens mit einer wegwerfenden Handbewegung. »Du weißt ja, wie sie sind.«

Ich nickte. Dabei hatte ich keine Ahnung. Ich hatte bisher bei ihnen noch keinerlei große Gefühlsregungen feststellen können, noch sonst welche Handlungen, die über ihren wahren Charakter Auskunft gegeben hätten. Ich wusste nicht mal, was sie zu meinem Job sagten. Mein Gott, ich hatte sie noch nicht einmal lachen hören! Ein verlegenes Hüsteln, mehr war nicht drin. Aber nach acht Jahren Beziehung wollte ich nicht zugeben, dass ich seine Eltern im Grunde gar nicht kannte.

»Und was willst du jetzt machen?«, fragte ich bebend.

Er zuckte mit den Schultern. »Ich muss noch nachdenken.«

In der nächsten Woche fuhr er noch einige Male zu seinen Eltern. Allein. Das sei besser, meinte er.

Ich fragte ihn immer, wie es gewesen sei, aber er wollte nicht so richtig rausrücken mit der Sprache.

Das sei typisch Mann, meinte Ellen. Aber ich fand das blöd. Es ging schließlich hauptsächlich um mich, wenn er sich mit seinen Eltern traf.

»Soll ich nicht doch mal mitkommen?«, bot ich deswegen an.

»Nein«, sagte Jens. »Die Sache ist ernster, als ich anfangs gedacht hatte.«

»Wie ernst?«, fragte ich.

»So ernst, dass wir jetzt deswegen eine Familientherapie machen.«

»Echt jetzt?« Ich musste schlucken.

»Ja, es gibt da doch einige ernsthafte Schwierigkeiten, weil sie ja nur ein Kind haben konnten. Alle ihre Erwartungen sind auf mich gerichtet, und ich fühle mich deswegen schon sehr stark unter Druck.«

Ich wunderte mich. Ich hatte noch nie gemerkt, dass er sich irgendwie bedrängt fühlte.

»Das hätte ich ja echt nicht gedacht«, sagte ich. Und dann fiel mir was ein, und Jens musste meinen Gedankengang an meiner entsetzten Miene abgelesen haben.

»Keine Sorge, Möhrchen«, beruhigte er mich, »du musst nicht mit. Das ist eine Sache zwischen meinen Eltern und mir.«

»Gut«, sagte ich erleichtert. Es wäre mir doch sehr merkwürdig vorgekommen, diesen Leuten, mit denen ich mich noch nie über was anderes als über das Wetter, die Rasenpflege oder über Angelegenheiten der Haushaltsführung unterhalten hatte, im Rahmen einer Therapiesitzung zu begegnen.

»Aber ich finde es super, dass ihr das macht. Und es wäre toll, wenn ihr eure Differenzen bis zur Hochzeit geklärt hättet.« Dann würden sie mir vielleicht auch endlich das Du anbieten.

Die Therapie fing in der übernächsten Woche an. Jede Woche Mittwoch – an Jens' freiem Nachmittag – ging er mit seinen Eltern zu einer Therapeutin in Leverkusen. Jens hatte mir gesagt, ich solle seine Eltern auf keinen Fall darauf ansprechen, weil das für sie sehr unangenehm wäre, wenn sie wüssten, dass ich es weiß. Also versprach ich, schön brav meinen Mund zu halten. Ehrlich gesagt hatte ich auch nicht so ein riesiges Interesse an dem Knatsch in anderen Familien. Ich hatte mit meinen Eltern schon genug am Hals.

5

»Puna«, rief meine Mutter, als wir uns nach der Vermählung von Anja und Daniel im Vorraum versammelt hatten.

»Moni«, korrigierte ich sie.

»Ja, sicher«, sagte mein Vater. »Komm her, Schatz!« Er nahm mich in den Arm und drückte mich. »Cleveres Mädchen.«

»Ja, wirklich«, bekräftigte meine Mutter. »Danke schön.«

»Was? Wieso?«

»Wegen gestern!«

Mit wachsendem Entsetzen lauschte ich ihren Aussagen.

»Weil du diesen Bogert dazu gezwungen hast, sich der Kritik der Öffentlichkeit zu stellen.«

»Jetzt kann er sich nicht mehr hinter seiner Anonymität verstecken!«

»Dieses feige Schwein.«

»Und wie geschickt du das gemacht hast«, rief mein Vater. »Der ganze Bürgerverein ist begeistert von deiner Aktion!«

Geschickt gemacht? Bürgerverein *begeistert*?

»Habt ihr denen etwa erzählt, dass ich eure Tochter bin?«, fragte ich entsetzt.

»Natürlich!« Meine Mutter streichelte meine Wange, während ich sie bestürzt anstarrte. Aber niemand durfte das erfahren, wollte ich schreien, doch die Wörter kamen mir nicht über die Lippen.

Meine Mutter fragte: »Was ist denn los? Stimmt was nicht, Moni?«

Ihr Gesicht leuchtete vor Zuneigung, mein Vater sah mich an, als wäre ich der Lotto-Jackpot, den er gerade geknackt hätte. Sie waren stolz auf mich, schoss es mir verblüfft durch den Kopf. Und da sie mich so zärtlich und liebevoll anschauten, konnte ich nun schlecht sagen, dass der ganze Sinn und Zweck dieser Aktion darin bestanden hatte, unsere Verwandtschaft zu leugnen und jedwede Verbindung zu ihnen abzustreiten.

»Ich freue mich doch, dass ich euch helfen konnte«, sagte ich geschmeichelt. »Aber …«

»Nicht uns! Der Umwelt!«, unterbrach mein Vater lachend. »Aber die braucht natürlich Leute wie uns, die sich für sie einsetzen.«

»Ja«, sagte ich. »Und das finde ich auch wirklich toll, dass ihr das macht. Aber ich …«

»Na ja. Wir leisten nur einen bescheidenen Beitrag«, rief meine Mutter dazwischen.

»Na, so bescheiden ist er nun auch wieder nicht«, dröhnte mein Vater. »Hey, Hannes, komm mal rüber.« Er winkte meinem Bruder, der unbeteiligt auf einem Stuhl hing und sich um eine coole Miene bemühte, was ihm um Haaresbreite nicht gelang. Hannes stand auf und schleppte seinen verkaterten Körper zu uns.

»Hast du schon gehört, dass Moni uns bei unserer Flughafeninitiative hilft? Das wäre doch toll, wenn du dich auch mal für etwas engagieren würdest.«

»Och nöö«, sagte Hannes. »Für so was habe ich keine Zeit.«

»Wieso nicht?«, fragte meine Mutter schnell. »Was hast du denn so Wichtiges zu tun?«

Aber mein Bruder ging gar nicht drauf ein, sondern wandte sich an mich: »Derbe, dass du das machst, Moni. Hätte ich nicht von dir gedacht.«

Ich auch nicht.

»Na ja, es ist eher so, dass ich undercover mitarbeite«, sagte ich leise. »Es sollte besser niemand davon erfahren.«

»Wieso nicht?«, fragte mein Vater laut. »Ist doch nicht verboten, sich für die Erhaltung der Natur einzusetzen.«

»Nee, das nicht«, sagte ich. »Aber ich kann nicht offiziell auf eurer Seite sein.«

Sie starrten mich verwirrt an.

»Wenn mein Arbeitgeber erfährt, dass ich auf eurer Seite bin, dann bin ich meinen Job los. Weil unsere Kunden Naturschützern nicht vertrauen.«

Meine Eltern guckten mich wieder mit diesem verständnislosen Blick an, als ob ihr Hirn komplett vernagelt wäre für alles, was mit ökonomischen Belangen zusammenhing. So glotzten sie auch immer, wenn ich ihnen von dem spannenden Rohstoffmarkt erzählte.

»Und was machst du mit dem ganzen Zucker?«, fragten sie dann. Sie kapierten nicht, dass ich natürlich nicht tonnenweise Zucker kaufte, sondern nur eine virtuelle Menge übernahm, die ich dann zu einem höheren Preis weiterverkaufte an jemanden, der auch keinen Zucker brauchte, aber glaubte, dass die Preise noch weiter steigen würden.

Ich seufzte. Dann erklärte ich geduldig: »Naturschutz bedeutet Stillstand. Und Stillstand bringt kein Geld. Wachstum – das ist es, was zählt, und nur darum geht es.«

»Aber es kann doch nicht alles immer weiterwachsen«, beharrte mein Vater, »dann bleibt irgendwann doch überhaupt kein Platz mehr für Tiere, Pflanzen und uns Menschen.«

Meine Mutter nickte und verströmte dabei diese Naivität, die man einer Frau, die auf die sechzig zugeht, gar nicht zutraut.

Ich atmete tief ein. Ich hatte jetzt nun wirklich keine Lust, ihnen schon wieder das kleine Einmaleins der Wirtschaft zu erklären. Deswegen ging ich auch gar nicht auf Vaters einfältige Bemerkung ein, sondern sagte: »Wie dem auch sei. Es wäre besser, wenn mein – äh – Engagement unter uns bliebe.«

Es ratterte einen Moment in den Hirnen meiner Eltern, dann fiel wenigstens bei meiner Mutter der Groschen: »Na klar! Logisch.«

»Aber wieso das denn?«, widersprach mein Vater. »Es wäre doch viel besser, wenn sie sich zu ihrer Überzeugung bekennen würde. Jeder, der seine Stimme in der Öffentlichkeit abgibt, hilft uns.«

»Nein, Manni! Dann kann sie uns doch nicht mit inoffiziellen Informationen versorgen. Was denkst du denn, woher sie wusste, dass das Bogert war!«

Das Gesicht meines Vaters hellte sich auf. »Natürlich! Moni ist unsere Spionin in der Industrieetage!«

Die beiden schauten mich begeistert an. Heiliger Zitronenstrauch! Das hätte ich mir auch nicht träumen lassen.

»Ach, da drüben ist Ellen«, antwortete ich. »Ich muss sie noch was fragen.«

Während mich meine Eltern in diesem Moment mit Wohlwollen ziehen ließen, geriet ich bei Ellen und ihren Lieben in ein mittelschweres Unwetter. Es war so: Baby Fritz wachte auf. Sein Quäken war der Startschuss für seine Oma Dagmar, sich auf ihn zu stürzen, was Arne zu verhindern suchte. Während Dagmar noch in der Ja-wen-haben-wir-denn-da-tutitutitituti-Phase war, hatte Arne schon beherzt in den Kinderwagen gegriffen und sich seinen Sohn geschnappt.

»Pass doch auf, sein Kopf«, tadelte Ellen und hielt stützend die Hand in Fritz' Nacken.

Arne zischte irgendwas und stellte sich dann mit Fritz etwas abseits, um ihm die Bilder an der Wand zu zeigen.

»Ich finde, du solltest ihm sagen, dass er besser aufpassen soll«, keifte Dagmar, als ich mich näherte. »Er hätte dem Kind ja beinahe ein Schleudertrauma zugefügt.«

»Mama«, sagte Ellen müde. »So schlimm war es auch nicht.«

»Hey, ihr beiden«, rief ich. »Das war eine schöne Trauung, oder?«

»Ja«, sagte Ellen. »Aber dieses Kleid von Anja, also echt! Als ob sie den King of Rock 'n' Roll heiraten würde.«

»Fand ich auch ziemlich unpass…«

»Ellen«, rief Arne und kam mit Fritz angelaufen, der ihm einen ziemlich großen Breifleck auf das schwarze Jackett gemacht hatte.

Dagmars Gesicht hellte sich auf. Sofort nahm sie ihren Enkel entgegen, den Arne jetzt doch bereitwillig abgab. Ellen zückte feuchte Tücher aus einer Kinderwagentasche und wischte das Jackett so gut wie möglich sauber. Gespräche mit Ellen waren nicht so einfach, seit sie ein Kind hatte.

Die anschließende Feier fand in einem Café mit Tanzsaal und großer Terrasse in Köln-Ehrenfeld statt. Es war eines dieser Retrolokale mit Nierentischen, geblümten Tapeten, einer Jukebox und anderen Wohnaccessoires der 1950er-Jahre und trug den passenden Namen Wirtschaftswunder.

»Sieht sie nicht unglaublich glücklich aus?«, fragte ich Jens auf dem Sektempfang, bei dem Anja ausgelassen mit ihren Gästen lachte, ihren Mann nicht losließ und einfach beneidenswert unbeschwert wirkte. »Ich freue mich schon so auf unsere Hochzeit, mein Schatz.«

»Aber diese Tätowierungen!«, sagte er abgelenkt. »Meine Güte, die sehen schlimm aus.«

»Aber zu ihr passen sie – irgendwie.«

»Meinst du, weil sie insgesamt wirkt wie eine Asoziale?«, fragte Jens ohne Ironie.

»Nein, natürlich *nicht*«, sagte ich schnell. »Es passt halt zu ihrem Stil, mit den 50er-Jahre-Kleidern und so. Aber ich würde so natürlich nie rumlaufen«, schob ich schnell hinterher.

Ein mir unbekannter Mann quetschte sich durch die Menge bis zu uns durch. Er war ungefähr im Alter meiner Eltern und erinnerte mich mit seiner großen, gebogenen Nase an einen Tukan.

»Sind Sie Moni Steckelbach?« Sein Tonfall klang wie der eines pflichtbewussten Gesetzeshüters, und mir schoss Adrenalin ins Blut. Hatte ich schon wieder irgendetwas falsch gemacht? Oder war das vielleicht ein Scherge von Gunther Bogert, der mich gleich unter einem Vorwand verhaften lassen würde, wobei man ein Pfund Heroin in meiner Tasche finden würde?

»Ja«, sagte ich alarmiert und griff nach Jens' Hand.

»Aha!«, rief der Tukan, und der Mund unter seiner Schnabelnase verzog sich zu einem Grinsen. »Dann bin ich ja an der richtigen Adresse. Ich bin Uli Schumann, der frischgebackene Schwiegervater von Anja!«

»Ach so«, rief ich erleichtert. »Herzlichen Glückwunsch. Ich bin die Kusine der Braut. Und das ist mein Verlobter Jens.«

Uli nickte Jens nur kurz zu, um sich dann vertraulich

näher zu mir zu beugen. »Letztens sagte mir mein Bankberater, ich solle Platin kaufen. Platin sei das neue Gold. Was meint die Fachfrau dazu? Kaufen oder nicht?«

»Ahh! Okay!« Ein befreites Lachen bahnte sich den Weg aus meiner Kehle und ließ mich dümmlich gackern. Dann wurde ich schnell wieder ernst. Nach meinem kleinen Ausflug in den Wahnsinn der selbst gemachten Panik packte mich der Ehrgeiz, mich als professionelle Vermögensverwalterin zu präsentieren. Es dauerte nicht lange, da kamen noch zwei weitere Männer hinzu, die sich meinen Vortrag über die Entwicklung des Platinpreises anhörten. Kaum war ich mit Platin fertig, ging es weiter mit Öl, dann kam noch eine Frau dazu und fragte mich nach der BASF-Aktie.

»Das ist nicht mein Fachgebiet. Aber mal sehen…« Ich holte mein Smartphone raus, ging auf die Seite wallstreet-online.de und checkte den Chartverlauf der Aktie.

»Deinen Laptop hast du nicht dabei?«, fragte Jens, der immer noch neben mir stand. Weil ich gerade so in Fahrt war, überhörte ich seinen angesäuerten Unterton.

»Du meinst mein hervorragendes, wunderbares neues MacBook?«, fragte ich lächelnd. »Nee, heute nicht. Passte nicht in meine Clutch.« Ich schwenkte meine kleine Handtasche, und meine Zuhörer lachten.

»Aber umso besser, dass es Smartphones gibt, nicht wahr?«, warf Uli, der Tukan, ein.

»Ich hole mir noch was zu trinken«, murmelte Jens und drehte sich weg.

Als es nach einer Stunde zum Essen ging, traf ich ihn wieder. »Puh«, sagte ich. Mir rauchte noch der Kopf von meinem ungewollten Ausflug in die Welt der Börsen. »Da habe ich mal eben ein paar Menschen glücklich gemacht.«

»Herzlichen Glückwunsch«, brummte er.

»Bist du sauer?«

»Nein. Natürlich nicht. So ist das eben, wenn man mit einer erfolgreichen Vermögensverwalterin zusammen ist.«

»Na, zum Glück bin ich keine erfolgreiche Ärztin«, scherzte ich. »Sonst hätte ich mir jetzt vielleicht Hühneraugen oder Ausschläge angucken müssen.«

Jens lachte nicht.

Desaster Nummer zwei ereignete sich nach dem Essen. Der Tanz wurde eröffnet von einer Jazzband, die mit scheppernden Trompeten Lindy-Hop-Musik spielte, weil Anja und Daniel sich vor dreieinhalb Jahren bei einer solchen Tanzveranstaltung kennengelernt hatten. Lindy Hop war so eine Art jazziger Rock 'n' Roll, und die beiden legten sofort eine heiße Sohle aufs Parkett. Mit leicht vorgebeugtem Oberkörper bewegten Anja und Daniel ihre Füße in unglaublicher Geschwindigkeit, warfen die Beine hoch und drehten sich immer wieder. Mal tanzten sie einander gegenüber, mal hintereinander, wobei sie nicht einmal aus dem Tritt kamen. Sie harmonierten perfekt. Richtig spektakulär war, als sie ihren Tanz mit fast artistischen Einlagen würzten und Daniel Anja über seiner Schulter herumwirbelte. Mir lief ein Schauer über den Nacken.

»Warum tanzt du eigentlich nicht gerne?«, fragte ich Jens, der sich mit Arne an der Bar festgesaugt hatte.

»Ist einfach nicht so mein Ding«, war seine erhellende Antwort, dann drehte er sich zu Arne um und sagte: »Im Herbst hole ich mir vielleicht den neuen Peugeot RCZ.«

»Ach, echt?« Und schon waren die beiden wieder in ein Gespräch über Autos vertieft. Ich holte aus Gewohnheit mein Smartphone heraus und checkte mal eben die Nachrichtenlage.

»Steck das Ding weg!«, sagte meine Mutter, die plötzlich neben mir aufgetaucht war. »Das ist doch wirklich total peinlich.«

»Ein Smartphone findest du peinlich?«, fragte ich verdutzt.

»Na klar, und wie! Als ob du irgendein aufgeblasener Wichtigtuer wärst!«

Meine Mutter schaute mich ernst an, und obwohl mir eine Diskussion über gesellschaftstaugliches Auftreten auf der Zunge lag, musste ich plötzlich lachen. Ich steckte tatsächlich das Gerät weg, weil es eh nichts Neues gab. Meine Mutter warf mir einen verschwörerischen Blick zu, klopfte Jens auf die Schulter und unterbrach sein Gespräch.

»So, und nun, Jens, tanz mit mir!«, sagte sie mit breitem Lächeln.

Jens sagte unterkühlt: »Tut mir leid, Waltraud, aber ich unterhalte mich gerade, wie du vielleicht siehst.«

»Das kannst du später noch. Los komm jetzt! So ein junger Bursche wie du muss doch tanzen.« Sie fing an, vor ihm hin und her zu zappeln.

»Mama, er tanzt nie«, beeilte ich mich zu sagen, denn an Jens' Miene konnte ich ablesen, wie sein Zorn wuchs.

»Papperlapapp, einmal ist immer das erste Mal.« Mit einem Ruck zog sie an seinem Arm, gerade als er zu seinem Grappa griff.

»Pass doch auf«, herrschte Jens sie an, weil er beinahe den Schnaps verschüttet hätte. Er kippte ihn in einem Zug runter.

»Nun lass es gut sein, Mama«, sagte ich. »Es nützt sowieso nichts. Ich habe es auch schon versucht.«

Aber die Hartnäckigkeit meiner Mutter war legendär, seit sie es einmal geschafft hatte, Stéphanie von Monaco für eine ganze Viertelstunde zu interviewen.

»Komm, Jens«, sagte sie und schaltete in den Bettelmodus. »Einen Tanz mit deiner Schwiegermutter kannst du doch nicht ablehnen.«

»Ich will nicht, Waltraud, okay?«, sagte Jens scharf. Er hatte offensichtlich schon mehr als einen Grappa getrunken. Arne stand neben ihm und verkniff sich ein Grinsen.

»Ach, was bist du langweilig«, sagte meine Mutter.

»Ach, *was bist du aufdringlich*«, äffte Jens sie nach. »Und jetzt lass mich in Ruhe. *Bitte.*«

»Ich nehme das als ein Vielleicht«, antwortete meine Mutter und rauschte triumphierend ab. Ich wollte Jens ein aufmunterndes Lächeln schenken, aber er winkte dem Barmann und bestellte einen weiteren Grappa für sich und Arne. Ich seufzte.

»Guck nicht so bedröppelt, mein Kind, *ich* tanz mit dir«, rief mein Vater, der offensichtlich von meiner Mutter über Jens' Bockigkeit informiert worden war, und zog mich auf die Tanzfläche.

Mein Vater war trotz seines dicken Bauches recht flink, und da Lindy Hop nicht so eine steife Angelegenheit war wie Walzer, sondern durchaus den einen oder anderen Schrittpatzer verzieh, solange man nicht zu nah zusammen tanzte, hatten wir erstaunlicherweise nach etwa einer Minute irgendwie den Dreh raus. Auch wenn es natürlich eine reine Fantasieschrittfolge war. Aber es machte Spaß. Wir tanzten auf zwei Armlängen voneinander entfernt, näherten uns an, drehten uns und tanzten weiter. Neben uns tanzten Freunde des Brautpaars, die wie dieses augenscheinlich auch Lindy-Hop-Experten waren. Die Frau trug ein Charlestonkleid und ein Stirnband mit schwarzer Stoffblume. Sie stützte sich auf die Hände des Mannes auf und sprang in die Höhe, wobei sie schnell die Beine spreizte.

Als sie wieder gelandet war, rollte sie über seinen Rücken und sprang wieder auf den Boden. Es hatte sich schon ein Kreis von Zuschauern gebildet, die die beiden bewunderten. Mein Vater aber dachte offensichtlich, es wäre auch sein Publikum. Er lachte, packte mich an der Taille, hob mich hoch und drehte sich. Irgendwie gelang es mir, wieder auf die Füße zu kommen.

»Whhooouuu!«, rief jemand. Mein Vater grinste noch mehr. Die Charleston-Frau und ihr Mann tanzten schneller. Sie sprang auf seinen Arm, und er warf sie elegant über seine Schulter. Es sah ganz leicht aus. Die Leute schrien vor Begeisterung. Ich sah den übermütigen Ausdruck im Gesicht meines Vaters. Er packte mich erneut an der Taille, stemmte mich plötzlich hoch, drückte mich von sich, machte einen Schritt nach hinten und fing an, sich zu drehen – und damit auch mich. Für einen Moment fühlte ich mich wie als Kind, wenn er »Flugzeug« mit mir spielte und mich im Garten wie im Karussell herumwirbelte, bis uns schwindlig wurde und wir uns beide lachend ins Gras warfen.

Leider war ich seitdem ungefähr dreißig Kilo schwerer geworden. Die Hände meines Vaters rutschten von meiner Taille, hielten sich nur noch an dem zarten Stoff meines Kleides fest. Ich klammerte mich mit verkrampften Fingern an seine Schultern, aber die Fliehkraft war stärker. Mit einem Ruck löste sich plötzlich unsere Verbindung, ich landete auf den Füßen, hatte aber noch so viel Schwung und so wenig Gleichgewichtssinn, dass ich weder stehen bleiben noch die Richtung bestimmen konnte. Wie eine abgesprengte Raumkapsel schoss ich führungslos durch den Tanzsaal direkt auf Jens zu, der mit dem Rücken zu mir an der Bar stand.

Typisch. Schaute mir noch nicht mal beim Tanzen zu und hatte von dem Spektakel nichts mitbekommen.

Ich schrie: »Ahhh!«

Er drehte sich um, ich prallte gegen ihn und rammte ihm dabei den linken Ellbogen gegen das Brustbein. Meine rechte Hand geriet irgendwie in seinen Mund, und mit dem super gefeilten Nagel des Zeigefingers ratschte ich ihm das Zahnfleisch auf.

»Auuu«, brüllte er, als hätte ich ihm die Zunge amputiert, dann japste er nach Luft wegen des Schlags auf den Solarplexus.

»Oh, mein Schatz, es tut mir so leid«, sagte ich.

Er keuchte und hielt sich stöhnend den Mund. Oh Gott. Wie peinlich! Wie konnte ich nur mit meiner Hand in seinen Mund geraten? *Wie?*

»Das war ein Spaß, was?«, dröhnte mein Vater, der schwitzend neben mir auftauchte, meine Mutter im Arm, die vor sich hin kicherte.

Jens richtete sich auf, hielt sich die Wange, schaute von meinen Eltern zu mir und sagte dann zornig: »Ist denn diese ganze Familie komplett verrückt?«

»Was? Ich … Nein …«, stammelte ich. Er drängte sich durch die staunende Menge und verschwand auf der Toilette.

Als wäre das alles noch nicht schlimm genug, sagte meine Mutter: »Schicken BH hast du an.«

»Waaaaass?«, kreischte ich.

»Dein Kleid ist hinten gerissen.«

»Oh nein!« Ich fühlte mit der Hand auf meinen Rücken – und tatsächlich. Offensichtlich hatte die Naht des Reißverschlusses dieser Art Beanspruchung nicht standgehalten. Mein Kleid hatte eine klaffende Wunde.

»Was mache ich denn jetzt?«, fragte ich entsetzt.

»Hier nimm das«, sagte meine Mutter, nahm ihren blau-grünen Seidenschal ab und wickelte ihn mir um die Taille. »So. Siehst du! Mit ein bisschen Farbe ist das doch alles gleich noch viel schicker!«

Ich floh zu meinen Freundinnen, die noch am Tisch saßen und sich unterhielten. Ellen hatte vor Kurzem abgestillt und nutzte die Gelegenheit, dass sie wieder Alkohol trinken durfte und dass ihre Mutter den kleinen Fritz mit nach Hause genommen hatte.

»Wie siehst du denn aus?«, fragte Saskia. »Ist das die Geschenkverpackung?« Sie deutete auf den Schal mit der Schleife.

»Ha, ha.«

»Das ist die berühmte Steckelbach-Eleganz«, kicherte Ellen, die schon deutlich beschwipst war.

»Noch mal: Ha, ha. Mein Vater hat mein Kleid zerrissen, ich habe meinem Verlobten verletzt, und er ist stinksauer auf mich!«

»Ach, der regt sich schon wieder ab«, sagte Saskia.

»Komm, trink mal was. Dann sieht die Welt schon wieder vieeeel besser aus«, schlug Ellen vor und griff zum Wein.

»Nein, danke.«

»Wir feiern aber gerade Saskias ersten Fall, den sie ganz alleine vor Gericht bestritten und gewonnen hat!« Ellen klopfte anerkennend auf Saskias Bein.

»Ja, das ist toll!«, sagte ich, musste mich aber wegen meines eigenen Kummers zu einem Lächeln durchringen.

»Wir haben den Ex meiner Mandantin fertiggemacht«, erzählte Saskia. »Wir haben rausgefunden, dass er schon vorher jahrelang fremdgegangen ist. Ich habe eine Zeugin gefunden, die hat es echt gebracht – seine Glaubwürdigkeit war dahin, und meine Mandantin hat ordentlich abkassiert! Und wir auch. Es gibt einfach nichts Schöneres als so eine richtige Scheidungsschlammschlacht.« Ihre braunen Augen leuchteten.

»Auf die beste Scheidungsanwältin weit und breit«, sagte Ellen und hob wieder ihr Glas.

»Und darauf, dass wir ihre Dienste niemals selbst in Anspruch nehmen müssen«, fügte ich hinzu und stieß mit meinen Freundinnen mit Wasser an.

»Warum trinkst du eigentlich nie, nie, niemals Alkohol?«, fragte Ellen, schon leicht lallend.

»Es schmeckt mir nicht, und ich vertrage es nicht«, antwortete ich.

»Und Jens meint, besoffene Frauen seien unerträglich«, fügte Saskia hinzu. Auch ihre Stimme war schon etwas lauter als sonst. »Hast du uns mal erzählt.«

»Ja, stimmt. Das findet er, und er hat ja auch recht.«

»Aber von einem Glas wird man doch nicht betrunken«, sagte Ellen und wollte mir doch einen Wein andrehen.

»Nein, ich möchte wirklich nicht.«

»Langweilig!«, schmollte Saskia.

»Kommt, lasst uns eine rauchen«, schlug Ellen vor. »Ich habe seit der Schwangerschaft nicht mehr geraucht.«

»Dann lass es jetzt auch!«, rief ich. »Ist doch unsinnig, wieder anzufangen.«

»Nur eine«, sagte Ellen. »Auf die guten alten Zeiten.«

Sie holte sich bei Arne Zigaretten, und wir gingen auf die Terrasse. Dort war auch mein Bruder und unterhielt sich, auf eine Gartenbank geflätzt, mit einer Freundin der Braut, die Lisa hieß. Gerade brachte sie eine Flasche Sekt und füllte ihre Gläser neu. Lisa war eine dieser belanglos aussehenden Blondinen, die mit ihrem biederen rosafarbenen Kleid, das an den Hüften viel zu sehr spannte, so gar nicht zum Lederoutfit meines Bruders passen wollte. Aber sie schien einen Narren an ihm gefressen zu haben, denn sie himmelte ihn regelrecht an.

»Meint ihr, wir sollten sie warnen?«, fragte ich Saskia und Ellen leise.

»Weswegen das denn?«, fragte Ellen zurück.

»Na, ihr wisst doch, wie faul mein Bruder ist. Er würde sich nur von ihr bedienen und aushalten lassen.«

»Vielleicht kann sie ihn ändern«, schlug Ellen vor.

»Vielleicht will sie nur vögeln«, meinte Saskia und schnorrte sich bei Ellen eine Zigarette.

»Meinen Bruder?« Ich schüttelte mich bei dem Gedanken.

»So schlecht sieht er nicht aus«, sagte Saskia. »Und seine Ach-wie-bin-ich-anders-Attitüde lockt die Frauen an.«

»Findest du ihn etwa auch attraktiv?«

»Bist du verrückt?« Saskia schüttelte sich.

Mein Bruder sagte was zu Lisa, sie guckte mich an, dann lachten beide. Mein Bruder schien sie ja blendend zu unterhalten. Aber Lisa hatte auch alleine in der Zeit, in der wir draußen standen, zwei Gläser Sekt in sich reingeschüttet. Diese Schnapsdrossel. Die würde sich vermutlich auch dann noch amüsieren, wenn hier eine Punkrockband spielen würde. Als die beiden anfingen zu knutschen, gingen wir zurück in den Saal.

Ich schaute schnell bei Jens vorbei, der immer noch an der Theke hing und sein aufgeschlitztes Zahnfleisch mit hochprozentigen Spirituosen desinfizierte. Er war mit Arne in eine Art Männergemeinschaftsrausch geraten und in eine Diskussion über die besten Fußballer aller Zeiten verstrickt. Sein Blick war glasig, seine Bewegungen nicht mehr ganz so koordiniert. Ich sollte ihm vielleicht beizeiten mal sagen, dass auch besoffene Männer einiges an Attraktivität einbüßten.

Tante Marianne kam zu mir, um sich zu verabschieden. Sie wollte Oma Hildegard nach Hause bringen und bei der Gelegenheit gleich zu Hause bleiben.

»Deine Hochzeit, liebe Moni, wird auf jeden Fall viel schöner als das hier!« Sie zeigte in die Runde. Der DJ spielte jetzt alte Schlager. Auf der Tanzfläche grölten alle: *Ich war noch niemals in New York*.

»So was von stillos«, stellte Tante Marianne fest. »Aber in der Wolkenburg, wo du heiraten wirst, das wird schön!« Sie sah mich begeistert an. »Das ist etwas ganz Besonderes! Elegant, nobel und kultiviert. Und dann wird es auch einen Hochzeitswalzer geben, so wie sich das gehört. Und bald gehen wir dir ein Kleid kaufen – in Ordnung?«

»Ja, Marianne«, sagte ich und fügte grimmig hinzu: »Wenn er mich nach der Sache eben überhaupt noch heiraten will.«

»Ach, papperlapapp. Daran waren doch nur mal wieder deine Eltern schuld. Die müssen sich echt immer in alles einmischen. Du bist ein echter Fang, und das weiß Jens. Also, Liebes, mach dir keine Gedanken. Bis du verheiratet ist, ist alles wieder gut.«

Ich musste lächeln. Mit diesem Spruch hatte sie mich früher schon immer getröstet. Marianne gab mir einen Kuss auf die Wange zum Abschied. Als ich mich umdrehte, um zur Toilette zu gehen, stand meine Mutter da und schaute mich merkwürdig an.

Desaster Nummer drei ereignete sich auf der Toilette. Dort traf ich Lisa. Sie zog sich vor dem Spiegel den Lippenstift nach, den mein Bruder abgeknutscht hatte.

»Hallo«, sagte ich und stellte mich ans Waschbecken neben sie.

»Ach, hallo. Du bist doch Hannes' Schwester mit dem ulkigen Namen, nicht?«

»Wieso?«, fragte ich scheinbar harmlos zurück. »Wie hat er mich denn genannt?«

»Puuunica.« Lisa kicherte.

Sofort bekam ich einen Flashback. Ich war wieder in der Grundschule. Die anderen Kinder rannten um mich herum und schrien: »Punica, bleib stehen, ich will was trinken!« Oder: »Alte Safttüte.« Oder: »Hey, Punica, du wohnst bestimmt in einem Saftladen.« Oder: »Deine Eltern haben dich in der Punica-Oase gefunden.«

Weder meine Eltern noch mein Bruder hatten je verstanden, was ich daran so schlimm fand, nach einem Saft genannt zu werden. Aber ich hasste es. Und je mehr ich es hasste, desto kreativer wurden meine Mitschüler. Und jeden einzelnen Tag wünschte ich mir, eine Nicole oder eine Stefanie oder eine Julia zu sein, und nicht die verrückte Puna, die in die stille Ecke musste, weil sie mit ihrem Mäppchen geworfen hatte.

Und jetzt war also mein Bruder hingegangen und hatte für einen billigen Lacher meinen wunden Punkt an diese zugedröhnte Tussi verraten.

»Ich sag dir was, liebe Lena«, sagte ich.

»Lisa«, lallte sie. »Ich heiße Lisa.«

»Wie dem auch sei. Du denkst vielleicht jetzt, du bist attraktiv, weil du einen Mann an Land gezogen hast. Aber in einer Sache kannst du dir sicher sein: Mein Bruder ist absolut nicht wählerisch. Der nimmt jede. Und enttäuschen wird er dich auch.«

Lisa glotzte mich verwirrt an.

»Er hält nie, was er verspricht. Er wird sich von dir aushalten lassen und von selber keinen Finger rühren. Das garantiere ich dir.«

Die Synapsen in ihrem Hirn litten an alkoholbedingter Lähmung, und sie raffte gar nichts.

»Also, verschwinde besser, bevor es zu spät ist«, fasste ich meinen Rat zusammen.

Sie verzog für einen Moment den Mund zu einem Lächeln, und dann sagte sie zuckersüß: »Da hatte dein Bruder ja echt recht. Mann, bist du scheiße drauf.«

»Was soll das denn heißen?«, brauste ich auf.

»Na, er hat mir schon gesagt, dass du eine ziemliche Spaßbremse bist.«

»Stimmt überhaupt nicht! Außerdem wollte ich dir nur helfen!«, rief ich ihr hinterher. Aber das glaubte ich mir leider selbst nicht.

Als sie gegangen war, ärgerte ich mich. Jetzt hatte ich das getan, was ich bei meinen Eltern immer hasste. Ich hatte mich eingemischt. Natürlich konnte ich mich damit rausreden, dass Lisa selbst schuld war, weil sie so gemein gewesen war. Aber trotzdem fühlte ich mich schlecht. Ich konnte nur hoffen, dass sie nicht meine Schwägerin werden würde.

Ich hatte mich noch nicht richtig von diesem Schreck erholt, da traf mich das vierte und letzte Desaster. Als ich aus der Toilette herauskam, bummelte ich noch einen Moment im Flur des Lokals herum und schaute mir die Gratis-Postkarten an, die in einem Ständer an der Wand hingen. Natürlich interessierten mich die nicht wirklich, aber ich brauchte noch ein bisschen Zeit, um mich zu sammeln. Drinnen tobte die Party, und ich wusste, dass die allermeisten schon heillos betrunken waren. Das war immer der

Zeitpunkt, wo ich anfing, mich nach meinem Bett zu sehnen. Denn je betrunkener alle um mich herum waren, umso nüchterner war ich. Plötzlich hörte ich sie.

»Ich finde es so dreist, dass du die Hochzeit meiner Tochter an dich reißt! Das ist Sache der Eltern«, sagte meine Mutter.

»Nein«, antwortete Marianne pikiert. »Das ist Sache der *Braut*. Und die Braut möchte nun mal, dass ich wieder ihre Feier ausrichte.«

Meine Mutter blieb einen Moment still. Ich ging leise zwei Schritte weiter und schaute um die Ecke. Meine Mutter und Tante Marianne, schon im Mantel, standen sich vor der Eingangstür wie zwei rivalisierende Böcke gegenüber.

»Was soll das heißen: *wieder*?«, fragte meine Mutter.

Meine Tante verdrehte die Augen, dann sagte sie: »Das soll heißen, dass es natürlich nicht die erste Feier ist, die ich für sie ausrichte, Waltraud.«

»Welche Feier willst du denn angeblich für sie ausgerichtet haben?«

»Alle Kindergeburtstage, seit sie neun geworden ist.« Der Triumph in Mariannes Stimme war nicht zu überhören. »Deine Tochter, liebe Waltraud, ist nämlich schon immer zu mir gekommen ist, wenn sie eine schöne Feier haben wollte.«

Meine Mutter fand ihre Fassung schnell wieder. »Das ist so typisch für dich, Marianne. Kannst du meine Tochter nicht mal in Ruhe lassen? In alles, was sie angeht, steckst du deine Nase rein!«, zischte sie.

»Ha! Das sagt die Richtige. Das sagt wirklich die Richtige!« Die Stimme meiner Tante überschlug sich fast vor Ärger. »So wie du den Verlobten deiner Tochter behandelst!«

»Er tut ihr nicht gut. Merkst du das denn nicht?«

»Jens ist ein toller Mann. Sehr solide. Sehr anständig. *Sehr* anständig. Aber so was interessiert dich natürlich nicht, du egoistisches Biest.«

»Nenn mich nicht ein egoistisches Biest, du Schnepfe. Ich sehe, wann meine Tochter ins Unglück rennt. Und dieser Mann ist ihr Unglück.«

Ich stand da wie versteinert. Durch mein Hirn brauste ein stürmischer Nordwind, und ich konnte keinen klaren Gedanken fassen. Plötzlich musste ich husten. Meine Mutter drehte sich zu mir um.

»Da hast du es, Waltraud! Gar nichts siehst du. Gar nichts!«, tadelte Marianne und ging auf mich zu und streichelte mir über den Arm, während ich immer noch fassungslos meine Mutter anstarrte. »Hör nicht auf sie, Moni.«

Da fand ich meine Stimme wieder. »Keine Sorge, Tante Marianne. Das mache ich ganz bestimmt nicht«, sagte ich so kalt wie möglich, drehte mich rum und ging in den Saal. Ich reagierte gar nicht auf das »Puna!«, das mir meine Mutter hinterherrief. Natürlich nicht! Sie wusste alles besser, konnte sich aber noch nicht mal merken, dass ich diesen Namen hasste.

»Ich will meine Eltern nicht auf unserer Hochzeit haben«, verkündete ich immer noch total aufgewühlt auf der Rückfahrt. »Die werden nicht eingeladen.«

»Gott sei Dank!«, lallte Jens. »Endlich wirst du vernünftig!« Dann sackte er auf seinem Sitz zusammen und schlief ein.

6

Woher nahmen Eltern eigentlich diese Dreistigkeit? Schließlich hatte ich sie mir ja auch nicht aussuchen können! Also kam es gar nicht in die Tüte, dass sie sich ihren Schwiegersohn aussuchten! Also ehrlich. Für wen hielten die sich eigentlich? Und dann hatten sie mich auch noch total dreist angelogen und behauptet, ich sei zu jung zum Heiraten. Dabei waren sie nur gegen die Hochzeit, weil sie Jens nicht mochten! War das zu fassen? Und wieso eigentlich? Dafür gab es doch nun wirklich keinen Grund.

Ich dachte an den Tag, an dem ich ihnen Jens vorgestellt hatte. Meine Eltern hatten olle Arbeitsklamotten an, obwohl sie genau wussten, dass sie meinen Freund kennenlernen würden. Es war nichts vorbereitet, kein Tisch gedeckt, kein Kuchen gebacken. Ich kochte schnell Kaffee und suchte nach Plätzchen, fand aber nur eine angebrochene Packung aufgeweichter Butterkekse. Während ich mich über dieses respektlose Verhalten meiner Eltern total ärgerte (was sie mit einer Terminverwechslung entschuldigen wollten, aber diese alte Leier zog bei mir nicht), ließ Jens sich nicht aus der Ruhe bringen und machte einen super Eindruck. Er sah toll aus, war souverän, erzählte von seinem verantwortungsvollen Job und zeigte sich unbeeindruckt angesichts des Chaos in Haus und Hof meiner Eltern. Mein Bruder kam aus seinem Zimmer geschlurft, in zerrissener Jeans und ollem T-Shirt.

»Jou, Män«, begrüßte er Jens, als ob er nicht ganz dicht wäre.

Auf der ganzen Rückfahrt wetterte ich über meine Familie, weil es mir furchtbar peinlich gewesen war, dass sie so einen schlechten Eindruck bei meinem neuen Freund hinterlassen hatten.

»Was soll's?«, sagte Jens trocken. »Hauptsache, du bist anders.«

Von dem Moment an liebte ich ihn noch mehr. Endlich hatte mal einer Verständnis für das, was ich mitmachte!

Meine Freundinnen sagten immer so abwiegelnde Sachen wie: »Deine Eltern sind doch lustig.« Oder: »Sei froh, dass sie nicht so spießig sind wie meine.«

Sie kapierten nicht, dass ich genau das überhaupt nie gewollt hatte! Ich hätte gerne spießige Eltern gehabt, die vernünftige Regeln aufstellten, welche auch für sie selbst galten, und die das Haus sauber hielten und sonntags Kuchen backten und im entscheidenden Moment das Richtige sagten.

Ein paar Tage lang wartete ich auf einen Anruf, auf eine positive Resonanz, dass sie sagten: »Einen netten Freund hast du«, oder: »Gratuliere zu so einem tollen Fang« oder irgendetwas in der Art. Denn auch wenn man erwachsen war, blieb man doch auch das kleine Mädchen, das seinen Schatz gefunden hatte und dafür gelobt werden wollte. Aber es kam nichts.

Ich rief meine Mutter an. »Und?«

»Und was?«

»Wie fandet ihr ihn?«

»Wen?«

»Na, Jens natürlich.«

»Na klar, Jens«, sagte meine Mutter und wirkte für einen Moment so, als müsste sie sich erinnern.

»Mein Freund«, setzte ich spitz hinzu.

»Ja, nett. *Sehr nett*«, sagte meine Mutter nachdrücklich. »Wir wünschen euch viel Glück.«

Na gut, sie waren nicht überschwänglich gewesen, aber das waren sie selten, wenn es nicht um ihre eigenen Bekanntschaften oder Erlebnisse ging.

Ich versuchte, aus meinen Erinnerungen einen Anhaltspunkt herauszukramen, der mir verriet, wann oder warum sie ihn doch für den Falschen hielten. Es hatte bis zu Anjas Hochzeit nie eine direkte Auseinandersetzung gegeben. Wir hatten uns an Geburtstagen und zu Feiertagen besucht und meine Eltern gelegentlich zum Essen eingeladen, zu denen mein Vater immer seinen Werkzeugkasten mitbrachte, weil es irgendeine Lampe aufzuhängen oder ein Regal anzubringen gab. Aber nur, weil mein Freund kein begnadeter Heimwerker war, war das doch noch lange kein Grund, ihn zu verachten. Immerhin kannte er sich mit der Entwicklung des Baugeldzinses aus, mit Politik und den Vorkommnissen am Geißbockheim des 1. FC Köln. Er sah gut aus und hatte tadellose Manieren. Keine Ahnung, wie sie auf die Idee gekommen waren, er wäre nicht der Richtige für mich.

Doch dann ging mir ein Licht auf, und ich musste lachen. Gerade war mir klar geworden, dass mir nichts Besseres passieren konnte, als dass meine Eltern Jens ablehnten.

Mein erster Schwarm war in der vierten Klasse ein Junge namens Christian gewesen.

»Sag dem Jungen, dass du ihn nett findest«, riet meine Mutter mir, nachdem ich ihr von seinen grünen Augen und seinem Skateboard vorgeschwärmt hatte. »Dann weißt du, ob er dich auch mag.«

Was für eine selten blöde Idee! Christian mochte mich nämlich überhaupt kein bisschen, und ich wurde von ihm und seinen Freunden den Rest der Schulzeit gemieden wie die Pest. Selbst meine Freundin Claudia musste eine Zeit lang auf Abstand gehen, um nicht selber in den Strudel der Hänseleien zu geraten, denen ich mich nun zusätzlich zu den Witzen über meinen Namen ausgesetzt sah.

Der nächste falsche Ratschlag kam in dem Sommer, in dem ich fünfzehn wurde. Unsere Nachbarn, die Engels, hatten einen Neffen zu Besuch. Er hieß Karsten und wohnte für ein paar Wochen auf dem Hof und half auf den Feldern, die die Engels' damals noch bewirtschafteten. Meine Eltern meinten, er sei wirklich ein netter Junge. Ich bezweifelte das, auch wenn ich ihn bisher nur ein paarmal von Weitem gesehen hatte, wenn er am Rhein mit Steinen nach den Wildgänsen geworfen hatte.

Meine Eltern behaupteten, ach, das würden alle Jungs mal machen, das würde nichts heißen. Und als sie sagten, ich solle was mit ihm unternehmen, und mir Geld fürs Kino gaben, hatten sie mich überzeugt. Vielleicht war er ja wirklich ein netter Junge. Und außerdem war das die Gelegenheit für mich, meine neue, superfantastische rote Handtasche mit den Glitzersteinen auszuführen, die mir meine Tante Marianne geschenkt hatte.

Karsten fand die Idee mit dem Kino auch gut. Zumindest sagte er: »Geht klar.« Karsten überredete mich, schwarz mit der Bahn zu fahren. »Das Geld können wir besser anlegen«, sagte er und spuckte einen Kaugummi auf den leeren Sitz neben ihm.

Ich schwitzte Blut und Wasser und immer, wenn die Türen aufgingen, durch die die Kontrolleure einfach hereinspazieren konnten, sah ich das letzte Stündlein meines guten Rufes und meines Ersparten schlagen.

Wie durch ein Wunder wurden wir nicht erwischt. Bevor

das Kino losging, wollte sich Karsten Zigaretten und Bier an einem Kiosk kaufen, aber der Büdchenbesitzer gab ihm aufgrund seines jugendlichen Alters nichts. Also gingen wir in einen Supermarkt. Ich dachte, wir würden uns da mit Gummibärchen eindecken, weil die im Kino teurer waren.

Ich stand vor dem Süßigkeitenregal und überlegte noch, ob ich M & Ms, Rolo oder Weingummi kaufen sollte, als ich sah, wie Karsten aus dem Laden lief. Ich rannte ihm hinterher, genau wie ein Verkäufer, der ihn »Freundchen« nannte und ihn festhielt. Karsten rangelte einen Moment mit ihm und fiel dabei gegen mich, meine Tasche glitt mir aus der Hand, es war ein einziges Durcheinander an Armen und Beinen. Dann kam die Polizei. Karsten grinste siegesgewiss, ich war total nervös angesichts der Tatsache, dass ich von echten Polizisten in echten Uniformen befragt wurde. Weil ich so rot geworden war, wollten die Polizisten auch in meine rote Glitzerhandtasche schauen. Darin fanden sie die geklauten Zigaretten und eine kleine Flasche Schnaps. Zum Glück deckte sich meine Aussage mit der des Verkäufers, dass ich gar nicht in der Nähe der Regale mit diesen Sachen gewesen war. Außerdem fanden die Polizisten nach kurzer Zeit heraus, dass Karsten nicht das erste Mal beim Ladendiebstahl erwischt worden war, was ihn nicht davon abhielt, mir hinterher zu drohen: »Du blöde Petze, das wirst du mir büßen.«

In der zwölften Klasse machte ich das letzte Mal den Fehler, auf meine Mutter zu hören. Ich war verliebt in Stefan Müller, genannt Popp. Er trug einen Mantel mit Fischgrätmuster und schmale Koteletten bis in die Mitte der Wangen. Er war schon achtzehn und besaß einen klapprigen alten Saab. Die Schulschönheit Tanja war eine Zeit lang seine Freundin gewesen, was uns auf ihn aufmerksam werden ließ. Als er mir eines Tages anbot, mich nach der Schule nach Hause zu fahren, fühlte ich mich total geschmeichelt. Und war sofort verknallt.

Ein paar Tage später bekam ich in der Pause einen Zettel in die Hand gedrückt. Er war von Tanja. Sie schrieb mir, dass Popp krankhaft eifersüchtig sei und sie deswegen mit ihm Schluss gemacht habe. Meine Mutter aber meinte, Tanja würde das nur sagen, weil sie eifersüchtig auf mich sei. Das klang einleuchtend. Also ließ ich mich auf Popp ein. Wir gingen Eis essen und fuhren mit dem Auto herum, wenn es ansprang. Das Küssen gefiel mir. Dann fuhren seine Eltern in den Urlaub, und er wollte, dass ich ihn besuchte. Er legte in seinem Partykeller alte Schallplatten auf und gab mir Baileys zu trinken, den ich mir runterwürgte. Er begann, an mir herumzufummeln. Ich ließ ihn gewähren. Dann zog er mich in sein Zimmer. Dort holte er eine Eisenkiste unter dem Bett hervor und brachte ein Paar Handschellen mit Plüschfell zum Vorschein.

Er sagte: »Komm, Baby, lass uns ein wenig Spaß haben«, und wollte mich ans Bett ketten.

Ich sagte Nein, und dass ich ganz dringend nach Hause müsse.

Er hielt mich fest. Ich bekam Panik und wollte mich losreißen, dabei rammte ich ihm – mehr aus Versehen als aus Kalkül – mein Knie in die Kronjuwelen. Er ließ mich los, und ich rannte davon. Das hielt ihn nicht davon ab, mich am nächsten Tag in der Schule küssen zu wollen. Also machte ich ganz offiziell Schluss und sagte ihm, es sei aus und vorbei.

»Nein«, sagte er.

»Doch«, sagte ich.

»Das werden wir ja schon noch sehen«, sagte er.

Noch wochenlang danach lauerte er mir nach der Schule auf und spionierte mir nachmittags hinterher, dann hatte ich das große Glück, dass er seine Obsession auf Marita aus der Elften verlagerte.

Im Grunde genommen hätte ich jedes Mal einfach nur das Gegenteil von dem tun müssen, was meine Mutter mir geraten hatte. Dann wäre mein Liebesleben viel erfolgreicher verlaufen. Und wenn meine Eltern Jens nicht mochten, dann musste er ja genau der Richtige für mich sein. Ha! Diese Erkenntnis verschaffte mir enorme Genugtuung.

Die Hochzeit würde selbstverständlich wie geplant stattfinden, mit der kleinen Ausnahme, dass sie nicht eingeladen waren. Und mein Leben würde auch wie geplant verlaufen. Genau so, wie ich mir das immer vorgenommen hatte: Karriere in Schwung bringen, heiraten, Kinder kriegen, für jedes der beiden Kinder ein halbes Jahr Elternzeit einlegen, schnelle Rückkehr in den Beruf und weiterer Aufstieg bis zur Fondsmanagerin. Ja, ich kann es nicht anders sagen: Es war alles bestens!

Jedenfalls so lange, bis ich montags wieder ins Büro kam und feststellen musste, dass ich in Sachen Karriere extrem ins Hintertreffen geraten war.

Höveler holte mich in sein Büro und war schon wieder auf hundertachtzig. »Mannometer, Moni. Da haben Sie vielleicht Scheiße gebaut«, brüllte er. »Drei Mandanten sind seit Freitag abgesprungen!«

»Warum?«, fragte ich kleinlaut.

»Warum? *Warum?*« Er warf die Hände in die Höhe und ließ sie genervt sinken. »Weil Bogert seinen Freunden gesagt hat, dass wir nicht vertrauenswürdig sind. Und das ist alles Ihre Schuld!«

Er ließ sich auf seinen Chefsessel plumpsen und stützte die Hände in den Kopf.

»Ich – lass mir was einfallen«, stotterte ich.

»Ich weiß nicht, Moni«, sagte er auf einmal ganz ruhig. Und das machte mir richtig Angst. »Vielleicht war es doch die falsche Entscheidung, Sie hier einzustellen. Sie sind noch so jung und …«

Ich schluckte und wagte nichts zu sagen.

Er schaute mich an und seufzte. Dann sagte er resigniert: »Ich überlege mir noch, wie es mit Ihnen weitergeht. Und nun gehen Sie.«

Ich zermarterte mir den Kopf darüber, was ich tun könnte. Ich könnte mir neue Büro-Outfits zulegen, die meine Seriosität unterstreichen würden. Aber das würde nicht ausreichen. Ich würde gute Deals abschließen und hohe Gewinne an der Börse einfahren müssen. Andererseits konnte man das leider nie garantieren. So was konnte auch mal echt ins Auge gehen. Und da waren schnell ein paar Hunderttausend futsch! Gewinn und Verlust gingen nirgendwo so sehr Hand in Hand wie an der Börse. Ich musste noch einen Plan B haben, um meinen Fehler wiedergutzumachen.

Mal überlegen. Es waren Mandanten abgesprungen. Man musste kein Rechengenie sein, um zu wissen, dass ein Minus an Mandanten nur durch eine Addition wieder ausgeglichen werden konnte. Mit anderen Worten: Die Höveler & Wulf Vermögensverwaltungs-AG brauchte neue Mandanten. Mmmhh. Ich war absolut ungeübt in Akquise und verfügte auch nicht im Geringsten über Hövelers Ich-bin-super-gib-mir-dein-Geld-Ausstrahlung, die es ihm erlaubte, auf irgendwelchen Society-Events wildfremde reiche Leute zu umwerben. Aber es musste eine andere Lösung geben.

Wenn ich nur irgendwie an die Daten der Kunden meiner alten Bank kommen könnte, dann könnte ich vielleicht …

Jens hatte noch Zugang zu den Daten. Nein. Moni, vergiss es ganz schnell wieder! Du würdest deinen Verlobten in eine wirklich blöde Situation bringen.

Es sei denn, er wüsste nichts davon.

Jetzt hör auf, Moni! Du wirst ihn da auf keinen Fall mit reinziehen.

»Überraschung!«, sagte ich, als ich nach kurzem Anklopfen in Jens' Büro sprang und eine Tüte mit Putenbrustbrötchen und zwei Flaschen Wasser schwenkte.

Mit deutlichem Ärger im Gesicht schob er ein Blatt Papier, das er gerade aus seinem Drucker geholt hatte, unter seine Schreibtischunterlage und antwortete: »Ich habe leider keine Zeit für eine Mittagspause.«

»Oh, schade«, sagte ich und setzte mich auf den Stuhl, der für Kunden bereitstand. »Aber du musst doch was essen.«

»Ich würde ja gerne was essen«, gab Jens spitz zurück. »Aber mir tut heute mein Zahnfleisch so weh, dass es nicht geht.«

»Entzündung?«, fragte ich zerknirscht.

Er nickte und verzog vor Schmerzen sein Gesicht. »Vermutlich werde ich jetzt eine schlimme Parodontose entwickeln.«

Ich ließ seinen Satz im Raum verhallen. Ich wollte ihn nicht mit einer spitzen Bemerkung in Rage bringen. Ich war ja hier, um ihn um Hilfe zu bitten.

»Wir sollten das frühzeitig regeln mit den Kosten für ein Gebiss«, erklärte er.

»Wie bitte?«

»Natürlich«, sagte er. »Parodontose geht einher mit Zahnverlust. Wenn ich jetzt früh meine Zähne verliere, dann bist du mit dafür verantwortlich.«

Ich starrte ihn verblüfft an. Hatte er jetzt komplett den Verstand verloren? »Das ist doch nur ein kleiner Kratzer.« Ich versuchte, meine Stimme normal klingen zu lassen.

»Nur ein kleiner Kratzer?«, greinte er. »Das tut höllisch weh. *Höllisch!* Du hast wie mit einem Skalpell ganz tief hineingeschnitten.«

Urplötzlich überkam mich das Bedürfnis, ihm eine zu knallen. Damit er mal den Unterschied zwischen echten und eingebildeten Schmerzen kennenlernte. Aber wieder riss ich mich mit fast unmenschlicher Selbstbeherrschung zusammen.

»Und ich entschuldige mich dafür«, knurrte ich, »gerne auch zum fünfzigsten Mal.«

»Ja«, sagte er huldvoll, vermied es aber erneut, mir offiziell zu verzeihen.

Da platzte mir der Kragen. »Aber wenn du vor der Hochzeit nicht so lange geduscht hättest, hätte ich meine Fingernägel nicht so lange gefeilt und sie wären nicht so scharf gewesen. Und dann hätte ich auch nichts aufschlitzen können. So. Da hast du's!« Endlich war es raus.

Jens presste die Lippen aufeinander und ließ die Kiefermuskeln spielen.

»Du willst also sagen, dass ich selbst schuld bin?«, fragte er scharf.

»Nein«, stöhnte ich. »Ich will sagen, dass es ein Unfall war und dass du nicht so einen Aufstand deswegen machen sollst.«

»Gut, dass ich das weiß, dass du dich so wenig für meinen Gesundheitszustand interessierst.« Pikiert stand er auf.

»Wenn du mich bitte entschuldigen würdest – ich gehe jetzt zur Apotheke und spreche mit jemandem, der bereit ist, mir zu helfen.«

»Soll ich mitkommen?«, bot ich mit auflodderndem schlechtem Gewissen an und sprang auf.

»Nein, danke. Bis später.« Und schon war er aus der Tür.

Du meine Güte! Dass er gestern wegen seines schlimmen Katers schlechte Laune gehabt hatte, war ja noch verständlich gewesen. Aber dass er heute immer noch so rumzickte, war wirklich übertrieben. Was war denn bloß mit ihm los?

Ich beschloss, auf ihn zu warten, um die Sache zu klären. Als ich das Brötchen aufgegessen hatte, war er immer noch nicht zurück. Ich fegte schnell die Krümel von seinem Schreibtisch und blieb dabei mit dem Finger an dem Briefbogen hängen, den er eben gerade so geheimniskrämerisch unter der Schreibtischunterlage versteckt hatte. Jetzt ragte der Rand heraus, und ohne dass ich es wollte, hatte ich schon einen Teil des Textes gelesen: »… denken an Sie … zwei Karten für die Oper … persönlich bei mir …«

Mir brach der Schweiß aus. Hatte er eine Affäre? Und war das etwa der Grund für seine feindselige Stimmung?

Ich lüpfte die Schreibtischunterlage, überflog das Schreiben und atmete auf. Es war nur ein Geschäftsbrief, der sich um ein neues Betreuungsprogramm für spezielle Kunden drehte. Der Brief triefte vor Schleim und behauptete, dass die Bank in jeder Lebenslage für eine gewisse Ursula Reinhardt da sei, nicht nur wenn es Probleme gäbe, sondern auch in guten Zeiten, immer und dauernd würde die Bank und besonders er, Jens Hill, an sie denken. Als erste kleine Aufmerksamkeit gab es zwei Karten für die Oper.

»Genießen Sie die Aufführung und erzählen Sie mir bei

unserem nächsten persönlichen Kundengespräch, wie es Ihnen gefallen hat«, las ich zu Ende.

Also echt, Opernkarten! Das musste ja eine ganz spezielle Kundin sein, diese Frau Reinhardt.

Reinhardt, Reinhardt … Der Name sagte mir was. Schnell googelte ich ihn mit meinem Smartphone. Aha, Ursula Reinhardt, Erbin des Schraubenkönigs Herbert Reinhardt, hatte vor drei Jahren ihre Anteile verkauft. Halleluja, murmelte ich, als ich las, zu welchem Preis. Na, bei so einer Kundin würde ich auch Opernkarten springen lassen. Die würde sogar noch Gunther Bogert das Wasser reichen können.

Mmmmhhh.

Ich saß noch eine Minute in Jens' Stuhl und überlegte. Er hatte mir eigentlich helfen sollen, aber stattdessen stellte er sich so an wegen einer kleinen Verletzung! Und unterstellte mir, seine Gesundheit wäre mir schnuppe, und haute dann einfach ab! Da musste er sich ja nicht wundern, wenn ich auf dumme Gedanken kam.

Ich lauschte, ob ich Schritte auf dem Gang hörte. Nichts. Alles ruhig. Ich schlenderte zu seinem Schrank mit den Unterlagen der Kunden. Für den Buchstaben R hatte er sieben Aktenordner. Einer gehörte Ursula Reinhardt. Ich zog ihn raus. Als ich mir den Kontostand anschaute, musste ich mich kurz setzen. Mannometer. Das wäre eine Mandantin für uns! Wenn ich die anschleppen würde, hätte Höveler meinen Fehler in null Komma nichts vergessen. Hastig blätterte ich weiter durch ihre Depotauszüge. Dann hörte ich Stimmen auf dem Flur, und ehe ich mich's versah, hatte ich schon völlig kopflos ein Blatt mit einem Überblick über ihren Finanzstatus herausgerissen und in meine Manteltasche gesteckt. Was natürlich verboten war. Total verboten.

Die Stimmen kamen näher. Schnell stellte ich den Ordner zurück, schloss die Tür, ließ mich mit bummerndem Herzen auf Jens' Stuhl fallen und starrte mit Unschuldsmiene zur Tür. Durch die Milchglasscheibe sah ich zwei meiner ehemaligen Kollegen vorbeigehen. Ich atmete auf.

Dann wurde mir klar, was ich gerade gemacht hatte. Ich hatte gegen das Bankgeheimnis verstoßen. Aber volle Kanne! Mir wurde heiß. Ich musste den Zettel ganz schnell zurückheften! Aber als ich das Papier wieder herausholte, war es zerknüllt und die Stanzlöcher waren ausgerissen – jeder würde sehen, dass da jemand dran rumgefummelt hatte. Besonders Jens, der mit so was unheimlich pingelig war. Ich konnte es nur noch in tausend Schnipsel reißen und an einem unverfänglichen Ort in einen Mülleimer schmeißen. Ja, genau das würde ich tun.

7

Ich setzte meine unschuldigste Miene auf und verließ Jens' Büro. Von der Galerie aus sah ich meinen Verlobten im Foyer stehen, und in meinem Kopf schrillte die Sirene los, die meine Tradingsoftware bei einem verlustreichen Deal abspielte. Er unterhielt sich intensiv mit meiner ehemaligen Kollegin Carla, die ich noch nie leiden konnte. Sie hielt den Kopf immer leicht geneigt und schüttelte ihre langen Haare, besonders wenn sie mit Männern sprach. Was sie eigentlich immer tat, denn Frauen beachtete sie normalerweise gar nicht. Kein Wunder, dass wir Mädels Carla kollektiv verabscheuten. Die ging über Leichen, um sich einen Mann zu angeln, da waren wir uns einig.

Mein Verlobter schien auf einmal seine gute Laune wiedergefunden zu haben, denn er lächelte, als bekäme er Zinsen darauf.

Langsam ging ich die Treppe hinunter. Jens sah mich nicht kommen, weil er so auf diese Tussi fixiert war.

»Rufst du mich nachher an und sagst mir, wann wir losfahren?«, säuselte Carla und legte die Hand auf seinen Arm.

»Natürlich. Also, bis nachher.«

»Bis nachher, Tiger!«

Sie drehte sich um und stöckelte auf ihren Giraffenbeinen an mir vorbei. Schnepfe. Jens' verfolgte ihren Abgang, bis sein Blick bei mir landete.

»Was machst du denn noch hier?«, fragte er mürrisch.

Aha, dachte ich. Carla da, Laune gut. Verlobte wieder da, Laune schlecht. »Hat Carla dich gerade *Tiger* genannt?«

»Ach, das ist eine neue Angewohnheit von ihr, das macht sie bei allen.« Er machte eine wegwerfende Handbewegung.

»Worum ging es denn?«, fragte ich möglichst harmlos.

Er wusste, dass ich sie verabscheute. Oder zumindest hätte er es wissen müssen, so oft wie ich früher über ihre Anbaggermasche abgelästert hatte.

»Hör mal, Moni. Jetzt ist nicht der richtige Zeitpunkt für so ein Gespräch, okay?«

»Aber wann denn dann?«, rief ich schrill.

»Ahh, welch Glanz in unserer Hütte«, hörte ich meinen ehemaligen Chef rufen, der sich von rechts näherte. »Moni Steckelbach, die talentierteste Wertpapierspezialistin von Köln. Wann kommen Sie zu uns zurück?« Er klopfte mir jovial auf die Schulter. »Wir haben hier jederzeit ein Büro für Sie!«

»Vielen Dank, Herr Mertens«, sagte ich.

Mertens klopfte auch Jens auf den Rücken und flachste kumpelhaft: »Um den ist es ja weniger schade, der kann ruhig nach London gehen.« Er lachte. »Nur lass die Carla hier, die brauchen wir!«

Ich warf Jens einen entsetzten Blick zu. In meinem Hals bildete sich ein Kloß. Ich sagte, ich müsse jetzt sofort ins Büro zurück, und rannte so schnell wie möglich hinaus.

Ich ignorierte Jens' Anrufe. Ich war weder bereit für ein Gespräch, noch konnte ich darüber nachdenken, was ich eben gehört hatte. Nach Börsenschluss blieb ich im Büro. Zielgerichtete Arbeit, das war es, was einen aus jeder Krise retten konnte. Und ich würde mir erst einmal meinen Job sichern und Ursula Reinhardt als neue Mandantin gewinnen.

Ich konnte ihr natürlich nicht einfach einen Brief schreiben und sagen, ich wüsste, dass sie viel Geld hätte, und ob wir es nicht für sie verwalten dürften. Dann würde natürlich rauskommen, woher ich – eine ehemalige Saldo-Bank-Mitarbeiterin – meine Informationen hatte. Ich musste es irgendwie geschickter anstellen und einen persönlichen Kontakt herstellen, dann könnte ich ihr natürlich ein Angebot machen. Immerhin war Ursula Reinhardt mit privaten Informationen sehr freigebig, wie ich im Internet feststellen konnte.

Sie ließ sich bei Ausflügen in die Shoppingmeilen Europas begleiten und beim Austernschlürfen filmen, und sie gab Interviews über das Mutter-Kind-Heim in Köln, das sie finanziell unterstützte. Sie hatte selbst früh Kinder bekommen von einem Maler, der sie kurz nach der Geburt des zweiten Kindes sitzen ließ. Da war sie einundzwanzig. Jetzt war sie zweiunddreißig und half nicht nur minderjährigen Müttern, sondern war auch Kapitän der Damenmannschaft des Kölner Tennis-Club 27. Sie hatte dem Wallraf-Richartz-Museum ihre Bildersammlung gestiftet und saß im Vorstand des Festkomitees des Kölner Karnevals. Auf ihrer Facebook-Seite entdeckte ich Fotos von ihr mit J.Lo und Madonna. Mit ihren üppigen schwarzen Haaren und dem gewinnenden Lächeln sah Ursula Reinhardt durchaus sympathisch aus. Ihr gehörte ein Haus in der Kölner Altstadt mit einem geschätzten Wert von fünf Millionen Euro, eine Villa an der Cote d'Azur und ein Appartement in New York. Schön und gut. Aber wie sollte ich an sie rankommen?

Nach zwei Stunden Internetrecherche entdeckte ich einen Zeitungsartikel über die bevorstehende vereinsinterne Frühjahrsmeisterschaft im Tennisklub, bei der Uschi Reinhardt mit Margot Schweinheim ihren Doppeltitel verteidigen wollte.

Das war es.

Jetzt musste ich diese Information nur noch nutzen. Mein Herz klopfte heftig. Ich war im Begriff, das Unmoralischste zu tun, was ich bisher je in meinem Leben getan hatte. Mit dieser Aktion würde ich den Diebstahl in Jens' Büro zu meinen Gunsten nutzen, was das Ganze erst kriminell machte. Außerdem würde ich lügen müssen, und das hatte ich bisher auch noch nie getan. Meine bisherigen Gesetzesverletzungen beschränkten sich auf einmaliges Schwarzfahren in der Straßenbahn und auf ein unwissentliches Zechprellen, als Ellen gesagt hatte, sie habe ihre Cocktails und meine Colas bezahlt, was sie aber nicht getan und mich kichernd aus dem Lokal rausgelotst hatte. Ich hatte wochenlang ein schrecklich schlechtes Gewissen gehabt. Unter normalen Umständen hätte ich niemals auch nur daran gedacht, das zu tun, was ich im Begriff war zu tun. Oder wenigstens hätte ich erst eine Pro-und-Kontra-Liste angelegt und so lange darüber gegrübelt, bis ich den Wahnsinn gelassen hätte. Aber nicht an diesem Tag. Die Panik vor einer Trennung von Jens hatte meiner Zurechnungsfähigkeit einen herben Schlag versetzt. Trotzdem zitterten meine Hände, als ich die Nummer wählte.

»TC sibbeundzwanzisch, hier is et Rita.«

»Guten Tag, Margot Schweinheim hier. Ich habe mein BlackBerry verloren und …«

»Wat hann Se verlore?«

»Mein BlackBerry.«

»Wat ess dat denn?«

»Ein Telefon mit Terminkalender und allen wichtigen Informationen.«

»Aha. Un dat ess fott?«

»Ja, und …«

»Isch han et evver nit jefunge.«

»Nein, deswegen rufe ich nicht an. Meine Termine waren alle in dem BlackBerry gespeichert, und jetzt wollte ich fragen, ob Sie mir sagen können, wann ich mit der Ursula auf dem Platz verabredet bin?«

»Mit wem?«

»Mit der Ursula Reinhardt.«

»Meinen Sie et Uschi?«

»Äh. Ja.«

»Wieso saare Sie dat dann nit? Oder hatten Se den rischtigen Namen nur im Telefon jespeichert und nit in Ihrem Jehirn?« Sie lachte keuchend.

»Ja, ähem«, hüstelte ich. »Ich meinte natürlich die Uschi. Also, wissen Sie, wann sie einen Platz gebucht hat?«

»Do wolle mer ens luure.« Rita war für einen Moment still, während ich meine nassen Hände an einem Taschentuch abwischte. »Uschi un et Maggie sin am Trainiere – morje! Öm fünf.«

»Morgen um fünf?«

»Han isch doch jesagt! Schrieve Se et lieve op, bevor Se noch Ihre Kopp verliere.«

Ich legte auf. Mein Herz bummerte. Natürlich würde ich da nicht hingehen. Niemals.

8

Auf dem Weg nach Hause schossen mir panische Gedanken kreuz und quer durchs Hirn.

London.

Carla hatte Jens Tiger genannt.

Mein ehemaliger Chef.

Jens kann ruhig nach London gehen.

Wie sie ihr Haar schüttelte. Wie in einer verdammten Shampoowerbung.

London.

Carla.

London!

In meinem Magen hatte sich ein Eisklumpen gebildet. Ich zitterte. Jens hatte schon dreimal versucht, mich anzurufen, aber ich war nicht drangegangen. Ich hörte auch nicht die Mailbox ab. Er müsste es mir schon ins Gesicht sagen, wenn er sich trennen wollte. Vier Monate vor unserer Hochzeit. Niemals würde ich ihm das verzeihen, wenn er mich und unsere zukünftigen Kinder sitzen lassen und damit meinen Eltern recht geben würde, dass er der falsche Mann für mich war.

Es wäre das Demütigendste, was ich mir vorstellen konnte, wenn ich ihnen sagen müsste, dass er mich für eine Frau mit tollen Haaren verlassen hatte. Dann würden sie sich ansehen, erleichtert, und mir sagen: »Das haben wir sofort gewusst, dass das mit euch beiden nicht klappt«. Oder:

»Hättest du auf uns gehört, hättest *du* Schluss gemacht und nicht er«. Oder: »Du solltest dir die Haare einfach kurz schneiden lassen, dann sähen deine auch toll aus.«

Von der Bahnhaltestelle ging ich langsam nach Hause. Als ich in unsere Straße einbog, verlangsamte ich meine Schritte, um Kraft zu sammeln für das bevorstehende Gespräch. Auf meinem Lieblingsparkplatz direkt vor unserem Haus hatte jemand seinen Wagen so dämlich eingeparkt, dass es mir sofort auffiel. Es war ein roter Toyota mit Bonner Kennzeichen und einem Aufkleber auf der Heckklappe von der Universität Maastricht. Als ich vorbeiging, sah ich, dass die Fahrerin, eine junge Frau mit dicken, schwarzen Flechtzöpfen wie eine Indianerin, noch drin saß, als ob sie losfahren wollte. Wenn sie jetzt wegführe, könnte ich mein Auto schnell holen und es auf die Poleposition stellen. Falls mir Jens in unserem Gespräch nun eine Affäre gestehen würde, könnte ich mich sofort hinters Steuer setzen und losbrausen.

Aber die Frau machte keine Anstalten, wegzufahren. Also ging ich ins Haus. Vor unserer Tür atmete ich ein letztes Mal durch, dann schloss ich auf.

Jens kam mir entgegengelaufen. »Da bist du ja!« Er umarmte mich fest.

Ich ließ es über mich ergehen.

»Hör mal, Möhrchen, es tut mir leid, dass ich vorhin etwas gereizt war wegen meiner Schmerzen, aber die waren wirklich …«

Wenn er jetzt wieder mit dem Zahnfleisch anfangen würde, müsste ich ihm eine scheuern.

»Ach, lassen wir das«, sagte er angesichts meiner ungerührten Miene und machte eine wegwerfende Handbewegung. »Also, Moni. Ich muss dir was sagen.«

Mir rutschte das Herz in die Hose. Dieser Einleitung folgte nie etwas Gutes. Im Gegenteil, sie war immer die Vorhut für schreckliche Neuigkeiten wie »Ey, Punica, muss dir was sagen. Hab deine Puppe für ein Schulprojekt benutzt, und dafür musste ich ihr die Arme amputieren« oder »Puna, wir müssen dir was sagen. Oma Ingeborg ist gestorben.«

»Gut. Sag, was du zu sagen hast«, antwortete ich tapfer. Den Mantel behielt ich an. Weil mir sowieso kalt war und weil ich gleich vielleicht effektvoll rausstürmen musste.

Er seufzte. »Ich habe mich für eine Fortbildung beworben, mit der ich mich für eine Filialleitung qualifiziere«, sagte er. »Ein Trainingsprogramm für Bankmanager. Es geht um *portfolio construction, fund selection …*« Während er weitere englische Fachbegriffe aneinanderreihte, dachte ich immer nur an London und Carla.

Als er endlich aufgehört hatte, mir das Programm runterzubeten, fragte ich heiser: »Und das ist in England?«

Er nickte. »London.«

»Und wie lange dauert das?«

Er schaute zerknirscht, druckste herum, sagte dann: »Vier Wochen.«

»Vier Wochen?« Ich schaute ihn verdutzt an. »Du bist nur vier Wochen weg?«

Er nickte. »Viereinhalb, um genau zu sein.«

»Und Carla kommt mit?«

»Nein. Sie hat nur gesagt, dass sie das auch interessieren würde. Die ist doch viel zu blöd für so eine Fortbildung.«

Ich fing vor Erleichterung an zu lachen. »Oh mein Gott, ich dachte schon, du würdest mit ihr durchbrennen!«

»Blödsinn«, sagte er. »Wir heiraten im Juni – schon vergessen?«

»Nein, natürlich nicht«, sagte ich erleichtert. »Und vorher komme ich dich an einem Wochenende besuchen! Das wäre doch klasse, oder?«

»Da muss ich mal sehen, ob das geht«, sagte er. »Wegen der ganzen Termine und so.« Als er meine enttäuschte Miene sah, sagte er: »Aber es klappt bestimmt. Vielleicht am letzten Wochenende. Dann könnten wir zusammen nach Hause fliegen.«

»Gute Idee«, rief ich.

Ich war so froh, dass mir keine Trennung bevorstand, dass ich zur Feier des Tages schnell Cordon bleu briet, Jens' Lieblingsessen nach Mutters Gulasch. Während des Kochens fiel mir dann allerdings auf, dass er mit mir gar nicht über seine Pläne gesprochen hatte. Und wie war er eigentlich auf die Idee gekommen?

»Warum hast du mir vorher nichts von deinen Plänen gesagt?«, fragte ich so harmlos wie möglich beim Essen.

»Ach«, meinte er. »Ich wollte die Pferde nicht scheu machen, für den Fall, dass nichts daraus wird. Die Bewerberzahl für das Programm ist immer sehr groß.« Er machte eine Pause. »Übrigens werde ich mich vorher noch um einige Sachen kümmern müssen, vor allem um meine Eltern.«

»Wie läuft denn die Therapie? Macht ihr Fortschritte?«

»Ja, das ist wirklich hilfreich«, sagte er schnell. »Aber wir müssen jetzt vielleicht noch ein paar Sitzungen mehr machen.«

»Ist gut«, sagte ich. Solange er keine Sitzungen mit Carla machte, war mir alles recht.

»Ach, und Möhrchen ...?«

»Ja, was denn?«

»Im Kühlschrank herrscht das totale Chaos. Waren deine Eltern da, oder hast du das so unordentlich hinterlassen?«

»Hä?«, entfuhr es mir, und ich war kurz davor, sauer zu werden. Wenn ich eines garantiert immer ordentlich hielt, dann den Kühlschrank. »Was meinst du denn?«, fragte ich verärgert und öffnete die Kühlschranktür. Und da stand neben meinen aufgestapelten Tupperdosen und den in Klarsichtfolie verpackten Möhren und Paprika ein kleines blaues Schmuckschächtelchen. Mein Ärger war sofort verflogen. »Was ist das denn?«

»Ja, das weiß ich auch nicht«, sagte er lächelnd. »Mach mal auf.«

Die Dose war von Cartier. Und darin waren zwei zauberhafte Ohrringe mit funkelnden, kristallklaren Steinen.

»Sind das etwa Diamanten?«, fragte ich atemlos.

Er nickte. »Gefallen sie dir?«

»Aber wie …?«

»Gehaltserhöhung!«, verkündete er. »Mertens hat Sorge, dass ich nach der Fortbildung gehen werde.«

»Oh Mann«, rief ich. »Herzlichen Glückwunsch!«

Ich fiel ihm um den Hals, und aller Ärger war wie weggeblasen.

Am nächsten Tag ging ich mit meinen wunderschönen Ohrringen zur Arbeit. Natürlich fielen sie niemandem auf, außer der Sekretärin vom Chef, Frau Leimann, die ich auf der Toilette traf. Sie bewunderte sie sehr. Und dann senkte sie die Stimme und verriet mir im Vertrauen, dass Höveler überlegte, meine Probezeit noch einmal zu verlängern.

»Aber die war doch schon zu Ende«, sagte ich.

Frau Leimann nickte bedauernd. »Ich weiß.«

»Aber …«

»Keine Ahnung, wie das rechtlich aussieht. Ich wollte Sie nur schon mal vorwarnen.«

Ich musste handeln. Da im Moment das Börsengeschäft wegen der ständigen Turbulenzen in Europa etwas unvorhersehbar geworden war, blieb mir nichts anders übrig. In der Mittagspause kaufte ich mir einen Tennisdress samt Schläger, und dann machte ich früher Feierabend. Höveler sagte ich nichts von meinen Plänen. Wenn es schiefgehen würde, würde er mich sowieso bald feuern.

9

Um Viertel nach fünf war ich vor dem Tennisclub, und auf einmal erschien mir mein Plan überhaupt nicht mehr gut. Oder anders gesagt: Er erschien mir wie der allergrößte Schwachsinn. Vor allem weil ich eigentlich gar keinen Plan hatte. Ich ließ mir viel Zeit, meine Tasche mit dem brandneuen Schläger aus dem Kofferraum zu holen. Ich hatte keine Ahnung, ob jemand am Eingang des Vereinshauses sitzen und Ausweise kontrollieren würde, oder was man sonst tun musste, um dort hineinzugelangen. Vielleicht wäre es das Beste, wenn ich einfach hier draußen warten würde, bis Ursula Reinhardt käme. Wenn ich nur wüsste, was für ein Auto sie fährt, dann könnte ich ihr in den Weg laufen! Oder ihr aus Versehen eine Delle ins Auto fahren. Oder so.

Mannometer. Ich war total durcheinander! Was war nur mit mir los? Sonst war Pläneschmieden meine große Stärke, nur leider fiel mir jetzt überhaupt nichts Sinnvolles ein. Das lag vielleicht daran, dass meine Pläne bisher immer moralisch einwandfrei gewesen waren. Verflixt, ich hatte ja nun wirklich nicht ahnen können, dass es so kompliziert werden würde, skrupellos zu sein.

Ich nestelte in meiner Tasche und tat so, als ob ich irgendwas ordnete. In dem Moment fuhr ein nachtblauer 7er-BMW mit wummerndem Motor und viel Schwung in die Parklücke neben mir. Ein junger Mann sprang aus dem

Wagen. Er trug eine zerbeulte Jogginghose, Baseballkappe und einen schwarzen Kapuzenpullover und holte einen ausgefransten Seesack mit seinen Schlägern vom Rücksitz. Ich fühlte mich in meinem weißen Outfit total overdressed, und mir schwante, dass jeder sofort sah, dass ich Tennis nur aus der Klischeewerbung kannte.

Mit einem Blick checkte mich der junge Mann auch noch von oben bis unten ab. Ich zupfte an meinem Minirock. Zum Glück hatte ich wegen der kühlen siebzehn Grad wenigstens noch wadenlange Leggings drunter gezogen, sonst würde ich mich jetzt ganz nackt fühlen.

»Hallo«, sagte er und lächelte. »Spielst du auch heute?«

Was war das denn für ein komischer Typ? Er duzte mich, dabei schien er sogar noch ein paar Jahre älter zu sein.

Aber vielleicht konnte er mir ja behilflich sein, schoss es mir durch den Kopf, und deswegen sagte ich so abgeklärt wie möglich: »Ich dachte, ich könnte mal wieder ein paar Bälle schlagen. Leider habe ich nicht dran gedacht, einen Platz zu reservieren.«

»Komm einfach mit, dann sehen wir, was sich machen lässt.« Er grinste mich an.

Ganz schön arrogant für jemanden, der unrasiert und nachlässig gekleidet war. Ich hatte ja absolut kein Verständnis für Leute, die ihr Auto mehr pflegten als sich selbst. Umgekehrt aber auch nicht. Alles, womit man sich präsentierte, sollte immer tadellos vorzeigbar sein.

»Ich bin übrigens Lutz«, sagte er.

»Moni Steckelbach.«

»Hi, Moni.«

Sein Grinsen hatte etwas Unverschämtes, und um nur ja keine falschen Signale zu setzen, strich ich mir mit der linken Hand die Haare so langsam aus dem Gesicht, dass auch ein Blinder meinen Verlobungsring sehen musste. Aber auf Lutz schien das Zeichen meiner festen Bindung keinen Eindruck zu machen. Er geleitete mich zum Eingang und hielt mir – immer noch lächelnd – die Tür auf, als ob er sogar Manieren hätte. Dann ging er zu einem Schwarzen Brett.

»Mmhh«, murmelte er, als er den Aushang mit der Platzbelegung studierte. »In drei Wochen sind Vereinsmeisterschaften, da trainieren sie natürlich alle. Das sieht schlecht aus.« Er drehte sich wieder zu mir. Seine grauen Augen leuchteten, und er beugte sich näher zu mir, als er sagte: »Ich würde dich ja einladen …«

»Ich bin verlobt!«, stieß ich empört hervor.

Er lachte schallend. »Ich meinte, auf den Platz. Aber schon gut, ich wollte dir nicht zu nahe treten. Außerdem bin ich verabredet. Also dann, tschüs.« Und damit verschwand Lutz in der Umkleidekabine.

Gut, das war jetzt vielleicht auch etwas blöd gewesen. Immerhin hatte er mir helfen wollen, und ich hatte ihn vergrault. Manchmal wünschte ich mir schon, ich könnte etwas lockerer sein. Saskia hatte mir ja mal gesagt, ich hätte kein Talent zum Flirten. Aber da irrte sie sich. Ich *wollte* einfach nicht flirten. Ich wollte Jens heiraten.

Ich drückte mich noch ein paar Minuten unschlüssig vor dem Schwarzen Brett herum. Eine Frau ging mit langen Schritten an mir vorbei, und aus einem Impuls heraus folgte ich ihr. Sie bemerkte mich nicht, denn sie informierte gerade jemanden telefonisch darüber, dass sie im Begriff war, auf den Platz zu gehen, und dass es ziemlich warm war und dass sie jetzt die Tür aufmachen würde und jetzt auf dem Platz war. Auf dem Weg zur Außenanlage blieb sie stehen, schaltete ihr Handy aus und verstaute es in der Tasche.

»Entschuldigen Sie«, sprach ich sie an. »Ich interessiere mich für die Damenmannschaft. Mit wem muss ich da sprechen?«

»Der Mannschaftskapitän müsste gleich da sein. Sie erkennen sie an den schwarzen Haaren und dem gelben Sportanzug. Ach, da ist sie schon!« Die Frau deutete auf eine zierliche kanariengelbe Erscheinung mit roten Haaren hinter mir. »Maggie, hier ist eine Interessentin für die Mannschaft«, rief sie.

»Hallo, ich bin Maggie Schweinheim«, verkündete sie resolut.

»Ich dachte, Uschi Reinhardt ist Kapitän«, sagte ich dümmlich.

»War sie bis letzten Monat gewesen. Also, was gibt's?«

»Ich – äh, also ...«

»Sie wollen also in die Mannschaft?«, unterbrach Maggie mein Gestammel. »Wo haben Sie denn vorher gespielt?«

»Ähmmm, ich habe noch nie in einer Mannschaft gespielt«, musste ich zugeben. Das mit dem Lügen war gar nicht so einfach.

»Sie können aber spielen?«

»Nein, natürlich nicht«, sagte ich.

Maggie fing an zu lachen. »Der war gut! Alles klar. Uns ist eine Dame ausgefallen für das Spiel am übernächsten Wochenende, und von den Ersatzspielerinnen kann keiner.« Sie verdrehte die Augen. »Mütter. Immer im Stress. Na los, dann!«

Sie schulterte ihre Tasche und ging vor mir zu einem freien Platz.

Ach, du meine Güte! Ich meine, ich hatte zwar eine Tennisausrüstung vom Allerfeinsten, aber die war reine Attrappe. Ich würde sie morgen umtauschen gegen ein süßes

Lycra-Top von Nike und noch ein paar andere Sachen, die ich im Vorbeigehen im Shop erspäht hatte. Was sollte ich denn jetzt bloß tun? Ich hatte noch nie im Leben auch nur einen Ballwechsel gespielt. Ich könnte es machen wie mein Vater, über eine Seitenlinie stolpern und mich auf dem Weg verletzen. Aber dann bekäme ich wohl kaum noch eine Gelegenheit, Uschi Reinhardt kennenzulernen. Verflixt und zugenäht.

Schon waren wir auf dem freien Platz angekommen. Maggie Schweinheim stellte ihre Tasche mit den Schlägern auf die Bank am Kopfende. Ich schluckte. Wenn mir nicht sofort was einfiele, würde ich mich grandios blamieren! Und diese Familientradition wollte ich doch nun wirklich nicht aufrechterhalten. Unschlüssig griff ich zu meinem Schläger.

»Nee, so läuft das nicht«, sagte Maggie. »Erst einmal wird sich aufgewärmt.«

Sie trabte los, und ich legte den Schläger zurück und rannte ihr hinterher. Gut. Laufen konnte ich immerhin. Zwei Plätze weiter donnerte Lutz schon die Bälle zu seinem Partner und würdigte mich keines Blickes mehr. Also hatte er die Botschaft wohl verstanden. Aufdringlicher Kerl.

Maggie blieb stehen und schwang ihre Arme vor und zurück, dann ging sie in den Ausfallschritt und dehnte die Beine. Ich tat es ihr nach und hoffte, dass bis zum Ende des Aufwärmens endlich Uschi Reinhardt auftauchen würde.

»Okay, das dürfte reichen.« Maggie schnappte sich ihren Schläger und drei Bälle, von denen sie zwei an Cliphalterungen an ihrem Hosenbund befestigte.

Ich streckte die Arme nach oben und beugte mich zur Seite. »Muss noch was dehnen«, sagte ich. »Ich krieg sonst sehr schnell – ähem, einen Tennisarm.«

»Ah, okay. Verstehe.« Maggie ließ den Ball auf dem Schläger titschen. Ich versuchte, mir ins Gedächtnis zu rufen, welche Übungen Sportler sonst noch machten, und beugte mich nach vorne, um mit den Händen den Boden zu berühren. Mann, das tat weh.

»So, jetzt reicht es aber«, sagte Maggie ungeduldig. »Sonst wird das nichts mehr.« Sie ging auf die andere Seite des Netzes. »Dann mal los«, rief sie. »Bis meine Doppelpartnerin kommt, kannst du zeigen, was du drauf hast.«

Ich nahm meinen Schläger und überlegte, wie man ihn richtig hielt. Er war so groß! Komm, Moni, das kann so schwer nicht sein. Im Pingpong warst du auch nie so schlecht. Ich stellte mich so hin, wie ich es bei den Spielerinnen im Fernsehen mal gesehen hatte. Beine leicht gebeugt, Oberkörper nach vorne, Schläger in beide Hände, schwungbereit vor dem Körper. Maggie warf den Ball hoch in die Luft, streckte sich, holte aus, es macht *Pock*!, und *Wusch*! und schon war das kleine hellgrüne Filzknäuel an mir vorbeigesaust.

»Sorry«, rief ich lahm.

»Alles okay?«

»Ich glaube, es stimmt was nicht mit meinem Schläger«, rief ich zurück und betrachtete eingehend die Saiten, als ob sich da was gelöst hätte.

»Warte«, rief Maggie und machte sich auf den Weg zu mir.

Ich riss ein bisschen an der Bespannung, um wenigstens ein echtes Problem präsentieren zu können, aber mit meinen gefeilten Fingernägeln konnte ich zwar Zahnfleisch aufschlitzen, aber diesen dicken Saiten nichts anhaben. Blöd. Gleich würde Maggie mich als Scharlatan überführen. Mir fiel nichts mehr ein, was ich dagegen hätte machen können. Außer fliehen. Aber das war jetzt auch zu billig.

»Da stimmt doch was nicht, oder?«, sagte ich und reichte Maggie den Schläger. Sie prüfte mit geübten Griffen die Bespannung. Dann sah sie mich merkwürdig an. Jetzt war der Punkt, an dem meine Tarnung endgültig aufflog.

Doch noch bevor sie was sagen konnte, hörte ich jemanden rufen: »Hey, Maggie, altes Haus. Fang!«

Am anderen Ende des Platzes erschien eine schwarzhaarige Frau, in dynamisches Fuchsiarot gekleidet. Ich erkannte sie sofort! Uschi Reinhardt. Sie lachte, war also bester Laune. Umso besser für mich. Im Gehen warf sie einen Ball hoch und drosch ihn zu uns rüber.

Maggie bückte sich zur Seite. Das irritierte mich für einen Moment, und ich drehte den Kopf in ihre Richtung, dann spürte ich plötzlich einen dumpfen Schmerz und stellte erstaunt fest, dass die Erde sich zu schnell für mich drehte.

10

Lutz und Ursula Reinhardt beugten sich über mich. Ich befühlte meinen Kopf. Er war nass.

»Blute ich?«, fragte ich.

»Nein, das ist nur ein Waschlappen«, sagte Lutz.

Uschi Reinhardt nahm ihn weg und zeigte ihn mir. »Wie geht es Ihnen?«

»Gut«, sagte ich, blieb aber liegen. »Und Ihnen?«

Sie lachte verlegen. »Mir tut es entsetzlich leid. Ich dachte, Sie weichen aus.«

»Ja«, sagte ich und richtete mich langsam auf. »Ich auch.«

»Du hast den Ball genau an die Schläfe bekommen«, sagte Lutz. »Dort laufen verschiedene Nerven zusammen. Deswegen bist du k.o.gegangen.«

Mit ihrer beider Hilfe stand ich auf. »Ich glaube, ich habe genug für heute.« Ich ging neben Lutz langsam an den Rand. Dort setzte ich mich auf die Bank.

»Ruhen Sie sich noch ein wenig aus«, sagte Uschi Reinhardt. »Und trinken Sie einen Schluck Wasser.«

»Ist dir schlecht? Tut dir der Kopf weh?«, fragte Lutz. Mit einer kleinen Taschenlampe, die er aus einer schwarzen Ledertasche gezogen hatte, leuchtete er mir in die Augen.

»Nein, alles okay«, sagte ich. »Ich bin schon wieder ganz fit.«

»Soll ich deinen Verlobten anrufen?«

»Der ist – gerade nicht da. Auf Dienstreise.«

»Könnte eine Freundin dich abholen?«

»Nicht nötig«, sagte ich. »Ich fahre gleich selber.«

»Das kann ich nicht zulassen«, widersprach er.

Na bravo. Dass er mich nach Hause brachte, war wohl genau das, was er sich wünschte.

»Nee, ist kein Problem«, sagte ich. »Ich schaff das schon.«

Lutz betrachtete mich einen Moment eingehend. »Bist du dir sicher, dass du fahren kannst?«

»Ja, alles wieder in Ordnung.« Ich stand auf und schwang meine Arme vor und zurück, um meine Mobilität zu demonstrieren.

»Aber ich übernehme dafür keine Verantwortung! Das geht nur auf eigene Gefahr«, sagte Lutz.

Meine Güte, was war das denn für eine Drama-Queen? Tsess. Als ob so ein kleiner Knockout mich fahruntüchtig machen würde.

Er zückte eine Visitenkarte aus der Hosentasche. »Wenn es dir heute Abend oder heute Nacht plötzlich schlechter gehen sollte, kannst du mich anrufen.« Er schrieb noch eine Nummer auf die Karte.

Ich wollte schon wegen des erneuten Anmachversuchs protestieren, aber dann sah ich an seinem Doktortitel, dass er offensichtlich Arzt war und eine internistische Praxis besaß.

»Danke. Aber ich denke, das wird nicht nötig sein«, sagte ich, drehte mich und blieb aus irgendeinem unerfindlichen Grund mit meiner Schuhspitze auf dem Boden hängen und geriet ins Stolpern.

Lutz fing mich gerade noch auf, bevor ich ein zweites Mal der Länge nach hinfiel.

»Nein, das geht ja gar nicht«, mischte sich jetzt Uschi

Reinhardt ein. Ach ja, die hatte ich ja ganz vergessen! »Sie können nicht alleine fahren.«

Plötzlich dachte ich, ja, das ist es doch! Uschi Reinhardt würde mich nach Hause fahren, und dann würden wir plaudern wie alte Freundinnen, und – schwupps! – hätte ich eine neue Mandantin gewonnen. Warum hatte ich nicht gleich daran gedacht!

»Ja, vielleicht ist es besser, wenn ich mich doch nicht ans Steuer setze«, sagte ich leidend. »Ich fühle mich etwas schwummerig.«

Lutz betrachtete mich mit seinen seltsamen grauen Augen. »Hast du auch Kopfschmerzen? Oder ist dir schwindelig?«

»Nur ein bisschen. Aber es wäre vielleicht doch besser, wenn mich jemand nach Hause fahren würde.« Ich schaute Uschi Reinhardt aufmunternd an.

»Ja, richtig so. Lutz, würdest du das bitte übernehmen?«

Nein! Nicht der! Du sollst das machen!

»Ich habe nur diesen einen Termin, um mit Maggie zu trainieren.«

»Na klar«, sagte er. »Kein Problem.«

»Hier haben Sie meine Nummer«, sagte Uschi Reinhardt und drückte mir ebenfalls eine Visitenkarte in die Hand. »Rufen Sie mich morgen bitte auf jeden Fall an, und sagen Sie mir, wie es Ihnen geht.«

»Das mache ich, vielen Dank!«, sagte ich erstaunt.

»Was ist denn jetzt mit der Damenmannschaft?«, fragte Maggie.

»Ich glaube, Sie sind doch ein bisschen zu gut für mich. Aber danke für das nette Angebot.«

Ich wollte meine Tasche nehmen, aber Lutz hatte sie sich schon geschnappt und packte mich zu allem Überfluss noch am Arm, um mich zu stützen. Also ehrlich! Ich war doch kein Invalide.

»Ich glaube, es ist schon wieder ganz in Ordnung«, sagte ich, als wir auf dem Parkplatz angekommen waren. »Ich kann doch selbst fahren.«

Lutz hielt mir stumm die Tür zu seinem BMW auf. Ich zögerte. Es kam mir vor wie eine Falle. Wenn ich einmal darin saß, neben ihm, dann würde er mich bestimmt noch weiter anbaggern. Aber Jens konnte ich leider nicht anrufen, weil er bei seiner blöden Therapie war.

Widerwillig stieg ich in das Auto. Lutz startete den Motor und fuhr los. Das linke Handgelenk stützte er lässig auf dem Lenkrad ab, die Hand hing schlaff herunter, den rechten Arm hatte er völlig nutzlos auf der Lehne zwischen den Sitzen geparkt – also ehrlich. Hatte ihm noch niemand gesagt, dass es gefährlich war, nicht beide Hände am Steuer zu haben?

Lutz lachte. »Arbeitest du als Fahrlehrerin, oder was?«

Ups. Mir wurde klar, dass ich laut gedacht hatte. Vielleicht hatte ich doch einen Dachschaden von der Ballattacke davongetragen.

»Nein«, sagte ich zuckersüß, »aber um meine Sicherheit bin ich immer besorgt.«

»Keine Sorge. Du bist in guten Händen.«

Das bezweifelte ich und rückte so weit wie möglich an die Beifahrertür, um den Abstand zwischen uns zu vergrößern. Er sollte sich bloß nicht einbilden, dass ich auf seine Möchtegern-cooler-Onkel-Doktor-Masche reinfiel. Was für ein Angeber! Mir wurde wieder einmal klar, wie toll mein Verlobter wirklich war.

»Äh, ich wohne übrigens in Köln-Zollstock«, sagte ich, als mir auffiel, wie zielstrebig er durch den Stadtverkehr fuhr, obwohl ich ihm nicht mal meine Adresse gesagt hatte. Aber da bog er auch schon auf den Parkplatz eines Krankenhauses ein und stellte den Wagen ab.

»Was machen wir hier?«, fragte ich begriffsstutzig.

»Du wirst jetzt ein Schädel-CT machen, und dann wissen wir ganz genau, ob alles in Ordnung ist«, sagte Lutz. »Na, los!«

»Das brauche ich nicht«, rief ich. »Mir geht es super.«

»Und was ist mit den Kopfschmerzen?«

»Ich habe keine Kopfschmerzen!«, protestierte ich.

»Eben hattest du aber welche.«

»Ja, die sind aber schon längst weg. Ich brauche nur etwas Ruhe und einen Eisbeutel für die kleine Beule. Dafür muss man doch kein Schädel-CT machen, also ehrlich!« Ich schnaubte abfällig. »Die meisten kostspieligen Untersuchungen heutzutage sind sowieso total überflüssig«, zitierte ich meinen Vater, der mich vorige Woche bei der Hundeübergabe mit diesem Thema beschwatzt hatte.

Lutz lachte. »Ich dachte, um deine Sicherheit bist du immer besorgt.«

»Ja, natürlich, aber das kann ich ja wohl ganz alleine!«

»Ich habe jetzt für dich die Verantwortung übernommen, und deswegen machen wir die Untersuchung, und damit basta.« Er stieg aus und hielt mir die Tür auf.

Also wirklich. Wie sollte ich den denn jetzt bloß loswerden?

Gar nicht, stellte sich heraus. Er begleitete mich zu der Untersuchung, wo der zuständige Arzt ihn für meinen Freund hielt (wie peinlich!), und lieferte mich nach Feststellung meiner vollständigen Gesundheit zu Hause ab.

»Danke für die Mühe«, sagte ich frostig, als er vor der Haustür anhielt.

»Gern geschehen«, antwortete er liebenswürdig und grinste mich an. Ich überlegte, was jetzt die angemessene Art der Verabschiedung war, immerhin hatte er sich besorgt um mich gezeigt, was zwar überflüssig, aber eigentlich ganz nett von ihm gewesen war, wenn man mal seine Hintergedanken beiseiteließ. Ich würde ihm die Hand geben – wie eine Erwachsene. Ja, das wäre gut.

Doch dann legte er den Kopf schief und sagte: »Also dann, Moni. Mach's gut.«

Und mir schoss ganz plötzlich und ohne Vorankündigung die Vorstellung ins Hirn, wie ich ihn küssen würde. Panisch öffnete ich die Tür und stolperte aus dem Auto, sodass ich fast auf den Bordstein knallte. Im letzten Moment konnte ich mich abfangen.

»Hey, sei vorsichtig«, rief er mir hinterher, aber ich antwortete nicht, sondern floh ins Haus. Erst als ich in der Wohnung war, atmete ich auf. Ich war froh, dass Jens noch nicht da war. Ich kam mir fast vor, als hätte ich ihn betrogen.

»Und dann hatte ich auf einmal das Bild vor Augen, wie ich mit ihm rumknutsche«, rief ich entsetzt ins Telefon, nachdem ich Ellen die ganze Geschichte erzählt hatte.

Es blieb still am anderen Ende der Leitung.

»Ellen?«, fragte ich bang. »Bist du noch dran?«

Ein komisches Atmen erklang. »Ja, klar«, sagte sie. »Musste nur gerade gähnen.«

»Also, was meinst du? Ist das nicht ein alarmierendes Zeichen, dass ich unbewusst – *fremdgehen* möchte?«

Ellen lachte. »Blödsinn, Moni. Was du nur immer denkst. Was meinst du, mit wem ich in meiner Fantasie schon alles geknutscht habe? Und Sex hatte!«

»Aber was ist mit Arne?«, flüsterte ich.

»Der profitiert nur davon, glaub mir«, sagte sie. »Es ist alles in bester Ordnung bei dir.«

»Meinst du echt?«

»Na klar.«

»Aber was ist, wenn Jens auch daran denkt, andere Frauen zu küssen?« Zum Beispiel diese fiese Carla.

»Na und? Das ist völlig normal. Du kennst doch den Spruch: Appetit holt man sich woanders, gegessen wird zu Hause.«

»Nein, den kenne ich nicht. Und ich finde ihn auch bescheuert«, gab ich zurück.

»Ach, Moni. Du bist süß«, sagte Ellen. »Aber solange nur in Gedanken geküsst wird, schadet das keinem.«

Einigermaßen beruhigt legte ich mich ins Bett. Und weil dieser Tag so aufregend gewesen war, schlief ich sofort ein und wachte auch nicht auf, als Jens irgendwann ziemlich spät nach Hause kam.

»Was ist denn mit dir passiert?«, fragte er am nächsten Morgen und musterte die kleine Schwellung mit dem rotblauen Fleck an meiner Schläfe.

In diesem Moment fiel mir auf, dass ich ein echtes Problem hatte. Ich konnte Jens unmöglich von meinem Zwischenfall auf dem Tennisplatz erzählen, weil ich dann ja auch von Uschi Reinhardt hatte erzählen müssen. Oh nein! Ich hatte Jens noch nie belogen. Noch kein einziges Mal! Was sollte ich denn jetzt tun? Mir musste eine gute Ausrede einfallen.

»Ich – äh, war gestern noch bei Ellen, und sie hat Sekt aufgemacht, und der Korken ist mir an den Kopf geflogen«, murmelte ich verlegen.

»Oh, armes Möhrchen«, sagte er und küsste mich sanft auf die Stirn. »Tut es sehr weh?«

»Nee, geht schon wieder.« Ich musste Ellen nachher anrufen, damit sie meine Story deckte. Er fing an, an meinem Pyjama rumzunesteln. Da fiel mir etwas Merkwürdiges auf. Normalerweise würde Jens jetzt über Ellens Alkoholkonsum lästern, was er schon vor ihrer Schwangerschaft immer getan hatte. Aber jetzt sagte er gar nichts, sondern war ganz offensichtlich von anderen Gedanken getrieben. Und das an einem Mittwochmorgen! Sonst war doch immer sonntags unser Tag.

Ellens Spruch mit dem Appetitholen fiel mir ein.

Ich schob ihn von mir weg, sodass ich ihm ins Gesicht sehen konnte. »Wie, findest du, sieht diese Carla aus? Auf einer Skala von eins bis zehn.«

»Keine Ahnung!«, behauptete er. »Das ist mir piepegal.«

Also, das glaubte ja wohl keiner. Natürlich wusste er, dass sie gut aussah. Warum wollte er das nicht sagen?

»Dann überleg mal.«

Er rollte mit den Augen. »Dann halt eine Acht.«

»Eine Acht?«, rief ich und sprang auf. »Das ist fast Supermodel.«

Er zuckte mit den Schultern. »Du hast mich gefragt, also habe ich dir eine ehrliche Antwort gegeben.«

Ich verzog mich ins Badezimmer. Also echt. Ich verabscheute Lügen. Aber in so einem Fall war Ehrlichkeit ja wohl moralisch unverantwortlich. Aber so was verstand er gar nicht. Als ob er noch nie was von Eifersucht gehört hätte. Vielleicht sollte ich das mal ändern. Mal sehen, was mein Verlobter dazu sagen würde, dass ich angebaggert worden war. Ja, genau. Das war eine gute Idee.

Auf dem Weg zum Auto holte ich wie zufällig die Visitenkarte von Dr. Lutz Altenhofen aus meiner Manteltasche. Als ich auf dem Beifahrersitz Platz genommen hatte, starrte ich demonstrativ darauf. Jens startete den Wagen. Ich schnippte mit dem Finger gegen die Karte, aber er reagierte immer noch nicht.

»Ach, die Visitenkarte von *diesem* Typen ist das«, rief ich, als wäre es mir gerade wieder eingefallen.

»Was für ein Typ?«, fragte er abgelenkt und schaute in den Seitenspiegel, um aus der Parklücke rauszufahren.

»Ach, die hat mir so ein Kerl gestern zugesteckt. Er wollte mich kennenlernen.« Im Vorbeifahren sah ich, dass wieder der rote Toyota in unserer Straße parkte. Auch die Frau saß wieder drin.

»Aha. Und was war das für ein Kerl?«, fragte Jens, immer noch viel zu desinteressiert. Deswegen ließ ich beiläufig fallen: »Irgend so ein Arzt.«

»Ein Arzt?«, rief er erschüttert und drehte sich zu mir um.

Na also, geht doch. Bei Ärzten wird auch der tumbste Mann argwöhnisch. Zu Recht! Ärzte sind auch heute noch der Inbegriff des Traummannes, gleich nach Prinz William, aber weil der ja mittlerweile unter der Haube war, galt er nicht mehr. Um Jens' Eifersucht noch ein bisschen anzuheizen, bevor ich ihm dann wortreich versichern würde, dass ich nur an ihm und an niemandem sonst interessiert war, schwärmte ich: »Ja, ein junger Arzt. Erfolgreich. Sehr gut aussehend. Auf einer Skala von eins bis zehn fast eine neun.«

»Und welche Fachrichtung macht er?«

Äh, was hatte das denn jetzt damit zu tun? Na gut. Vielleicht würde er in einem popeligen Hausarzt keine Konkurrenz sehen. Deswegen sagte ich: »Er ist ein bekannter Herzspezialist.«

Jens stieg auf die Bremse und schwenkte in einem waghalsigen Manöver in eine Bushaltestelle ein und hielt an. Er sah mich mit weit aufgerissenen Augen an. Ich legte ihm die Hand auf das Bein und sagte lächelnd: »Mach dir keine Gedanken, mein Süßer, ich denke immer nur an …«

»Ruf ihn an, Moni!«, schrie Jens hysterisch. »Wenn man mal außerhalb der Sprechstunden eine Frage hat, dann ist es lebenswichtig, einen Arzt zu kennen. Und dann ein Herzspezialist! Mein Gott, das ist genial!«

Ach, du meine Güte. Warum kümmerte sich seine Familientherapeutin nicht mal um *dieses* Problem?

»Aber ich will ihn nicht anrufen«, maulte ich. »Er war viel zu aufdringlich!«

»Mein Gott, Moni! Jetzt denk doch nicht immer nur an dich! Denk auch mal an mich. So ein Arzt ist Gold wert! Besser als jede Lebensversicherung! Also tu mir den Gefallen und freunde uns mit ihm an!«

»Ich weiß nicht«, murrte ich.

»Moni, sei nicht egoistisch. Hier geht es um *Leben und Tod*!«

»Na gut, mal sehen, was ich tun kann. Und jetzt fahr weiter, sonst kommen wir noch zu spät zur Arbeit.«

»Du meine Güte, Steckelbach«, rief Ilja, als ich ihm beim Betreten unserer Büroetage im Flur begegnete. »Hat dir keiner gesagt, dass man beim Boule keinen Kopfball spielt?« Er lachte dreckig und betrachtete die Stelle an meiner linken Augenbraue, an der mich der Ball getroffen hatte. Sie war immer noch etwas geschwollen und changierte von Rot ins Blau.

Ich lächelte Ilja maliziös an. »Wenn ich dir den Bonus vor der Nase wegschnappe, wirst du sehen, dass es sich gelohnt hat.«

»Wenn du weiter so viel Mist baust, Steckelbach, wird das ja wohl nie passieren.«

Ich drehte mich um und ging in mein Büro. Der würde sich schon noch wundern. Wenn es denn mit Uschi Reinhardt klappte. Ich erledigte meine üblichen Aufgaben, bis der richtige Zeitpunkt für den Anruf gekommen war – nicht zu früh, um aufdringlich zu erscheinen, und nicht zu spät, um vergesslich zu wirken. Um elf Uhr fünfzehn – als Sören Nachschub für seinen Süßigkeitenvorrat einkaufen gegangen war – rief ich Uschi Reinhardt an. Ich erwischte sie tatsächlich persönlich.

»Geht es Ihnen wieder gut? Gott sei Dank«, rief sie. »Ja, Lutz hatte mir gestern noch Bescheid gegeben, dass alles glimpflich abgelaufen ist.« Und während ich noch überlegte, wie ich das Gespräch jetzt auf meinen Job bringen könnte, sagte sie auch schon: »Ich würde Ihnen als kleine Wiedergutmachung noch gerne etwas schicken. Wie kann ich Sie erreichen? Haben Sie eine Adresse?«

»Ja, natürlich«, sagte ich. »Am besten erreichen Sie mich bei der Arbeit.« Ich nannte ihr die Adresse von Höveler & Wulf.

Und sie stellte daraufhin genau die richtige Frage: »Sie arbeiten bei einer Vermögensverwaltung?«

»Ja, Sie haben eine Wertpapierspezialistin ausgeknockt, wie es sonst nur einer schlechten Nachricht von den Wirtschaftsweisen gelingt«, scherzte ich etwas gekünstelt.

»Oh Mann«, sagte sie. »Ich wusste ja, dass ich eine umwerfende Wirkung habe.«

»Was machen Sie denn beruflich?«, fragte ich. »Arbeiten Sie als Ballmaschine?«

Sie lachte. »Das wäre nicht schlecht. Aber nein, Tennis ist nur mein Hobby. Beruflich bin ich Privatier.«

»Also lassen Sie Ihr Geld für sich arbeiten?«, flötete ich.

»Ja, so könnte man das sagen«, sagte sie zögerlich.

»Wenn Sie mal einen Vorschlag brauchen, wie Sie noch mehr aus Ihrem Geld machen können, dann melden Sie sich bei mir. Wir sind in der Vermögensverwaltung äußerst erfolgreich und haben unseren Kunden im letzten Jahr einen Gewinnzuwachs von durchschnittlich achtundzwanzig Prozent eingebracht, weit über der diesjährigen Rendite des Gesamtmarktes.« Ich lachte, um es nicht wie einen geplanten Schachzug aussehen zu lassen. »Jedenfalls wenn ich mich recht erinnere nach dem harten Schlag, den mein Kopf gestern abbekommen hat.«

»Tut es denn noch weh?«, fragte sie.

»Nein. Es ist nur ein hübsches kleines Hörnchen. Schade, dass Karneval schon vorbei ist. Mit ein bisschen Glitter drauf könnte ich sonst jetzt als Nachwuchs-Einhorn gehen.« Mit Karneval hatte ich noch nie auch nur das Geringste zu tun gehabt.

»Es tut mir wirklich leid«, sagte Uschi Reinhardt noch mal.

»Ach was, schon vergessen«, sagte ich. »Es war sehr nett, Sie kennenzulernen.«

»Fand ich auch«, sagte sie. »Und ich überlege es mir.«

»Was überlegen Sie sich?«, fragte ich scheinheilig.

»Na, das mit der Vermögensverwaltung.«

»Oh, das wäre klasse. Würde mich freuen, wenn wir uns abseits des Tennisplatzes noch einmal begegnen würden.«

Wir verabschiedeten uns.

»Was war das denn für ein Geschleime?«, fragte Sören, der vor einer Minute reingekommen war.

»Mal sehen«, sagte ich geheimnisvoll und machte mich wieder an die Arbeit.

Nachmittags brachte mir Olga Herbert, unsere Empfangsdame, einen Blumenstrauß, üppige blassrosa und altrosafarbene Rosen und eine Vielzahl kleinerer violetter und roter Blüten in unterschiedlichster Form. Sehr hübsch.

»Wenn Sie das nächste Mal den Kopf hinhalten, sollte es sich für Sie mehr lohnen«, schrieb Uschi Reinhardt. »Gerne würde ich einen unverbindlichen Termin für eine Beratung mit Ihnen vereinbaren. Ich könnte schon morgen – würde Ihnen das passen? Rufen Sie mich an!«

11

Als wir Uschi Reinhardt am Freitagnachmittag zu uns einluden, schien die Sonne durch das Fenster in den Konferenzraum. Mit Hilfe des in Jens' Büro geklauten Zettels hatte ich Höveler einen Überblick über ihre Finanzen geben können, ohne natürlich zu verraten, woher meine Informationen stammten. Das hatte uns geholfen, in der Kürze der Zeit eine auf sie zugeschnittene Präsentation zu erstellen.

Höveler klopfte mir auf die Schulter. »Sie machen sich«, sagte er anerkennend.

Ich wusste, ich war auf dem besten Weg, meinen Fehler wieder auszubügeln.

Höveler, Ilja, Matthias Wulf und ich erwarteten Uschi Reinhardt mit Kaffee und Gebäck, und Höveler erläuterte ihr unsere Geschäftsstrategie mit breit gefächerten Geldanlagen. Dann protzte Ilja eine Weile mit seinen Erfolgen im Bereich der Immobilienbeteiligungen und Grundstücksspekulationen und sah dabei in seinem neuen Armani-Anzug so gut aus, dass sogar ich für einen Moment vergaß, dass er ein rücksichtsloser Idiot war.

Auch Uschi Reinhardt schien er zu beeindrucken, denn sobald er geendet hatte, sagte sie: »Das klingt wirklich alles sehr, sehr interessant. Ich hatte schon länger vor, mit meinem Vermögen neue Wege zu beschreiten. Meine alte Bank war da etwas schwerfällig und zu festgefahren.«

Ihr Handy brummte, und sie entschuldigte sich. Höveler

grinste mich an, selbst Iljas Blick war weniger feindselig als sonst.

»Dann würde Ihnen jetzt Matthias Wulf einen Überblick über die Möglichkeiten der innovativen Steuergestaltung geben«, sagte Höveler, als Uschi Reinhardt das Telefonat beendet hatte.

Doch sie sagte: »Das tut mir leid – ich muss jetzt weg.«

»Wie bitte?«, fragte Höveler irritiert. »Aber wir haben noch wichtige Informationen für Sie.«

»Solange Sie nicht drei Karten für das Shakira-Konzert morgen Abend haben, muss ich jetzt weg, so leid es mir tut.«

»Wie bitte?«, fragte Höveler.

Wulf kapierte gar nichts. »Ist das ein Scherz?«, fragte er.

»Über so was macht eine Mutter von zwei Teenagermädchen keine Witze«, sagte Ilja mit öliger Stimme und sah Uschi Reinhardt mit seinen espressofarbenen Augen verständnisvoll an. »Nicht wahr?«

»Wie recht Sie haben, Herr Jansen«, sagte Uschi Reinhardt und lachte gurrend. »Meine Töchter haben sich gerade überlegt, dass sie unbedingt zu dem Shakira-Konzert wollen. Aber es gibt keine Karten mehr. Ich muss mich also entschuldigen.«

»Da könnte ich eventuell helfen«, warf ich schnell ein.

Wenn Ilja meinte, er wäre der Einzige hier, der Schleimpunkte einfahren konnte, dann hatte er sich geschnitten.

»Oh, echt?«, sagte Uschi Reinhardt. »Das wäre wunderbar!«

»Ja, Frau Steckelbach ist wirklich eine unserer besten Mitarbeiterinnen«, erklärte Höveler. »Na, dann gehen Sie, Moni, und regeln Sie das.« Er winkte mich fort.

Ich schnappte mir mein Handy und ging auf den Flur,

um Ellen anzurufen. Sie hatte bis zur Babypause bei einer Konzertagentur gearbeitet und immer noch gute Kontakte zur Lanxess-Arena. Sie versprach, es zu versuchen.

Und tatsächlich! Als sie eine halbe Stunde später zurückrief, hatte sie drei Backstage-Pässe für das Shakira-Konzert organisiert.

Uschi Reinhardt war überglücklich. Sie sagte, das hätte sie vollends überzeugt. Wir wären ein Team, das sich wirklich um alle Belange kümmern würde.

»Ich werde einen Teil meines Vermögens von Höveler & Wulf verwalten lassen. Und bei gutem Erfolg könnte es bald mehr als ein Teil sein«, sagte sie. »Ich hätte aber gerne so bald wie möglich schon konkrete Anlageideen.«

»Die bekommen Sie«, sagte Höveler. »Und Sie werden es nicht bereuen, da gebe ich Ihnen mein Wort drauf!«

Schon am nächsten Nachmittag tauchte Uschi Reinhardt wieder bei uns auf.

»Nanu, Frau Reinhardt«, sagte ich, als ich sie im Flur traf. »Schön, Sie so schnell wiederzusehen.«

»Ja«, sagte sie. »Ihr Kollege Ilja Jansen wollte noch etwas Wichtiges mit mir besprechen.«

Aha, dachte ich, er will mich ausbooten. Leider wollte mir keine Ausrede einfallen, warum ich jetzt in diese Besprechung reinplatzen könnte. Umso erfreuter war ich, als mich Höveler eine Stunde später von selbst zu der Besprechung mit Reinhardt dazu rief.

»Ah, da sind Sie ja, Frau Steckelbach«, sagte Höveler. »Wir brauchen Sie.«

Ilja, Uschi Reinhardt und er schauten mich erwartungsvoll an.

»Worum geht es?«

»Ich habe Frau Reinhardt gerade ein sehr interessantes Immobiliengeschäft vorgestellt. Die Einzelheiten sind aber etwas komplizierter, und deswegen brauchen wir noch ein bisschen Zeit, um alles bei einem Abendessen zu besprechen.«

»Okay«, sagte ich. »In Ordnung.« Dann würde ich eben mit meinem Chef, meinem Kollegen und unserer neuen Supermandantin auf Geschäftskosten essen gehen. Gut genug angezogen war ich dafür.

»Es gibt nur ein Problem«, sagte Uschi Reinhardt.

»Aber Frau Reinhardt, wir sind dafür da, um alle Probleme zu lösen«, antwortete ich charmant und professionell.

»Und das ist auch genau der Grund, warum ich mich hier jetzt schon wohlfühle.« Sie lächelte mich an. »Aber passen Sie gut auf meine Töchter auf, ja?«

»Wie bitte?« Ich verstand nicht, was sie meinte.

»Na, heute Abend ist doch das Shakira-Konzert, Moni«, sagte Höveler. »Und da Sie die Karten ja besorgt haben, kommen Sie auch in den Genuss, sich das Konzert selbst anzusehen.«

Er sagte das, als wäre es eine Belohnung.

Eine halbe Stunde später brachte Ursula Reinhardt ihre zwei Töchter zu mir. Die Jüngere war braunhaarig und pummelig, die Ältere hoch aufgeschossen, mit einer Lage Babyspeck auf schmalen Schultern und schmalen Hüften. Sie stand x-beinig vor meinem Schreibtisch und trug einen schlabberigen Pullover zu glänzenden Leggins. Ihre schulterlangen Haare waren goldblond gefärbt. Beide Mädchen hatten kugelrunde, leicht vorstehende Augen, Stupsnasen und dünne Lippen, die von klebrigem Lipgloss glänzten. Sie starrten mit halb offenen Mündern teilnahmslos vor sich hin.

»Das sind Cassidy und Sundance«, sagte Reinhardt, die sich für den Restaurantbesuch die Lippen mit dunkelrotem Lippenstift nachgezogen hatte. »Also, ihr Schätzchen, bis später.« Sie hauchte einen Kuss in die Luft und verschwand.

Kein Wunder, dass die beiden Mädchen so mürrisch guckten – bei diesen Namen! Aber mit so was kannte ich mich aus. Ich war die Königin der verkorksten Namen und hatte totales Verständnis für ihr Leiden. Wir waren Verbündete im Ertragen der Verrücktheiten unserer Eltern.

»Hey, ihr beiden, schön euch kennenzulernen«, sagte ich warm und zwinkerte ihnen verschwörerisch zu: »Und wie soll ich euch nennen?«

Die Ältere, Cassidy, schaute mich mit ihren Kuhaugen an, bewegte nur ein absolutes Minimum an Gesichtsmuskeln, und doch feuerte sie die Wörter aus ihrem Mund ab wie Dum-Dum-Geschosse. »Natürlich *Cassidy* und *Sundance*, wie denn *sonst?*« Die Betonung einzelner Wörter gab ihrer Satzmelodie etwas besonders Verabscheuungswürdiges.

»Oh, okay.« Das war wohl nichts mit unserem Bündnis.

»Ich möchte eine Cola«, maulte Sundance, die Pummelige.

»Wie alt bist du noch mal?«

»Elf.«

»Darfst du schon Cola trinken?«

»Was *soll* das?«, blaffte Cassidy mich an ihrer Stelle an. »Meinen Sie, sie wüsste nicht, was sie *darf* und was nicht? Sieht sie so *hohl* aus?«

Nein, ganz im Gegenteil, dachte ich, und betrachtete den Rettungsring, der sich über den Bund ihres Jeansrocks presste und ihrer Figur in dem engen rosa T-Shirt mit der Glitzeraufschrift eine Vasenform verlieh. Ich seufzte und ging mit ihnen in die Küche, wo ein Getränkekühlschrank stand.

»Bedient euch«, sagte ich. »Ich bin gleich wieder da.«

Ich wollte gehen, um ein ernstes Wörtchen mit Zacharias Höveler über meinen Zuständigkeitsbereich zu reden, da meldete sich Cassidy zu Wort.

»Hallo, hallo, *hallo*!«, sagte sie. »Meinen Sie im *Ernst*, *ich* würde mir *selbst* was zu *trinken* holen?«

»Ja, weil *du* selbst *zwei Hände* hast!«, blaffte ich zurück. Sie holte ihr iPhone hervor, ohne mich aus den Augen zu lassen, und hielt es sich ans Ohr. »Mama, *hier* gibt es ein *Problem*. Diese *Frau*, bei der du uns *gelassen* hast, will uns *nichts* zu *trinken* geben. Aber wir haben solch einen *Durst*!« Dann streckte sie mir mit triumphierendem Blick ihr Telefon hin. Genervt nahm ich es.

»Da liegt ein Missverständnis vor«, sagte ich sofort. »Natürlich bekommen die beiden was zu trinken.«

»Das will ich doch wohl auch hoffen. Ich habe Ihnen meine beiden Kronjuwelen anvertraut. Und wenn Sie die beiden nicht zu meiner Zufriedenheit betreuen, dann wäre mein Vertrauen in Sie und Ihre Firma deutlich geschwächt und …«

»Es wird keine Probleme geben«, unterbrach ich sie. »Sie können sich ganz auf mich verlassen.«

»Dann ist es ja gut. Es ist ja wohl nicht zu viel verlangt, zwei so tolle Mädchen zu einem *Shakira*-Konzert zu begleiten.«

»Nein, natürlich nicht.«

»Immerhin bekommen Sie die Eintrittskarte umsonst. Einen *Backstage*-Ausweis!«

»Ja, ich weiß«, sagte ich. Immerhin hatte *ich* die Eintrittskarten besorgt.

Ich gab das Handy zurück und holte zwei Flaschen aus dem Kühlschrank. Sie nahmen jeder zwei Schlucke und stellten die Cola dann achtlos beiseite. Mir dämmerte langsam, dass ich in einer Seitenstraße der Hölle gelandet war. Aber es sollte noch schlimmer kommen.

Wir kamen pünktlich zum verabredeten Zeitpunkt zum Shakira-Konzert. Iris, die Freundin von Ellen, die uns die Tickets besorgt hatte, führte uns durch den Hintereingang in einen Aufenthaltsraum. Der Raum hatte ein großes Fenster, von dem man in die Halle schauen konnte. Es standen Stühle und einige Stehtische darin und ein Büfett, das auf einem langen Tisch aufgebaut war. Da gab es Muffins, Brötchen, kleine Würstchen und Käsegebäck, Orangensaft, Sekt, Wasser, Cola und Kaffee.

»Bedient euch ruhig«, sagte Iris. »Wenn das Konzert losgeht, hole ich euch ab und zeige euch, wo ihr euch hinstellen könnt.«

»Vielen Dank«, sagte ich. »Das ist sehr nett.«

»Keine Ursache. Für Freunde von Ellen tue ich das doch gerne.« Sie eilte davon.

Als ich mich zu meinen Schützlingen umdrehte, streifte Cassidy gerade ihren XL-Pullover ab und entblößte ein bauchfreies goldenes Lackbustier, von dem goldene Fransen auf ihre Taille baumelten wie obszönes Lametta. Mit dem freizügigen Oberteil, den hautengen Leggins in Schwarzmetallic und den Plateauschuhen sah sie aus wie eine Auszubildende im Rotlichtmilieu.

»Willst du etwa so rumlaufen?«, fragte ich entsetzt.

Cassidy musterte mich von oben bis unten und sagte:

»Immer noch *besser,* als wie eine *tatterige Spießer*-Oma rumzurennen. *Gott.* Peinlich.« Sie drückte mir ihren Pullover in die Hand. »*Ich* muss *mal* auf die *Toilette.*«

Ich schaffte es in meinem Schock gerade noch zu sagen: »Verlauf dich nicht.«

»Tsess«, machte sie verächtlich und stakste davon. Währenddessen machte sich Sundance über die Muffins her. Ihre Pausbacken waren randvoll mit Gebäck, ihre Augen strahlten glücklich.

»Iss lieber nicht so viel, sonst wird dir noch schlecht, mahnte ich nach dem dritten.«

»Mir wird nie schlecht«, informierte sie mich und aß weiter.

Die Tür ging auf, und Cassidy kam wieder herein.

»Was um alles in der Welt …?«, stammelte ich. Ihre Oberweite war deutlich angeschwollen. Da, wo vorher ihre murmelgroße Mädchenbrust gewesen war, pressten sich jetzt zwei Apfelsinen durch den goldenen Stoff.

»Hast du dir da etwa was *reingestopft?*« Ich starrte Cassidy entgeistert an. Sie hatte sich außerdem die Augen stark mit Kajal umrandet und dunkelgrauen Lidschatten aufgetragen. Wenn ihre ungelenken Bewegungen und die Schicht Babyspeck nicht gewesen wären, hätte man sie glatt für achtzehn halten können.

Sie zuckte mit den Achseln. »*Ich* geh dann mal«, verkündete sie.

»Nein!«, rief ich. »Du bleibst hier! Iris kommt jeden Moment und zeigt uns unseren Platz für das Konzert.«

»Ist doch *voll öde* hier!«, schmollte sie. In diesem Augenblick kamen zwei junge Männer rein. Sie schienen von der Technikcrew zu sein, denn an ihren Gürteln hingen Taschen mit Kabeln und Schraubenziehern und Zangen.

»Hi«, grüßte der Jüngere von beiden. Sie schnappten sich am Büfett Sekt und Brötchen.

Sofort eilte Cassidy zu ihnen. »Hi«, flötete sie. »Ich bin Cassidy. Und wer seid ihr?«

Mir stand der Mund offen. In ihrem Alter hätte ich mich das niemals, niemals, niemals getraut. Selbst heute würde ich so was nicht machen.

»Ich bin Greg«, sagte der Jüngere. »Und das ist Bonzo.« Greg schätzte ich auf etwa zwanzig, Bonzo war altersmäßig schwerer einzuordnen, da er den sichtbaren Anteil seines Gesichts mit einem zauseligen Bart und einer dicken Wollmütze auf ein Minimum reduziert hatte.

»Was macht ihr hier? Gehört ihr zu Shakiras Crew?«, säuselte Cassidy und warf einen ehrfurchtsvollen Blick auf das Werkzeug.

Greg sagte: »Klar. Wir hängen mit ihr ab, reisen durch die Welt – das ganze Programm.«

Das war so was von gelogen, und jeder mit nur ein bisschen Grips hätte das sofort geschnallt.

»Cooool«, hauchte Cassidy. Jetzt, wo sie mit den Jungs sprach, war ihr arroganter Tonfall auf einmal verschwunden. Sundance war inzwischen zu den Würstchen übergegangen und trank Orangensaft dazu. Mir wurde schlecht beim Zugucken.

»Mach doch mal eine Pause, Sundance«, sagte ich. »Das Zeug läuft nicht weg.«

Das schien sie tatsächlich zu beruhigen, denn sie nahm sich nur einen neuen Orangensaft, setzte sich auf einen Stuhl und gab sich der Verdauung hin. Noch mehr Leute kamen rein, die sich über das Büfett hermachten, während Cassidy weiter den Techniker anhimmelte, der leichte Beute witterte und anfing, an ihren Lamettafransen zu zupfen.

»Hey, willst du mal die Soundanlage sehen?«, fragte Greg und stürzte seinen Sekt hinunter.

»Klar«, sagte Cassidy.

Sundance beschloss, dass sie genug verdaut hatte, oder vielleicht machte sie auch nur die Konkurrenz um das Futter nervös. Auf jeden Fall stand sie auf und ging wieder zum Büfett. Sie würde sich hundertprozentig bald übergeben! Und Cassidy war gerade dabei, mit Greg zu verschwinden.

»Cassidy«, rief ich. »Lass uns mal deine Mutter anrufen.«

Sie schnaubte verächtlich: »Meine Mutter kann mich mal.« Sie nahm Gregs Hand und ließ sich von ihm wegziehen.

Mist! Was sollte ich bloß machen? Es musste ein Wunder geschehen!

Und dieses eine Mal hörte der Himmel auf mich.

Es geschah ein Wunder.

Ein Engel kam herein, ein kleiner, schöner, zierlicher Engel mit blonden, langen Locken. Sie nahm sich einen Becher mit Wasser und lächelte mir zu.

Ich stupste Sundance in die Seite und flüsterte aufgeregt: »Da ist Shakira!«

Sundance vergaß für einen Moment, in das Brötchen zu beißen.

»Wie dünn sie ist«, sagte ich pädagogisch wertvoll. »Sie isst bestimmt nicht viel.«

Sundance' Augen bekamen einen merkwürdigen Glanz. Cassidy ging aus der Tür. Ich schrie ihr hinterher: »Cassidy! Shakira ist hier!«

Aber es kümmerte Cassidy nicht im Geringsten. Ohne auch nur eine halbe Sekunde innezuhalten, verschwand sie mit dem lüsternen Techniker.

Ich wollte ihr gerade hinterhereilen, da fragte Shakira: »What's wrong with her?« Sie zeigte auf Sundance.

Jetzt erst bemerkte ich, dass das Mädchen leicht schwankte.

»Was ist los?«, fragte ich. »Ist dir schlecht?«

»Mir wird nie schlecht«, sagte Sundance mit schwerer Zunge. Dann fing sie an zu kichern. »Aber das ist alles so lustig hier!« Sie lachte los und beugte sich vor, so sehr musste sie lachen.

Ich nahm ihr das Glas aus der Hand. Plötzlich überfiel mich ein heißer Verdacht. Ich schnupperte an ihrem Glas, dann nippte ich daran.

»Igitt«, rief ich.

Sundance hatte die ganze Zeit nicht nur Orangensaft getrunken, sondern Orangensaft mit Sekt. Sie war beschwipst! Ach, du meine Güte! Sundance lachte wie eine Irre. Eine betrunkene und eine entjungferte Tochter, das wäre wirklich keine gute Bilanz für diesen Abend.

Ich schärfte Sundance ein: »Du bleibst hier, bis ich wieder da bin. Und du trinkst auf gar keinen Fall noch mehr Orangensaft, ist das klar?«

Ich rannte los und suchte überall, und dann erwischte ich Cassidy hinter einem Scheinwerfergestell beim Knutschen mit diesem halbstarken Techniker. Er knetete an ihrem Oberteil herum.

»Mann, das sind ja Fake-Titten«, beschwerte er sich.

»Ja, das liegt daran, dass das Mädchen erst dreizehn ist«, sagte ich.

»Scheiße«, schrie Greg und ließ Cassidy los, als hätte sie eine ansteckende Krankheit.

»Los, komm jetzt!« Ich wollte Cassidy mit mir zerren, aber die sträubte sich und rief Greg hinterher: »Warte, ich gebe dir meine Nummer!« Aber er drehte sich nicht mal um.

»Schönen *Dank* auch, *bitch*«, fauchte Cassidy mich an und machte sich von mir los.

Ich legte alle natürliche Autorität in meine Stimme: »Cassidy, damit eines klar ist: Ab jetzt gehorchst du mir, sonst verrate ich das deiner Mutter!«

Sie beugte sich näher zu mir heran und schnaubte: »*Versuch* es, und du bist *tot*.«

Dummerweise sollte sie recht behalten, denn es dauerte nicht lange, bis sie herausfand, warum Sundance so wahnsinnig kicherte.

»Du hast meiner *kleinen* Schwester *Alkohol* gegeben?«, kreischte sie.

Die Leute in dem Aufenthaltsraum drehten sich zu mir um.

»Nein«, sagte ich verzweifelt. »Ich dachte, sie trinkt Orangensaft.«

»Mann, du bist so hohl. Sie ist elf. *Elf* Jahre, und du lässt sie *Alkohol* trinken!« Cassidys schwarz geschminkte Kuhaugen funkelten mich an, als sie zischte: »Damit eines klar ist: Ab *jetzt* gehorchst *du* mir, sonst verrate ich *das* meiner Mutter.«

12

Als ich nach Hause kam, wollte ich nur noch ins Bett. Aber ich hatte eine Kleinigkeit vergessen: meinen Verlobten.

»Wo, um alles in der Welt, warst du?«, schoss mir Jens' Frage ins Gesicht, kaum dass ich die Wohnungstür hinter mir geschlossen hatte. Er sah ziemlich sauer aus. »Wir haben überhaupt nichts mehr zu essen im Haus! Ich bin am Verhungern!«

»Oh Mann«, sagte ich. »Es tut mir leid. Ich musste plötzlich länger arbeiten. Du glaubst nicht, was ich gemacht habe!«

Plötzlich fiel mir ein, dass ich ihm natürlich wieder nichts erzählen durfte. Verflixt noch eins. Ich musste mir noch eine Notlüge einfallen lassen, bis ich wusste, wie ich es ihm schonend beibringen konnte, dass ich ihm eine Mandantin abspenstig gemacht hatte.

»Ich – ähm, habe diesen Arzt angerufen, wie du das wolltest«, sagte ich. »Damit wir bald einen Mediziner zum Freund haben. Und dann hatte er zufällig gerade Zeit und ...«

»Und dann hat das so lange gedauert?«, fragte er skeptisch.

Ich zog langsam meinen Mantel aus. »Ja, äh ...«

»Und was ist das?« Er zeigte auf das orangefarbene Plastikarmband von der Lanxess-Arena, das ich noch am Handgelenk trug.

Ich wurde rot. »Ja, es war so: Er hatte eine Karte übrig für das Shakira-Konzert und hat mich gefragt, ob ich ihn begleite. Normalerweise hätte ich natürlich Nein gesagt, weil du ja selbst weißt, wie doof Konzerte sind. Aber dann habe ich an dich gedacht und bin mitgegangen.« Ich biss mir auf die Lippen. »Es tut mir leid.«

»Ja, das sollte es auch«, sagte er und schnaubte verächtlich. Ich klimperte ihn mit meinen Wimpern betreten an, weil ich dachte, jetzt würde er wirklich eifersüchtig werden. Pustekuchen!

»Wie konntest du nur ohne mich gehen? Ausgerechnet heute! Mir tut nämlich ganz komisch das Bein weh. Hier unten, an der Wade, da zieht es total. Vielleicht kriege ich eine Thrombose.«

Ich verdrehte die Augen. »Ach nein, da ist bestimmt nichts. Soll ich dir Spiegeleier braten?«

»Wie kannst du so vorschnell sagen, dass da nichts ist? *Du* bist ja wohl nicht der Arzt«, sagte Jens ärgerlich. »Ich hatte heute echt Stress, und Stress ist bekanntlich einer der größten Risikofaktoren für – für alles!«

»Was ist denn passiert?«, fragte ich, um ihn endlich von diesen Krankheitsgeschichten abzubringen.

»Sagt dir der Begriff *Schraubenkönig Reinhardt* was?«

»Äh, ja. Da war doch immer diese Werbung am Barbarossaplatz ...«

»Genau. Und die Erbin des Schraubenkönigs war meine Kundin. Eine wirklich sehr gute Kundin. Und die ist heute abgesprungen. Uschi Reinhardt hat einfach ihr Depot aufgelöst!« Er starrte mich entgeistert an, als könnte er es immer noch nicht fassen. »Und jetzt hängt mir der Mertens im Nacken und will wissen, was ich falsch gemacht habe.« Jens haute sich mit der Faust in die Hand.

»Das ist ja – äh, blöd«, sagte ich und fing an zu schwitzen.

»Dabei lag es überhaupt nicht an mir, das weiß ich hundertprozentig!«, sagte Jens.

»Nee, du kannst gar nichts dafür«, bekräftigte ich und fügte schnell hinzu: »Kann ich mir jedenfalls nicht vorstellen, so penibel wie du mit allem bist.«

»Auf jeden Fall wird es Zeit, dass ich selbst Filialleiter werde, dann brauche ich mir so ein ungerechtes Gemecker nicht mehr anzuhören.«

»Wann geht Mertens denn in Pension?«, fragte ich. »Er ist doch noch gar nicht so alt.«

»Mertens geht nicht in Pension.« Er schaute mich merkwürdig an.

»Wo willst du dich dann bewerben?«, fragte ich begriffsstutzig. »So viele Filialleiterstellen gibt es doch gar nicht in Köln.«

»Ja, gut, da muss ich dann eben flexibel sein«, sagte er ausweichend. »Können wir jetzt endlich essen?«

»Aber wie stellst du dir das vor?«, fragte ich entgeistert. »Willst du etwa in eine andere Stadt ziehen?«

»Ich mache die Fortbildung in London ja nur, damit ich mich auf eine Filialleiterstelle bewerben kann! Und wenn es hier keine gibt, muss ich eben woandershin.« Er sagte das so, als stünde sein Entschluss schon fest.

Ich war einen Moment sprachlos. Dieses kleine Detail hatte er mir doch glatt verschwiegen. Kein Wunder, dass er seine Pläne nicht mit mir besprochen hatte.

»Aber ich will hier nicht weg. Ich habe meinen Job hier! Und meine Freundinnen!«, rief ich.

»Ja, gut«, sagte er gedehnt.

»Was soll das heißen, *ja, gut?*« Ich wurde langsam sauer.

»Ja, gut heißt: Wenn wir Kinder kriegen, steigst du doch sowieso aus dem Job aus.«

»Aber nur kurz.«

Jetzt war er es, der mich verblüfft ansah. »Wie kurz hattest du dir das denn vorgestellt?«

»Ein halbes Jahr.«

»Ein halbes Jahr? Ein *halbes* Jahr? Und was dann? Sollen unsere Kinder dann etwa schon in die Kita? *Ganztags*?« Er schaute mich an, als hätte ich vorgeschlagen, sie an einen russischen Mädchenhändler zu verkaufen.

»Bleib *du* doch zu Hause, wenn dir das nicht passt!«, schrie ich.

Na, toll. Jetzt hatten wir unseren ersten Streit über die Kinder, die noch nicht mal geboren, geschweige denn gezeugt waren.

»Schrei nicht so rum!«, sagte Jens. »Oder willst du, dass Frau Kaufmann von nebenan alles mitkriegt?«

Ich atmete tief ein und aus. »Entschuldige«, sagte ich unter Aufbietung all meiner Selbstdisziplin. »Ich bin etwas gestresst gerade. Lass uns das Thema morgen in Ruhe besprechen. Ich mach dir jetzt Spiegeleier, okay?«

Er nickte. »Aber ruf vorher unseren neuen Freund Lutz an und frag ihn, ob diese Schmerzen vielleicht Anzeichen einer Thrombose sind.«

Ich stöhnte genervt. Dann sagte ich schnell: »Er kann nicht – er wurde zu einem Notfall gerufen.«

Jens rieb sich noch eine Weile sein Bein, dann verdrückte er später drei Spiegeleier auf Schinkenbrot, ohne auch nur einen einzigen Gedanken an seinen Cholesterinspiegel zu verschwenden.

Am nächsten Morgen schlief Jens noch, als ich schon zu meinen Eltern fuhr, um Banjo abzuholen. Auf sie war ich wegen des Vorfalls auf der Hochzeit vor einer Woche noch ziemlich sauer. Und das würden sie zu spüren bekommen. Heute würde ich ihnen eröffnen, dass sie nicht zu meiner Hochzeit kommen durften.

Ich musste schlucken. Das würde nicht einfach werden. Denn natürlich waren sie total bescheuert und gingen mir auf die Nerven, aber sie waren immerhin meine Eltern. Und die eigenen Eltern von seiner Hochzeit auszuladen, das war schon eine große Sache, die sich nicht mehr so einfach rückgängig machen ließ. Vielleicht würden sie sich ja entschuldigen und mir sagen, dass sie sich geirrt hätten und Jens doch toll sei. Oder sie könnten mich auch damit überzeugen, wenn sie sagten, dass sie mir vertrauen würden, die richtige Wahl getroffen zu haben. Dann würde ich um die Ausladung noch drumherum kommen.

Aber meine zarte Hoffnung wurde sofort von der Selbstherrlichkeit meiner Eltern zerschmettert. Kaum dass ich »Guten Morgen« gesagt hatte, fragte meine Mutter: »Du bist doch nicht mehr sauer wegen letzter Woche?«

Und bevor ich was dazu sagen konnte, fügte mein Vater hinzu: »Ist doch alles halb so wild, Puna.«

»Man wird doch wohl noch seine Meinung sagen dürfen«, bekräftigte meine Mutter.

»Wir sind ja hier nicht in einem Schurkenstaat, wo man für eine eigene Meinung verurteilt wird«, dröhnte mein Vater und lachte, als wäre das auch nur ansatzweise witzig.

Ich war ja so ein Idiot! Wie war ich nur auf die Idee gekommen, dass sich meine Eltern entschuldigen würden? Das hatten sie noch nie gemacht! Nach meinem Fahrradunfall mit sechs hatten sie mir zwar die Knie verbunden, aber dass mein Vater die Stützräder, die ich von Onkel Bernd hatte, von meinem Fahrrad abmontiert hatte, weil er meinte, das würde mich beim Radfahrenlernen nur behindern, wurde mit keiner Silbe erwähnt. Und dass er mich auch noch zu früh losgelassen hatte und ich nur deswegen hingeknallt war, war ebenfalls kein Thema. Und auch jetzt kamen sie überhaupt nicht auf die Idee, um Verzeihung zu bitten. Aber jetzt reichte es mir. Das würde ich mir nicht mehr gefallen lassen. Irgendwann im Leben kam man an den Punkt, da musste man sich freimachen von seinen Eltern. Und dieser Punkt war jetzt erreicht.

»Natürlich darf man eine eigene Meinung haben«, gab ich zuckersüß zurück. »Nur muss man sich dann nicht wundern, wenn man nicht zur Hochzeit eingeladen wird.«

Ich schaute sie herausfordernd an.

»Was soll das heißen?«, fragte meine Mutter.

»Das soll heißen, dass ihr nicht zu meiner Hochzeit kommen sollt, weil ihr sowieso dagegen seid.«

»Du lädst uns aus?«, fragte meine Mutter verblüfft. »Ist das dein Ernst?«

»Deine eigenen Eltern dürfen nicht zu deiner Hochzeit kommen?«, donnerte mein Vater.

Meine Mutter sah jetzt tatsächlich erschüttert aus. Das machte mich unsicher. Lange würde ich die Situation nicht aushalten, deshalb rief ich: »Los, Banjo, wir gehen.«

Er aber lief zu meiner Mutter und guckte sie herausfordernd an.

»Damit eines klar ist«, sagte meine Mutter. »Wenn du wirklich so kaltherzig bist und wir nicht zur Hochzeit kommen dürfen, dann sehe ich keine Möglichkeit mehr, unter der Woche auf Banjo aufzupassen. Oder du etwa, Manni?«

»Nein, ich auch nicht!« Mein Vater schaute triumphierend auf mich herab.

Das war doch wohl die Höhe! Es wäre so einfach gewesen, unser Verhältnis wieder geradezurücken! Sie hätten einfach nur einmal einsehen müssen, dass sie einen Fehler begangen hatten. Aber anstatt sich zu entschuldigen, erpressten sie mich! Sie *erpressten* mich!

Als meine Mutter dann auch noch einen Keks aus der Tasche zog und Banjo zusteckte, war es um mich geschehen.

»Du fütterst ihn mit Keksen?«, herrschte ich sie an.

Meine Mutter zuckte mit den Schultern. »Reg dich ab. Das sind Dinkelvollkornkekse.«

»Banjo, los, komm!«, sagte ich eindringlich. »Lass uns gehen. Bei diesen Leuten hast du nichts verloren.«

In einem dramatischen Abgang drehte ich mich um und marschierte hinaus. Am Tor musste ich feststellen, dass mir dieser Schlingel nicht folgte, sondern wie gebannt auf die Hosentasche meiner Mutter starrte und sich die Schnauze leckte. Auch als ich seine Melodie pfiff, auf die er sonst immer hörte, rührte er sich nicht vom Fleck. Verflixt noch eins, meine Eltern hatten ihn total verzogen! Es wurde wirklich Zeit, dass ich die Notbremse zog. Also ging ich wieder zurück, schnappte Banjo und rauschte ab.

13

»Aber du kannst den Hund nicht versorgen, bei deinen Arbeitszeiten«, sagte Jens und schaute Banjo feindselig an, obwohl ich ihn eben im Hundesalon mit Zedernshampoo hatte waschen lassen.

»Wenn du mir helfen würdest, würde es gehen«, sagte ich. »Du bräuchtest nur nach Feierabend kurz mit ihm bis zur Wiese zu gehen. Hier, ich habe frische Brötchen und Croissants mitgebracht.« Ich schlenkerte die Bäckertüte.

»Nein«, widersprach er vehement. »Nein, nein, nein. Und das weißt du auch. Ich will nichts mit dem Hund zu tun haben, und ich gehe nicht mit ihm spazieren.«

»Aber ich kann ihn nicht mehr zu meinen Eltern bringen! Dann müssten wir sie zur Hochzeit einladen.«

Er seufzte. Nach kurzer Bedenkzeit stellte er fest: »Dann bleibt uns ja wohl nur eins übrig.«

»Danke!«, rief ich. »Das ist wirklich die beste Lösung!«

»Ja, finde ich auch. Im Tierheim sorgen sie auch gut für ihn.«

Ich starrte ihn fassungslos an. »Das meinst du jetzt nicht ernst, oder?«

Er zuckte mit den Schultern.

»Du denkst, es ist unmenschlich, Kinder schon früh in die Kita zu geben, aber meinen Hund willst du ins Tierheim abschieben?«, schrie ich ihn an.

Er zeigte auf die Wand und sagte sarkastisch: »Haben

Sie das auch alles gehört, Frau Kaufmann, oder soll meine Freundin es noch mal wiederholen?« Dann drehte er sich um und ging an den Computer.

Für den Rest des Tages herrschte eisiges Schweigen zwischen uns. Immerhin ließ er sich dazu herab, meinen Kartoffelauflauf zu essen. Am Sonntag hielt ich es nicht mehr aus. So einen Streit hatten wir noch nie gehabt. Ich fühlte mich richtig krank, als ob ich die Grippe kriegen würde.

»Hallo, Schatz«, sagte ich und ging zu ihm. Er saß vor dem Computer.

»Hallo«, brummte er.

»Ich lass mir was einfallen wegen Banjo, okay?«, sagte ich. »Und wenn du irgendwo anders hinziehen musst, um deinen Traumjob zu bekommen, dann komme ich eben mit.«

Seine Miene wurde etwas freundlicher. Er seufzte. »Das ist gut, Möhrchen.«

»Und dann können wir ja immer noch sehen, wie wir das mit der Kinderbetreuung machen.«

»Kinder brauchen ihre Mutter«, sagte er.

»Ja.« Ich nickte. »Natürlich.« Mehr würde ich dazu jetzt nicht sagen, sonst hätten wir gleich wieder schlechte Stimmung.

»Komm her!« Er klopfte sich auf den Schoß zum Zeichen, dass ich Platz nehmen sollte. Wir küssten uns. Mir ging es wieder besser.

Am nächsten Morgen sagte ich zu Jens, dass ich etwas früher zur Arbeit fahren müsse, weil ich noch mit Banjo spazieren gehen würde.

»Wozu brauchst du denn die Reisetasche?«, fragte er und zeigte auf die leere Tasche, die ich mir über die Schulter gehängt hatte.

»Die brauche ich für Banjo«, sagte ich.

»Wieso denn das? Willst du ihn doch wegbringen?«

»Nein, natürlich nicht. Ich nehme ihn mit ins Büro.«

»Wie bitte? Ist das bei euch erlaubt?«

Ich schüttelte den Kopf. Hunde waren bei uns am Arbeitsplatz natürlich total verboten. Erstens einmal sowieso, und zweitens hatte Matthias Wulf ganz entgegen seinem Namen eine ausgeprägte Hundephobie. »Aber er wird ganz brav sein, und es wird niemand mitkriegen.«

»Moni, das gibt doch nur Ärger«, prophezeite Jens.

»Da du mir nicht hilfst, geht es nicht anders«, gab ich pampig zurück.

Ich würde Banjo in der Tasche unter meinen Schreibtisch stellen, wo er dann einfach liegen und schlafen würde. So jedenfalls malte ich mir das aus. Natürlich war ich nervös. Ich bin nun mal einfach nicht der Typ, der gerne irgendwelche Regeln brach.

Ich parkte meinen VW Polo ein ganzes Stück vom Neumarkt entfernt und lief mit Banjo den Rest des Weges zu Fuß, damit er schön müde wurde. Dann ließ ich ihn in die Tasche springen, wo auch schon seine Kautiere drin waren.

»Schön leise sein, okay?«, sagte ich, zog den Reißverschluss etwas zu und hängte mir die Tasche über die Schulter.

Olga Herbert, unsere Empfangsdame, guckte etwas merkwürdig wegen meines großen Gepäcks, sagte aber nichts.

»Morgen, Sören«, sagte ich mit belegter Stimme, als ich in mein Büro ging, und räusperte mich schnell, weil ich dachte, man hörte mir die Anspannung an.

Sören bekam aber zum Glück weder davon noch von meinem unhandlichen Gepäck etwas mit. Er reagierte zwar höchst sensibel auf kleinste Kursschwankungen, aber auf emotionale Stimmungsschwankungen war er nicht programmiert.

»Tach, Moni«, sagte er, ohne den Blick von seinen Monitoren abzuwenden, und stopfte sich einen rosa Marshmallowklumpen in den Mund, um dann kaum verständlich zu nuscheln: »Na, kommt heute wieder der große Laster mit den Schweinehälften?«

Normalerweise würde ich auf diesen blöden Scherz, den er alle paar Tage wiederholte, seit ich mal mit einem Future auf Schweinehälften ordentlich viel Geld gemacht hatte, mit einem Witz über Devisen antworten oder ihn mit einer erfundenen Sondermitteilung der Bank of England schocken. Aber heute war ich wegen Banjo abgelenkt. Das machte ihn dann doch stutzig.

»Alles okay?«, fragte er. Doch zu meinem Glück wartete er gar nicht auf eine Antwort, weil sein Computer ihm gerade »It all started with a Big Bang!« vorspielte, als Zeichen dafür, dass einer seiner Charts gerade ein bestimmtes Limit erreicht hatte und er jetzt handeln musste.

Ich stellte die Tasche vorsichtig unter meinen Schreibtisch und öffnete sie so, dass Banjo rausgucken konnte. Er legte seine süße kleine Schnauze auf den Rand der Tasche und blinzelte mich von unten aufmunternd an. Ich streichelte ihn. Trotz allem war es ein echt gutes Gefühl, ihn bei mir zu haben.

»Wir gehören einfach zusammen«, sagte ich leise zu ihm, und er lächelte mich an. Ich musste ebenfalls grinsen.

»Unterhältst du dich mit deinen Füßen, oder hast du dir einen imaginären Freund zugelegt?«, fragte Sören plötzlich, ohne den Blick von den Monitoren abzuwenden.

»Das ist eine Konzentrationsübung«, sagte ich und widmete mich dem Tagesgeschäft.

Ich überflog den Reuters Newsticker auf der Suche nach Rohstoffnachrichten, öffnete am Rechner das Bloomberg Börsen-TV und checkte alle abonnierten Newsletter, um mich auf den neuesten Stand zu bringen. Die Stimmung an den Finanzmärkten war weiterhin sehr angespannt. Griechenlands Zahlungsfähigkeit stand immer noch auf dem Spiel. Um halb zwölf sollte ein Statement der Ratingagenturen zur weiteren Kreditwürdigkeit von Athen über den Ticker laufen.

Ich rief eine alte Freundin von mir an, mit der ich einige Fortbildungen zusammen gemacht hatte und die jetzt bei einer der Agenturen beschäftigt war, und ich hatte Glück. Sie flüsterte mir, dass es mit Griechenland noch weiter den Bach runtergehen würde. Und das wenige Minuten bevor es alle wüssten! Der Goldpreis würde durch die Decke gehen! Schnell platzierte ich eine fette Long-Order auf das gelbe Edelmetall, welche alle meine Probleme lösen würde.

In dem Moment spürte ich Banjos nasse Schnauze an meinem linken Arm. Ich streichelte ihn, von dem Geschehen auf dem Monitor abgelenkt. Mit schwitzenden Händen verfolgte ich die Tickermeldung. Und da! Ja, da war es: Griechenlands Kreditwürdigkeit war noch weiter gesunken. Der Goldpreis setzte sich in derselben Sekunde wie gewünscht in Bewegung, und zwar nach oben! Yeah!

Voller Aufregung wartete ich auf die Erkennungsmelodie, die ich für Gewinne eingestellt hatte: Alicia Keys' Stimme, die den Refrain von *Empire State of Mind* schmetterte. Doch die hörte ich nicht. Stattdessen ging die Sirene an, die mir anzeigte, dass etwas nicht gut lief. Überhaupt nicht gut.

Was war denn das? Ich hatte doch auf steigende Kurse gesetzt – warum schlug meine Tradingsoftware Alarm?

Und dann bemerkte ich voller Entsetzen, dass mein Mauszeiger einen Millimeter verrutscht sein musste und ich eine Short-Position eröffnet hatte, während der Goldpreis steil nach oben ging.

»Oh nein, Mist!«, rief ich panisch.

»Was ist los?«, fragte Sören. »Hat die Konzentrationsübung nichts genützt?«

»Nein«, murmelte ich.

»Geld verzockt?«

»Das kannst du laut sagen.« Anstatt auf steigende Kurse zu setzen, hatte ich versehentlich auf fallende Kurse gesetzt!

Innerhalb von Sekunden war ich sechsstellig im Minus. Hektisch versuchte ich, Schadensbegrenzung zu betreiben, und hedgte fünfzig Prozent der Position, eröffnete also eine halb so große Position in die Gegenrichtung, um das Minus zumindest nicht ganz so stark ansteigen zu lassen. Aber das war, wie ein Pflaster auf eine stark blutende Wunde zu kleben. Dieser Fehler würde mich die nächsten Tage und Wochen verfolgen. Jeden Morgen würde er mich wieder begrüßen, und es war völlig unklar, ob ich ihn wieder würde ausbügeln können. Ich konnte nichts mehr tun außer warten. Ich war der Börse ausgeliefert.

Oh Gott, ich hasse meinen Job, dachte ich plötzlich. Das Ganze war viel zu nervenaufreibend für mich. Warum konnte ich nicht Brötchen verkaufen? Oder warum war ich nicht an meinem Bankschalter geblieben, um bis an mein Lebensende Geldeinzahlungen und Geldauszahlungen und Überweisungen vorzunehmen, ohne auch nur für einen Moment verantwortlich zu sein für so eine Menge Geld, die noch nicht einmal mir gehörte! Aaaaarrgg! Ich hätte schreien können! Stattdessen legte ich resigniert den Kopf auf die Schreibtischplatte, streckte meine Hand unter den Tisch, streichelte Banjos Fell, und er gab mir einen schlabbrigen Kuss auf die Hand.

Ich beobachtete noch eine Weile das Desaster auf meinem Bildschirm, dann ließ es sich nicht mehr aufschieben: Ich musste dringend zur Toilette. Ich steckte Banjo einen Hundekuchen zu, er legte sich wieder in seine Tasche, und ich ging auf die Toilette.

Als ich wieder an meinen Schreibtisch zurückkehrte, sagte Sören: »Du sollst mal zum Chef kommen.«

»Was will er denn von mir?«, fragte ich nervös. Wusste Höveler schon, dass ich gerade eine sechsstellige Summe unserer Kundengelder verloren hatte?

Sören zuckte mit den Schultern. »Keine Ahnung.« Er wandte tatsächlich sein schmales Gesicht von seinen Monitoren ab und sah mich an. Und zwar so, als hätte er mich noch nie gesehen – was er tatsächlich ja auch lange nicht hatte, denn er starrte ja sonst immer nur auf den Computer. »Willst du eines?« Er hielt mir seine Plastikbox Marshmallows hin.

»Nein, danke.«

»Na gut.« Er warf sich noch eines dieser klebrigen Süßigkeiten in den Mund. »Dein Hund mochte die übrigens gerne.« Er wandte sich wieder seinen Monitoren zu.

»Mein Hund? Du hast meinen Hund gesehen?«

»Oder war das ein Bär?« Er kicherte wieder, als wäre es witzig, Banjo mit dem Bären, dem Zeichen für anhaltende Kursverluste, zu vergleichen.

Ich schaute unter meinen Tisch. Banjo war weg.

»Wo ist er?«

»Wer?« Sören war schon wieder in seine Kurse vertieft.

»Na, mein Hund!«

»Woher soll ich das wissen? Solange er keine Aktiengesellschaft gründet, interessiert es mich auch nicht.«

»Mann, Sören, du bist ja heute ein richtiger Witzbold!«, zeterte ich. Dann machte ich mich auf die Suche nach Banjo.

So ein Mist! Normalerweise konnte ich mich darauf verlassen, dass er dort wartete, wo ich ihn zurückließ. Dieses untypische Verhalten kam bestimmt von den vielen Aufenthalten bei meinen Eltern. Die hatten ihn mit ihrem offenen Tor und den vielen Möglichkeiten für Entdeckungsreisen in ihrem Hof total verwirrt. Und wenn Matthias Wulf Banjo begegnete, dann würde ich ein echtes Problem bekommen. Und das ausgerechnet jetzt, wo ich gerade fünfhunderttausend Euro unserer Kunden versenkt hatte. Da konnte ich es nicht gebrauchen, auch noch anderweitig negativ aufzufallen.

Unauffällig eilte ich hektisch durch die Flure. Zuerst schaute ich in der Küche nach, in der Hoffnung, Banjo machte sich über eine angebrochene Kekspackung oder sonst etwas Essbares her. Aber da war mein Hund nicht. Die meisten Bürotüren waren geschlossen, und Klinken öffnen konnte er noch nicht. Also konnte er nicht weit sein, dachte ich. Auf der anderen Seite war er ein cleveres Kerlchen. Ihm wäre zuzutrauen, dass er in den Aufzug stieg und runterfuhr.

Da sah ich eine offene Tür – und zwar die zur großen Terrasse. Sie war nur angelehnt. Na klar, dachte ich erleichtert – er ist mal an die frische Luft gegangen. Hoffentlich hat er nicht einen dicken Haufen in irgendeine Ecke gesetzt. Vorsichtig schlich ich mich hinaus. Falls hier gerade einer meiner Kollegen eine Rauchpause machte, musste ich ihm ja nicht unbedingt in die Arme laufen. Es war tatsächlich möglich, sich auf dieser Terrasse nicht zu begegnen, denn sie war gigantisch groß und nach links und rechts verzweigt. Große Kübel mit dichtem, hohem Bambus standen geschickt um Gruppen von wetterfesten Sesseln und Tischen verteilt und boten viel Sichtschutz. Winterharte Palmen und anderes Gestrüpp bildeten weitere Nischen, wo im Sommer auch schon mal Besprechungen stattfanden.

Ich pfiff leise die kurze Melodie, auf die Banjo sonst immer hörte, solange er nicht gerade ein Kaninchen aufgespürt hatte. Nichts. Ich ging links rum. Dort befand sich am Ende ein kleiner Wasserteich mit Goldfischen. Und da entdeckte ich ihn! Banjo stützte die Vorderpfoten auf die Teichumrandung, wedelte mit dem Schwanz und beobachtete aufmerksam das Treiben in dem klaren Wasser. Ich ging schnell zu ihm und schimpfte leise mit ihm. Meine Standpauke beeindruckte ihn gar nicht. Er lief noch ein bisschen weiter um den Teich herum, hinter einen großen Farn, dessen leuchtend grüne Blätter fast bis ins Wasser hingen. Ich hockte mich neben ihn, und gemeinsam betrachteten wir eine Weile die Fische, die elegant hin und her schwammen.

Plötzlich hörte ich eine Stimme. Aus einem Reflex heraus duckte ich mich tiefer unter den Farn und packte Banjo noch etwas fester, damit er mir nicht ausbüxen konnte.

Es war Ilja. Er ging rauchend und telefonierend auf und ab und war ganz versunken in sein Gespräch.

»Oh, Tom, das ist sehr interessant, wirklich. Also die Genehmigung wurde erteilt? Obwohl es Landschaftsschutzgebiet ist? … Wann wird denn darüber entschieden? … Mmmhh. Verstehe. Also müssen wir auf jeden Fall vorher kaufen … Ja, klar … Die Grundstückspreise schießen ja sofort danach in die Höhe … *Äußerst* begehrte Lage … Natürlich wirst du beteiligt, wie immer, ist doch klar … Ja, gut, halt mich auf dem Laufenden! Danke, Tom. Ich werde mich erkenntlich zeigen.«

Er legte auf, ballte siegessicher eine Faust, schnippte seine Zigarette achtlos weg und ging dann wieder hinein. Zum Glück hatte er uns nicht bemerkt.

Ich saß noch einen Moment mit Banjo in unserem Versteck, bis die Luft rein war.

»So, jetzt können wir«, sagte ich. Ich nahm Banjo auf den Arm und ging schnurstracks zur Tür, bevor noch irgendjemand anders kommen und mir den Weg versperren würde. Schnellen Schrittes strebte ich auf unser Büro zu, da öffnete sich vor mir eine Tür, und ausgerechnet Matthias Wulf trat auf den Flur.

»Banjo, versteck dich«, flüsterte ich hektisch, was natürlich totaler Blödsinn war in dieser Situation. Aber Banjo steckte immerhin seinen Kopf unter meinen Arm. Vielleicht würde er so als Kissen durchgehen.

Wulf sah mich. Sein Blick fiel auf meinen Hund. Er erstarrte. Mir blieb nichts anderes übrig, als einfach weiterzugehen und so zu tun, als ob nichts wäre.

»Ist das da ein Hund?«, fragte Wulf hölzern.

»Wer?«, fragte ich zurück, um ein bisschen Zeit zu gewinnen. Das war wohl nichts mit meiner Kissentheorie.

»Na, der da?« Er zeigte angewidert auf Banjos Fell.

»Ach der.« Ich betrachtete das Hundeknäuel auf meinem Arm, als sähe ich ihn zum ersten Mal. »Ich würde sagen, ja. Für eine Katze ist er jedenfalls ein bisschen groß.«

»Aber hier dürfen keine Hunde rein«, sagte Wulf ungläubig.

»Ich weiß!«, sagte ich bestätigend. »Und ich habe absolut keine Ahnung, wie er hier hereingekommen ist. Er war auf einmal auf der Terrasse.«

»Ich hasse Hunde«, sagte Wulf. Auf seiner Stirn glänzten ein paar Schweißperlen.

»Keine Sorge, Herr Wulf. Ich bringe ihn jetzt ganz schnell hier raus.« Und dann rannte ich an ihm vorbei Richtung Ausgang, als wäre ich ein Sanitäter mit einem Schwerverletzten auf dem Weg in den *Emergency Room*. Als ich auf der Straße angekommen war, wusste ich nicht, was ich machen sollte. Wo sollte ich Banjo denn jetzt bis nach Dienstschluss lassen? Zu Ellen war es zu weit, dann würde Höveler ja ewig auf mich warten und vermutlich denken, ich wäre mit den Kundengeldern durchgebrannt. In dem Moment fiel mir ein Punk auf, der mit einem Labradormischling an eine Hauswand gelehnt saß.

Ich ging zu ihm und sagte: »Ich gebe dir zwanzig Euro, wenn du ein paar Stunden auf meinen Hund aufpasst.«

»Gebongt«, sagte er.

Ich gab ihm zehn Euro und versprach ihm die Hälfte für später. Dann rannte ich eilig wieder zurück. Völlig aus der Puste kam ich im Vorzimmer meines Chefs an. Aber dann stellte sich heraus, dass er mich nur eine völlig unwichtige Sache hatte fragen wollen, die sich in der Zwischenzeit erledigt hatte. Was für cin Stress!

Als ich am Abend mit Banjo nach Hause kam, war ich total gerädert. Eines war klar: Er konnte nicht noch einmal mitkommen.

»Na, wen haben wir denn da?«, rief meine Nachbarin, Frau Kaufmann, die mir im Flur entgegenkam. Sie meinte natürlich nicht mich, sondern meinen Hund. Die alte Dame strahlte ihn an, Banjo lief auf sie zu und ließ sich streicheln. »Hallo, Banjo! Ja, du Guter.«

Frau Kaufmann hatte bis vor wenigen Monaten auch einen Hund gehabt, einen Rauhaardackel, aber dann war er gestorben.

»Ach, wenn ich doch nur ein paar Jahre jünger wäre«, sagte sie. »Dann würde ich mir noch mal einen Hund anschaffen.«

»Sie sind doch noch total fit, Frau Kaufmann!« Sie ging trotz ihrer fünfundsiebzig Jahre kerzengrade und wirkte kein bisschen gebrechlich. Vermutlich, weil sie jeden Tag mit ihrem Hund spazieren gegangen war.

»Aber wie lange noch?«, seufzte sie. »Eine meiner Freundinnen, mit denen ich mich einmal im Monat bei Ikea im Café treffe, ist in ihrer Wohnung gefallen. Jetzt kommt sie die Treppe in ihre Wohnung nicht mehr hoch. Sie muss umziehen.«

»Oh«, machte ich bedauernd.

»Mein Sohn hat mir auch schon gesagt, ich solle zu ihm und seiner Familie nach Freiburg ziehen. Er ist zwar ein reizender junger Mann, so wie Ihr Herr Hill. Aber trotzdem habe ich zu ihm gesagt: ›Und was soll ich bei euch machen? Mich auf den Balkon setzen und auf den Sensenmann warten?‹ Nee, nee. Ich habe hier mein Leben.«

Mir kam eine Idee. »Wie wäre es denn, wenn ich Ihnen Banjo ab und zu ausleihe?«

»Wie bitte?«, sie sah mich mit ihren kleinen, braunen Augen erstaunt an. »Das würden Sie tun?«

»Ich bin ganz ehrlich zu Ihnen, Frau Kaufmann. Sie würden mir einen Riesengefallen tun. Ich habe tagsüber einfach keine Zeit für ihn.«

»Wenn ich eines habe, dann Zeit«, lachte die alte Dame. »Abgemacht!«

Ich atmete auf. Wenigstens ein Problem weniger.

14

Eine Woche später rief mich Uschi Reinhardt an und schwärmte mir vor, dass ich ja so ein Händchen hätte für ihre Töchter. »Sie sind regelrecht begeistert von Ihnen! Wie haben Sie das bloß geschafft?«, fragte Uschi Reinhardt.

»Ich – ich weiß nicht«, stammelte ich.

»Es gibt nicht viele Menschen, die meine beiden mögen«, sagte Uschi Reinhardt. »Da haben Sie wirklich Glück!«

Glück würde ich das nicht nennen.

»Ja, toll«, sagte ich.

»Wie dem auch sei«, fuhr sie fort. »Meine Töchter bestehen darauf, dass Sie sie zum Shoppen begleiten. Ich gebe Ihnen meine Kreditkarte.«

»Aber ich bin doch Vermögensverwalterin!«, rief ich.

»Genau. Und Sie verwalten mein Vermögen, indem Sie meinen Kindern ein paar anständige Sachen zum Anziehen kaufen.« Uschi Reinhardt lachte gut gelaunt.

»Aber ich bin Wertpapierspezialistin für den Handel mit Rohstoffen«, rief ich verzweifelt.

»Ja, und Sie investieren in den wichtigsten Rohstoff der Welt: in Kinder!« Ihr triumphaler Ton hätte sogar Ursula von der Leyen und Nena beeindruckt.

Dann mach es doch selbst, wollte ich schreien, aber stattdessen begnügte ich mich mit der Ausrede, die jeder Arbeitnehmer immer parat hat: »Aber ich muss das erst mit meinem Chef absprechen. Ich habe hier ja jede Menge Arbeit, die …«

»Herr Höveler ist einverstanden«, unterbrach Uschi Reinhardt.

»Ach so?«

»Ja, ich habe das mit ihm geklärt.«

Jetzt wurde hier schon über meinen Kopf entschieden, was ich während der Arbeitszeit machen sollte! Ich musste dringend ein ernstes Wörtchen mit meinem Chef sprechen. Vor allem, wo ich doch seit meinem verpatzten Golddeal auf total heißen Kohlen saß. Ich wartete fieberhaft auf gute Nachrichten, die mich aus dem katastrophalen Minus herausbefördern würde. Da konnte ich es nicht gebrauchen, mich von zwei nervtötenden Teenagern terrorisieren zu lassen. Aber ich konnte meinem Chef auch nicht sagen, dass ich gerade im Begriff war, unsere schöne Gewinnquote zu versauen, weil ich mich verklickt hatte. Ich hoffte immer noch darauf, dass ich irgendwie aus der Nummer rauskam.

»Na gut«, sagte ich mit brüchiger Stimme. »Welche Art Kleidung schwebt Ihnen denn vor?«

»Sie sind doch immer hübsch angezogen. Sie wissen schon, was junge Mädchen brauchen, um anständig auszusehen. Ach so, noch was: Die beiden sind auf Diät. Also keine Snacks zwischendurch!«

Ich ging zu Höveler, angeblich um mich bei ihm rückzuversichern, dass Uschi Reinhardt die Wahrheit gesagt hatte. Doch eigentlich wollte ich ihm unbedingt mitteilen, dass ich für einen Babysitterjob nun wirklich überqualifiziert war.

Aber meine Einwände wischte er beiseite. »Halten Sie bloß unsere wichtigste Mandantin bei Laune«, sagte er. »Wenn sie uns abspringt, können wir den Laden dichtmachen. Und ich muss Sie ja wohl nicht daran erinnern, wer dafür verantwortlich ist.«

So wurde ich also zur Einkaufsberaterin eines frühreifen Flittchens und einer übergewichtigen Elfjährigen degradiert. Wirklich klasse. Da ich gar nicht wusste, was bei den Kids angesagt war, surfte ich im Internet nach Inspiration, bis ich die beiden am Neumarkt abholen musste. Ich hatte schon wieder Kopfschmerzen.

Wie schon den ganzen Morgen regnete es immer noch, als die beiden am Nachmittag mit einem Taxi vorfuhren. Cassidy saß auf dem Rücksitz und lächelte.

Plötzlich dachte ich: Vielleicht mögen sie mich doch. Vielleicht können sie mir das nur nicht zeigen. Wie in den Filmen, wo es auch immer Leute gibt, die ungewollt aufeinandertreffen und sich am Anfang auf den Tod nicht leiden können und sich immer streiten und dann nachher auf einmal die besten Freunde sind. Ich musste ihnen vielleicht nur etwas Zeit geben, dann würde ich die beiden schon knacken.

»Also, ihr beiden«, sagte ich betont freundlich, als sie ausstiegen, und ignorierte dabei Cassidys mürrische Miene, die sie sofort wieder aufgesetzt hatte. »Ich habe mir überlegt, wir fangen bei Zara an. Die haben ein paar tolle Jacken. Und danach gehen wir zu Peek und …« Den Rest meines kleinen Begrüßungsvortrags verschluckte ich, denn die beiden beachteten mich überhaupt nicht, sondern liefen einfach los.

»Wartet! Das Taxi«, rief ich, aber sie hörten nicht.

Ich drückte dem Fahrer in Windeseile das Geld in die Hand und riss die Quittung an mich, dann rannte ich hinter ihnen her. Als wir an Zara vorbei waren, holte ich sie ein.

»Okay«, keuchte ich, »wir können auch direkt zu Peek

und Cloppenburg, wenn euch das lieber ist. Meinetwegen auch zu H&M!«

Wieder sprach ich ins Leere. Ich gab es auf. Bis ich erkannte, was das Ziel ihres flotten Schritts war: Burger King.

»Hey«, rief ich betont gut gelaunt. »Wollen wir nicht erst den Einkauf erledigen und danach etwas essen? Wir könnten uns einen Obstsalat holen – das wäre doch lecker, oder?«

Mein Tonfall erinnerte mich an den meiner Mutter, als sie Jens bei der Hochzeit zum Tanzen bewegen wollte. Nur dass mir noch nicht einmal jemand zuhörte. Das lief ja mal überhaupt nicht nach Plan. Wenn sie sich wenigstens mit mir zoffen würden, dann hätte ich ja vielleicht noch die Hoffnung, dass es was werden könnte mit unserer Annäherung. Aber einfach ignoriert zu werden, das war ja mal gar nicht schön.

Plötzlich blieb Cassidy stehen, wandte sich zu ihrer Schwester um und zischte: »*Du* hältst dich *von mir* fern, ist das *klar*?« Dann strich sie sich noch einmal durch die Haare, setzte ihr gelangweiltestes Gesicht auf – wobei ich mich wunderte, dass es da noch eine Steigerung gab – und ging mit hoch erhobenem Kopf in den Laden rein.

Sundance stand einen Moment da und glotzte auf den Boden. Sie brauchte auf jeden Fall ein neues Outfit. Ihr jetziges war viel zu eng geworden. Die Jeans spannte um ihre Oberschenkel wie die Haut einer Patientin nach einem exzessiven Lifting.

»Und was sollen wir jetzt machen?«, fragte ich unschlüssig. »Wir könnten ja was shoppen und Cassidy nachher abholen.«

»Sie trifft sich mit Joshua«, sagte Sundance mit ihrer trägen Stimme.

»Was?«, rief ich entsetzt.

Oh Gott. Ich musste unter allen Umständen verhindern, dass sie sich diesem Jungen auf dem Resopaltisch eines Schnellrestaurants hingab.

»Also gut«, kommandierte ich. »Dann gehen wir da wohl auch rein. Tut mir leid, dass wir jetzt nicht shoppen gehen können.«

»Egal«, sagte Sundance grinsend. Nur zu bereitwillig änderte sie den Plan.

Kurz darauf galt ihr einziges Interesse dem King des Monats, bestehend aus Double Cheeseburger, Pommes und Cola, während Cassidys King des Monats sich als ein mürrischer Junge mit einer Tonne Gel im Haar entpuppte. Es wurde ein selten langweiliger Nachmittag. Ich checkte die Börsennews auf meinem Handy und beobachtete gleichzeitig Cassidy, die sich mit Joshua unterhielt, wobei die Unterhaltung darin bestand, dass beide mit ihren Handys rumspielten und ab und zu an den Strohhalmen ihrer Getränke nuckelten. Währenddessen verdrückte Sundance nach dem King des Monats noch eine Extraportion Pommes und ein Sundae-Eis. Warum aß dieses Kind nur so viel?

»Was ist eigentlich mit eurem Vater?«, fragte ich sie.

»Ach der«, antwortete sie, ohne den Blick von den kalorienreichen Snacks auf der illuminierten Speisekarte zu lassen. »Der kommt uns bald besuchen.«

»Toll! Und wann?«

»Bald eben.«

Um sie weiter vom Essen abzulenken, verstrickte ich sie in ein Gespräch, wobei unser Gespräch daraus bestand, dass ich sie mit Fragen bombardierte und sie einsilbige Antworten gab, bis ich auf die Idee kam, ihr zu erklären, wie man Gulasch und Klöße kochte, und damit tatsächlich ihre

Aufmerksamkeit für längere Zeit gewinnen konnte. Nachdem ich sie anderthalb Stunden mit der Zubereitung von echtem Essen zugetextet hatte, beendete Cassidy endlich ihr Date mit Joshua, und ich war heilfroh, dass wir wieder an die frische Luft konnten. Ich würde die beiden in ein Taxi setzen und noch ein paar Stunden arbeiten gehen.

Draußen wunderte ich mich, dass es immer noch nach Pommesfett stank. Bis ich merkte, dass das natürlich an unseren Klamotten lag, die sich mit dem Geruch von Fettmolekülen vollgesogen hatten. Ihre Mutter würde sofort merken, dass das mit der Diät nicht geklappt hatte. Also machte ich den beiden klar, dass wir auf jeden Fall doch noch Kleidung kaufen mussten, wenn sie nicht wollten, dass ihre Mutter merkte, wo wir tatsächlich gewesen waren.

Es war eine Tortur. Sundance hatte überhaupt keine Lust, irgendwas anzuprobieren, weil ihr nichts passte, und Cassidy weigerte sich ebenfalls, eine Umkleidekabine aufzusuchen, weil sie meinte, das sei ihr da zu bäh und ich könne ja die Sachen wieder zurückbringen, die ihr nicht gefielen. Unter größter Anstrengung schwatzte ich schließlich Sundance einen neuen Pullover (XL), eine Jeggings (eine Leggings, die aussieht wie eine Jeans) und eine neue Jacke auf, da klingelte mein Telefon. Es war Jens.

»Hi, Schatz«, sagte ich geschäftig, »ich kann jetzt nicht. Ich ruf dich später zurück, okay?«

»Du musst nach Hause kommen«, sagte er, aber Cassidy steuerte gerade zielsicher einen Ständer mit durchsichtigen Oberteilen an und machte Anstalten, hier und jetzt ihren Pullover auszuziehen.

»Ich kann jetzt nicht«, rief ich schrill. »Bis nachher!« Ich legte auf. »Lass das«, mahnte ich Cassidy, »das Licht ist hier sehr unvorteilhaft.«

»Guck *dich* an! Bist doch selber *fett*«, zischte Cassidy, ließ aber wenigstens den Pulli an.

»Nimm doch lieber die hier«, sagte ich und zeigte Cassidy ein paar weiße Blusen. »Die kannst du mit allem kombinieren.«

Es war wie das zähe Ringen bei der feindlichen Übernahme eines Unternehmens und artete in Nahkampf-Shopping aus, als ich ihr einen Minirock von der Länge eines Frühstücksbrettchens und ein bauchfreies Lurex-Oberteil entreißen musste. Irgendwann hatte ich es geschafft, sie mit Hotpants und einer blickdichten Strumpfhose – die sie natürlich dazu tragen sollte! – so weit zu bestechen, dass sie auch eine Jeans, eine Stoffhose und zwei ärmellose Blusen nahm, die wenigstens schultauglich waren.

»Steht dir echt gut«, sagte ich mit einiger Überwindung angesichts der schwarzen Stoffhose, die ihre X-Beine vorteilhaft umspielte. Aber auch auf Komplimente reagierte sie nur mit ihrem hasserfüllten Kuhblick.

Als ich sie und die drei prall gefüllten Tüten ins Taxi verfrachtet hatte, drehte sich Cassidy zu mir und verkündete: »Nächste *Woche* gehen wir wieder shoppen, ist das *klar*?«

Als ich nach Hause kam, sah ich sofort, dass was nicht stimmte. Auf dem Boden des Flurs waren braune Pfotenabdrücke, und die Tür zum Badezimmer zierte ebenfalls ein Schlammabdruck meines Hundes. Als Banjo mich hörte, fing er an zu bellen. Er war offensichtlich im Badezimmer eingesperrt.

Jens kam aus dem Wohnzimmer, auf seiner Stirn die steile Falte. Er zeigte anklagend auf den Dreck. »Siehst du das?«

»Ja, natürlich sehe ich das. Ich bin ja nicht blind.«

»Siehst du, was passiert, wenn man einen Hund hat?«,

fragte er und ging ganz in seiner Rolle als Oberstaatsanwalt auf. »Frau Kaufmann hat den Hund hier reingelassen. In *diesem* Zustand!«

»Ich mache es gleich sauber, okay?«, bat ich erschöpft.

Ich ging ins Badezimmer und stellte den Regenschirm in die Wanne. Banjo wedelte mit dem Schwanz, an dem kleine Dreckklumpen klebten.

»Na, mein Kleiner. Du siehst ja wirklich klasse aus. Na, los, dann machen wir dich mal sauber.«

Den Hund und die Wohnung zu putzen dauerte eine Stunde. Danach war ich so erschöpft, dass ich nicht mal mehr was kochen wollte. »Können wir heute vielleicht einfach ein Butterbrot essen?«, fragte ich. »Oder eine Pizza bestellen?«

»Meinetwegen.« Jens' Gesichtsausdruck war total verschlossen. »Aber eines ist klar, Moni: So geht das nicht. Es riecht überall nach Hund. Ich hatte schon Hundehaare auf meinem Mantel, und das heute – das war zu viel! Der Hund muss weg.«

»Aber ...«

»Der Hund. Oder ich. Entscheide dich.«

Ich stöhnte. Was für eine unmögliche Situation! »Wenn ich ihn zu meinen Eltern bringe, weißt du aber schon, was das heißt?«

Er verdrehte die Augen. »Ich ertrage lieber deine Eltern auf unserer Hochzeit als diesen Köter in unserer Wohnung.«

Mir blieb also nichts anderes übrig, als zu meinen Eltern zu fahren. Ich hatte einen richtigen Knoten im Magen. Jetzt hatte ich mich einmal zu einer drastischen, aber richtigen Maßnahme entschlossen und sie von der Hochzeit ausgeladen, und schon musste ich es wieder rückgängig machen. Wie erbärmlich!

Ich fand sie im Garten. Meine Mutter stand unter der Akazie und schaute in den Baum, wo mein Vater vermutlich wieder auf seinem Vogelbeobachtungsposten lag, den er sich dort hinein gezimmert hatte.

»Überraschung«, sagte ich.

»Da bist du ja wieder«, sagte meine Mutter, als wäre nichts gewesen. Wobei nicht ganz ersichtlich war, ob sie mich oder meinen Hund meinte. Sie streichelte Banjo, der in ihrer Hosentasche nach was Essbarem suchte.

»Ah, Moni, komm hoch«, sagte mein Vater. Er lag auf dem Bretterboden, den er auf einer breiten Astgabel angebracht hatte, und beobachtete durch ein Fernglas die Wiese auf der anderen Seite der Mauer. »Das musst du dir ansehen.«

»Ein anderes Mal«, sagte ich.

»Los, hoch mit dir. Das ist wirklich superspannend!«

Ich war froh, dass ich das Gespräch aufschieben konnte, und erklomm die Sprossen der selbst gezimmerten Leiter, blieb aber stehen, sobald ich über die Mauer schauen konnte. Mein Vater reichte mir das Fernglas.

»Da drüben«, sagte er. »In dem alten Birnbaum.«

Ich nahm das Fernglas und versuchte mich zu orientieren. Natürlich kannte ich die Streuobstwiese, die zur Hälfte unseren Nachbarn, den Engels, gehörte, weil ich als Kind dort spielen musste. Aber durch das Fernglas war es gar nicht so einfach, sich zurechtzufinden. Mein Blick schwirrte herum und landete schließlich auf dem Rand der Wiese, wo der Damm lag, hinter dem die Rheinniederungen anfingen. Ich folgte der Reihe von Apfel- und Pflaumenbäumen. Früher hatten Engels ihre Kühe darunter weiden lassen, heute diente sie dem Schäfer Uwe als Weide für die Schafe der Schafsfarm im Nachbarort. Schließlich fand ich den Birnbaum.

»Ich hab ihn«, meldete ich.

»Dann guck dir mal die Asthöhle an«, sagte mein Vater.

»Äh, da ist ja eine kleine Eule!«, rief ich erstaunt.

»Das ist ein Steinkauz. Der hat da einen Brutplatz gebaut. Ist das nicht klasse?«

»Wirklich schön sieht er aus.«

»Der erste Steinkauz, den wir hier haben!«, sagte mein Vater stolz.

Ich fand Gefallen an dem Fernglas und schaute noch ein bisschen herum. Und da entdeckte ich auf der anderen Seite der Wiese noch einen anderen komischen Vogel. Ein schwarzhaariger Mann mit Lederjackett, der telefonierend auf und ab lief. Er erinnerte mich an jemanden. Aber es dauerte noch einen Moment, bis ich ihn tatsächlich erkannte. Es war mein Kollege Ilja. Jetzt steckte er das Handy ein und spazierte weiter über den Damm.

Aha, auch ein karrieregeiler Macho muss sich mal entspannen, dachte ich.

Ich gab meinem Vater das Fernglas zurück und kletterte die Leiter runter.

»Könnte ich Banjo vielleicht doch wieder bei euch lassen?«, fragte ich etwas verlegen.

»Na klar«, sagte mein Vater, der auf dem Weg nach unten mit seinem Gewicht die Sprossen zum Ächzen brachte.

»Kein Problem«, sagte meine Mutter.

Mein Vater legte den Arm um meine Mutter. Sie schauten mich an. »Ohne uns geht es wohl nicht, was?«, sagte sie.

»Wie sollte es auch, Trautchen?«, dröhnte mein Vater

und fügte lachend hinzu: »Bei der Hochzeit natürlich auch nicht, oder?«

»Wenn du meinst, es ist richtig, ihn zu heiraten«, warf meine Mutter schnell ein.

»Das ist es, Mama«, betonte ich und verkniff mir eine Grimasse. »Und ich weiß überhaupt nicht, was ihr gegen ihn habt. Alle anderen finden Jens toll.«

»Ja, alte Frauen vielleicht«, brummte meine Mutter.

»Tante Marianne ist zwei Jahre jünger als du«, rief ich.

»Ach ja, stimmt ja.«

»Er ist ja auch gar nicht so übel, nicht wahr, Trautchen?«, warf mein Vater ein.

Ich warf ihm einen dankbaren Blick zu. »Auf jeden Fall würden wir uns – äh – freuen, wenn ihr doch zu unserer Hochzeit kommt.«

»Lass dich umarmen, mein Schatz«, dröhnte mein Vater und drückte mich an sich. »Du wirst es nicht bereuen. Wir haben nämlich auch ein ganz *besonderes* Geschenk für dich.«

Ich sog erschreckt die Luft ein. Geschenke meiner Eltern erforderten meist ein großes Maß an Toleranz. Und gerade wenn sie sich etwas Besonderes einfallen ließen, wurde es meist brenzlig.

Zu meinem zehnten Geburtstag beispielsweise hatten sie mir den ersten Band der Brockhaus-Enzyklopädie geschenkt und freudestrahlend verkündet, dass ich von jetzt an jeden Geburtstag einen neuen Band bekommen würde. Und wenn ich vierunddreißig wäre, dann könnte ich die Gesamtausgabe mein eigen nennen – ob das nicht prima sei? Nein, hätte ich am liebsten geschrien, denn ich hätte nichts lieber gehabt als die Playmobil-Poststation und eine Dreihundert-Gramm-Tafel Schokolade mit Nüssen.

»Ach, das ist nicht nötig, dass ihr mir etwas Besonderes zur Hochzeit schenkt«, sagte ich deswegen zu meinen Eltern.

»Na gut. Dann eben nicht«, sagte meine Mutter etwas pikiert. »Dann bekommt es eben Lisa, wenn es so weit ist.«

»Lisa? Wer ist das denn?«

»Die neue Freundin deines Bruders.«

»Sie war auch auf Anjas Hochzeit, weißt du nicht mehr?«

Oh doch. Natürlich wusste ich es noch.

15

»Hey, Sören«, begrüßte ich meinen Kollegen.

Er blickte gehetzt von einem Monitor zum anderen.

»Guck mal«, sagte ich deswegen und blieb neben seinem Schreibtisch stehen.

»Was ist?«, herrschte er mich an. Dann klickte er auf seine Maustaste, sein Gesichtsausdruck entspannte sich für einen Moment, und er fand Zeit, mich wenigstens kurz anzusehen. Er raffte es natürlich nicht. »Was soll ich denn gucken?«

Ich zeigte auf das Gestell auf meiner Nase. »Ich trage jetzt eine Brille.«

»Gratuliere«, sagte Sören.

»Ich hatte doch immer so Kopfschmerzen. Das kam tatsächlich von den Augen. Weil ich immer so auf den Monitor starre und jetzt weitsichtig bin.«

»Aha.«

»Und ich muss Tropfen nehmen, gegen trockene Augen. Und …« Ich machte eine Pause, um ihm klarzumachen, dass ich eine wichtige Information für ihn hatte. »Das wird dich auch interessieren: Mein Augenarzt hat mir geraten, ab und zu Monitorpausen einzulegen und in die Ferne zu gucken.«

Sören deutete auf seinen Monitor und sagte: »Ich gucke in die Zukunft, das reicht.« Er widmete sich wieder seiner Arbeit.

Der würde schon noch sehen, was er davon hatte, wenn er nicht auf meinen Augenarzt hörte. Ich setzte mich an meinen Computer. Es fühlte sich merkwürdig an. Irgendwie war ich aus dem Rhythmus. Wenn man zu viel anderen Kram machen musste wie zum Beispiel Babysitting, dann konnte man sich einfach nicht mehr auf die Börse konzentrieren.

Am Nachmittag fand die wöchentliche Konferenz im Büro statt, in der Höveler immer einen Überblick über die diversen Aktivitäten für unsere Mandanten gab. Als ich reinkam, unterhielt sich Höveler mit Ilja über die ausufernden Demonstrationen am Flughafen, wo der Bürgerverein den Ausbau mit allen Mitteln zu verhindern suchte und schon jetzt für große Verzögerungen gesorgt hatte. Außerdem hatten sie nach der Enttarnung von Gunther Bogert auch vor seinem Hotel demonstriert, was schon zu Umsatzeinbußen geführt hatte.

»Dämliche Naturschützer«, motzte Ilja. »Was für ein Elend!«

»Ja, wirklich«, bestätigte Höveler, dann ging es los mit unserem normalen Tagesgeschäft. Natürlich drehte es sich in der Hauptsache um Uschi Reinhardt.

»Uschi Reinhardt ist wirklich ein Glücksfall für uns. Und so eine unkomplizierte Mandantin hatten wir ja noch nie«, sagte Höveler. »Und dank Ilja wird sie – und wir – auch einiges davon haben.« Er rieb Zeigefinger und Daumen aneinander zum Zeichen dafür, wie viel wir alle daran verdienen würden.

Ilja plusterte sich auf und verkündete: »Wir konnten Uschi Reinhardt von einer lohnenden Investition überzeugen. Sie wird eine Neubausiedlung finanzieren. Gute Lage, sehr begehrt. Baubeginn für die sechzig Einfamilienhäuser ist der Herbst kommenden Jahres.«

Das Klingeln des Telefons im Konferenzraum unterbrach seine Rede. Frau Kisch, Hövelers Sekretärin, ging ran und sagte: »Frau Steckelbach, Uschi Reinhardt für Sie.«

»Sagen Sie ihr, ich rufe später zu…«

»Gehen Sie ran, Moni! Wir kommen hier auch ohne Sie klar«, befahl Höveler. Ergeben stand ich auf und ging in mein Büro, um das Gespräch entgegenzunehmen.

»Ich habe ein großes Problem«, sagte Uschi Reinhardt ohne Umschweife. »Meine Tochter wird morgen zwölf, und ich habe immer noch kein Geschenk.«

Und obwohl ich eigentlich sagen wollte: Meine Güte, es ist Ihre Tochter. Gehen Sie mit ihr aus! Verbringen Sie Zeit mit ihr!, platzte Folgendes aus mir heraus: »Wie wäre es mit einem Kochkurs?« Ich tippte nebenbei in die Suchmaschine die Wörter Kochkurs und Köln ein.

»Ein Kochkurs?«, fragte Reinhardt skeptisch.

»Warum nicht? Sie interessiert sich sehr fürs Kochen und lernt dort vielleicht den genussvollen Umgang mit Lebensmitteln. Da!«, rief ich, als ich im Internet fündig geworden war. »Am Wochenende gibt es einen Kochkurs hier in Köln. Bei dem Sternekoch Jochen Frank. Da könnten Sie zusammen hingehen. Und abends sind dann die Partner oder die Familie zum Essen eingeladen.«

»Mmhh«, sagte Uschi Reinhardt. »Die Idee ist nicht schlecht. Gut, machen Sie das.«

Ich war ja so ein Idiot! Gerade hatte ich mir mein Wochenende kaputtgemacht, das ich eigentlich mit Jens verbringen wollte.

Die Stimmung war seit dem Streit wegen Banjo immer noch etwas lädiert. Dabei hatte ich seitdem die Wohnung noch mindestens dreimal extra gründlich aufgeräumt und gereinigt. Aber wir hatten auch einfach zu wenig Zeit füreinander. Ich musste oft lange arbeiten und dann abends noch mit Tante Marianne wegen der Hochzeitsvorbereitungen telefonieren. Jens war dauernd bei seinen Eltern, wobei ich mich langsam fragte, welche Art Konflikte da eigentlich besprochen wurden. Vielleicht musste die Psychologin die Eltern darauf vorbereiten, wie sie auf der Hochzeit meinen Eltern begegnen sollten. Dann hatte er auch noch Vorbereitungsseminare für die Fortbildung in London. Es wurde dringend mal Zeit, dass wir uns ein schönes Wochenende machten. Außerdem waren wir schon seit Monaten bei einer Bekannten zum Brunch eingeladen, und ich hasste es, dort absagen zu müssen. Nicht, dass ich mich besonders darauf gefreut hatte, aber geplant war nun mal geplant.

Aber jetzt musste ich alles über den Haufen werfen, um die beiden Gören zum Kochkurs zu begleiten. Denn Uschi Reinhardt hatte – natürlich – keine Zeit. Höveler hatte recht. Sie war wirklich total unkompliziert, solange man tat, was sie wollte.

Immerhin war Jens gar nicht böse, als ich am Freitagabend sagte, dass ich samstags arbeiten müsse und wir nicht zu Kerstins Brunch fahren könnten.

Käme ihm gerade recht, sagte er. Er habe auch was zu tun. Er würde zu seinen Eltern fahren. Natürlich.

»Und was musst du so Dringendes machen?«

»Ach, das habe ich dir noch gar nicht erzählt. Dieser Herzspezialist …«

»Du meinst Lutz?« Seine Miene hellte sich augenblicklich auf. »Ist er wieder zurück?«

Ich hatte Jens letztens gesagt, Lutz habe dringend nach Amerika fahren müssen, um einem Hollywoodstar ein paar neue Herzklappen zu verpassen, weswegen ich keine Gelegenheit gehabt hätte, unsere Freundschaft auf ein neues Level zu heben.

»Ja, er ist vor zwei Tagen zurückgekommen. Auf jeden Fall hat der Lutz bei dieser Operation einen Haufen Geld verdient und wollte sich wegen Anlagemöglichkeiten beraten lassen.«

»Aber das nächste Mal, wenn du dich mit ihm triffst, komme ich mit.«

Oh Gott! Ich musste mir dringend was einfallen lassen. Ich wollte meinen Verlobten nicht einen Tag länger anlügen.

Jens schlief samstags gerne lange aus, also ließ ich ihn schlafen und fuhr morgens zu meinen Eltern, um wenigstens Banjo zu sehen und mit ihm spazieren zu gehen. Ich lief über den Damm, dann über den Leinpfad und hinunter an den Rheinstrand. Ich ließ Banjo Stöckchen holen und im Sand buddeln und überlegte, wie ich Jens die Wahrheit beibringen konnte. Aber mir fiel keine Lösung ein. Und die Sache war zu ernst, um sie zu überstürzen. Vielleicht wäre es am besten, zu warten, bis er nach London fuhr. Danach wäre etwas Gras über die Sache gewachsen, er hätte neue Berufschancen und würde es mir vielleicht nicht so übel nehmen. Genau. Wenn er aus London zurückkäme, würde ich es ihm sagen.

Mit etwas besserem Gewissen machte ich mich auf den Rückweg und lief durch den Ort zurück. Dabei kam ich durch die neue Straße. Früher war hier der Acker von Kepplers, wo wir im Herbst auf die Zuckerrübenberge geklettert waren, jetzt stand da ein Bungalow mit rotem Walmdach und Doppelgarage. Dahinter kam ein weißer kastenförmiger Klotz mit schwarzem Dach und großem

Garten. Immerhin hatten sie den alten Kirschbaum nicht gefällt, der früher am Rand des Feldwegs zum Klettern eingeladen hatte – zumindest die anderen Kinder.

Ein Mann stand in der frisch gepflasterten Auffahrt des Klotzes neben einem Mercedes-Cabrio. Er trug einen Kapuzenpullover von der Yale University. Was war das denn für ein Angeber? Und woher kannte ich ihn?

»Ach, Moni!«, sagte der Mann, und in dem Moment erkannte ich, dass es sich natürlich um meinen Chef in total ungewohnter Freizeitkluft handelte.

»Morgen, Herr Höveler«, grüßte ich artig. Ich hatte gar nicht mehr daran gedacht, dass er ja auch in diesem Ortsteil wohnte.

»Was machen Sie denn hier?«, fragte er.

»Nur spazieren gehen«, antwortete ich schnell, denn mir fiel siedend heiß ein, dass er natürlich nichts von meinen verwandtschaftlichen Beziehungen zu dem Dorf erfahren durfte. Wegen Puff-Louie. »Meinem Hund gefällt es hier besser als in der Stadt«, fügte ich harmlos hinzu.

»Ja, ist wirklich nett. Wir fühlen uns auch sehr wohl.«

»Ja, ist wie im Urlaub hier«, sagte ich. »Die Natur, die Vögel, der Rhein …«

»Sagen Sie das mal meiner Frau«, meinte Höveler und verzog seinen Mund.

»Gefällt es ihr hier nicht?«

»Doch. Aber sie will trotzdem in den Urlaub fahren.« Er sagte das so, als ob sie ihn zu einer Darmspiegelung drängen wollte.

»Na, Herr Höveler, jeder muss mal Urlaub machen. Es wird bestimmt schön.«

»Ja. Ich habe nur ein Riesenproblem. Meine Bonsaisammlung. Die lasse ich so ungern allein.«

»Äh, ja«, war der schlaue Kommentar, der mir dazu einfiel.

»Meine Nachbarin ist auf Kur. Die wäre die Einzige, die das machen könnte.« Er zeigte auf einen verklinkerten Bau zur Rechten. »Und ich kenne sonst niemanden, dem ich vertrauen könnte.«

Er kam einen Schritt auf mich zu. »Ich muss also entweder meine Bonsais riskieren oder meine Ehe. Schwierige Frage. Einige meiner Bonsais habe ich schon länger als meine Frau.« Er verdrehte die Augen, und ich war mir nicht sicher, ob es ein Scherz war oder nicht.

»Meine Oma hatte auch Bonsais«, plapperte ich. »Die waren wirklich toll. Aber als meine Oma starb, erbte mein Onkel Konrad die Bäumchen, und dann gingen sie ganz schnell ein. Er hat zum Beispiel einfach Wasser direkt aus der Leitung draufgekippt. Und viel zu viel gegossen! Sehr traurig.«

»Ach«, sagte Zacharias Höveler mit neuem Interesse in der Stimme. »Sie kennen sich also damit aus.«

»Nein, überhaupt nicht«, wiegelte ich ab.

»Aber das klingt wirklich so, als wüssten Sie Bescheid. Hey, könnten Sie das nicht machen?«

»Was?«, fragte ich, dabei wusste ich schon, was er meinte.

»Meine Bonsais gießen.«

Also. Ich musste ja zugeben, dass die Pflanzenpflege nicht gerade zu den Aufgaben einer Wertpapierspezialistin gehörte. Aber wenn ich aus diesem vermaledeiten Golddeal nicht noch irgendwie glimpflich rauskäme, dann bräuchte ich vielleicht doch ein paar Argumente für mich, auch wenn sie mit meinem eigentlichen Job gar nichts zu tun hatten.

»Also gut«, sagte ich. »Das mache ich.«

Dann wäre ich also nicht nur Babysitterin für zwei Horror-Teenies, sondern auch die persönliche Pflanzenbeauftragte des Chefs. Nicht besonders ehrenvoll. Aber vielleicht würde ihn genau diese Kleinigkeit davon abhalten, mich zu vierteilen, wenn ich wegen des Goldes im Minus bliebe.

Das redete ich mir ein, als ich wieder in unserer Straße am anderen Ende des Dorfes war und ein nagelneuer BMW SUV auf den Hof unserer Nachbarn fuhr. Er sah aus wie ein Panzer im Sonntagsgewand. Herr Engels saß hinter dem Steuer, ein vielleicht fünfzehnjähriger Junge auf dem Beifahrersitz, dessen Frisur so aussah, als hätte er eine halbe Stunden unter dem orkanartigen Luftstrahl eines Schwimmbadföhns gestanden.

Herr Engels öffnete die Tür und winkte mich ran. »Hey, Moni! Guck mal hier!«

»Hallo, Herr Engels«, rief ich. »Neues Auto?«

»Ja, ist das nicht eine Wucht? Malte gefällt es auch, nicht wahr?«

Malte nickte. »Is' echt cool, Opa.« Er schob sich mit ungelenken Bewegungen aus dem Wagen raus und schlurfte davon.

»Komm mal, ich zeig dir was!«

Ich verbrachte zehn Minuten meiner Lebenszeit damit, allerlei technischen Schnickschnack im Cockpit mit geheucheltem Interesse zu kommentieren.

»Jetzt muss ich aber wirklich los«, sagte ich dreimal, bis er mich endlich gehen ließ.

»Na, dann! Grüß deine Eltern von mir. Und sag Ihnen, meine Frau und ich fahren in den Urlaub.« Er beugte sich verschwörerisch vor und raunte: »Auf die Seychellen!«

»Nein, Herr Engels! Das ist ja mal ein Abenteuer!«

»Nicht wahr? Meine Frau hatte zwar Bedenken, weil sie

noch nie geflogen ist, aber ich habe gesagt, Linda, habe ich gesagt, jetzt oder nie. Wenn wir tot sind, haben wir nichts mehr von dem Geld.«

»Haben Sie etwa im Lotto gewonnen?«, fragte ich.

»So ähnlich. Wir haben die Wiese verkauft.«

»Die Streuobstwiese?«, fragte ich erstaunt. »Aber was wird denn damit jetzt gemacht?«

»Nichts! Das ist ja das Großartige. Da kann keiner bauen. Ist doch Landschaftsschutzgebiet. Also bleibt alles wie es ist – nur wir haben mehr Geld.«

Als ich wieder bei meinen Eltern war, erzählte ich ihnen die Neuigkeit.

»Das gibt es doch gar nicht«, rief mein Vater.

»Und was machen die da?«, fragte meine Mutter.

»Nichts können die da machen«, sagte mein Vater. »Ist doch Landschaftsschutzgebiet.«

Ich sagte nichts.

»Was ist?«, fragte mich meine Mutter.

»Na ja«, druckste ich herum. »Ich finde es merkwürdig. Niemand kauft eine Wiese, wenn er damit nichts anfangen kann.«

»Puhh«, stöhnte meine Mutter. »Und was machen wir, wenn die da was hinbauen?«

Mein Vater richtete sich auf, stemmte die Hände in die Hüfte, sein Bauch ragte hervor wie ein dicker Torpedo. »Damit eines klar ist: Niemand baut irgendwas dort, wo der Steinkauz nistet. Nur über meine Leiche.«

16

Der Kochkurs fand im Kölner Hyatt statt. Cassidy kam natürlich auch mit, obwohl sie sichtlich keine Lust hatte. Das änderte sich schlagartig, als sie den Koch sah. Kein Wunder, dass nur Frauen und Mädchen den Kurs besuchten.

Jochen Frank sah aus wie ein frisch gecasteter Popstar und führte sich auch so auf. Er hampelte exaltiert in seiner schwarz-roten Designerkochjacke herum, sang zwischen den Anweisungen zum Kochen immer Textzeilen aus irgendwelchen Songs, die offensichtlich angesagt waren, und sagte anzügliche Sachen wie: »Die Auberginen mögen es heiß, genau wie ich.« Oder: »Ich lieeeebe…«

Dann hingen die zwölf aufgebrezelten Teilnehmerinnen an seinen Lippen und hofften, dass er eine von ihnen anschauen und »dich« säuseln würde, bis er dann kokett »Rucola«, »Frischkäse« oder ein anderes Lebensmittel anfügte.

Ein paar von den jüngeren Teilnehmerinnen waren hauptsächlich damit beschäftigt, Jochen Frank anzuhimmeln, ihren Freundinnen MMS zu schicken oder ihre Facebook-Seiten im Drei-Minuten-Takt zu aktualisieren. Insgesamt kamen wir nur sehr mühsam voran.

Cassidy weigerte sich von vornherein, ein Messer oder einen Kartoffelschäler in die Hand zu nehmen, hatte aber immerhin nichts dagegen, wichtig im Wok zu rühren und Jochen Frank zu bitten, mal zu probieren. Dann hielt sie ihm den Löffel hin und betrachtete begeistert, wie er mit seinen vollen Lippen kostete. »Was meinst du?«, fragte sie mit ihrem Anbaggertonfall. »Ist das schon scharf genug? Du musst wissen, ich bin nämlich ziemlich scharf.«

Und Jochen Frank sagte: »Und genau für Mädchen wie dich habe ich das Kochbuch *Feuer fangen! Kochen für Kids!* geschrieben. Deine Mutter kann es gleich im Anschluss bei meinem Assistenten kaufen.«

Sundance fing zunächst damit an, sich durch die Zutaten zu probieren, aber erstaunlicherweise beließ sie es bei kleinen Geschmacksproben. Ansonsten hörte sie dem Koch genau zu und gab sich große Mühe beim Schälen und Schnippeln und bei der Zubereitung.

»Du hast wirklich Talent«, lobte Jochen Frank, als er ihr Mango-Chutney probierte. »Das schmeckt klasse!« Und diesmal klang es wirklich ehrlich.

Sie strahlte. Und ich freute mich. »Deine Eltern werden stolz auf dich sein«, flüsterte ich ihr zu.

Während sie letzte Hand bei der Tellerdekoration anlegte und Cassidy Fotos von Jochen Frank mit ihrem Smartphone schoss, ging ich ins Restaurant und wartete auf Uschi Reinhardt, die auch pünktlich auftauchte – mit meinem Kollegen Ilja im Schlepptau.

Hatte diese Frau denn überhaupt keinen Anstand? Warum brachte sie nicht Sundance' Vater mit? Na gut. Es ging mich ja doch nichts an.

»Also, tschüs dann«, sagte ich und wollte schon gehen, da meinte Ilja zu mir: »Danke, dass du Cassy und Sunny begleitet hast. War doch sicher ein schöner Tag für dich, oder?« Er grinste mich unverschämt an.

Uschi Reinhardt lächelte ebenfalls. Dann schaute sie zur Tür und winkte jemandem zu. Leise sagte sie: »Wer ist der

Typ noch mal? Oh.« Sie nahm die Hand runter. »Mist. Er kommt hier rüber. Hoffentlich muss ich nicht mit ihm reden. Das ist mein ehemaliger Bankberater.«

Ehemaliger Bankberater. Diese Worte zündeten in meinem Hirn, und die anschließende Explosion löschte jede Reaktionsfähigkeit aus.

»Guten Tag, Frau Reinhardt«, hörte ich Jens höflich sagen, und mir lief ein Schauer über den Rücken. »Das ist ja eine Überraschung. Geht es Ihnen gut?«

»Ja, vielen Dank«, erwiderte sie und machte dann etwas ganz Dummes. »Herr Hill, darf ich vorstellen? Das sind Ilja Jansen und Moni Steckelbach von der Höveler & Wulf Vermögensverwaltungs-AG.«

Er gab mir die Hand, als hätte er mich noch nie gesehen. »Aha. Guten Tag.« Und weiter an Uschi Reinhardt gewandt: »Zur Höveler & Wulf Vermögensverwaltungs-AG sind Sie also gewechselt.« Er sprach mechanisch, irgendwie sogar blechern.

Unglaublich, wie ruhig er bleiben konnte. »Na, ich hoffe, Sie bereuen es nicht irgendwann.«

»Dann komme ich wieder zu Ihnen zurück, ist doch klar. So, war schön, Sie zu sehen. Bis dann mal.« Sie drehte sich eilig um und zog Ilja mit sich.

»Jens …«, stammelte ich, aber er hatte sich schon umgedreht und war gegangen. Draußen vor der Tür schaffte ich es endlich, ihn einzuholen. »Lass es mich erklären!«, sagte ich verzweifelt.

»Ich brauche keine Erklärung, Moni. Die Sache erklärt sich schon von selbst. Du hast mich betrogen.«

Ich ließ schlaff die Arme fallen. Ich hatte es ja gewusst, aber diese Worte aus seinem Mund zu hören, war noch schlimmer, als ich es mir ausgemalt hatte.

»Ja«, sagte ich kleinlaut.

»Meine Güte, reicht es denn nicht, dass du diesen – diesen Job hast? Musst du mir auch noch meinen wegnehmen?«

»Ich nehme dir deinen Job doch nicht weg«, beteuerte ich.

»Ja, aber du hast mich bei meinem Chef in Misskredit gebracht und dafür gesorgt, dass ich meine Eltern enttäuschen musste, indem ich eben noch vor dem Abendessen gegangen bin, um dich und Lutz zu treffen, weil ich so Stiche in der Herzgegend gespürt habe.« Er griff sich an die Brust.

»Aber woher wusstest du, wo ich bin?«, fragte ich, als ob das eine Rolle spielte.

»Ein Anruf in deiner Firma hat genügt. Und siehe da: Du bist gar nicht mit Lutz verabredet, sondern mit meiner ehemaligen Kundin.«

Ich schaute ihn verzweifelt an. Aber irgendwie war ich auch erleichtert, dass ich ihn nicht mehr anlügen musste.

»Jens, ich muss dir noch was sagen. Dieser Lutz, dieser Arzt… Ich habe ihn nicht angerufen. Ich habe ihn nur das eine Mal gesehen.«

»*Was?* Wir sind gar nicht mit dem Herzspezialisten befreundet?«

»Er ist kein Herzspezialist, sondern Internist.«

Jens schaute mich erst konsterniert an, dann drehte er sich um und ging davon.

»Jens…«, rief ich ihm hinterher, doch er ging weiter.

Ich rannte ihm erneut hinterher und hielt ihn am Arm fest. Doch bevor ich mich rechtfertigten konnte, sagte er tonlos: »Du klaust meine Kundin und belügst mich auch noch in so einer wichtigen Angelegenheit? Das hätte ich wirklich nicht von dir gedacht, aber du bist total egoistisch, hinterhältig und kaltherzig.«

»Nein!«, rief ich. »Es war nur ein Fehler. Ein Ausrutscher. Und es tut mir leid.«

Ich hätte mich gerne in seine Arme geworfen und geweint, aber seine feindselige Ausstrahlung umgab ihn wie ein Panzer.

Dann sagte er: »Ich weiß wirklich nicht, wie wir eine Ehe führen sollen, wenn ich dir nicht vertrauen kann.«

Eine eisige, rostige Klinge bohrte sich in meinen Magen, und ich musste mir den Bauch halten vor Schmerz.

»Ich mach es wieder gut. Ehrlich!«, rief ich mit erstickter Stimme.

Er drehte sich um und ging.

»Wir sehen uns gleich zu Hause, ja?«, rief ich verzweifelt hinterher.

Oh Gott. Was hatte ich getan? Ich Riesenidiot! Ich war wirklich egoistisch und hinterhältig. Aber kaltherzig war ich natürlich nicht, sonst würde ich mich jetzt nicht fühlen wie ein halb verdautes Häufchen Elend. Ich war gelähmt vor Entsetzen. Was, wenn er unsere Verlobung lösen würde? Wenn wir nicht heiraten und meine ganzen Zukunftspläne in sich zusammenfallen würden? Nein, das musste ich verhindern!

Ich rannte zu meinem Auto. Ich würde jetzt Kalbsschnitzel kaufen, gekochten Schinken und Käse und Eier und ihm das größte Cordon bleu aller Zeiten braten. Dazu würde ich Bratkartoffeln mit Zwiebeln und Speck machen – die liebte er. Nach dem Essen würde ich ihm in meinem La-Perla-Negligé einen Kaffee auf dem Sofa servieren und mich um unser Liebesleben kümmern.

Doch als ich verschwitzt und mit zwei Tüten bepackt

nach Hause kam, war unsere Wohnung leer. Ich versuchte, Jens auf dem Handy anzurufen, doch es ging nur die Mailbox ran. Dann wählte ich Ellens Nummer. Vielleicht war Jens mit Arne was trinken gegangen.

Aber Ellen verneinte. »Arne ist noch in der Werkstatt.«

»Um diese Uhrzeit an einem Samstag?«

»Ja, da brennt im Moment der Baum. Ist einfach total viel los. Hey, wie wäre es, wenn du zu mir kommst?«

Also briet ich die Cordons bleus bei Ellen. Ich selber aß nichts. Die Angst schnürte mir den Magen zu. Eine Stunde später kam auch Saskia, die ich schon länger nicht gesehen hatte, weil sie einen neuen großen Fall hatte: die Scheidung zwischen dem prominenten Schauspielerpaar Ingrid und Ulrich Gehrke, die ziemlich dramatisch zu werden versprach und sie ordentlich einspannte.

»Er wird sich schon wieder einkriegen«, sagte Ellen, nachdem ich ihnen von dem Streit mit Jens erzählt hatte.

»Ich weiß nicht«, jammerte ich. »Er war knallhart. So kalt. Ganz komisch. Ach, irgendwie geht alles den Bach runter seit – seit der Verlobung. Er ist seitdem irgendwie merkwürdig drauf. Dauernd fährt er alleine zu seinen Eltern und will mich nicht dabeihaben. Und dann hat er mal gute Laune, wenn er wiederkommt, und mal ist er total mies drauf. Ich weiß nicht, was mit ihm los ist.«

»Ach, jedes Paar hat mal eine Durststrecke.« Ellen nippte an ihrem Prosecco.

»Ja, aber jetzt habe ich alles nur noch schlimmer gemacht.« Ich stützte stöhnend den Kopf in die Hände. »Kein Wunder, dass er stinksauer ist auf mich, wo ich ihm doch eine Kundin geklaut habe.«

»Ich glaube, damit hat das gar nichts zu tun«, warf Saskia ein.

»Ach nein? Womit denn dann?« Ich richtete mich interessiert auf. »Mit meinen Eltern?«

»Ja, Eltern können einen großen Einfluss haben«, sagte Ellen.

Aber Saskia zuckte mit den Schultern. »Es sind auch nicht die Eltern. Er verträgt einfach nicht, dass du erfolgreicher bist als er. Das ist sein Problem.«

»Aber ich bin doch nicht erfolgreicher als er!«, gab ich empört zurück.

»Aber du verdienst mehr Geld. Mehr Geld gleich mehr Erfolg. Das ist eine einfache Rechnung.«

»Meinst du echt?«

»Na, überleg doch mal: Seit wann, meinst du, läuft es nicht mehr so gut? Seit der Verlobung, richtig?«

Ich nickte.

»Und wann hast du die neue Stelle bekommen?«

»Kurz vor der Verlobung habe ich die Zusage bekommen.«

»Na siehst du! Das passt doch!«

»Aber Jens ist doch nicht so«, widersprach Ellen.

»Alle Männer sind so, Schätzchen«, sagte Saskia. »Sie wollen ihre Macht behalten. Auch in der Beziehung.«

17

Jens' Abreisetermin nach London rückte näher. Und er sendete mir keinerlei Signale, dass er mir jemals wieder verzeihen würde. Das machte mir Sorgen. Wenn ich sonst schon nicht gut schlafen konnte, wenn wir gestritten hatten, so wäre es furchtbar, nicht alles geklärt zu haben, bevor er wegfuhr.

Aber Ellen meinte, ich solle ihm etwas Zeit lassen. Er würde sich schon wieder einkriegen.

Ich war besonders nett zu ihm, kochte dauernd seine Lieblingsgerichte und half ihm beim Packen. Jens hatte sich zwei neue, superschicke Anzüge von Boss und maßgeschneiderte Schuhe gekauft. Ich wunderte mich ein bisschen, weil er ein Vermögen dafür ausgegeben haben musste.

»Glaubst du, du bist die Einzige, die sich Designerkleidung leisten kann?«, sagte er schnippisch, fügte dann aber versöhnlicher hinzu: »Ich bin im *Financial District*. Da muss ich mit den anderen mithalten können.«

Dafür hatte ich natürlich absolutes Verständnis. Sowieso hatte ich mir vorgenommen, durch vorbildliches Verhalten sein Vertrauen zurückzugewinnen. Der Abstand würde uns vielleicht wirklich guttun. Dann würde er erkennen, was er an mir hatte, und mir alles verzeihen. Hatte Ellen gesagt. Und wenn ich ihn dann Ende Mai in London besuchen kommen würde, würden wir uns in den Armen liegen, und alles wäre wie früher. Als Überraschung für ihn stellte ich heimlich ein Album mit Urlaubsbildern zusammen. Dazu kaufte ich eine kleine Schachtel mit Marzipanherzen und legte einen Brief mit hinein, in dem ich mich noch mal entschuldigte und ihm versicherte, dass es ein einmaliger Fehler gewesen sei und ich niemals mehr etwas machen würde, was ihn verletzte. Und dass ich ihn über alles liebte und sehr glücklich sei, wenn er mich am 21. Juli zur Frau nehmen würde.

Ich weinte, als ich diese Zeilen schrieb. Dann wickelte ich alles in ein Papier mit Rosen drauf und steckte das Päckchen am Tag vor der Abreise in sein Handgepäck. Dabei entdeckte ich hinter seiner Tasche noch ein Päckchen. Mintgrünes Papier, goldene Schleife, Douglasaufkleber. Oh, wie toll! Das war sicher ein Abschiedsgeschenk für mich! Das konnte nur eines bedeuten: Alles würde wieder gut werden.

An diesem Abend verführte ich ihn mit meinem La-Perla-Negligé, und wir schliefen ein letztes Mal miteinander. Am nächsten Morgen brachte ich ihn zum Flughafen.

»Wir sehen uns in vier Wochen in London«, sagte er vor der Schleuse mit den Sicherheitskontrollen.

»Ja. Ich freue mich schon, wenn wir uns wiedersehen«, sagte ich. »Und dann wird alles so, wie wir das geplant haben.«

»Pass auf dich auf«, sagte er. Er drehte sich um, aber ich hielt ihn auf.

»Warte«, rief ich und küsste ihn noch einmal. »Ich vermisse dich jetzt schon.« Eine Träne kullerte meine Wange hinunter.

Sehnsüchtig schaute ich ihm hinterher, als er zu den Sicherheitskontrollen ging. Ich beobachtete noch, wie er sich und sein Gepäck durchleuchten ließ, dann winkte er noch mal und ging. Mein Herz krampfte sich zusammen. Er wird sich sicher gleich noch mal per Handy melden, hoffte ich. Spätestens, wenn er mein Überraschungspaket finden würde!

Da fiel mir ein, dass er vergessen hatte, mir sein Abschiedsgeschenk zu geben. Da war es um meine Fassung endgültig geschehen, und ich schluchzte auf.

Noch zwei Stunden später, als ich bei Brautmoden Bilinsky bis zum Hals in weißem Taft steckte, musste ich weinen.

Tante Marianne nahm es als Zeichen der Rührung und wischte sich ebenfalls ein Tränchen aus dem Auge. »Ich finde es genauso schön wie du«, hauchte sie. »Was für ein Traumkleid!«

Ich hatte weder die Kraft, ihr zu erklären, warum ich wirklich weinte – nämlich weil Jens mich vielleicht gar nicht mehr heiraten wollte, da er mir nicht mehr vertraute –, noch konnte ich ihr sagen, dass ich das Kleid etwas zu pompös fand.

Sie erzählte mir mal wieder, dass sie ja damals kein Geld gehabt hätten für eine anständige Hochzeitsfeier, weil sie ein Haus gebaut hatten und ihre Mutter (meine Oma Hildegard) nur eine kleine Witwenrente bekam und auch die Hochzeit nicht bezahlen konnte. Zudem hatten die Eltern ihres Mannes Bernd schon drei Töchter verheiratet und gesagt, die Hochzeitsfeier ihres Sohnes sei Sache der Brauteltern.

»Und so habe ich nur ein schlichtes weißes Kleid getragen; kein Tüll, kein Taft, kein Schleier und keine Schleppe. Das Einzige, was wir uns geleistet haben, war das Blumengesteck für das Auto, ein Herz aus weißen und roten Rosen, und ein Mittagessen beim Wienerwald.« Sie beendete die

Geschichte wie immer mit einem Seufzer. Dann erlangte sie ihren tatkräftigen Schwung zurück und verkündete: »Umso besser, dass du eine wunderschöne Traumhochzeit haben wirst, mit allem Drum und Dran.«

»Danke, Tante Marianne«, sagte ich und musste wieder schluchzen.

Ich konnte mir vorstellen, wie enttäuscht sie wäre, wenn die Hochzeit abgesagt würde. Wenn all ihre Mühe umsonst gewesen wäre, wäre sie am Boden zerstört. Oh Gott! Hoffentlich würde Jens mir verzeihen und wieder zur Vernunft kommen.

Sie umarmte mich. »Gern geschehen, mein Kind.«

Als ich an diesem Abend in der leeren Wohnung ins Bett ging, kam es mir so leer und kalt vor, dass ich gar nicht wusste, wie ich mich legen sollte. Ich fühlte mich schrecklich einsam. Ich hätte ja als Trost Banjo ins Bett gelassen, wenn ich nicht gewusst hätte, dass Jens ausrasten würde, wenn er davon erführe. Dauernd überlegte ich, warum er mir sein Geschenk nicht gegeben hatte. Er hatte zwar noch mal angerufen und sich für seine Überraschung bedankt, aber mit keinem Wort erwähnt, dass er auch etwas für mich gehabt hatte. Ich war verwirrt und traurig und schlief höchstens zwei Stunden.

Am Morgen tat mir der Rücken weh vom schiefen Liegen. Trotzdem stürzte ich mich in die Arbeit, sodass auch noch der Nacken steif wurde vom ausdauernden Starren auf die Monitore und ich das Gefühl hatte, mein Puls würde mit dem Takt der Börse verschmelzen und mein Herzschlag sich an das ständige Auf und Ab der Aktienwerte anpassen. Die Finanzmärkte standen immer noch unter starker Spannung und zuckten plötzlich und völlig unvorhersehbar in die falsche Richtung. Man konnte noch Geld gewinnen, aber es war viel wahrscheinlicher, zu verlieren, und der Abgrund war immer in Reichweite. Das Adrenalin schoss mir ständig in hoher Dosierung ins Blut, und noch nach Feierabend tanzten blinkende Charts vor meinen Augen.

Ich hätte Jens gerne mein Leid geklagt und ihm gesagt, dass ich ihn vermisste und auf ihn wartete, aber er war ziemlich eingespannt mit Seminaren und seinem Traineejob, sodass er kaum Zeit zum Telefonieren hatte. Abends musste er auch dauernd *»Socialising«* betreiben und mit irgendwelchen Leuten essen gehen. Ich entwickelte eine noch schlimmere Abhängigkeit vom Handy und Telefon als vorher, denn ich wollte auf keinen Fall einen Anruf von ihm verpassen. Manchmal wünschte ich mir so sehr, dass er anrief, dass ich mich neben unser Festnetztelefon stellte und telepathisch mit ihm Kontakt aufzunehmen versuchte. Total behämmert, klar. Aber es war auch wirklich nicht leicht, diese Unsicherheit zu ertragen. Ich wollte Gewissheit über meine Zukunft.

Als ich ein paar Tage hintereinander neben dem Telefon gestanden und geistige Nachrichten an Jens geschickt hatte, fiel mir auf, dass vor unserem Haus wieder der rote Toyota mit dem Bonner Kennzeichen und dem Universität-Maastricht-Aufkleber parkte. Und wieder saß die junge Frau mit den schwarzen Indianerzöpfen darin. Auf was wartete sie? Das kam mir langsam komisch vor. Obwohl sie eigentlich sympathisch aussah mit ihren dicken, schwarzen Zöpfen. Wie die Schwester von Winnetou. Eine Weile stand ich hinter dem Fenster und lugte hinaus. Da sich nichts tat, ging ich unter einem Vorwand rüber zu Frau Kaufmann, die die Gartenwohnung im Erdgeschoss hatte, und fragte sie, ob sie wusste, wer die Frau sei. Aber Frau Kaufmann hatte auch keine Ahnung. Wir waren uns einig, dass es sehr merkwürdig sei, untätig in seinem Wagen zu hocken, und dass sie vielleicht die Wohngegend ausspionierte, um Einbrüche vorzubereiten. »Und ausgerechnet jetzt ist Jens nicht da«, seufzte ich.

»Ja, mit diesem reizenden jungen Mann im Haus fühle ich mich auch sicherer«, sagte Frau Kaufmann. »Wie ergeht es ihm denn in der Fremde?«

»Gut«, sagte ich und fügte im Geiste hinzu: Soweit ich weiß. Ich höre ja nichts von ihm.

Dann versicherten wir uns gegenseitig, dass wir sehr wachsam sein würden, und ich ging wieder zurück in meine Wohnung. Ich stellte mich an den Schreibtisch, von dem man einen guten Blick auf die Straße hatte. Plötzlich schaute die Frau zu unserem Fenster. Sie bemerkte, dass ich sie sah, und ich fühlte mich ertappt. Mir wurde mulmig, und als das Telefon schrillte, erschrak ich. Hoffentlich war es jetzt nicht Nscho-Tschi, die mir sagte, dass sie mich beobachtete und irgendwann kriegen würde oder irgend so was Unheimliches. Aber vielleicht war es Jens. Mit bummerndem Herzen nahm ich ab.

»Hör mal, Puna«, dröhnte mein Vater ohne Umschweife. »Die haben die Landschaftsschutzschilder weggemacht.«

»Aha«, meinte ich desinteressiert. Was die jetzt wieder für eine neue Idee hatten, interessierte mich nicht die Bohne.

»Die haben die einfach abmontiert. Ist das nicht furchtbar?«

»Ja, ganz schlimm«, sagte ich. »Hör mal, Papa, ich kann nicht telefonieren. Jens ruft gleich an.«

»Aber …«

»Ich leg jetzt auf«, sagte ich und drückte ihn weg. Ich nahm meine Tasche und verließ das Haus. Ich musste jetzt wissen, was es mit dieser Frau auf sich hatte. Doch als ich auf die Straße gelaufen kam, fuhr sie gerade weg.

Die Eingangstür des Hauses meines Chefs war aus Bronze und vermutlich massiv genug, um Atomstrahlen abzuhalten. Frau Höveler öffnete. Sie war der Prototyp der Frauen reicher Männer: modelgroß und schlank wie eine Selleriestange, das Kostüm von Chanel, die Wangen prall von tiefenwirksamen Nährstoffen für die reife Haut, darüber ein Hauch Make-up mit lichtreflektierenden Pigmenten. Der Blick aus ihren perfekt geschminkten Augen ohne Gefühlsregung.

»Ja, bitte?«, fragte sie geschäftsmäßig.

»Moni Steckelbach«, stellte ich mich vor. »Ich gieße Ihre Blumen während Ihres Urlaubs.« Ich klang wie ein Dienstbote, und das ärgerte mich.

»Ah ja, kommen Sie rein«, näselte sie und führte mich in den klobigen Wohnklotz.

Ein solches Haus hatte ich noch nie gesehen. Im Flur hingen ein Dutzend überdimensionale Schwarz-Weiß-Fotos von meinem Chef und seiner Frau mit glänzenden Augen und wehenden Haaren. Narziss ließ grüßen.

»Die Bilder stammen von dem Starfotografen John Schlosser«, sagte Jutta Höveler, als sie meinen Blick bemerkte. »Sie waren ein Geschenk zum zehnten Hochzeitstag.«

Das machte es auch nicht besser, dachte ich, sagte aber natürlich nichts. Am Ende des Flurs erreichten wir eine offene Wohnlandschaft mit Küchenbereich und einem gigantischen Ess- und Wohnzimmer mit cremefarbenem Marmorboden ohne einen einzigen Kratzer. Die Wände glänzten in einem zarten Weiß mit hellgelben Akzenten, als wären sie mit einer Folie bespannt.

»Das ist *Stucco Veneziano*«, informierte mich Frau Höveler. Als ob mich das interessieren würde. »Eine spezielle italienische Kalkputztechnik.«

»Schön«, sagte ich, dabei fand ich es abscheulich, weil es mich an das wasserfeste Wachstuch erinnerte, aus dem meine Mutter uns früher ihrer Meinung nach praktische Matschhosen genäht hatte.

Die Sitzlandschaft im Wohnzimmer strahlte in Schneeweiß. Ich musste fast grinsen bei der Vorstellung, wie solche Möbel bei meinen Eltern nach kürzester Zeit aussehen würden. Unmöglich: die Vorstellung, dass hier Kinder durchjagten oder ein Haustier sein Revier hätte. Die einzigen Tiere, die hier erduldet wurden, waren stilisierte Katzenskulpturen aus silbernem Metall, die mit ihren gesichtslosen schwarzen Köpfen wie Mutanten aus einem Horrorstreifen aussahen. Wenigstens haarten sie nicht. Natürlich fand ich Sauberkeit hervorragend, aber das Haus meines Chefs war in etwa so einladend wie ein Designerzahnarztstuhl – man wusste, dass er bequem war, aber man wollte trotzdem nicht darin sitzen.

Höveler kam durch die weite Terrassentür herein und zeigte mir seine Pflanzen. Die Bonsaisammlung stand teilweise auf dem Fensterbrett im Wohnzimmer, zum Teil auf der großzügigen Terrasse. Am Rand der Terrasse war in den Bangkirai-Boden ein Whirlpool eingelassen, mit einem überwiegend türkisfarbenen Mosaik, das im Licht der Sonne schimmerte. Das einzige Wohnelement, das mir auf Anhieb gefiel.

»Die beste Zeit zum Gießen ist nach Sonnenuntergang«, sagte er und zeigte mir im Garten eine altmodische Pumpe, die ich benutzen sollte, um Regenwasser zu zapfen. »Nur zur Not nehmen Sie Leitungswasser, aber dann auch nur abgestandenes.«

»Klar«, sagte ich. Er hielt mir einen kurzen Vortrag über den Kalkgehalt des Wassers und warum und auf welche Weise dieser auf jeden Fall niedrig gehalten werden musste.

»Mindestens viermal die Woche müssen Sie gießen. Je nach Wetterlage auch täglich. Ich gebe Ihnen noch einen genauen Gießplan, welche der Bäumchen viel und welche wenig Wasser brauchen, je nach Tageshöchsttemperatur.«

»Ist gut.«

»Dies hier ist das Prachtexemplar meiner Sammlung, das gleichzeitig auch ein bisschen mein Sorgenkind ist.« Er zeigte auf ein Bäumchen von etwa sechzig Zentimetern Höhe mit hellgrünen Nadeln. »Diese Lärche ist über vierzig Jahre alt. Ihr Wert liegt bei weit über tausend Euro.« Er sah mich scharf an. »Sie verstehen, warum ich etwas pedantisch bin, wenn es um meine Pflanzen geht.«

Ich nickte. »Natürlich.«

»Sie ist total empfindlich und in den letzten Jahren kaum noch gewachsen. Seien Sie damit bitte besonders vorsichtig.«

»Natürlich«, wiederholte ich.

»Ich kann mich doch auf Sie verlassen, oder?«

»Ja, sicher«, sagte ich, dabei hätte ich am liebsten geschrien: Ich mache das nicht. Das ist mir viel zu heikel. Was wenn das Ding hier eingeht?

Und dann machte mein Chef auch noch einen äußerst geschmacklosen Scherz: »Wenn nicht, müsste ich Sie auch feuern.« Er lachte dröhnend, dabei war das kein bisschen lustig.

»Machen Sie sich keine Sorgen«, sagte ich tapfer. »Ich werde Ihnen schon zeigen, dass ich nicht nur Depots, sondern auch Grünpflanzen zum Wachsen bringen kann.« Das hatte ich mir vorher zurechtgelegt.

Er lachte. »Gut, dass ich Sie eingestellt habe. Ach so«, fügte er hinzu. »Am Mittwochabend wird ein Paket geliefert, ein neuer Bonsai, der geradewegs aus Japan kommt. Bitte nehmen Sie diesen entgegen, ja? Und packen Sie ihn vorsichtig aus. Hier soll er hin.« Er zeigte mir die Stelle auf der Terrasse. »In Ordnung?«

»Ja, natürlich.« Mein Gott. Ich war ja schon so devot wie ein englischer Butler.

»Dann kann ich ja beruhigt fahren«, sagte er und lachte heiser, und man merkte ihm an, dass er kein bisschen beruhigt war.

Ich wollte mich gerade verabschieden, da kam seine Frau noch einmal angerauscht. »Ach, Sie müssten mir auch noch was aus der Reinigung abholen.«

»Wie bitte?« Jetzt wurde es mir aber langsam doch zu bunt.

»Das ist doch kein Problem, Frau Steckelbach. Liegt doch auf dem Weg«, meinte Höveler kurzerhand.

»Und noch etwas«, sagte Frau Höveler. »Ich muss Sie wohl nicht erst darauf aufmerksam machen, dass wir über einige besondere *objets* verfügen.« Objets sprach sie französisch aus, um ihre Vornehmheit zu betonen. Sie deutete in den Raum hinein und zeigte auf einen bombastischen weißen Sessel. »Zum Beispiel dieser unersetzliche Massagesessel hier. Das Wildleder stammt von chilenischen Ziegen und ist sehr empfindlich. Oder auch diese Skulpturen von DeZappo.« Das waren die scheußlichen Katzendinger. »Und das Gemälde von Rottgenbach.« Sie zeigte auf eine Leinwand mit einer schwarzen Farbfläche. »Die sind wirklich einzigartig und sehr wertvoll. Ich erwarte alles so vorzufinden, wie wir es morgen früh verlassen.«

»Natürlich«, sagte ich.

»Dann ist ja alles klar«, fasste Höveler zusammen. »Wenn irgendetwas sein sollte, rufen Sie mich an.« Er überreichte mir den Hausschlüssel und entließ mich.

Am Montagabend trat ich das erste Mal den Gießdienst an. Es war seltsam, alleine in dem Haus meines Chefs zu sein. Ich fühlte mich wie ein Eindringling im Museum für gehobene Wohnkunst. Ich pumpte die exakte Menge Regenwasser in eine Plastikkanne und füllte das Wasser um in eine spezielle Bonsaigießkanne aus Messing mit extra schmaler Tülle. Damit goss ich die Blumen ordnungsgemäß. Ich hatte mir extra einen weichen Mikrofaserlappen mitgebracht, mit dem ich jeden verschütteten Wassertropfen sofort aufsaugen könnte. Als ich diese Pflicht erledigt hatte, fühlte ich mich erleichtert. Ich traute mich noch nicht einmal, das Wildleder des Massagesessels zu berühren, aus Angst, ein Staubkörnchen oder ein Nanopartikel Fingerschweiß könnte darauf kommen. Das Blumengießen bei meinem Chef war insgesamt aufreibender, als in griechische Staatsanleihen zu investieren.

Jeden Morgen schaute ich mir genau die Wettervorhersage an und achtete auch darauf, welche Höchsttemperatur erreicht wurde, damit ich auf jeden Fall wusste, wie groß die Gießmenge sein musste.

Das Kleid von Jutta Höveler holte ich ebenfalls aus der Reinigung. Erstaunt stellte ich fest, dass es kein piefiges Reiche-Frauen-Kleid war, sondern ein ausgesprochen hübsches weißes Sommerkleid mit rotem Gürtel und rotem Saum an dem weit schwingenden Rock. Ein bisschen 1950er-Jahre, aber nicht so ein Rockabilly-Fummel, wie Anja sie trug, sondern ein echt edles Designerschmuckstück. Escada Vintage. Wirklich hübsch.

Leider hatte ich keine Anweisungen bekommen, wo ich das Kleid hinhängen sollte. Die Garderobe war voller Mäntel und Jacken. Und da ich im Erdgeschoss keinen Haken fand, an den ich das Kleid hängen konnte, wagte ich mich nach oben und entdeckte linker Hand das Ankleidezimmer. Dort ragte eine kurze Kleiderstange aus dem Schrank, aber es wäre ja eigentlich am besten, wenn ich das Kleid staubgeschützt in den Schrank hängen würde.

Nicht, dass ich neugierig auf ihre Garderobe war. Auf keinen Fall! Aber wenn ich das Kleid hineinhängen musste, dann konnte ich schon mal einen Blick riskieren.

Und der lohnte sich! Ich befühlte ehrfürchtig ein luftiges Chiffonkleid in Hellgelb und ein fliederfarbenes aus Satin. Dann riss ich mich zusammen, schloss die Schranktür wieder und ging schnell raus. Ich war einfach zuverlässig. Der Chef konnte sich freuen, dass er so eine Mitarbeiterin wie mich hatte.

Am Mittwochnachmittag auf der Arbeit klingelte mein Handy.

»Hey, Schwesterherz«, sagte Hannes. »Wie läuft's?«

»Hannes!«, sagte ich überrascht. »Was kann ich für dich tun?«

»Nichts!«, sagte er. »Ich wollte was für *dich* tun.«

»Ach ja? Erstaunlich.«

»Ich wollte dir die fünfzig Euro zurückgeben, die du mir auf der Hochzeit geliehen hast.«

»Echt jetzt? Das wäre ja mal was ganz Neues. Und dann auch schon nach zwei Monaten!«

»Tu doch nicht so, als ob ich dir nie was zurückgeben würde, was ich mir von dir geliehen habe. Soll ich auf der Arbeit vorbeikommen und sie dir geben?«

»Um Gottes willen«, rutschte es mir heraus. »Äh, nein, das ist nicht nötig. Ich bin heute Abend sowieso in der Nähe, dann gucke ich schnell bei euch vorbei.«

»Alles klar.«

An diesem Tag erreichte die Temperatur dreiundzwanzig Komma acht Grad. Das bedeutete laut meiner eigens angelegten Exceltabelle: hundertvierzig Milliliter für die großen Bonsais, die in der Sonne standen, achtzig für die mittleren und dreißig für die kleinen, je nach Standort auch weniger. Zwischen zwanzig Uhr und zwanzig Uhr dreißig sollte der neue Bonsai geliefert werden. Den würde ich in Empfang nehmen, nachdem ich bei meinen Eltern gewesen war und das Geld bei meinem Bruder abgeholt hatte.

Meine Eltern waren nicht da, wie ich an dem fehlenden Auto bemerkte. Mein Vater hatte einen alten Fiat Ducato: ein alter, klappriger Bus, der wie durch ein Wunder den letzten TÜV überstanden hatte. Mein Vater brauchte ihn als Wohnmobil und als Transportmittel für die Objekte, die er restaurieren sollte. Meine Mutter hatte keinen Führerschein, genauso wenig wie mein Bruder. Ich begrüßte natürlich erst meinen süßen Banjo, der mir durch die offene Haustür entgegengelaufen kam.

»Ich vermisse dich so«, sagte ich und streichelte sein struppiges Fell. »Ich muss mir wirklich was überlegen, wie das mit uns weitergehen soll.«

Banjo legte den Kopf schief und grinste mich an. Zumindest sah es so aus.

»Schon gut«, sagte ich und zog einen Hundekuchen aus der Tasche und steckte ihm ihn zu.

Meinen Bruder fand ich am Küchentisch, wo er die Zeitung las. Er sah anders aus als sonst. Ich musste dreimal hingucken, bis ich bemerkte, was es war. Erstens waren die

Ringe unter seinen Augen nicht ganz so gigantisch, zweitens war sein T-Shirt hellgrün und vor allem sauber, und drittens hatte er seine Haare geschnitten – oder zumindest gewaschen und gekämmt. Er sah richtig manierlich aus.

»Hier hast du dein Geld«, sagte er und schob mir einen nagelneuen Fünfzig-Euro-Schein über den Tisch.

»Danke.« Ich nahm das Geld. »Gut siehst du aus.«

Er grinste mich an.

»Was ist los?«

»Es gibt Neuigkeiten. Du erinnerst dich doch an die Hochzeit von Anja und Daniel, oder?«

»Natürlich. Du auch?«

»Ha, ha«, machte er. »Auf jeden Fall, dieses Mädchen. Lisa. Wir sind zusammen.«

»Immer noch?«, rutschte es mir raus. »Äh, ich meine, super. Hab ich schon gehört«,

»Und – tatatataaa – ich ziehe zu ihr.«

»Nein! Echt jetzt? Wann?«

»Nächste Woche.«

»Das ist echt – *toll*. Das freut mich – für *dich*.« Vielleicht würde mein Bruder doch noch erwachsen werden. Dann würde er auch damit umgehen können, dass Lisa und ich uns überhaupt nicht leiden konnten.

Er musterte mich einen Moment und sagte dann: »Ich habe gehört, dass du ganz schön biestig warst zu Lisa.«

»Was? Nein, *sie* war biestig zu *mir*. Und was fällt dir eigentlich ein, ihr meinen Spitznamen zu verraten?«

»Mann, Moni, regst du dich etwa immer noch darüber auf? Werd doch mal erwachsen.«

»Ha!«, machte ich. »Das sagt der Richtige! Das sagt *wirklich* genau der Richtige.«

»Mannometer, du hast wirklich keinen Humor.«

»Stimmt doch gar nicht!«

»Stimmt wohl.«

»Gar nicht«, protestierte ich.

»Doch.«

Ich verdrehte die Augen. Er war so kindisch!

»Jedenfalls, habe ich Lisa nur einen Witz erzählt, der hundert Jahre alt ist. *Du* dagegen hast mich richtig schlechtgemacht. Als ob ich ein Oberidiot wäre. Das war echt fies.«

Ich lenkte vom Thema ab. »Hätte ich ja nie gedacht, dass du hier mal ausziehst.«

»Doch, klar! Ich meine, mir geht das hier auch auf die Nerven. Der ganze Siff.« Er zeigte auf das schmutzige Geschirr, das auf dem Tisch und in der Spüle stand, und auf die Krümel am Boden. »Das ist schon was eklig.«

»Weißt du, Hannes, da kann man was gegen machen«, sagte ich süffisant. »Putzen!«

Er winkte ab. »Sag mal, bist du eigentlich mit dem Auto da?«

»Natürlich. Wie denn sonst?«

»Ein Kumpel hat mich gerade angerufen. Kalle. Er will mir ein Regal schenken.«

»Prima.«

»Könntest du das abholen? Bitte, bitte, bitte! Dann verzeih ich dir auch, dass du mich bei Lisa schlechtgemacht hast.«

Ich überlegte kurz. Dann gab ich nach. Wenn sie wirklich meine Schwägerin werden würde, dann sollte ich vielleicht mal anfangen, ein bisschen nett zu sein. »Ja, gut. Mache ich.«

»Du bist echt supercool«, sagte er. »Es müsste aber jetzt sein.«

»Wie *jetzt*? Ich kann jetzt nicht.«

»Aber sonst gibt Kalle das Zeug jemand anderem.«

»Es geht nicht. Ich muss was erledigen.«

»Was denn?«

»Ein Paket entgegennehmen im Haus meines Chefs.«

»Das kann ich doch machen.«

»Nee. Das geht nicht.«

»Wieso nicht? Meinst du, ich krieg das nicht hin? Ehrlich, hältst du deinen Bruder für so bescheuert, dass er noch nicht mal ein Paket entgegennehmen kann?«

»Nein, natürlich nicht, nur ...«

»Was nur?«

»Es ist wirklich wichtig. Da darf nichts schiefgehen.«

»Was soll schon schiefgehen? Ich nehme das Paket in Empfang, während du das Regal holst.«

»Ich hol doch nicht alleine das Regal bei deinem Kumpel ab!«

»Aber ich kriege auch noch eine alte Anlage dazu – und wenn ich mitkomme, passt nicht alles in dein Auto. Und Kalle trägt dir das Zeug auch runter.«

»Können wir das nicht nachher zusammen machen?«

»Nee, dann ist Kalle weg. Er legt heute Abend wieder im Club auf.«

Vielleicht lag es daran, dass ich ein schlechtes Gewissen hatte wegen Lisa. Vielleicht lag es aber auch nur an seinen glänzenden, wohlduftenden Haaren, die mich irritierten. Jedenfalls kriegte er mich rum. Wieder einmal.

Ich zog den Hausschlüssel von Hövelers aus der Tasche und schaute meinen Bruder durchdringend an.

»Du wartest vor der Tür, bis das Paket kommt. Dann nimmst du es entgegen und öffnest die Tür nur, um das Paket in den Flur zu stellen. Um alles andere kümmere ich mich.«

»Okay. Wie du willst.«

»Du rührst sonst nichts an. Du baust keinen Mist, ist das klar?«

»Klar wie nur was.«

»Vielleicht bin ich bis dahin auch schon wieder da. Kalle wohnt doch noch in Poll, oder?«

»Jou.«

»Das ist ja nicht so weit. Ruf ihn an, dass er den Kram schon mal runterbringt, dann geht es schneller.«

»Mache ich. Du bist die Beste!«

Ich gab ihm die Hausschlüssel und nannte ihm die Adresse. Ein Paket in Empfang zu nehmen dürfte selbst für ihn nicht zu schwer sein.

18

Ich wusste schon, dass das alles ein Fehler war, als ich bei Kalle klingelte und sich nichts tat. Ich klingelte wieder und hielt den Knopf gedrückt. Dann wollte ich gerade gehen, als es endlich in der Gegensprechanlage knackte und sich jemand meldete. Durch den Lärm, der ebenfalls aus dem Lautsprecher drang und vermutlich Musik sein sollte, war Kalle kaum zu verstehen. »Ey, wer stresst hier rum?«

»Ich bin's, Moni«, rief ich.

»Wer?«

»Die Schwester von Hannes.«

»Ah, ja klar, die schöne Puna Monday! Komm rauf, Babe.«

Alles in mir schrie: Hau ab, lass die Penner ihren Mist alleine regeln. Und trotzdem ging ich die Treppe hoch. Kalle stand – langes Fetthaar, Kapuzenshirt, altersschwache Jeans – in einer Wolke aus Krach in der Tür. Wie diese Band wohl hieß? Hirnzellenmassaker vermutlich.

»Hey, Babe. Mann, du siehst Bombe aus.« Kalle machte Anstalten, mich zu umarmen, aber ich blieb einfach im Hausflur stehen.

»Ich wollte nur schnell das Regal abholen«, sagte ich.

»Geht klar. Hier ist es.« Er zeigte auf einen Haufen Bretter, die im Flur an der Wand lehnten. Ich rührte mich nicht.

»Hat Hannes nicht angerufen und Bescheid gesagt, dass ich komme?«

»Doch. Hat er.«

»Er meinte, du würdest mir beim Tragen helfen.«

»Sorry, Babe. Kann nicht!« Er hielt einen Finger hoch, den ein schmuddeliger Verband zierte. Er hatte sich bestimmt beim Kiffen den Finger geprellt.

Und so schleppte ich in meinem Business-Outfit und den neuen Schuhen von Ralph Lauren die staubigen Bretter eines schäbigen Regals drei Stockwerke hinunter. Meinem Rücken tat das gar nicht gut. Er tat immer noch weh von dem unruhigen Schlaf in meinem leeren Bett.

Vielleicht schlief ich auch schlecht, weil ich Rückenschmerzen hatte, dachte ich auf einmal. Egal. Fest stand: Diese Sache hier machte es noch schlimmer. Ich verfluchte meinen Bruder, seinen Kumpel und meine dämliche Gutmütigkeit und trug stumm fluchend noch zwei Boxen runter.

Als ich das letzte Mal hochging, um den Verstärker zu holen, sagte Kalle: »Fünfzig Euro hatte ich mit Hannes ausgemacht.«

»Wie bitte?«

»Für fünfzig Mäuse kriegt er den Kram.«

»Ich dachte, er schenkt dir das Zeug.«

Kalle lachte. »Nee. Aber wenn du das Geld nicht hast, dann bring das Zeug einfach wieder rauf.«

Als ich beim Haus meiner Eltern ankam, war es kurz nach halb neun. Die Sonne sandte goldene Strahlen über die grünen Pappeln, die den Rhein säumten. Die Vögel zwitscherten. Die Luft war frisch, aber immer noch warm. Genauso warm würde meinem Bruder gleich werden, wenn ich ihm die Standpauke hielt.

»Hannes?«, rief ich, als ich in den Hof ging.

Doch nur Banjo begrüßte mich. Sonst war keiner da. Eine dunkle Vorahnung überfiel mich. Ich warf Banjo noch einen Hundekuchen hin, sprang in mein Auto und raste den einen Kilometer zum Haus meines Chefs. Hannes' Fahrrad lehnte am Zaun.

Okay, beruhigte ich mich, es wird alles in Ordnung sein. Er stellt vielleicht gerade nur das Paket in den Flur. Ich klingelte. Keiner machte auf.

»Hannes!«, rief ich, aber die dicke Bronzetür ließ natürlich nicht den leisesten Mucks durch.

Ich versuchte, ihn auf seinem Handy anzurufen, aber darauf reagierte er auch nicht. Ich klingelte noch mal Sturm, aber nichts tat sich. Dann würde ich eben durch den Garten gehen. Leider war das Gartentor abgeschlossen. Das durfte doch nicht wahr sein! Ich würde auf keinen Fall über das Tor klettern wie ein Einbrecher. Aber Hannes war gerade alleine in diesem Haus und stellte wer weiß was an. Stöhnend stemmte ich einen Fuß auf einen steinernen Löwen, der den Garteneingang bewachte, und schwang das andere Bein über das Törchen. Beim Runterspringen verknackste ich mir fast den Fuß, und der Aufprall verursachte außerdem eine neue Schmerzenswelle in meinem Rücken. Ich humpelte durch den Garten, am Kirschbaum vorbei und um das Haus herum bis zur Terrasse. Das Flackern des Fernsehers sah ich durch das Fenster. Aber das war bei Weitem nicht das Schlimmste.

Mein Bruder lag, die Augen entspannt geschlossen, auf dem unersetzlichen weißen Massagesessel aus chilenischem Ziegenwildleder.

»Oh mein Gott!«, schrie ich und hämmerte gegen die Terrassentür.

Endlich bemerkte er mich. Grinsend öffnete er. »Mann,

das Teil ist der Hammer«, sagte er und ließ sich wieder darauf plumpsen. »Das wird sogar warm!«

»Was habe ich dir gesagt? *Was habe ich dir gesagt?*«, kreischte ich. »Du solltest nichts anfassen! Nichts!!!«

»Reg dich ab. Ist doch nichts passiert.«

»Steh auf«, schrie ich. »Steh sofort auf!«

»Du bist grausam«, kommentierte Hannes, bequemte sich dann aber doch, seinen Platz zu verlassen.

Hektisch untersuchte ich den Sesselbezug und atmete auf. Mein Bruder schien seine saubere Phase durchzumachen. Kein Fleck zu sehen. Ich strich das Leder glatt.

»Hast du das Paket entgegengenommen?«

»Logo.« Er zeigte auf einen Karton, der auf der Theke zwischen Küchen- und Essbereich stand.

»Gut«, sagte ich. »Dann geh nach Hause. Ich packe das Ding aus und komme gleich nach.«

»Okeydokey.« Bevor er sich verdünnisierte, drehte er sich noch mal zu mir um und sagte: »Danke, Bruderherz, dass du das Paket entgegengenommen hast.«

Ich warf ihm einen giftigen Blick zu.

»Gern geschehen, Schwesterchen«, antwortete er sich selbst, dann war er weg.

Als ich mir den Karton genauer anschaute, sah ich, dass er auf dem Kopf stand. Obwohl eine eindeutige Aufschrift anzeigte, wo oben und unten war. Ich drehte ihn um und öffnete ihn vorsichtig. Darin war ein durchsichtiger Plastikbehälter mit dem Bonsai, einem Azaleenbäumchen mit knorrigem, gedrehtem Stamm und verzweigten Ästchen. Die Knospen waren schon voll entwickelt, und es dürfte nicht mehr lange dauern, bis er zu blühen anfangen würde. Zum Glück war die Schale des Bonsais mit Draht am Boden des Pakets fixiert, so dass er beim Umdrehen auf den

Kopf keinen Schaden genommen hatte. Als ich die Packung vorsichtig öffnete, fiel eine Handvoll Substrat heraus. Ich brachte den Bonsai auf den vorgesehenen Platz, verrichtete meinen Gießdienst und wischte dann die Substratkrümel im Wohnzimmer weg.

Dabei entdeckte ich, dass mein Bruder doch Spuren hinterlassen hatte. Das Papierchen eines Schokoriegels lag auf dem Boden neben dem Sessel, und ich verbrachte weitere zehn Minuten damit, nach möglichen Schokoflecken zu suchen. Zu meiner Erleichterung fand ich nichts.

Als ich wieder aufstehen wollte, schoss mir erneut ein heftiger Schmerz durch den Rücken.

»Aua«, rief ich keuchend, denn es tat so weh, dass ich kaum gerade stehen konnte.

Plötzlich war ich einfach nur noch hundemüde. Mein Blick fiel auf den Massagesessel. Wenn ich ein Mal – nur ganz kurz. Mein Bruder hatte es schließlich auch gemacht, und es war nichts passiert. Ich überprüfte meine Kleidung auf Schmutz. Alles sauber. Ich entschloss mich, es zu wagen, zog die Schuhe aus und ließ mich mit schmerzenden Gliedern langsam auf dem Sessel nieder.

»Ahh«, sagte ich unwillkürlich. Es war unglaublich. Auf einer Wolke könnte man nicht besser sitzen! Der Sessel passte sich sofort an meinen Körper an und umhüllte ihn auf magische Weise. Ich *musste* einfach die Massagefunktion ausprobieren. Im Bereich der Lendenwirbelsäule und auf der Sitzfläche fing es an, zu vibrieren, ganz sanft und ohne ein einziges Geräusch. Und er wurde tatsächlich warm. Jetzt hätte ich gar nicht mehr aufstehen können, selbst wenn ich gewollt hätte. Ich hatte überhaupt keine Kontrolle mehr über meinen Körper, dessen einziger Sinn und Zweck auf einmal darin bestand, sich zu entspannen.

Glockengeläut ließ mich hochschrecken. Es dauerte ein paar Sekunden, bis mir dämmerte, wo ich war. Im Haus meines Chefs. Ich musste eingeschlafen sein! Durch das Fenster sah ich, dass die Sonne schon untergegangen war, aber der Himmel war noch hellblau mit einem Rest Orange. Ansonsten konnte ich noch keinen klaren Gedanken fassen, taumelte nur durch den Flur und öffnete die Eingangstür.

Vor mir stand ein junger Mann in Jeans und Kapuzenshirt. Er hatte kinnlange blonde Haare, die er hinter die Ohren geklemmt hatte, blaue Augen und einen blonden Bart, der am Kinn spitz zulief.

»Entschuldigung, dass ich so spät störe – oh, habe ich dich geweckt?«, fragte er.

»Ich weiß nicht«, sagte ich schlauerweise und kratzte mich am Kopf.

»Also, ich bin gerade nebenan eingezogen und wollte noch was kochen. Hast du Knoblauch, den du mir leihen könntest?«

»Ja. Nein. Ich weiß nicht.« Ich schüttelte den Kopf auf der Suche nach einem klaren Gedanken. »Komm rein«, sagte ich schlaftrunken, und erst als ich ihn hinter mir im Flur hörte, fiel mir auf, dass ich gerade den allergrößten Fehler gemacht hatte, den man nur machen konnte und vor dem jede Aktenzeichen-XY-Sendung warnte. Ich hatte einen fremden Mann ins Haus gelassen! Mit so einem billigen Trick! Und das, wo ich heute schon mal ausspioniert worden war. Und hier ganz alleine war. Und mir das Haus nicht gehörte. In dem Dutzende unersetzliche *objets* standen! Ich war ja so ein Idiot! Mir wurde mulmig.

»Sind das deine Eltern?«, fragte der Typ mit Blick auf die angeberischen Schwarz-Weiß-Starfotografen-Fotos von meinem Chef und seiner Frau.

»Ja«, sagte ich laut. »Sie sind oben. Und wenn ihnen irgendetwas *Ungewöhnliches* auffällt, rufen sie sofort die Polizei.«

Er grinste. »Okay«, flüsterte er. »Ich hoffe, ein kurzer Besuch vom Nachbarn ist nichts Ungewöhnliches.«

»Das kommt darauf an!«, sagte ich mysteriös.

Er sollte ruhig merken, dass ich total auf Zack war. Ich stellte mich neben den Messerblock und schaute ihn aufmerksam an. Er blieb einen Moment ebenfalls regungslos stehen.

»Ähem. Wo ist er denn?«, fragte der Langhaarige und kam einen Schritt auf mich zu. Er hatte Tätowierungen an den Armen und war ziemlich muskulös. Wenn er an den Safe wollte, könnte er mich leicht überwältigen.

»Ich weiß nicht, wo der Safe ist«, sagte ich, und meine Stimme zitterte.

Er lachte. »Wir haben unseren Knoblauch auch im Safe, gleich neben den Kartoffeln. Aber eine Frage: Was bewahrt ihr dann hier drin auf?« Er zeigte auf einen löcherigen kleinen Topf aus weißem Porzellan, der in einer Ecke der Arbeitsplatte stand.

Mmhh. Er versuchte sicher, mich abzulenken, um heimlich nach dem Tafelsilber zu suchen. Ich beobachtete ihn aus den Augenwinkeln, als ich den Deckel des Töpfchens hob.

»Na so was!«, sagte ich und versuchte lässig zu klingen, damit er meine Angst nicht bemerkte. »Da haben meine Eltern wohl umgeräumt.« Ich holte eine Knolle Knoblauch raus.

»Das sieht gut aus«, sagte er. »Darf ich zwei Zehen haben?«

»Sie können ruhig die ganze Knolle haben.« Ich drückte sie ihm in die Hand.

»Ich bringe sie morgen zurück. Also nicht die, sondern eine neue.«

»Ach, das brauchen Sie nicht. Betrachten Sie es als Geschenk.«

»Danke«, sagte er.

Ich geleitete ihn zurück zum Ausgang.

In der Haustür drehte er sich noch mal zu mir um. »Dann schlaf gut weiter«, sagte er. »Und träum süß von sauren Gurken.«

Ich schaute ihn verwirrt an.

»Das hat meine Oma früher immer zu mir gesagt.«

Als er weg war, war ich so erleichtert, dass ich nicht ausgeraubt worden war, dass meine ganze panische Energie mit einem Mal verpuffte. Ich war so schlapp! Mit bleiernen Muskeln schleppte ich mich zurück ins Wohnzimmer, nahm mir eine Kaschmirdecke vom Sofa, legte mich wieder auf den Massagesessel und schlief wie ein Stein bis zum nächsten Morgen.

19

Ich konnte es nicht fassen, wie gut ich mich am nächsten Tag fühlte. Abgesehen natürlich von meinem schlechten Gewissen, dass ich in der Villa meines Chefs geschlafen hatte. Aber ich hinterließ alles so, wie ich es vorgefunden hatte. Niemand würde bemerken, dass ich da gewesen war.

Ich zog die schwere Bronzetür hinter mir zu und trat in den Maimorgen hinaus. Die Vögel zwitscherten ihr fröhliches Lied, die Luft war frisch, der Himmel blau, mein Rücken beweglich und völlig schmerzfrei. Das war nicht weniger als ein Wunder! Es würde ein herrlicher Tag werden. Ich blieb stehen, um Jens die morgendliche SMS zu schicken.

Da hörte ich Schritte. Ein Jogger kam die Straße hochgelaufen. Mit weit ausholenden Schritten, verwaschener grauer Sporthose und dunkelgrüner Jacke mit Kapuze, die er sich über den Kopf gezogen hatte. Ich erkannte den vermeintlichen Räuber vom Vorabend an den hellblonden Strähnen, die an der Kapuze herausschauten.

»Morgen«, grüßte er und blieb vor mir stehen. »Gut geschlafen?« Er war kaum außer Atem.

Ich nickte. »Wie ein Stein.«

»Ich bringe dir nachher den Knoblauch rüber, okay?« Er lief wieder los. »Bis später.«

Schon war er weg. Ich kam nicht mal mehr dazu, zu sagen, dass das wirklich nicht nötig sei. Ich schaute ihm verdutzt hinterher, bis er im Nachbarbungalow verschwunden war. Komischer Kerl.

Das einzig Blöde war, dass ich keine Wechselsachen dabei hatte und mir keine Zeit mehr blieb, um mich in meiner Wohnung umzuziehen. Zum Glück hatte ich immerhin meine Lieblingshose an, eine knitterfreie schwarze Stoffhose mit Bügelfalte, und meine anthrazitfarbene Seidenbluse, die ziemlich unempfindlich war und der man die Nacht auf dem Sessel nicht unbedingt ansah. Zumindest nicht von vorne. Am Rücken war sie vermutlich ziemlich zerknautscht, aber das konnte ich jetzt nicht ändern. Mein Chef war ja nicht da, und Sören, der alte Nerd, würde nicht mal bemerken, wenn ich im Tabaluga-Kostüm hereinspaziert käme. So beschloss ich, dass mein Outfit für heute Morgen reichen musste. In der Mittagspause würde ich mir dann schnell eine neue Bluse kaufen.

Doch daraus wurde nichts, denn an diesem Tag meinte es der Börsengott gut mit mir. Schon am Vormittag liefen die News über den Ticker. Die Europäische Zentralbank kaufte für Milliarden Euro griechische Staatsanleihen, der Internationale Währungsfonds schnürte ein weiteres Rettungspaket, und die Börsianer hatten wieder blendende Laune. Die Aktienindizes schnellten nach oben, und mit ihnen fiel Gold nach unten. Die doppelt so große Shortposition pulverisierte meinen Hedge-Deal, und ehe noch etwas schiefgehen konnte, klickte ich mich panisch aus dem Trade raus, als ich mit achtzigtausend im Plus war.

Gott sei Dank! Das war ja gerade noch mal gut gegangen. Ich konnte mein Glück kaum fassen, dass dieser Albtraum ein Ende hatte. Eine halbe Stunde später stellte ich fest, dass ich eine Viertelmillion hätte gewinnen können, wenn ich länger drin geblieben wäre. Da ärgerte ich mich wieder, aber nur kurz. Ich war ohne Verluste aus der Nummer rausgekommen, das war die Hauptsache. Jetzt hätte ich zwar wirklich Lust auf eine Shoppingtour gehabt, aber die Mittagspause war schon vorbei. Also ging ich mir nur einen Kaffee holen.

Uschi Reinhardt und Ilja kamen mir im Flur entgegen. Sie waren beide ziemlich aufgebrezelt.

»Wenn jemand nach uns fragt, wir sind jetzt auf einem Außentermin. Bis später, Steckelbach«, sagte Ilja. »Und mach keine Dummheiten, während ich weg bin.«

Ich zog eine Grimasse. Drei Stunden später, als ich gerade gehen wollte, war er wieder da. Ilja war immer noch schick angezogen, aber seine selbstsichere Ausstrahlung hatte einige Kratzer abbekommen. Schweißflecken zierten sein hellblaues Hemd. Er sah stocksauer aus.

»Was ist passiert?«, fragte ich.

»Du glaubst es nicht«, sagte er. »Wir waren bei dem Fototermin mit dem Bürgermeister auf dem Gelände, wo Uschi die sechzig Einfamilienhäuser bauen wird. Und da kommen da so verdammte Umweltschützer und behaupten, dort niste ein Steinkauz, und niemand dürfe dort bauen.«

»Was für Umweltschützer?«, fragte ich vorsichtig.

»Derselbe bescheuerte Bürgerverein, der schon am Flughafen für Ärger sorgt. Und ein paar Waldschrate, die dort in der Nähe wohnen.«

»Und was ist dann passiert?«

»Sie haben einen Zaun um einen Birnbaum gebaut und gesagt, sie würden sich notfalls anketten. Ein paar andere haben schon Zelte aufgeschlagen, um gegen die Erschließung des Geländes zu protestieren. So eine verdammte

Scheiße kann ich echt nicht gebrauchen.« Er haute mit der Faust in seine andere Hand. »Wir müssen diese blöden Umweltheinis da wegkriegen, und zwar schnell. Was bilden die sich eigentlich ein? Sollen doch froh sein, dass in ihrem Scheißkaff endlich mal was gemacht wird.« Wütend stapfte er in sein Büro.

Um sieben Uhr abends war es immer noch sommerlich warm. Eine richtige Hitzewelle im Mai. Ich setzte mich in mein Auto und überlegte. Bei dem Talent meines Vaters, sich in den Vordergrund zu drängen, war es nur eine Frage der Zeit, bis jeder wusste, dass meine Eltern den Protest angezettelt hatten. Und dann hätte ich ein echtes Problem. Vor allem weil meinem Vater auch zuzutrauen wäre, dass er überall rumposaunt, dass ich ihnen bei der Sache mit Bogert geholfen hätte. Mir blieb also nichts anderes übrig: Ich musste versuchen, meine Eltern zur Vernunft zu bringen.

Ein selbst gemaltes Plakat hing an dem weit offenen grünen Tor. *Schutz für den Steinkauz! Schutz für Streuobstwiesen! Menschen und Tiere brauchen Natur!*, hatte meine Mutter mit einem dicken Filzstift auf die Pappe geschrieben. Und darunter: *Bürgerinitiative gegen die Bebauung des Geländes »Ackergasse«.*

Im Hof waren viele aufgeregte Menschen versammelt, denen die ökologische Orientierung an ihrer grob gewebten farbenprächtigen Kleidung anzusehen war. Das war wohl nicht der richtige Augenblick, mit meinen Eltern zu reden.

Ich wollte mich gerade davonstehlen, als meine Mutter rief: »Ah, da bist du ja!« Sie kam auf mich zu, legte mir den Arm um die Schulter, und noch bevor ich reagieren konnte, rief sie: »Alle mal herhören. Das ist unsere Tochter! Die Bogert enttarnt hat!«

Sofort waren alle Augen auf mich gerichtet.

»Sie kommt gerade von einer Beerdigung, deswegen hat sie diese Klamotten an.«

»Wie bitte?«, zischte ich ihr leise zu.

»Sonst denken die Leute noch, du bist depressiv. Mit diesen schwarzen Klamotten!«, flüsterte sie zurück.

»Das ist Anthrazit!«

»Das macht es auch nicht besser.«

»Und von Burberry!« Aber auch dieses Argument zog nicht bei ihr.

Laut sagte sie: »Das hier vorne ist Dirk, der Vorsitzende des Bürgervereins, der schon am Flughafen so großartige Arbeit geleistet hat.«

Dirk, ein großer, dünner Mann mit kleiner, runder Brille, Halbglatze und langem, zauseligem Resthaar, fing an, über die Protestbewegung zu sprechen. »Leider konnten wir die Bauarbeiten am Flughafen nicht verhindern«, schloss Dirk seine Ausführungen. »Aber vielleicht haben wir ja hier mehr Glück!«

»Ja«, riefen einige andere.

»Was ist denn eigentlich los?«, fragte ich scheinheilig.

»Stell dir vor, unsere schöne Wiese hinterm Haus wird plattgemacht! Da sollen hundert Häuser hin!«, dröhnte mein Vater.

»Nein!«, rief ich. »Das ist ja ein Ding.«

Ich entdeckte auch die Nachbarn Engels und den Schäfer Uwe unter den Versammelten. »Wenn wir das gewusst hätten, hätten wir niemals verkauft. Nie!«, rief Herr Engels betrübt. »Man hat uns reingelegt.«

Und ich wusste auch, von wem.

»So, Moni. Also, was kannst du uns diesmal über unsere Gegner erzählen?«, fragte meine Mutter.

»Ich – äh, weiß leider nichts. Ich muss erst noch recherchieren«, sagte ich ausweichend. »Aber meint ihr wirklich, der ganze Aufwand lohnt sich? Immerhin ist es gut für das Dorf, wenn mehr Leute hierherziehen.«

Die Reaktion war eindeutig. »Blödsinn! Das ist nur für die Stadt gut, die das Geld kassiert. Und für die Bauwirtschaft!«, widersprachen die Leute.

»Und wo sollen meine Schafe dann weiden?«, fragte der Schäfer. »Die fressen keinen Asphalt.«

»Die Sache ist ganz klar!«, rief mein Vater. »Diese Wiese muss erhalten bleiben!«

»Jawohl!«

»In den vergangenen fünf Jahren sind in NRW zig Streuobstwiesen plattgemacht worden«, meldete sich Dirk zu Wort. »Seit die Streuobstwiesen nicht mehr besonders gesetzlich geschützt sind, werden überall im Land diese wichtigen Biotope zerstört. Und für den Steinkauz und für viele andere Tier- und Pflanzenarten bedeutet das das Aus!«

»Dirk hat recht. Aber das werden wir hier bei uns verhindern«, schrie mein Vater. »Der Steinkauz muss leben!«

»Jaaaaa!«, riefen alle und ballten die Fäuste.

»Aber da, wo eure Häuser stehen, war auch mal eine Wiese«, sagte ich. »Und jetzt freut ihr euch auch, dass ihr ein schönes Heim habt.«

Alle verstummten und guckten mich verdutzt an. Dirk antwortete diplomatisch: »Ja, das mag ja stimmen. Und wir sind ja auch nicht dagegen, dass Menschen die Häuser bauen, die sie brauchen. Aber dafür muss es bessere Plätze geben als dieses wertvolle Biotop.«

»Genau!«, riefen alle.

»Also, wie sieht unser Plan aus?«, fragte mein Vater, und

dann steckten er und Dirk und die anderen die Köpfe zusammen.

Ich konnte nichts ausrichten. Sie würden sowieso machen, was sie wollten. »Ich muss leider gehen«, sagte ich.

»Nein, bleib hier! Du kannst uns helfen! Je mehr Leute, desto besser«, sagte meine Mutter.

»Ich denke drüber nach, was ich tun kann«, versprach ich. »Aber jetzt muss ich wirklich los.«

Meine Mutter brachte mich zum Tor. Dort wandte ich mich noch mal an sie: »Mama, stellt euch doch nicht gegen Dinge, die ihr sowieso nicht ändern könnt. Den Fortschritt kann man nicht aufhalten.«

»Man muss ihn aufhalten, Puna«, antwortete sie und rollte dramatisch mit den Augen. »Der Fortschritt bringt uns noch alle um!«

Ich unterdrückte ein Stöhnen, streichelte Banjo zum Abschied, und machte dann, dass ich weg kam. Noch als ich vor dem Haus meines Chefs parkte, regte ich mich auf. Meine Mutter war mal wieder typisch theatralisch gewesen. Nie kann mal etwas einfach nur ärgerlich oder nervend sein, nein – immer ist alles katastrophal oder lebensbedrohlich oder sonst wie folgenschwer. Dabei hatte der Fortschritt viel mehr positive Seiten, als sie wahrhaben wollten. Zum Beispiel dieser Oldtimer da vorne, der auf dem Seitenstreifen parkte. Was für ein Riesenschiff im Vergleich zu meinem VW Polo!

Ich stieg aus und sah den langhaarigen Nachbarn am Nachbarhaus die Hecke schneiden. Als er mich bemerkte, winkte er und verschwand im Haus.

Mit diesem Oldtimer würde man zum Beispiel in der Innenstadt überhaupt keinen Parkplatz finden! Und wenn, dann würde ich nicht reinkommen, weil mir der Einparkassistent fehlte, der mit seinem Piepsen den Abstand zum nächsten Auto anzeigte. Also echt. Da lobte ich mir doch die technische Entwicklung.

»Hey, Nachbarin«, rief er, als er näher kam. Er trug ein schwarzes T-Shirt und ausgebleichte Jeans, von einer Gürtelschnalle hing eine dickgliedrige Kette herunter, die in der hinteren Hosentasche endete. Er reichte mir eine frische Knoblauchknolle. »Hier ist der Knoblauch.«

»Ach ja«, sagte ich. »Das war aber nicht nötig. Trotzdem danke.«

»Ich heiße übrigens Lennart.«

»Ich bin Moni.«

Er erinnerte mich an irgendwen, aber ich wusste nicht, an wen. Den jungen Brad Pitt vielleicht? Nein. Eher an Ryan Gosling. Oder irgendeinen von den Hollywood-Schauspielern, der sich gerade für eine kauzige Außenseiterrolle einen Bart wachsen lassen musste. Das war ja wohl auch der einzige Grund, warum so ein junger Typ wie er diesen merkwürdigen Bart tragen musste. Aber das Merkwürdigste war, dass ich ihn an Lennart überhaupt nicht unattraktiv fand.

Er deutete mit dem Kopf auf den Oldtimer. »Nicht schlecht, das Teil, oder?«

»Ach, überhaupt nicht«, regte ich mich auf. »Technisch total veraltet und viel zu unsicher. Da fehlen sogar die Kopfstützen!«

»Stimmt«, stellte er fest.

»Unglaublich! Dass man damit heute überhaupt noch fahren darf. Ich meine, der hat doch auch kein ABS und keine Airbags. Kein Wunder, dass die Leute damals auf den Straßen gestorben sind wie die Fliegen«, redete ich mich in Rage. »Und was verbraucht so ein altes Auto an Benzin?

Fünfzehn, zwanzig Liter? Also echt, das ist doch der totale Wahnsinn.« Ich fing Lennarts Blick auf.

Er betrachtete mich amüsiert, seine irritierend blauen Augen blitzten, und um seine Mundwinkel herum zuckte es.

»O-oh. Es ist dein Auto, nicht wahr?«, fragte ich verlegen.

Jetzt platzte das Lachen aus ihm heraus. »Ja, genau. Mein Opel Diplomat von 1974. Willst du eine Runde fahren?«

Wenn ich jetzt, nachdem ich gerade sein Auto beleidigt hatte, auch noch Nein sagte, würde er mich für total unhöflich halten.

Also sagte ich kleinlaut: »Ja, okay.«

»Prima. Mal sehen, was du danach meinst! Ich muss nur noch schnell das Gartenwerkzeug aufräumen, dann hole ich dich ab, okay?«

Ich nickte. Ich war ja so ein Idiot. Was machte ich denn da? Ich konnte überhaupt nicht mit dem Nachbarn ins Auto steigen! Erstens war er noch nicht mal mein echter Nachbar. Und zweitens – und das fiel mir in dem Moment siedend heiß ein – hatte ich immer noch dieselben Sachen an wie gestern! Und selbst der schönste Designerfummel fing irgendwann an zu müffeln. Und mit verschwitzten Klamotten würde ich mich bei niemandem auf der ganzen Welt auf den Beifahrersitz setzen. Oh je!

Doch dann fiel mir ein, dass Jutta Höveler oben einen ganzen Schrank voller schöner Kleider hatte.

20

»Das ist Wahnsinn«, murmelte ich auf dem Weg in den ersten Stock. Ich konnte das nicht im Ernst tun! Was für ein Vertrauensmissbrauch! Ich würde nur einen kurzen Blick hineinwerfen, und dann würde ich sehen, dass mir ihre Sachen nicht passten, und dann würde ich einen Migräneanfall vorschieben, wegen dem ich nicht mitfahren konnte.

Doch als ich die Schranktür öffnete und die exquisite Auswahl an erlesenen Stoffen und Schnitten sah, kam meine Rechtschaffenheit ziemlich ins Schlingern. Jeder Frau, die nur ein bisschen modeinteressiert war, würden die Tränen kommen angesichts dieser Kleider.

Ehrfürchtig holte ich das Sommerkleid heraus, das ich aus der Reinigung abgeholt hatte. Das musste ich einfach anprobieren. Vorher müsste ich allerdings schnell duschen.

Auch das Badezimmer der Hövelers war der reinste Luxus. Die Dusche war groß genug für zwei, und in der Wanne hätte man Babyschwimmkurse halten können. Und ich hatte das Haus für einen unwirtlichen Klotz gehalten! Obwohl ich gerne länger unter der Wasserfallbrause gestanden hätte, beeilte ich mich. Zum Glück hatte der Föhn eine Turbostufe, die mir das Haar im Handumdrehen trocken blies. Einen Deostick hatte ich immer in der Tasche, genau wie eine Grundausstattung Make-up. Dann stieg ich in Jutta Hövelers Kleid, und ab dem Moment vergaß ich meine Gewissensbisse.

Wenn das Kleid was dagegen hätte, dass ich es trage, würde es einfach nicht so gut an mir aussehen, dachte ich verzückt.

Jutta Höveler war gut zehn Zentimeter größer als ich, aber unser Taillenumfang schien ziemlich exakt der gleiche zu sein. Das Kleid saß wie angegossen. Es war natürlich ein klitzekleines bisschen zu schick dafür, dass ich mit dem Nachbarn nur eine Runde mit dem Auto fahren würde, aber was soll's. So eine Gelegenheit kam nicht wieder. Ich würde es nur dieses eine Mal anziehen, es danach reinigen lassen und ein zweites Mal aus der Reinigung holen. Das wäre dann fast so, als wäre nichts gewesen, oder?

Zu meiner Überraschung hatte sich auch Lennart umgezogen und trug zur ausgeblichenen Jeans ein weißes Hemd. Die oberen zwei Knöpfe waren offen, und ein Lederband mit einem weißen Delfinanhänger baumelte auf seiner Brust. Normalerweise fand ich so was ja abstoßend, aber zu ihm passte es. Irgendwie.

»Hey, klasse siehst du aus!«, sagte er.

»Danke!«, rief ich erstaunt. Das nenne ich mal ein Kompliment! Warum konnte Jens mir nicht einmal genauso sagen, dass ich gut aussah?

Ich zog die Tür hinter mir zu und steckte den Schlüssel in die kleine grüne Handtasche von Marc Jacobs, die ich mir auch noch erlaubt hatte zu borgen.

Lennart hielt mir die Tür auf. Ich ließ mich auf den cremefarbenen Ledersitz gleiten. Das Lenkrad war schwarz und ziemlich groß, die Beinfreiheit enorm. Das Armaturenbrett versetzte mich sofort in nostalgische Stimmung, dazu passte mein Kleid fantastisch. Ich fühlte mich fast ein bisschen wie Audrey Hepburn in *Ein Herz und eine Krone*.

Er startete den Motor und fuhr los. »Wo wollen wir denn hinfahren, gnädige Frau?«, fragte Lennart.

In dem Moment sah ich den roten Bonner Toyota. Er stand auf der anderen Straßenseite mit der jungen Frau hinter dem Steuer. Sie starrte vor sich hin. Ich sog erschreckt die Luft ein und warf mich aus einem Reflex heraus nach vorne und tat so, als ob mir was in den Fußraum gefallen wäre. Ich wusste nicht, wer das war, aber sie machte mir Angst.

»Wie bitte?«, fragte Lennart.

»Wie wäre es mit Maastricht?«, nuschelte ich in meinen Rock, weil es das Einzige war, was mir in dem Moment einfiel.

Das war natürlich total absurd. Niemand fuhr an einem Donnerstagabend mit der fremden Nachbarin mal eben nach Holland rüber.

Aber Lennart rief: »Super Idee! Fahren wir nach Maastricht!«

Ich kam aus meiner Deckung wieder hoch, als wir auf die Hauptstraße abgebogen waren. Ein Blick zurück sagte mir, dass die Luft rein war.

Ich fragte erschrocken: »Echt jetzt? Ist das nicht viel zu weit?«

»Für den Opel Diplomat ist das ein Katzensprung«, rezitierte er wie in einer Werbung. »So können Sie sich ganz von den Vorzügen dieses Autos überzeugen.«

Halleluja. Da hatte ich mir ja was eingehandelt.

»Bist du immer so spontan?«, fragte er, als wir auf den Zubringer zur Autobahn auffuhren.

»Nein«, sagte ich. »Die einzige Sache, bei der ich spontan sein kann, sind Schnäppchenangebote. Ansonsten mache ich immer alle Pläne drei Monate im Voraus.«

Er lachte, als wäre das ein Witz gewesen! Ich sollte ihm mal meinen Terminkalender zeigen. Da hatte ich sogar meinen Zyklus eingetragen, weil ich wegen der zu erwartenden stimmungsmäßigen Unpässlichkeiten an den blöden Tagen überhaupt keine privaten Termine annahm.

»Darf ich mal?«, fragte er und zeigte auf das Handschuhfach.

»Klar«, sagte ich. Er griff an mir vorbei und öffnete die Klappe. Dabei berührte sein Arm meine Beine. Ich konnte die Wärme seiner Haut durch den Stoff hindurch spüren und saß ganz steif da.

»Mal sehen, womit wir uns noch die Zeit vertreiben können«, sagte er und nahm zwei Kassetten heraus. Als er wieder aufrecht saß und eine Kassette in das Deck hineinschob, wurde mir an der Stelle, an der er eben mein Bein berührt hatte, ein bisschen kalt.

»Das Auto gehörte meinem Opa«, sagte Lennart. »Daher auch die topmoderne Ausstattung.« Er deutete auf das Kassettendeck. Es rauschte analog, dann erklangen ein Akkordeon und eine traurige Frauenstimme, die auf Französisch irgendeine jammervolle Geschichte trällerte.

»Ach nöö, das ist viel zu trübselig«, sagte er und schob eine neue Kassette rein. Violinen, Gitarre, ein Banjo: eindeutig irische Musik. Dann fing eine raue Stimme an zu singen – und Lennart schmetterte sofort laut mit. Ein bisschen schräg, aber gar nicht schlecht. »Hey, du musst auch mitsingen.«

»Ich kenne das Lied doch gar nicht!«, protestierte ich.

»Ist ganz einfach«, sagte er. »Es geht um eine Fischhändlerin namens Molly Malone.«

Der Text war in der Tat einfach. Molly schob ihren Wagen durch die Straßen von Dublin und pries frische Muscheln an. Der Refrain wurde dauernd wiederholt: *Crying Cockles and Mussels, alive, alive o!*

Erst sang ich ganz leise, weil ich noch nie vor jemand anders laut gesungen hatte. Und schon gar nicht vor einem Fremden. Oder vor meinem Verlobten. Nur einmal hatte ich das gemacht, und Jens hatte so gekichert, dass ich es lieber wieder gelassen hatte. Lennart aber drehte das Radio noch etwas lauter, und da konnte ich nicht anders. Ich grölte ebenfalls die Geschichte von Molly Malone, deren Geist noch nach ihrem Tod durch Dublins Gassen streifte, um lebende Muscheln anzupreisen. Danach sangen wir noch andere irische Lieder – na ja, er mehr als ich, aber es war auf jeden Fall sehr lustig.

»Das war die Lieblingskassette von meinem Opa, und ich musste sie immer hören, wenn ich mit ihm gefahren bin«, erklärte er, als ich mich über seine Textsicherheit wunderte.

»Letzte Woche ist er gestorben«, sagte er.

»Oh«, sagte ich erschrocken. »Das tut mir leid.«

»Ja, mir auch. Und um meiner Oma am Anfang ein bisschen zu helfen, wohne ich ein paar Wochen bei ihr. Hey«, rief er und vertrieb damit die traurige Stimmung. »Hör dir das an!« Er schob eine neue Kassette hinein mit lustiger italienischer Musik.

Eine knappe Stunde später waren wir in Maastricht. Es war mittlerweile dunkel geworden, aber noch sehr warm. Wir liefen durch ein Tor in der dicken Stadtmauer in die Altstadt. Die Steine der Häuser strahlten noch die Hitze des Tages ab. Es duftete nach Sommer. Plötzlich drang Musik durch die verwinkelten Gässchen zu uns. Wir erreichten einen kleinen Platz vor einer Kirche. In der Mitte standen einige Bäume, deren Äste mit bunten Lampions geschmückt waren. Auf einer Bühne stand eine Gruppe Musiker, die lateinamerikanische Musik spielte. War das Tango? Keine Ahnung.

»Cool«, sagte Lennart begeistert. »Salsa! Da scheinen wir ja genau richtig gekommen zu sein.« Der Platz war schon ziemlich voll. »Lass uns da drüben hingehen.« Er deutete auf die Treppe vor der Kirche und bahnte uns einen Weg durch die Menge. Dabei nahm er wie selbstverständlich meine Hand und zog mich hinter sich her.

»Ich hole uns schon mal was zu trinken«, sagte ich schnell und entzog ihm meine Hand, um auf einen Getränkewagen zu deuten, der am Rand stand.

Mit zwei Limettenlimos bewaffnet kam ich zu ihm zurück. Er hatte einen Sitzplatz auf der Treppe gefunden. Die Musiker stimmten ein besonders schnelles Lied an, und plötzlich fingen die Leute um mich herum an zu tanzen. Ich musste urplötzlich einer Frau ausweichen, die von ihrem Mann herumgewirbelt wurde. Ich machte ein paar Trippelschritte, was bestimmt total bescheuert aussah. Als dann auch noch von links ein Mann herangehopst kam, tänzelte ich nach rechts. Und damit ich nicht vollends wie eine Verrückte aussah, tat ich so, als ob ich das mit Absicht gemacht hätte, und tanzte noch ein paar Schritte weiter.

Lennart sprang auf und kam mit wiegenden Schritten auf mich zu, nahm mir eine Limo aus der Hand und stieß mit mir an. Und dann tanzten wir mitten auf der Straße an einem Donnerstagabend in Maastricht.

Um kurz nach eins waren wir wieder in Köln. Mit großer Erleichterung stellte ich fest, dass der rote Toyota verschwunden war. Als wir vor dem Haus meines Chefs ankamen, stellte er den Motor aus und sagte: »Der Opel Diplomat und ich bedanken uns, dass Sie heute unser Gast waren. Ich hoffe, Sie haben die Fahrt genossen und wir können Sie bald wieder an Bord begrüßen.«

Ich musste lachen und wollte mich schnell verabschieden, aber er stieg schon aus, ging um den Wagen rum und hielt mir die Tür auf. Wirklich aufmerksam für jemanden in zerschlissenen Jeans. Er begleitete mich sogar bis zur Haustür.

»Du hast mich tatsächlich von deinem Auto überzeugt«, sagte ich und wurde etwas verlegen. Um das zu überspielen, versuchte ich lustig zu klingen: »Oldtimer sind doch gar nicht so schlecht.«

»Hab ich ja gesagt«, antwortete er und nahm sanft mein Kinn zwischen seine Finger und hob es leicht an. Eine blonde Strähne fiel ihm ins Gesicht, und ich unterdrückte den Impuls, sie ihm hinters Ohr zu streichen. Er beugte sich näher zu mir. Ich fühlte mich wie gelähmt. Wenn er mich jetzt küssen würde, könnte ich mich nicht wehren.

Küss mich nicht, dachte ich.

»Schlaf gut«, sagte er. »Und träum süß von sauren Gurken.«

Er wartete, bis ich im Haus meines Chefs verschwunden war. Und weil es schon so spät war und ich ein seltsames Glücksgefühl verspürte, das für einen Moment jegliche Reue aus meinem Hirn vertrieb, schnappte ich die ordentlich gefaltete Kaschmirdecke und verbrachte erneut eine Nacht auf dem Massagesessel.

21

Am nächsten Abend traf ich mich mit Ellen und Saskia im Biergarten. Bei Ellen hing gerade der Haussegen schief.

»Und jetzt ist Arne total sauer«, sagte sie und wippte mit der linken Hand am Kinderwagen, in dem Fritz trotz des Trubels im Biergarten gerade eingeschlafen war. »Ihm ist nicht klarzumachen, dass wir auch viel davon haben, wenn meine Mutter mit in den Urlaub fährt. Dann können wir nämlich abends auch mal weggehen. Aber er meint, sie dränge sich in unser Leben und er wolle mit seiner Familie alleine sein. Er will einfach nicht kapieren, dass meine Mutter auch zur Familie gehört.«

Saskia hatte während Ellens ausschweifenden Monologs immer wieder angespannt auf ihr Handy geguckt, weil sie einen dringenden Anruf wegen ihres Promi-Scheidungsfalls Gehrke erwartete.

Ich versuchte, eine Betroffenheitsmiene zu machen, und sagte den Satz, den ich von Ellen auch dauernd zu hören bekam: »Das wird schon wieder.«

»Moni, was grinst du eigentlich die ganze Zeit so?«, fragte Saskia mich plötzlich.

»Ja, genau! Das ist mir auch gerade aufgefallen«, warf Ellen ein. Beide schauten mich aufmerksam an. »Hat Jens endlich eingesehen, dass er übertrieben reagiert hat wegen dieser Mandantin, die du ihm abspenstig gemacht hast?«

»Was? Nein. Jedenfalls hat er nichts darüber gesagt. Und

so übertrieben war das gar nicht von ihm. Es war ja auch ein Riesenfehler von mir.«

»Und das lässt er dich ganz schön spüren«, sagte Saskia. »Und warum?«

»Äh. Weil es ein Riesenfehler war?«, gab ich zurück.

»Nein. Weil er jetzt wieder Macht über dich hat.«

»So ein Quatsch! Ist doch klar, dass er sauer ist, weil ich ihn angelogen habe.«

»Aber doch nicht so lange!«, regte sich Saskia auf. »Er führt sich ja auf wie der Rächer der Enterbten, du meine Güte. Dabei hast du dich doch entschuldigt!«

»Genau. Und jeder macht doch mal einen Fehler. Er hat auch schon Fehler gemacht«, sagte Ellen. »Und die reibst *du* ihm auch nicht dauernd unter die Nase.«

»Der einzige Grund, wirklich sauer zu sein, ist, wenn einer fremdgeht«, verkündete Saskia. »Und so was machst du ja nicht.«

»Nein. So was mache ich nicht«, sagte ich und dachte an gestern Abend.

Zum Glück hatte Lennart mich nicht geküsst. Ich war gelinde gesagt ein kleines bisschen verwirrt. Was war denn mit mir los gewesen? Wieso hatte mich dieser zauselige Typ so um den Finger wickeln können? Das beunruhigte mich etwas. Ich beschloss, meinen Freundinnen lieber nichts von Lennart zu erzählen. Das würde vielleicht merkwürdig rüberkommen.

Saskias Telefon klingelte. »Endlich!«, sagte sie und sprang auf, dabei stieß sie mit dem Kellner zusammen, der ein Tablett mit Gläsern fallen ließ.

»Hey«, rief er. »Pass doch auf.«

»Pass doch selber auf«, motzte Saskia zurück und ging ungerührt weiter, um in Ruhe zu telefonieren. Ihr aktueller

Fall spannte sie wirklich ganz schön ein. So nervös hatte ich sie seit ihrem Examen nicht mehr gesehen. Ich half an Saskias Stelle dem Kellner, die Scherben aufzusammeln, was er mit einem mürrischen Blick quittierte, dann setzte ich mich wieder an den Tisch.

»Ich wünschte, Jens würde mal anrufen«, seufzte ich mit einem Blick auf mein Handy. »Ich erreiche ihn nie – immer hat er die Mailbox eingeschaltet.«

»Ruf ihn doch spätabends in seinem Appartement an«, schlug Ellen vor.

»Gute Idee«, sagte ich. »Das mache ich nachher mal. Und was willst du jetzt wegen deiner Mutter unternehmen?«

»Ich weiß es auch nicht«, jammerte Ellen. »Wenn ich meiner Mutter absage, ist die sauer. Und wenn sie mitkommt, ist Arne sauer.«

»Und wenn sie nur die Hälfte der Zeit mitkommt?«, schlug ich vor.

»Das ist eine gute Idee«, rief Ellen. Dann sank sie wieder in sich zusammen. »Aber das ist auch kompliziert wegen der Fahrt. Es sind immerhin tausend Kilometer bis in die Bretagne. Ach, ich weiß auch nicht. Das Blöde ist, dass ich Mama nicht verärgern will, weil ich sie brauche, wenn ich im Sommer wieder anfange zu arbeiten. Dann muss sie nachmittags auf Fritz aufpassen. Aber das versteht Arne alles nicht.«

Saskia kam wieder. »Mann, ist das eine schwierige Sache«, sagte sie und trank einen großen Schluck von ihrem Hefeweizen. »Ich muss unbedingt noch einen Zeugen auftreiben, der bestätigen kann, dass Ingrid Gehrke jahrelang ihren Mann betrogen und für ihre Liebschaften all ihr Geld verpulvert hat. Ihr könnt euch nicht vorstellen, was das für ein Luder ist. Sie hatte es immer auf junge Männer abgesehen. Manche nur so alt wie ihr Sohn.«

»Die haben einen Sohn?«, warf Ellen ein.

»Das ist mir auch neu«, sagte ich. »Bist du sicher?«

»Ja, von dem hat man noch nie was gehört. Auf jeden Fall will sie trotzdem die ganze Kohle von ihrem Ex haben, nur weil ihr keiner mehr eine Rolle gibt und er nach dem Gewinn des deutschen Filmpreises Angebote ohne Ende bekommt.« Kaum hatte sie sich gesetzt, klingelte ihr Telefon erneut, und sie stand noch einmal auf, um in Ruhe zu sprechen, diesmal wenigstens, ohne einen Kellner zu rammen.

»Also, und jetzt raus mit der Sprache. Was ist los mit dir?«, fragte Ellen.

Ich konnte nicht anders. Ich beugte mich näher zu ihr und sagte verschwörerisch: »Gestern war ich in Maastricht.«

»Was? Wie denn das? Ganz spontan? *Du?*«

»Was ist denn daran so verwunderlich?«

»Na ja, normalerweise planst du so was drei Monate im Voraus.«

»Stimmt doch gar nicht!«, protestierte ich.

»Was stimmt gar nicht?« Saskia kam zum Tisch zurück.

»Ich kann wohl auch spontan sein!«, sagte ich. Ellen und Saskia warfen sich einen Blick zu und fingen an zu kichern.

»Na gut«, brummte ich. »Spontanität ist vielleicht nicht ganz meine Kernkompetenz. Aber was nicht ist, kann ja noch werden. Es hat nämlich Spaß gemacht.«

Saskia guckte fragend, und Ellen klärte sie auf: »Sie war gestern in Maastricht.«

»Mit wem?«

»Ja, genau. Mit wem eigentlich?«

»Wie – mit wem? Das spielt doch wohl überhaupt keine

Rolle«, behauptete ich, aber an den Gesichtern meiner Freundinnen konnte ich ablesen, dass jeder Widerstand zwecklos war. Also erzählte ich es ihnen doch. Die Sache mit der Villa und den Bonsais. Und mit Lennart.

»Du hast in der Villa deines Chefs geschlafen?«, rief Ellen.

»Nicht so laut!«, herrschte ich sie leise an.

»Und du bist gestern Abend in einem Opel Diplomat mit dem heißen Nachbarn nach Maastricht gefahren?«

»Er ist nicht heiß. Er hat einen Bart! Und lange Haare. Und schmuddelige Klamotten. Und er ist überhaupt nicht mein Typ!«

»Woher willst du denn wissen, wer dein Typ ist?«, fragte Saskia. »Du hattest doch erst einen Freund.«

»Stimmt gar nicht. Ich hatte schon mehrere Freunde.«

»Wen denn?«, fragte Ellen. »Du meinst aber jetzt nicht Strickpullover-Lorenz, den dein Vater vertrieben hat, oder Popp, den eifersüchtigen Typ, der dich mit Handschellen fesseln wollte?«

»Na gut«, murrte ich. »Dann hatte ich also erst einen Freund. Aber trotzdem! Ich steh einfach nicht auf blonde Männer.«

»Umso besser, dass dein Verlobter braune Haare hat«, warf Saskia süffisant ein.

»Genau«, pflichtete ich ihr bei und spielte mit meinem Bierdeckel herum.

»Was ist dieser Lennart denn für ein Typ?«, wollte Saskia wissen.

»Ach, keine Ahnung.« Ich fasste nur kurz zusammen, was Lennart mir über seine Familie erzählt hatte: dass er mehr oder weniger bei seinen Großeltern aufgewachsen war, weil seine Eltern sich immer nur um ihren Kram gekümmert hatten, und dass er mal in Kuba im Urlaub war und in Bremen in einer WG lebte, sich aber mit seinem Kumpel verkracht hatte und jetzt vorübergehend bei seiner Oma wohnte und am liebsten Fischeintopf aß.

»Du weißt es vielleicht noch nicht«, sagte Saskia, als ich endlich geendet hatte, »aber du hast dich verknallt.«

»Was? Nein! Niemals. Was für ein Blödsinn. Ich liebe Jens! Da kann ich mich gar nicht in einen anderen verlieben.«

»Doch, das geht«, behauptete Ellen. »Ist mir schon mindestens ein Dutzend Mal passiert.«

»Dir vielleicht«, sagte ich, denn Ellen verguckte sich so schnell in einen Mann, wie sie eine Packung Mon Chérie verputzen konnte. Zumindest vor Arne. »Aber mir doch nicht. Ich bin eine treue Seele. Ich finde ihn nur sympathisch, weil er seine Eltern auch nicht leiden kann. Und du hast außerdem gesagt, dass es ganz normal sei, wenn man mal an einen anderen Mann denkt.«

»Ja, an jemand anderen denken und sich in jemand anderen verlieben sind aber zwei ganz unterschiedliche Dinge«, gab Ellen zu bedenken.

»Ich bin nicht verliebt!«, beharrte ich.

»Nee, ist klar«, sagte Saskia.

»Man hat keinen Einfluss darauf, in wen man sich verliebt und in wen nicht«, sagte Ellen.

»Doch natürlich. Wenn ich mich nicht verlieben will, dann tue ich es auch nicht.«

»Ach, Schätzchen. Du lebst manchmal wirklich hinterm Mond«, sagte Saskia.

»Hast du denn Jens von deinem Ausflug erzählt?«, fragte Ellen.

»Was? Nein, natürlich nicht. Ich erreiche ihn ja fast nie.

Aber wenn, könnte ich es ihm ganz locker sagen. Erstens ist Jens überhaupt nicht eifersüchtig. Das würde den gar nicht stören. Und zweitens kann mir Jens in dem Punkt total vertrauen. Und drittens war es eine einmalige Sache.«

»Ich gebe dir mal einen Rat«, sagte Ellen. »Belass es auch dabei. Mit dem Feuer spielen ist gefährlich.«

»Ich spiele doch nicht mit dem Feuer. Es ist doch absolut nichts passiert!«

»Schätzchen, du schläfst im Haus von deinem Chef, ziehst die Kleider seiner Frau an und gehst mit dem Nachbarn aus. Die Sache ist ganz klar«, schlussfolgerte Saskia. »Du führst ein Doppelleben. Und das ist absolut nicht *nichts*.«

Saskia war doch verrückt geworden, dachte ich, als ich nach Hause kam. Ich hatte mich doch nicht in einen anderen verliebt! Ich liebte Jens über alles. Mich überkam ein Anfall von Sehnsucht. Ich würde ihn jetzt in seinem Appartement anrufen, ob ich ihn oder andere damit weckte, war mir egal. Er hatte mir erzählt, dass er in einem Appartement am Kensington Park untergebracht war. Die Nummer selbst hatte ich nicht, aber die musste ja irgendwo in seinen Unterlagen stehen.

Ich ging in unser Arbeitszimmer und schaute auf seinem Schreibtisch nach. Natürlich würde ich nicht schnüffeln, sondern lediglich die Nummer von seinem Appartement suchen. Leider lag sie nicht irgendwo gut sichtbar obenauf. Deswegen war ich doch gezwungen, die Schubladen aufzuziehen. Dort fand ich aber auch nur Rechnungen, die Unterlagen von Arnes Kfz-Werkstatt für die nächste Inspektion von Jens' Auto, ein paar alte Zeitungsseiten mit Annoncen, Kontakt- und Kleinanzeigen, bei der mir die

Überschrift Tiere auffiel. Wollte er sich ein Meerschweinchen zulegen? Das sähe ihm gar nicht ähnlich. Ich stopfte wieder alles zurück.

Mich überkam ein dumpfes Gefühl, aber dann ging mir ein Licht auf. Die Mappe mit den Fortbildungsunterlagen hatte er natürlich mitgenommen! Genau, das war die logische Erklärung dafür. Ich sprach ihm aufs Band und sagte ihm, er solle mir doch mal die Festnetznummer von seiner Unterkunft geben – für alle Fälle.

Doch am nächsten Tag, als er mich endlich anrief, meinte er, er wüsste sie überhaupt nicht.

»Wie heißt denn das Appartement? Dann suche ich mir die Nummer selbst raus«, fragte ich.

»Oh Mann. Auch das habe ich gerade vergessen. Ich rufe dich noch mal an und sage sie dir, wenn ich später in meinem Zimmer bin, in Ordnung?«

»Ist gut«, sagte ich erleichtert. Ich erzählte ihm, dass ich viel arbeitete, meine Eltern wieder Ärger machten und dass ich bei meinem Chef die Blumen während seines Urlaubs goss. Jens ließ mich plappern. »Bist du noch dran?«, fragte ich.

»Was? Ja, klar«, sagte er.

Doch irgendwie klang er abgelenkt. Also echt. Wenn ihn mein Leben hier sowieso nicht interessierte, dann brauchte ich ihm ja auch gar nichts erzählen, was vielleicht aus der Entfernung einen komischen Eindruck machen könnte. Von Lennart zum Beispiel.

Das Hochdruckgebiet hielt sich weiterhin über Deutschland. Trotzdem ließ ich zwei Tage das Gießen ausfallen, um Saskia zu beweisen, dass ich absolut kein Doppelleben führte. Erst am Montag fuhr ich wieder in den Ort meiner

Kindheit, aus Sorge um die Bonsais und um Banjo abzuholen. Ich würde einen schönen Spaziergang mit ihm machen und den Gießdienst erledigen. Natürlich nahm ich Banjo nicht mit in die Designerbude! Er wäre ausgeflippt wegen der metallenen Mutantenkatzen. Ich band ihn am Gartenzaun fest und sagte, er solle draußen warten.

Es war gut, dass ich kam, denn ein paar der Bonsais ließen schon die Blätter hängen. Ich pumpte Regenwasser ab und betrachtete dabei den Kirschbaum, dessen Früchte hellrot leuchteten und den Amseln offensichtlich schon gut schmeckten. Ich hätte mir jetzt glatt eine gepflückt, wenn ich nicht so ein Wurmtrauma von früher gehabt hätte, weil ich einmal eine Pflaume von der Streuobstwiese gepflückt und arglos hineingebissen und dann die weiße Made entdeckt hatte.

Ich goss die Bäumchen wie gewohnt und strich beim Hinausgehen einmal sehnsüchtig über das feine Leder des Massagesessels, der für mich immer unerreichbar bleiben würde. Das Teil wurde von einem Designer in Handarbeit hergestellt und kostete unfassbare sechzehntausend Euro, wie ich im Internet herausgefunden hatte!

»Hey, Banjo, da bin ich wieder«, rief ich, als ich die schwere Tür hinter mir zuzog. Da sah ich, dass mein Hund gar nicht alleine war. Er ließ sich mit offensichtlichem Wohlgefallen eine ordentliche Streicheleinheit von Lennart gefallen.

»Hi, Lennart«, sagte ich. Ein warmes Gefühl breitete sich in meinem Bauch aus.

»Hallo«, sagte Lennart. »Gehört der dir?«

»Ja, das ist Banjo.«

»Habe ich mir schon gedacht, weil du ihn gerade so gerufen hast.«

»Ha, ha. Pass auf, dass er dich nicht dreckig macht.«

»Ach, das macht er nicht. Das machst du nicht, oder?« Er kraulte Banjos Hals. »Magst du Cassis-Torte?«, fragte er.

»Meinst du mich oder den Hund?«, gab ich lächelnd zurück.

»Den Hund natürlich. Aber du kannst auch gerne mitkommen. Meine Oma hat gebacken. Das solltest du dir nicht entgehen lassen.«

Es war ja so: Jens konnte mir vertrauen, und das würde ich ihm aber so was von beweisen! Ich könnte sogar mit dem Feuer spielen, wenn ich wollte – ich würde mich trotzdem nicht verbrennen! Und ein Stück Kuchen zu essen mit der Oma, das war ja nun wirklich Killefit – und maximal weit entfernt von einem Spiel mit dem Feuer.

Heinrichs stand auf einem Messingschild unter der Türklingel. Wir gingen hinein.

»Omi? Hier bin ich wieder. Ich habe jemanden mitgebracht.«

Ich hatte eine Großmutter erwartet, von Kummer gebeugt, deswegen war ich erstaunt, als ich sie sah. Sie hatte weiße, kurze Haare, und trug schwarze Hosen und eine weinrote Bluse. Sie stand kerzengrade da und bewegte sich trotz ihres hohen Alters wie eine Balletttänzerin.

»Das ist die Nachbarin, von der ich dir erzählt habe.«

»Guten Tag.« Ich gab ihr die Hand. »Mein herzliches Beileid zum Tod Ihres Mannes.«

»Danke schön«, sagte sie und lächelte mich an. »Aber heute wollen wir uns einfach freuen, dass Max geboren worden ist. Er wäre nämlich heute neunundachtzig geworden.«

Sie hieß Ruth und wollte auch, dass ich sie so nannte. Komischerweise fiel mir das leicht. Zu der Cassis-Torte gab es Champagner.

»Salut. Auf dich, Max, mein Liebling«, sagte Ruth und prostete einem leeren Stuhl mit einem blauen Kissen zu.

»Auf dich, Opa«, sagte Lennart und tat dasselbe.

Ich hob ebenfalls mein Glas. Erstaunlicherweise schmeckte der Champagner ganz gut, vor allem zu der köstlichen Cassis-Torte.

»Die ist wirklich selbst gebacken?«, fragte ich erstaunt.

Ruth nickte.

»Weißt du noch, wie Opa einmal sieben Stücke davon an seinem Geburtstag gegessen hat?«, sagte Lennart. »Nur um Onkel Willi zu zeigen, dass er mehr essen kann als er?«

»Ja«, lachte Ruth. »Und zum Abendessen wollte er trotzdem Bratkartoffeln.«

»Dabei war er total schlank«, erklärte Lennart mir. »Weil er dauernd unterwegs war, mit dem Fahrrad oder zu Fuß. Er ging gerne in den Wald und suchte Holz zum Schnitzen.«

»Sind die alle von ihm?« Ich zeigte auf die Wurzelstöcke und dicken Äste, in die Tiere und andere Figuren reingeschnitzt worden waren.

»Ja.«

»Komm, nimm noch ein Stück«, bot Ruth an und reichte mir noch ein Stück Torte. Ehe ich mich's versah, hatte sie mir auch Champagner nachgeschenkt.

»Oh, danke.«

»Wusstest du eigentlich, dass Lennart ein Doktor wird.«

»Nein! Das ist ja toll. Besonders mein – äh –« *Verlobter wird dich mögen*, blieb mir im Hals stecken. »Äh, mein Fuß tut manchmal weh. Kannst du mir sagen, was das sein könnte?« Ich zeigte auf meinen linken Fuß und war froh, dass ich heute die Gucci-Sandaletten angezogen hatte.

Lennart lachte. »Dabei kann ich dir leider nicht helfen. Ich bin kein Arzt. Ich mache den Doktor in Meeresbiologie. Genauer gesagt, in Meeresbotanik.«

»Ach so«, rief ich dümmlich. »Das gibt es auch?« Herrje, das zweite Glas Champagner setzte mir ja ganz schön zu.

»Ja, das gibt es auch«, lachte Lennart.

Banjo schnupperte am Rand der Terrasse im Beet herum. »Ich muss dann mal los. Ich habe Banjo versprochen, mit ihm an den Rhein zu gehen.«

»Ein Spaziergang bei dem Wetter ist herrlich«, sagte Ruth.

»Ihr könnt gerne mitkommen«, hörte ich mich sagen. »Nur, wenn ihr wollt, natürlich.« Was redete ich denn da? Natürlich würden sie nur mitkommen, wenn sie wollten.

Aber Ruth lehnte ab: »Ich nicht, danke. Aber geh ruhig, Lennart, ich komme gut alleine klar.«

Der Wasserstand des Rheins war so niedrig, dass an vielen Stellen richtiger Sandstrand frei lag. Lennart schnappte sich einen Stock und warf ihn ins Wasser. Mein Hund stürzte sich natürlich begeistert in die Fluten und brachte ihn schwanzwedelnd zurück.

Ich konnte gar nicht anders, als total zu grinsen, als ich den beiden bei ihrem Spiel zuschaute. Was für eine Vorstellung, dass Jens so etwas machen würde! Er würde die Krise kriegen, wenn er einen Stock anfassen müsste, wo Hundesabber dran war.

»Was ist denn so lustig?«, fragte Lennart.

»Nichts«, sagte ich und musste trotzdem so lachen, dass ich mit meinen Sandaletten stolperte und in den Sand plumpste.

»Na komm, du Kichererbse«, sagte Lennart und half

mir auf. Er zog so fest, dass ich fast in seine Arme fiel. Aber nur fast. Lennart machte die Leine an Banjos Halsband fest, und wir spazierten zurück zu dem Haus seiner Oma.

Dort sagte ich nicht einfach Danke, Tschüs und Auf Wiedersehen, sondern ich tat etwas extrem Skandalöses.

22

Ich führte also doch ein Doppelleben. Drei Wochen war Jens nun weg, und ich war dabei, einen gigantischen Unsinn anzustellen. Jens hatte recht: Besoffene Frauen waren unerträglich.

»Wie wäre es, wenn du mal zu mir zum Essen kommst?«, sagte ich zu Lennart und erschrak dann so vor mir selbst, dass ich auf einen Schlag nüchtern wurde.

Ich hatte meinen Nachbarn zum Essen eingeladen! In ein Haus, das mir nicht gehörte! Und das, obwohl ich verlobt war! Bitte sag Nein, flehte ich innerlich.

»Gerne«, sagte Lennart. »Sehr gerne.« Er sah mich mit seinen blauen Augen an, und sein Blick kitzelte mich in der Magengrube.

»Ich finde das echt super«, sagte er dann.

»Was?«, fragte ich.

»Wie spontan und lustig du bist.«

Der sollte mich mal wirklich kennenlernen! Spontan und lustig war ich noch nie gewesen! Was war nur mit mir los? Ich war wirklich ein Schwein. Das sah mir ja mal gar nicht ähnlich. Vielleicht hatten Jens' Eltern doch recht mit ihrer Sorge, dass ich so werden könnte wie meine Eltern. Vielleicht war ich ja doch nicht in der Lage, monogam zu leben! Das wäre schrecklich! Was sollte ich denn jetzt machen?

Und als hätte Jens es geahnt, rief er just in dem Moment

an, als ich wieder im Auto saß und überlegte, wie ich nach Hause kommen sollte, wo ich doch eben noch sturzbetrunken gewesen war.

»Hallo, Schatz«, rief ich begeistert und merkte selbst, dass ich mich etwas übertrieben anhörte. »Da bist du ja! Schön, dass du anrufst!«

»Hi, Moni«, sagte Jens verblüfft und nach einer kurzen Pause fragte er: »Geht's dir gut?«

»Jetzt, wo du anrufst, auf jeden Fall!«

»Das ist schön, Möhrchen. Ich wollte dir die Nummer von meinem Appartement geben, das hatte ich doch versprochen.«

»Ach ja«, sagte ich, dabei hatte ich schon gedacht, er würde das vergessen. Oder sie mir extra nicht geben. »Toll! Und in einer Woche sehen wir uns ja!«, schwärmte ich.

»Ja«, sagte Jens, und an seiner Stimme hörte ich, dass etwas nicht stimmte. »Hör mal, darüber wollte ich mit dir reden.«

Ich bekam Angst. Ahnte er, dass ich eben einen fremden Mann zum Essen eingeladen hatte?

»Also, Möhrchen, es ist so. Ich habe eingesehen, dass ich etwas überreagiert habe wegen Uschi Reinhardt. Du hast einen Fehler gemacht, und du hast ihn eingesehen, und das sollte dann genügen.«

»Wie bitte? Was... Oh! Das ist ja wunderbar«, rief ich erleichtert. »Danke! Ich freue mich ja so, dass du mir endlich verziehen hast. Ich hatte schon solche Sorgen, dass du mich wegen dieser Sache nicht heiraten würdest.«

»Natürlich heirate ich dich.«

Ich hätte schreien können vor lauter Glück!

»Wir müssen nur noch einige Sachen klarstellen«, sagte er.

»Oh. Okay. Was denn?«

»Wenn ich einen neuen Job bekomme, ziehen wir in eine andere Stadt.«

»Ja, gut.«

»Und unsere Kinder bleiben drei Jahre zu Hause bei ihrer Mama, bevor sie in den Kindergarten geschickt werden.«

Ich schloss die Augen und sah mich neben Jens vor dem Traualtar, meine Tante verdruckte ein Tränchen, und alle strahlten. »Ja. Einverstanden.«

»Dann ist ja alles geklärt! Wunderbar! Ich freue mich schon sehr auf unsere Hochzeit.«

»Ich mich auch«, schwärmte ich.

»Aber leider klappt das nicht mit dem nächsten Wochenende.«

»Was?«, fragte ich verwirrt.

»Ich habe hier noch haufenweise Termine und treffe einige wichtige Leute und hätte überhaupt keine Zeit für dich.«

»Aber das ist doch kein Problem«, sagte ich in einem Anflug von Panik. »Ich kann mich auch alleine beschäftigen und mir Westminster Abbey anschauen. Und shoppen und all so was! Und dann warte ich in deinem Zimmer auf dich.«

»Sorry, Möhrchen. Ich bin gerade dabei, hier ganz wichtige Kontakte zu knüpfen. Du würdest mich total ablenken.«

Ich verstummte. Das kalte, rostige Messer pikste mich in den Bauch.

»Glaub mir, Möhrchen. Was ich hier tue, ist für unsere gemeinsame Zukunft äußerst wichtig!«

»Ehrlich?«, fragte ich.

»Absolut. Und es sind doch auch nur ein paar Tage, bis ich wieder zu Hause bin. Bei dir.«

Das stimmte. Übernächste Woche wäre er wieder da.

»Es ist nur wegen der Arbeit. Rein beruflich. Und ich finde es auch total blöd. Ich hätte es natürlich lieber gehabt, wenn du gekommen wärst. Ich liebe dich doch!«

»Ich dich auch«, sagte ich.

Also gut. Dann würde ich das Wochenende nutzen, um unsere Wohnung auf Vordermann zu bringen und mich auf ihn zu freuen. Nach etlichen ins Telefon gehauchten Küsschen legte ich beruhigt auf. Hauptsache war doch, dass er mir endlich verziehen hatte! Und wir im Sommer heirateten! Er arbeitete an unserer gemeinsamen Zukunft! Während ich …

Oh Mann! Wenn ich nur daran dachte, was ich vor nicht mal einer Stunde getan hatte! Aber das war nur ein kleiner Fehler gewesen, den ich ganz leicht ausbügeln konnte. Ich würde Lennart natürlich ausladen und ihn nie wiedersehen.

Mein Telefon klingelte schon wieder. Es war Saskia.

»Er hat mir verziehen«, rief ich ohne Umschweife ins Telefon. »Jens und ich heiraten wie geplant!« Ich hatte beschlossen, mich jetzt einfach so zu freuen, wie sich das gehörte.

»Das ist ja – super«, antwortete Saskia. »Freut mich für dich. Und was ist mit diesem Lennart?«

»Was soll schon mit dem sein?«, fragte ich pampig zurück. »Überhaupt nichts.«

Saskia lachte ihr tiefes Lachen. »So, so.« Und dann schob sie beiläufig nach: »Wie heißt Lennart eigentlich mit Nachnamen?«

»Heinrichs. So heißt jedenfalls seine Oma.«

»Wie heißt denn die Oma mit Vornamen?«

»Wieso willst du das denn wissen?«

»Ach, reine Neugier. Namen sagen ja total viel aus, über den Charakter und so. Ich habe in einem Buch gelesen, dass man niemals einen Udo heiraten soll. Oder so ähnlich.«

»Sie heißt Ruth. Und die Oma will ich auf keinen Fall heiraten.«

»Ha, ha. Auf jeden Fall freut es mich, dass du und Jens euch vertragt. Ich mag Hochzeiten.«

»Untersteh dich, jetzt wieder was über die Scheidungsquote zu sagen.«

»Mach ich nicht. Oh, es klingelt auf der anderen Leitung. Also, bis dann!« Sie legte auf.

Ich blieb noch eine Weile in meinem Auto sitzen, durch das offene Fenster strömte die Frühlingsluft hinein. Jens mochte es gar nicht, wenn man die Fenster aufmachte, dachte ich. Er bevorzugte die Klimaanlage. Ich schloss die Fenster, drehte die Lüftung auf und fuhr mit Banjo nach Hause.

Bei dem Gießdienst am nächsten Tag sah ich Lennart zu meiner Erleichterung nicht. Ich brachte es auch nicht über mich, bei ihm zu klingeln und ihm persönlich abzusagen. Also schrieb ich ihm einfach eine Postkarte. Ich hätte viel zu tun, deswegen würde das leider nichts mit dem Essen werden. Und außerdem würde ich endlich bei meinen Eltern ausziehen. Darunter schrieb ich noch: *Viel Glück mit Deinen Algen, Gruß Moni.* Die Lieferung überließ ich der Deutschen Post. Ich fühlte mich erleichtert, dass das Kapitel abgeschlossen war.

An dem Freitag, bevor ich ursprünglich nach London fliegen wollte, fuhr ich ein letztes Mal zum Haus meines Chefs. Am Montag würde er aus dem Urlaub wiederkommen. Ich wollte noch einmal die Bonsais gießen, alles sauber machen und sämtliche Spuren verwischen. Es war schon erstaunlich, wie vertraut mir die fremde Wohnung in den zwei Wochen geworden war. Ich mochte, wie das Nachmittagslicht durch die Panoramascheibe hineinfiel. Ich mochte die offene Küche mit dem Herdblock in der Mitte, von dem aus man den ganzen Raum sehen konnte. Hier hätte ich gerne gekocht. Ich meine, nicht für Lennart. Natürlich nicht! Sondern für meinen Verlobten, meine Freunde. Ich checkte das obere Badezimmer, wischte noch mal mit meinem eigenen Fensterleder über die Duschwand, dann kontrollierte ich, ob das zum zweiten Mal gereinigte Sommerkleid tatsächlich im Schrank hing. Ich strich einmal über die durchsichtige Plastikhülle und dachte an den schönen Abend, den ich darin verbracht hatte. Nein, besser noch, ich dachte an schöne Abende, die ich darin mit Jens verbringen würde. Ich stellte mir vor, wie Jutta Höveler sagen würde: »Das steht Ihnen doch viel besser als mir; ich schenke es Ihnen.« Oder: »Vielen Dank, mein Kind. Hier nehmen Sie dies für Ihre treuen Dienste.« Dann würde ich mich vielleicht sogar zu einem Knicks hinreißen lassen. Das Klingeln meines Handys riss mich aus den Gedanken.

»Hallo«, meldete ich mich.

»Puna Monday«, dröhnte es mir entgegen.

»Was ist denn, Papa? Brüll doch nicht so.«

»Weißt du, was passiert ist? Wir wurden bestochen!«

»Wie bestochen? Von wem? Wegen was?«

»Von einem schnöseligen Widerling im schwarzen Anzug. Er war bei Dirk und hat versucht, den Bürgerverein zu bestechen, damit wir aufhören, hier am Ackerweg zu protestieren.«

»Nein«, sagte ich.

»Doch. Und weißt du, was das Schlimmste ist? Dieser Kerl. Dieser Ilja Jansen, ja-ha!, ich kenne seinen Namen!« Er machte ein Pause und fügte vernichtend hinzu: »Dieser Kerl arbeitet in derselben Firma wie du.«

»Oh.«

»Ja, genau: Oh! Warum hast du uns nicht gesagt, dass deine Firma in der ganzen Scheiße mit drinhängt?« Seine Stimme erreichte langsam die Phonzahl eines Düsenjets.

»Äh. Das wusste ich nicht. Das ist eine ganz andere Abteilung. Ich bin ja nur für die Wertpapiere zuständig.«

»Aha.« Er beruhigte sich ein bisschen. »Nun gut. Auf jeden Fall musst du uns jetzt helfen. Wir müssen uns wehren.« Er machte eine kurze Pause, dann donnerte er wieder los: »Ich hab's! Wir protestieren vor deiner Firma! Wir machen alle Welt aufmerksam auf eure Machenschaften.«

»Papa«, rief ich entsetzt. »Tut das nicht! Das ist der falsche Weg. Es gibt etwas viel Besseres!«

»Ach ja? Was denn?«

»Ähm. Wir müssen – die Verantwortlichen ausfindig machen«, redete ich drauf los.

»Dieser Ilja Jansen ist verantwortlich.«

»Ja, das glaubst du. Aber er ist – nur ein kleiner Fisch. Wir müssen aber an die Hintermänner drankommen.«

»Hintermänner?«, fragte er verständnislos.

»Ja, die Hintermänner.« Das klang total einleuchtend. Es gab immer Hintermänner.

»Trautchen, hast du gehört?«, wandte sich mein Vater vom Telefon ab. »Puna meint, es gibt noch Hintermänner.«

Ich hörte meine Mutter etwas murmeln, was ich nicht

verstand. »Pass auf, Papa. Wir machen es so: Ihr macht erst mal überhaupt nichts. Ich werde meine Kontakte nutzen, ein paar Beziehungen spielen lassen und hier und da am Rädchen drehen. Und wenn ich weiß, wer eigentlich dafür verantwortlich ist, sage ich euch Bescheid. In Ordnung?«

»Puna meint, sie sucht für uns die Hintermänner«, informierte mein Vater meine Mutter. »Also gut. In Ordnung. Wir verlassen uns auf dich.«

Ich ging noch einmal auf die Terrasse, um mich auch dort vom ordnungsgemäßen Zustand aller Gegenstände zu überzeugen und die Bonsais zu wässern. Während ich das Regenwasser in die Kanne laufen ließ, fiel mein Blick auf den Kirschbaum. Die Kirschen waren noch röter geworden und hingen dick und üppig an den Ästen, die sich teilweise bis auf den Boden bogen.

»Weißt du was?«, sagte ich zu mir selbst. »Jetzt machst du mal was ganz Verrücktes. Jetzt isst du eine Kirsche.«

Entschlossen ging ich zu dem Baum, pflückte eine perfekt aussehende Frucht und wischte sie mit dem Finger sauber. Ich wollte sie schon gerade in den Mund stecken, da fiel mir ein, dass es vielleicht doch besser wäre, wenn ich sie aufmachen und auf Würmer untersuchen würde. Ich riss sie zwischen meinen Fingern auf, und der Saft spritzte mir auf die weiße Bluse. Na, bravo. Ganz toll!

Ich schmiss die Kirsche in die Hecke und rannte zur Wasserpumpe, um mir die Ralph-Lauren-Bluse sauber zu machen.

Da hörte ich eine vertraute Stimme: »Banjo! Nicht so schnell.«

Ich drehte den Kopf. Auf der Straße kamen meine Eltern auf ihrem Tandem angefahren. Mit ihren bunten Klamotten waren sie ungefähr so unauffällig wie ein feuerspeiender

Drache. Banjo rannte – natürlich unangeleint – vor ihnen her. Mist! Schnell hechtete ich hinter die etwa hüfthohe Hecke und kauerte mich auf den Rasen. Zum Glück war alles trocken, sonst hätte ich mir meine schönen Schuhe verdorben.

Ich zupfte gerade ein Blättchen von dem schwarzen Leder, als ich Banjos Hecheln hörte, und zwar sehr nah. Ich sah auf. Er lugte durch einen Spalt in der Hecke und wedelte wie verrückt mit dem Schwanz.

»Pscht!«, machte ich. »Lauf weiter, Banjo. Los, hol das Stöckchen.«

Aber er wedelte nur noch mehr und steckte seinen Kopf ins Gestrüpp, kam aber nicht weiter. Er fing an zu jaulen.

»Was hast du denn da, Banjo?«, rief meine Mutter.

Mit einem Quietschen brachten sie das Tandem zum Stehen. Banjo bellte jetzt, rannte zum Gartentor und kratzte daran. Oh nein! Er machte noch den Lack kaputt.

»Los jetzt, Banjo«, dröhnte mein Vater, stieg ab und näherte sich. »Nanu?« Mein Vater stutzte. »Was haben wir denn da für ein Häschen in der Grube?«

Ich stand auf. »Hallo, Papa.«

»Was? Puna ist da?« Meine Mutter kam auch herüber. »Wem gehört denn das Haus?«

»Das gehört meinem Chef«, sagte ich verlegen. »Er ist im Urlaub, und ich gieße hier die Blumen.«

Sie schauten mich einen Moment erstaunt an. Dann warfen sie sich einen Blick zu und fingen an zu lachen.

»Du bist wirklich gut«, röhrte mein Vater. »Hast schon die Hintermännersuche angefangen!«

»Was? Nein! Ich gieße nur die Blumen, ehrlich!«

»Na klar! Die hoch bezahlte Wertpapierspezialistin gießt die Blumen!«, sagte meine Mutter und zwinkerte mir zu.

»Dürfen wir dir helfen beim ›Blumen gießen‹?« Mein Vater malte Anführungszeichen in die Luft.

»Ja, super Idee«, sagte meine Mutter. »Das ist die Rache dafür, dass er uns die Wiese wegnimmt.«

»Aber er nimmt euch doch gar nicht die Wiese weg«, protestierte ich. »Das ist eine unsere Mandantinnen und …«

»Los, mach auf«, rief mein Vater und zeigte auf das Gartentor.

»Nein, das kann ich nicht, das ist doch …«

»Wie du willst«, sagte er, stemmte sich hoch und schwang ein Bein über die Holzlatten. Das Tor ächzte.

»Mach schnell, Papa, gleich kracht das Tor zusammen.«

Aber irgendwie war die Gelenkigkeit meines Vaters auch nicht mehr die, die sie mal war. »Hilf mir mal, Trautchen«, sagte er, und meine Mutter schob ihn von hinten an, sodass er es schaffte, auch das zweite Bein rüberzuschwingen. Beim Absprung verlor er das Gleichgewicht, fiel lachend auf den Rasen und riss mich dabei fast mit sich.

»Aua«, rief ich. »Pass doch auf!«

»Los, Trautchen, jetzt du«, sagte er im Liegen. Meine Mutter hob erst Banjo rüber.

»Warte«, sagte ich, und bevor meine Erzeuger das Tor noch endgültig demolierten, rannte ich schnell ins Haus und holte den Schlüssel, der an einem kleinen Bord in der Küche hing. Als ich die Gartentür für meine Mutter öffnete, gab sie ein leises Quietschen von sich. Vermutlich hatte mein Vater mit seinem Gewicht die Scharniere verbogen. Vielleicht würde etwas Öl helfen, dass es wenigstens nicht so auffiele.

»Hey, guck mal, Manni!«, rief meine Mutter unternehmungslustig. »Süßkirschen!«

»Heeee, ihr könnt doch nicht einfach …«

Aber sie rupften sich schon einige Früchte ab und stopften sie sich in den Mund.

»Die Kirschen aus Nachbars Garten schmecken doch immer noch am besten!«, grölte mein Vater. Während er mit seinen großen Händen weiter Kirschen pflückte, pirschte meine Mutter weiter durch den Garten.

»Oh, ein Whirlpool! Das wollte ich schon immer mal machen«, schrie sie plötzlich. Und schon drehte sie den Wasserhahn voll auf, sodass das Wasser in einem dicken Strahl in das türkisfarbene Becken sprudelte.

»Nein, Mama, das darfst du nicht«, stammelte ich.

»Dein Chef darf uns auch nicht die Wiese wegnehmen. Los, Manni, komm her!«

Schon fing sie an, sich auszuziehen. Mein Vater kam rüber, und in seinem Bart hingen überall rote Tropfen. Die Kirschkerne spuckte er achtlos auf den Rasen.

»Haha! Dieser Naturzerstörer wird sehen, was er davon hat, wenn er versucht, uns durch Bestechung von unserem Weg des Protestes abzubringen. Jetzt zeige ich ihm mal, mit wem er es hier zu tun hat.«

Er zog sich die Hose und die Unterhose aus und setzte sich mit seinem dicken, weißen nackten Hintern auf einen der Rattansessel.

»Papa, nicht«, flehte ich. Doch er stand auf und machte das Gleiche bei den anderen Gartenstühlen.

»So, Revier markiert!«, rief er. Der Whirlpool war bereits halb voll und meine Mutter ganz nackt. Und schon stieg sie hinein.

»Herrlich«, rief sie begeistert. Ihre Brüste schwammen auf dem sprudelnden Wasser. Mein Vater entledigte sich seines orange-grünen T-Shirts, sein bleicher Bauch leuchtete wie eine Boje.

Ich hörte erneut das Quietschen des Gartentors. Wer war das denn nun schon wieder?

»Hallo, Moni?«, rief Lennart.

Lennart! Oh nein! In einem Garten mit meinen Eltern, die gar nicht so aussahen wie meine angeblichen Eltern auf den Fotos im Haus. Wie sollte ich ihm das erklären? Und zwar, ohne dass meine Eltern den Verdacht bekamen, dass ich hier was am Laufen hatte. Das wäre am Allerschlimmsten. Wenn sie denken würden, ich könnte nicht monogam sein. Ich musste ihn abwimmeln. So schnell wie möglich!

Ich lief um die Ecke. Er kam mir lächelnd entgegen. Seine Haare waren noch feucht von der Dusche, man konnte sehen, wo die Zinken des Kamms durch die dicken Strähnen gefahren waren. Er trug ein schwarzes T-Shirt und seine Lieblingsjeans mit der dickgliedrigen silbernen Kette an der Seite. Die weißen Zähne leuchteten zwischen seinen blassrosafarbenen weichen Lippen.

»Hey«, sagte er sanft, und aus irgendeinem Grund wurde mir schwummerig.

»Hey«, sagte ich.

»Schade, dass das mit dem Essen nicht geklappt hat.«

»Ja, sehr schade«, sagte ich und konnte meine Augen kaum von ihm abwenden. »Aber ich hatte einfach – sehr viel zu tun.«

»Ich auch. Sonst wäre ich auch früher rübergekommen.«

»Ich auch«, log ich.

»Und ich wollte dich auch nicht lange aufhalten, sondern mich nur verabschieden.«

»Fährst du weg?«, fragte ich. »Schade.« Super, dachte ich.

Er nickte. »Die Algen rufen. Ich muss für zwei Wochen nach Sylt, meine Forschungsstudie vorantreiben.« Er kam einen Schritt näher.

Du musst ihn aus dem Garten herausbefördern, dachte ich, konnte mich aber nicht rühren.

»Aber ich würde dich gerne wiedersehen. Du gehst mir nämlich nicht mehr aus dem Kopf.«

Er beugte sich vor. Ich wich nicht zurück. Ganz sanft, ganz kurz küsste er mich auf den Mund. In meinem Hirn gab es einen Kurzschluss. Mein ganzer Körper kribbelte. Denkaktivitäten lahmgelegt. Er sah mir in die Augen, verschmitzt. Dann entdeckte er Banjo, der unter dem Kirschbaum lag und auf einem Ast rumkaute.

»Hey, Banjo«, rief er und ging zu ihm, weiter in den Garten hinein. Ich konnte immer noch nicht klar denken. Ich bemerkte die Katastrophe erst, als es bereits zu spät war.

»Oh, Entschuldigen Sie, dass ich hier so reinplatze«, hörte ich Lennart sagen. »Ich wusste nicht, dass noch jemand hier ist.«

»Kein Problem«, dröhnte mein Vater mit einer Selbstverständlichkeit, als wäre er hier zu Hause. Heiliger Zitronenstrauch. Und was jetzt?

»Ich wollte mich nur eben von Moni verabschieden«, erklärte Lennart verlegen.

»Und ich wollte gerade mit meiner Süßen ein Bad im Freien nehmen. Ist doch immer besonders prickelnd unter freiem Himmel!« Mein Vater lachte anzüglich. Igitt.

Ich eilte Lennart hinterher. Im Whirlpool saß nur mein Vater. Meine Mutter war verschwunden.

Lennart drehte seinen Kopf zu mir und sah mich verdutzt an. »Ach so«, sagte er langsam. »Verstehe.« Seine Gesichtszüge wurden hart. »Na dann. Viel Spaß!« Er wandte sich um und ging.

»Lennart, warte«, rief ich, aber er eilte davon.

»Bist du eigentlich noch zu retten?«, giftete ich meinen Vater an. »Jetzt denkt er natürlich …«

»Was denn?«, fragte mein Vater begriffsstutzig wie eh und je.

Nein, ich würde es ihm nicht erklären. Es war so schon peinlich genug. Und total igitt. Es schüttelte mich. Ich wollte Lennart nachlaufen, da fiel mir ein, dass meine Mutter nirgendwo im Garten war.

»Wo ist Mama eigentlich?«, fragte ich.

»Die musste mal aufs Klo.« Mein Vater lehnte sich genüsslich zurück und zeigte mit geschlossenen Augen auf die Terrassentür, hinter der die schneeweiße Wohnlandschaft begann. Oh Gott! Ich konnte nicht riskieren, dass meine Mutter irgendwelche *Reviermarkierungen* im Inneren des Hauses vornahm, und rannte hinein.

Ich erwischte sie, wie sie nackt auf dem flauschigen Teppich vor dem schwarzen Bild stand, das Jutta Höveler als »unersetzliches *objet*« angepriesen hatte.

»Mama«, mahnte ich mit zusammengepresstem Kiefer. »Geh bitte wieder raus.«

»Man wird sich doch wohl mal umschauen dürfen. Schauerlich, diese Bude.«

»Fass ja nichts an!«

»Schon gut, schon gut.« Ich folgte ihr hinaus.

»So, und jetzt macht ihr, dass ihr verschwindet«, sagte ich mit völlig ungewohnter Schärfe in der Stimme. »Ich muss schnell was erledigen, und wenn ich wiederkomme, seid ihr weg, verstanden?«

Ohne eine Antwort abzuwarten, rannte ich zum Garten hinaus und rüber zum Haus von Lennarts Großmutter. Es war mir so peinlich! Natürlich musste er denken, ich hätte ihn angelogen und hätte einen Freund – der so alt war und so aussah wie mein Vater. Auch wenn ich ihn nie wiedersehen wollte, wollte ich doch absolut nicht, dass er so was Schreckliches von mir dachte.

Ich klingelte. Niemand öffnete. Ich klingelte wieder. Nach einer Ewigkeit öffnete sich die Tür. Es war Ruth.

»Hallo, Moni. Was ist denn passiert?«

»Es gab da mit Lennart ein Missverständnis, das würde ich gerne aufklären«, sagte ich hastig.

Sie schaute betrübt. »Was denn für ein Missverständnis?«

»Ähm. Das ist eine längere Geschichte, die würde ich ihm lieber selbst erklären.«

Ich hörte ein Knacken und ein mechanisches Rollen. Das Garagentor! Der Opel Diplomat fuhr aus der Einfahrt.

»Lennart«, rief ich, aber er hielt nicht an. Sobald er auf die Straße eingebogen war, gab er Gas. Enttäuscht schaute ich ihm hinterher.

»Es tut mir leid«, sagte Ruth. »Lennart ist gegen jede Art der Lüge ziemlich allergisch. Aber vielleicht kannst du es wiedergutmachen, wenn er zurück ist.«

»Das hoffe ich«, seufzte ich, dann ging ich langsam zurück.

Meine Eltern stiegen gerade aus dem Whirlpool, als ich zurückkam. Sie sahen irgendwie verschwitzt aus, obwohl sie aus dem Wasser kamen. Aber sie sahen nicht nur verschwitzt aus, sondern irgendwie beseelt.

Diesen Gesichtsausdruck kannte ich. Oh mein Gott! Sie hatten Sex gehabt! Im Whirlpool meines Chefs! Mir wurde schlecht. Ich beschloss gerade, dass ich niemals wieder mit ihnen sprechen wollte, da trat mein Vater an den Rand der Terrasse.

»Und jetzt zeige ich deinem Chef, dass mit uns nicht gut Kirschen essen ist!«

Mit fassungslosem Entsetzen sah ich zu, wie er auf die vierzig Jahre alte Bonsai-Lärche pinkelte.

»Da sieht er, dass wir uns nicht kaufen lassen«, rief er. »Wenn er dafür sorgt, dass unser Birnbaum stirbt, dann bringe ich eben sein Bäumchen um.«

Meine Mutter lachte.

»Ja, bist du denn jetzt total wahnsinnig geworden?«, rief ich hysterisch.

»Das hat er doch verdient, dieses reiche Arschloch, das denkt, mit Geld könnte man alles kaufen!«

»Und lustig ist es auch«, sagte meine Mutter.

»Das ist überhaupt nicht lustig!«, schrie ich. »Das sind doch nicht eure Sachen!«

»Sei nicht so spießig.«

»Ja, es ist leicht, mit anderer Leute Leben nachlässig umzugehen«, sagte ich verbittert. »Ihr seid wirklich unglaublich. Und unverbesserlich. Und jetzt raus hier.«

»Moni …«

»Ich sagte: Raus! Nehmt eure Klamotten und haut ab! Aus diesem Haus! Und aus meinem Leben! Ich will euch nie wiedersehen!«

»Mann, was bist du für eine Spaßbremse«, sagte meine Mutter, und falls sie merkte, dass sie zu weit gegangen waren, dann schaffte sie es, das gut zu verbergen. Banjo schleckte mir über die Hand, aber auch das konnte mich nicht trösten.

Als sie samt Hund weg waren, ließ ich das Wasser aus dem Whirlpool. Zum Glück würde die Sonne die Terrasse von selber trocknen. Drinnen machte ich einen weiteren Kontrollgang, schaute auf der Gästetoilette und in der Küche nach, ob ich irgendwelche verräterischen Indizien auf unbefugtes Eindringen fand, und als ich mich bückte, um ein paar nasse Fußspuren vom Boden zu wischen, meldeten sich auf einmal meine Rückenschmerzen zurück. Ich beschloss, mich noch ein einziges Mal auf den Massagesessel zu setzen, bevor ich ihm Lebewohl sagen würde.

Dieses Teil war wirklich einmalig. Wenn ich groß bin, möchte ich auch so einen haben, dachte ich, als ich mich hineinsinken ließ und fast augenblicklich die Genesung einsetzte. Ich betrachtete den Sonnenuntergang über den Pappeln, doch dann wurde es Zeit zu gehen. Ich stellte die Massagefunktion ab und stand auf.

Ich fühlte mich wieder ruhiger. Mit Lennart, das war dumm gelaufen. So hatte es nicht enden sollen. Aber wer weiß, wie es sonst geendet hätte, wenn meine Eltern nicht dazwischengefunkt hätten? Nach diesem Kuss… Ehrlich, ich hätte nicht gewusst, was noch hätte passieren können. Plötzlich hatte ich – und alleine der Gedanke ließ mich rot werden – Visionen, wie ich mit Lennart Sex hatte. Im Whirlpool. Oder auf dem Rasen. Oder unter der Dusche. Was war nur mit mir los?

Ich schüttelte mich. Nein, nein, nein. Schluss damit. Er war weg. Gott sei Dank. Ich würde gleich nach Hause fahren, in meinem Bett schlafen und morgen alles hübsch und tipptopp aufräumen, um Jens einen würdigen Empfang zu bereiten, wenn er am Montagabend wiederkäme, in unser gemeinsames Leben.

Mit neuem Schwung stand ich auf und warf noch einen letzten Blick auf den wolkengleichen, himmlischen Sess… Und da sah ich ihn.

Den Fleck.

Den hässlichen roten Fleck.

Mitten auf der Sitzfläche.

Hatte ich meine Tage bekommen? Ich schaute an mir

herunter, schaute zwischen meine Beine. Eine zerquetschte Kirsche klebte auf meiner beigefarbenen Hose. Die leere Fruchthülle haftete an den Fasern meiner Hose, und ihr Saft hatte sich in dem weichen, weißen unersetzlichen chilenischen Ziegenwildleder festgesetzt.

23

»Ich werde gefeuert!«, rief ich atemlos ins Telefon. »Ellen, die größte Katastrophe ist hier gerade passiert und …« Erst jetzt bemerkte ich, dass Ellen schluchzte. Das brachte mich aus dem Konzept und zu der Frage: »Was ist denn bei dir los?«

»Arne hat eine Affäre«, heulte sie.

»Nein!«, rief ich entsetzt. »Das glaube ich nicht!«

»Er hat es mir selber gesagt. Hat es zugegeben. Rundheraus.« Ich hörte eine zweite weibliche Stimme im Hintergrund. »Mama, jetzt hör auf damit!«, sagte Ellen zu ihr. »Er hat nicht *uns* betrogen, sondern *mich*.«

Dagmar sagte: »Das macht doch keinen Unterschied!«

»Macht es sehr wohl!«, schrie Ellen.

»Ellen, wir können auch ein anderes Mal telefon…«, sagte ich dazwischen.

»Wo bist du, Moni?«, fragte sie mich.

»Äh, im Haus meines Chefs.«

»Warte da! Ich komme zu dir. Und du kommst nicht mit«, brüllte sie Dagmar an. Ich hörte noch, wie sie sagte: »Warte, Ellen. Lass uns darüber reden. Wir schaffen das zusammen. So wie wir die Scheidung von deinem Vater zusammen …«

Dann brach das Telefonat ab.

Eine halbe Stunde später kam die aufgelöste Ellen mit Fritz und Saskia bei der Villa meines Chefs an. »Ich hätte gar nicht fahren können, so aufgeregt war ich. Deswegen habe ich Saskia angerufen.«

»Also«, sagte Saskia. »Arne hat eine Affäre, und was ist dein Problem?«

Ich zeigte ihnen den Fleck auf dem Massagesessel und garnierte das Ganze mit ein paar Details über die Unersetzlichkeit dieses *objets*.

»Das sieht aber sehr unschön aus«, kommentierte Saskia.

»Ich habe es schon mit einem feuchten Lappen und ein bisschen Seifenlauge probiert, aber es hat nichts genutzt. Der Fleck ist eher noch leuchtender geworden.«

»Meine Mutter hat mir mal gesagt, man solle Kirschflecken über Nacht in Milch einlegen«, sagte Ellen.

»Das ist natürlich eine super Idee«, sagte ich. »Da müssen wir nur hundert Liter Milch kaufen, damit den Whirlpool füllen und den Sessel dort einweichen.«

Saskia kicherte. »Wie ich sehe, hast du deinen Humor noch nicht verloren.«

»Nur ein verzweifelter Versuch von Galgenhumor.«

»Wie wäre es mit Gallseife?«, fragte Ellen.

»Das bringt auch nichts.«

»Oder Salz?«

»Das ist Kirschsaft, kein Rotwein.«

Ellen legte die Stirn in Falten und überlegte. »Hey! Ich hab's! Wenn bei mir ein Kuchen angebrannt ist, streu ich immer Puderzucker drauf!«

»Du willst Puderzucker auf den Sessel streuen?«, fragte ich skeptisch.

»Doch keinen Puderzucker, nein. Aber wir könnten den Fleck irgendwie abdecken.«

»Womit denn?«

»Keine Ahnung. Mit Tipp-Ex? Oder mit Sprühfarbe! Damit kann man doch alles überdecken.«

»Ich glaube, das könnte das Wildleder ein klitzekleines bisschen ramponieren«, sagte ich.

Saskia hatte unserem Hausfrauengespräch gelauscht und fasste dann zusammen: »Es hilft nichts. Der Sessel muss neu bezogen werden.«

»So ein verdammter Mist«, sagte ich. »Die werden in irgendeiner kleinen Designerwerkstatt hergestellt. In Handarbeit! Die kosten ein Vermögen.«

»Aber was ist die Alternative? Du wirst gefeuert. Richtig?«

Ich nickte. »Und bezahlen muss ich ihn dann sowieso.«

Sie holte ihr Smartphone raus und googelte. »Mmmhh. Der Designer sitzt in Itzehoe…«

»Wo ist denn das?«, fragte Ellen.

»Hinter Hamburg.«

»Das ist ja ewig weit weg!«

»Gibt es nicht jemanden in der Nähe, der das reparieren könnte?«

»Mmhh.« Saskia tippte wie wild auf ihrem Smartphone rum. »In Köln gibt es eine Polsterei, die infrage käme. Mal sehen. Sie haben hier eine Handynummer.« Kurz darauf sprach sie mit einer Dame, die aber ziemlich sicher war, dass sie kein chilenisches Ziegenwildleder auf Lager hatten.

»Kacke«, sagte sie, als sie auflegte. So ein Wort aus Saskias rotem Lippenstiftmund zu hören war ziemlich ungewohnt. »Was ist eigentlich mit deinem Nachbarn? Diesem Lennart?«

»Nichts«, rief ich. »Ich habe ihn nicht mehr gesehen, seit Jens mich angerufen hat.«

Ellen und Saskia schauten mich beide durchdringend an.

»Na gut«, stöhnte ich. »Eben habe ich ihn kurz gesehen.« Ich fasste die Geschichte kurz zusammen, ließ aber den Kuss weg.

»Und jetzt ist er weg?«, fragte Ellen.

»Nach Sylt?«, fragte Saskia. »Das ist ja wirklich äußerst schade.«

»Wieso findest *du* das denn schade?«, fragte ich.

»Na ja, weil der dich jetzt für eine Lügnerin hält, die einen dicken, großen, alten Freund verschwiegen hat.«

»Hör bloß auf«, schrie ich. »Alleine bei dem Gedanken werde ich impotent.«

»Können Frauen impotent werden?«, fragte Ellen verwundert.

»Weiß ich nicht«, sagte ich ärgerlich. »Außerdem haben wir jetzt dringendere Probleme.«

»Ich habe ja gesagt, dass sie sich in Lennart verliebt hat«, sagte Saskia.

»Was? Nein! Natürlich nicht!« Ich hätte nur gerne Sex mit ihm gehabt. Zählte das auch? Vermutlich nicht, weil es natürlich auch nur ein bescheuertes Hirngespinst war. Eine hormonelle Übersprungshandlung. Wegen des Kusses und weil ich im Begriff war, mich für den Rest meines Lebens an einen Mann zu binden. Da kann man schon mal einen Aussetzer haben. Ellen meinte, das sei normal. Na ja. Oder so ähnlich.

»Also, was machen wir denn jetzt mit dem Sessel?«, fragte ich und versuchte, mich wieder auf die wesentlichen Dinge zu konzentrieren.

»Die Sache ist die«, fasste Saskia zusammen, »du hast zwei Möglichkeiten: Wir fahren jetzt zu der Werkstatt, aus der der Sessel stammt, und lassen das verdammte Ding reparieren. Oder du beichtest deinem Chef, dass du einen Fleck drauf gemacht hast, und lässt dich feuern.«

In dem Moment klingelte mein Handy. Bei dem Blick auf das Display gefroren meine Gesichtszüge. Ich musste dieses Ding wegschmeißen. Man hatte nur Stress, wenn man dauernd erreichbar war.

»Es ist mein Chef«, wisperte ich entsetzt. »Er ruft aus dem Urlaub an. Das bedeutet nichts Gutes! Was soll ich denn jetzt machen?«

»Geh ran. Benimm dich ganz normal!«, sagte Saskia.

»Ich kann nicht«, stammelte ich ängstlich.

Saskia schnaubte und drückte kurzerhand für mich auf *Gespräch annehmen*.

»Hallo?«, hörte ich meinen Chef sagen.

Ich sah Saskia fassungslos an und fragte stumm, aber mit wortreicher Gestik: Aber wie soll ich das denn machen?

Saskia antwortete in der Fuchtelsprache: Geh ran und benimm dich normal, sonst … Und dann machte sie eine Bewegung, als ob sie sich die Kehle durchschneiden würde.

»Hallo«, rief mein Chef noch mal.

»Hallo«, meldete ich mich mit schriller Stimme. »Hier Moni Steckelbach. Wer ist denn da?«

Saskia gab mir ein Zeichen, dass ich lockerer sein sollte. Aber das war gar nicht so leicht, wenn man es sein *musste*.

»Hören Sie!« Mein Chef hielt sich nicht mit Höflichkeitsfloskeln auf. »Meine Nachbarin ist zurück aus ihrer Kur. Sie hat mich eben angerufen. Sie hat gesagt, Puff-Louie und seine Frau wären in mein Haus eingedrungen.«

»Wie bitte?«, fragte ich entsetzt. »Aber das kann doch gar nicht sein!«

»Wieso das denn nicht? Dass der Typ irre ist, das ist doch wohl klar.«

»Aber, äh. Ich bin zufällig bei Ihnen in der Villa.«

»Und?«, schrie er. »Was ist gestohlen? Oh Gott! Was ist mit den Bonsais?«

»Alle da«, sagte ich.

»Es ist gar nichts geklaut worden?«

»Nein.«

»Ist denn irgendwas kaputt? Sagen Sie mir nicht, dieser Wahnsinnige hätte irgendwas demoliert! Ich zeige den an!«

Mein Blick fiel auf den Sessel. »Nein, hier – äh – ist wirklich alles in – äh – bester Ordnung.«

Saskia knuffte mich plötzlich in den Arm, weil ich so rumstammelte.

»Aua!«, entfuhr es mir.

»Was ist?«, brüllte mein Chef. Der Urlaub schien ihn nicht gerade ruhiger gemacht zu haben.

»Ich – äh – habe mich an der Gießkanne geschnitten.«

»An der Gießkanne?«

»Ja, äh, an Ihrer Spezial-Bonsai-Gießkanne. Die Tülle ist wirklich spitz. Und messerscharf.«

»Bluten Sie?«

»Ach, nein. Nur ein bisschen«, sagte ich.

»Halten Sie sich bloß von dem weißen Sessel fern. Der saugt jeden Fleck auf. Meine Frau flippt aus, wenn mit dem Sessel irgendwas ist! Fassen Sie ihn bloß nicht an!«

Ich schluckte. »Natürlich nicht. Auf keinen Fall.«

»Verflucht noch eins. Ich hätte nicht in den Urlaub fahren sollen. Ich habe es ja gleich gewusst. Was für ein Glück, dass ich am Montag wiederkomme.« Er legte auf.

»Mist«, sagte ich. »Er weiß, dass meine Eltern hier waren. Die Nachbarin hat gepetzt. Und wenn er den Fleck sieht, wird er denken, sie waren es. Und dann kriegen sie eine Anzeige.«

»Na und?«, sagte Saskia. »Ist doch nicht dein Problem. Verdient hätten sie es.«

»Aber das kannst du doch nicht zulassen!«, sagte Ellen. »Es sind deine Eltern!«

»Genau. Und genau das würde mein Chef rausfinden, wenn er sie anzeigt. Denn spätestens dann wird er ihren richtigen Namen erfahren.« Ich schaute meine Freundinnen an. »Die Sache ist klar: Niemand darf jemals davon erfahren.«

»Dann musst du ihn professionell reparieren lassen. Wenn du da irgendeinen Wald-und-Wiesen-Sattler ranlässt, bekommst du das Teil nachher in noch schlimmerem Zustand zurück«, gab Saskia zu bedenken.

»Dann bleibt mir wohl nichts anderes übrig«, seufzte ich.

»Uns«, sagte Saskia. »Wir lassen dich nicht allein.«

»Echt nicht?«, fragte ich erstaunt.

»Auf keinen Fall! Ich rufe jetzt in der Design-Werkstatt an.«

Tatsächlich meldete sich eine Dame, die Saskia sagte, dass die Werkstatt auch am Samstag auf habe und wir kurzfristig morgen vorbeikommen könnten.

»Alles klar«, sagte sie grinsend, nachdem sie aufgelegt hatte. »Auf nach Itzehoe!«

»Ich komme auch mit«, sagte Ellen entschieden und deutete auf Fritz. »Ich weiß eh nicht, was ich hier noch soll. Jetzt, wo meine Ehe am Ende ist.«

»Danke. Ihr seid die Besten!«, seufzte ich und umarmte die beiden erleichtert. »Aber wir müssen warten, bis es ganz dunkel ist und die Denunzianten-Nachbarin schläft«, sagte ich. »Wenn sie sieht, wie wir einen Sessel hier rausschleppen, dann wird sie gleich die Polizei holen.«

Also warteten wir noch zwei Stunden. Fritz schlief friedlich in seinem Maxi-Cosi, und Ellen erzählte uns, was bei ihr eigentlich passiert war.

»Ihr wisst doch, dass es Ärger gab wegen des Urlaubs. Arne wollte nicht, dass meine Mutter mitfährt. Er war ja sowieso in letzter Zeit schlecht auf sie zu sprechen und meinte, er hätte zwei Frauen geheiratet, dabei hätte er nur eine gewollt. Und jetzt hätte er endgültig die Schnauze voll. Entweder er fahre mit oder sie.«

»Das hat er gesagt?«, fragte ich erstaunt.

»So kennt man ihn ja gar nicht«, warf Saskia ein.

»Genau! Er war richtiggehend außer sich. Also habe ich meiner Mutter gesagt, dass sie nicht mitfahren könne. Und meine Mutter hat total toll reagiert. Sie meinte: ›Klar, ihr braucht auch mal Zeit für euch, und es ist ja nicht lang.‹ Und all so was. Ich war total erleichtert. Alles schien wieder gut zu laufen. Und dann ...«

Ellen fing an zu schluchzen, und ich reichte ihr ein Taschentuch.

»Und dann kam dieser Anruf, wo jemand wieder auflegte.«

»Also, es hat geklingelt, du bist rangegangen, und dann wurde aufgelegt?«

»Ja«, heulte Ellen.

»Konntest du denn hören, ob da ein Mann oder eine Frau dran gewesen ist?«, wollte Saskia wissen.

Ellen schüttelte den Kopf. »Nicht wirklich. Aber dann erzählte meine Mutter, dass das auch ein paarmal vorgekommen sei, wenn sie auf Fritz aufgepasst hatte, und dass sie mir das nicht gesagt habe, weil sie nicht wolle, dass ich mir Sorgen mache. Und Arne hat in letzter Zeit auch so viel gearbeitet und ist immer länger geblieben abends, angeblich weil es so viel zu tun gab.«

»Ja, das hattest du gesagt. Und das stimmte gar nicht?«, fragte Saskia atemlos.

»Nein. Denn heute hatte Arne sein Handy zu Hause vergessen. Als es geklingelt hat, hab ich drauf geguckt – und da hatte eine Janina angerufen. Schon dreimal.«

Ihr lief eine Träne über die Wange, und sie musste sich schnäuzen, bevor sie weitersprechen konnte. »Und dann hat meine Mutter gesagt, die Trennung von Heinz, also von meinem Vater, hätte genauso angefangen. Mit Überstunden. Und mit Anrufen, wo niemand dran war. Und auf einmal hätte er eine andere gehabt und sie und mich sitzen gelassen. Da habe ich Angst gekriegt. Natürlich konnte ich das nicht glauben. Also habe ich Arne auf der Arbeit angerufen und ihn direkt gefragt, ob er eine Affäre hätte. Er meinte: ›Wie kommst du auf die Idee?‹ Und da habe ich ihm gesagt, es gäbe doch allerlei Anzeichen dafür. Anrufe und Überstunden. Doch er sagte nur noch mal: ›Und wie kommst du auf die Idee?‹, so als wäre das völlig aus der Luft gegriffen. Ich hatte total das Gefühl, dass er Zeit brauchte, um sich eine gute Ausrede auszudenken. Also meinte ich zu ihm, dass ich ja nicht alleine mit meiner Meinung dastünde. Und da wurde er sauer und meinte, es wäre ja klar gewesen, dass meine Mutter wieder dahinterstecken würde. Also habe ich noch mal gefragt: ›Hast du eine Affäre? Ja oder nein?‹ Und er fragt mich: ›Und was wäre, wenn?‹ Und dann hat er meine Mutter im Hintergrund gehört und angefangen rumzubrüllen, ob ich das Telefon auf Lautsprecher hätte und sie mithören würde. Aber er hat mir noch nicht mal Zeit gelassen, ihm zu erklären, dass meine Mutter zwar da war, ich das Telefon aber natürlich nicht auf Lautsprecher hatte. Und dann hat er es zugegeben.« Sie weinte jetzt richtig. »Er hat gesagt: ›Ja, ich habe eine Affäre. Mit Janina.‹«

»So ein Arsch«, schrie Saskia. »Der soll mir unter die Augen kommen!«

»Das kann ich gar nicht glauben«, sagte ich. »Arne ist doch nicht so.«

Saskia schnaubte. »Alle Männer sind so, Schätzchen.«

Ellen weinte immer noch, und ich streichelte ihren Rücken, bis sie sich ein bisschen beruhigt hatte.

»Aber warum hast du dich dann mit deiner Mutter gestritten?«, fragte Saskia.

»Weil sie genau wie du behauptet hat, Männer wären doch alle gleich. Und dann hat sie gesagt, dass sie es gewusst hätte, dass Arne uns betrügen würde. *Uns*! Nicht mich!«

»Das ist wirklich ein bisschen krass«, sagte ich. »Er hat doch nicht sie betrogen, sondern dich!«

Ellen nickte. »Genau. Und da habe ich auf einmal gedacht, vielleicht hat Arne doch recht damit, dass sie sich etwas zu sehr in unser Leben einmischt. Aber jetzt ist es zu spät. Jetzt hat er eine andere!« Ein Heulkrampf schüttelte sie.

»Warte mal ab«, sagte ich. »Das wird schon wieder.« Aber es klang irgendwie hohl.

»Genau, er wird dich und Fritz bestimmt nicht sitzen lassen«, bekräftigte Saskia, ungewohnt optimistisch.

»Aber ich weiß gar nicht, ob ich ihn noch will. Vielleicht hat er der anderen ja auch schon ein Kind gemacht.«

Ellens Vater hatte seine Affäre, eine viel jüngere Frau, auch geschwängert. Jetzt lebte er mit ihr und drei gemeinsamen Kindern in der Schweiz. Ellen hatte er in all den Jahren nur zweimal besucht.

»Aber vielleicht auch nicht«, sagte ich.

»Ist mir auch egal«, behauptete Ellen plötzlich. »Dann suche ich mir eben auch einen anderen, phhh!«

»So, Mädels«, unterbrach Saskia uns plötzlich. »Es ist

dunkel, und die Nachbarin ist gerade schlafen gegangen.« Sie deutete durch die Scheibe auf die dunklen Fenster im Haus nebenan. »Dann mal los.«

»Verdammte Axt, der ist ja schwer«, keuchte Saskia, als wir auf Kommando den Sessel hochhoben.

»Los, schnell«, sagte Ellen, »mir fallen gleich die Hände ab.«

Wir wuchteten das Möbelstück zur Haustür.

»Wartet«, röchelte ich. Wir stellten den Sessel ab. »Ich fahre das Auto in die Einfahrt.«

»Oh«, rief Ellen. »Dein schöner Ohrring ist kaputt!«

»Was?« Ich fasste mir ans linke Ohrläppchen.

»Der Stein ist rausgefallen«, sagte Ellen.

»Echt?«, rief ich panisch. »Den müssen wir finden. Das ist ein echter Diamant.«

»Da liegt er«, rief Saskia zu meiner großen Erleichterung und hob das Steinchen vom Boden auf.

»Zeig mir mal die Fassung«, bat Ellen, und ich gab ihr den Ohrring. »Mmmhh«, machte sie, während sie das Schmuckstück eingehend inspizierte.

»Was ist?«

»Siehst du das da?« Sie hielt mir den Ohrring hin. »Diese Klebespuren. Einen echten Diamanten würde man niemals so nachlässig da reinkleben. Zeig mir mal den Stein.« Ich reichte ihn ihr. Sie hielt ihn gegen das Licht. »Nee«, sagte sie. »Das ist niemals ein echter Diamant.«

»Echt nicht? Aber woran erkennst du das?«

»An der Lichtbrechung und an dem Schliff. Hat mir meine Mutter beigebracht.«

»Komisch«, sagte ich. »Das war ein Geschenk von Jens. Und er hat mir gesagt, dass es Diamanten seien. Ich hätte mich genauso über Strassohrringe gefreut!«

»Er wollte dir eben ein besonders teures Geschenk machen«, sagte Saskia. »Um dich wegen der Fortbildung zu besänftigen.«

»Oder wegen etwas anderem«, sagte Ellen zögernd.

»Was meinst du?«, fragte ich.

Sie zuckte mit den Schultern. »Ach nichts. Bist du eigentlich schon aufgeregt wegen morgen?«

»Ach, das habe ich ja ganz vergessen zu erzählen. Ich fahre nicht nach London.«

»Was? Wieso nicht?«

»Jens meinte, es wäre ungünstig, weil er wegen wichtiger Termine keine Zeit für mich hätte.«

Ellen und Saskia warfen sich einen Blick zu.

»Aber das ist nicht schlimm. Wir sehen uns sowieso nächste Woche«, plapperte ich. »Er arbeitet an unserer gemeinsamen Zukunft und …«

»Und das Abschiedsgeschenk hat er dir auch nicht gegeben«, überlegte Ellen. Ich hatte ihr von dem Douglas-Päckchen erzählt, und Ellen hatte damals gemeint, Männer seien nun mal schusselig, und das habe nichts zu bedeuten.

»Und sein Handy war die ganze Zeit ausgeschaltet«, steuerte Saskia bei.

»Und die Telefonnummer von dem Appartement hat er mir auch nie gegeben«, rief ich auf einmal aufgeregt dazwischen.

»Oh mein Gott«, stöhnte Saskia.

»Die Sache ist ganz klar. Er betrügt dich!«, fasste Ellen atemlos zusammen.

»Nein«, sagte ich entschieden. »Nein. Das kann nicht sein. Es muss eine ganz einfache und logische Erklärung geben. Jens ist nicht so.« Ich bückte mich, um den Sessel hochzuheben. »Los, packt mit an!«

Wir trugen wackelnd und stöhnend den Sessel raus und stellten ihn vor der Haustür ab. Und dann sah ich sie: die Frau in dem roten Toyota mit dem Uni-Maastricht-Aufkleber. Sie war wieder auf ihrem Beobachtungsposten. Sie verfolgte mich.

»Natürlich!«, rief ich und schlug mir mit der Hand vor die Stirn. Plötzlich wurde mir alles klar. Jens hatte doch eine Affäre. Und zwar mit *ihr*. Sie beschattete mich, um mich elegant aus dem Weg zu räumen. Aber nicht mit mir! So einfach ließ ich mich nicht von meinem Verlobten trennen.

»Wartet hier!«, kommandierte ich und schoss los, schnurstracks auf das rote Auto zu.

Die junge Frau sah mich kommen. Ich fixierte sie und ihre kleinen Schweinsäuglein, mit denen sie durch die Windschutzscheibe glotzte. Da konnte sie mit ihrer Nscho-Tschi-Frisur noch so harmlos aussehen! Ich wusste, dass sie Dreck am Stecken hatte. Wütend und entschlossen ging ich weiter.

Nscho-Tschi straffte ihre Haltung, öffnete die Autotür und stieg aus. Sie war groß und ziemlich kräftig. Sie sah aus, als könnte sie eine Tonne Mais dreschen und danach noch einen Speer hundert Meter weit schleudern, um einen Büffel zu erlegen. Aber das war mir jetzt egal.

»Wer sind Sie, und was machen Sie da?«, rief ich. »Warum verfolgen Sie mich?«

»Ich wollte mal sehen, was du so treibst«, sagte sie ganz ruhig.

»Ich? Wieso ich?«, fragte ich verwundert und blieb verblüfft stehen. »Was sollte ich denn treiben?«

»Ich wollte mal sehen, ob das eine Masche ist, die du und dein feiner Freund da so abziehen.«

»Masche abziehen? Feiner Freund? Was meinen Sie?«

Und dann erzählte sie.

24

»Ich habe mich geirrt«, sagte ich mit zusammengekniffenem Mund, als ich zurückkam. »Mein Verlobter hat keine Affäre.«

»Hast du ein Glück«, rief Ellen und schluchzte kurz auf.

Ich warf ihr einen finsteren Blick zu. »Das würde ich nicht sagen. Es ist viel schlimmer.«

Die beiden erstarrten in schauriger Erwartung.

»Was ist es denn?«, fragte Saskia.

Tausend Gedanken schossen kreuz und quer durch meinen Kopf und richteten ein heilloses Durcheinander an. Ich hätte es überhaupt nicht formulieren können, selbst wenn ich gewollt hätte. In so einer Situation gab es nur eines, was einen vor dem Versinken im Strudel der Verzweiflung bewahren konnte: ein Ziel. Und mein Ziel hieß: Ich musste meinen Job retten.

»Lasst uns jetzt mal den Sessel einladen«, wich ich aus und deutete auf den Polo. Ich bückte mich, um das Möbelstück anzuheben, aber Ellen und Saskia beobachteten mich nur regungslos mit betretenen Gesichtern.

»Was ist?«, schnauzte ich sie an. »Seid ihr euch auf einmal zu fein, um zu helfen?«

Ellen zeigte auf meinen Kofferraum. »Äh. Moni. Der Sessel passt da auf gar keinen Fall rein.«

»In meinen Mini geht er auch nicht«, sagte Saskia. Sie blies geräuschvoll die Luft aus.

»Na super«, sagte ich. »Und jetzt?«

»Wir probieren es doch, den Fleck mit Sprühfarbe zu kaschieren«, sagte Ellen.

»Wir müssten einen Bus haben«, überlegte Saskia. »Aber die Mietwagenfirmen haben jetzt schon zu.«

»Ich hab's!«, rief ich. »Ich hol den Bus von meinen Eltern. Da passt er auf jeden Fall rein!«

»Meinst du, sie geben ihn uns?«, fragte Ellen.

»Ja«, sagte ich. »Weil ich sie gar nicht fragen werde. Wartet hier, bin gleich zurück.«

Ich parkte mein Auto um die Ecke meines Elternhauses. Ich würde sie jetzt auf keinen Fall um das Auto anbetteln, nachdem ich ihnen vor ein paar Stunden gesagt hatte, ich wolle sie nie wiedersehen. Außerdem waren sie schuld an dem Schlamassel mit dem Sessel, von daher war es nur recht und billig, wenn ich ihren Bus nahm. Morgen würde ich ihnen eine SMS schicken, damit sie wussten, wo er war. Ja, genau. So würde ich es machen.

Das Auto aufzukriegen war kein Problem. Das Schloss der Beifahrertür war kaputt. Die Sicherheitsmaßnahme bestand darin, den Fiat so nahe neben Engels' alter Scheune zu parken, dass man die Tür höchstens einen Spalt weit öffnen konnte. Als ich an unserem Haus vorbeikam, flimmerte bläuliches Licht aus dem Fenster im ersten Stock. Sie schauten also Fernsehen, als wäre nichts gewesen. Eines war klar: Meine Eltern mussten bei meiner Geburt vertauscht worden sein.

Ich schlich mich zum Auto und hatte Glück: Die Lücke zwischen der Mauer und der Beifahrerseite war breit genug, um mich seitlich durchzuquetschen, aber weil es so eng war, schrappte ich trotzdem mit dem Rücken an den Backsteinen entlang. Es fühlte sich nicht gut an, vor allem für den zarten Stoff meiner Bluse. Trotzdem schob ich mich weiter bis zur Tür. Ich öffnete sie, soweit es möglich war, stellte einen Fuß auf das Trittbrett und drückte meine linke Schulter zuerst in den Spalt. Ich schaffte es, halb raufzukommen, doch als ich meinen rechten Fuß nachziehen wollte, merkte ich, dass sich das Hosenbein verfangen hatte. Mist. Ich versuchte es mit Gewalt.

Meine Hose machte *ratsch*!, und ich rief: »Aua!«, denn mein Knöchel war gegen die Autotür geknallt. Aber ich war drin. Mein Hosenbein war zerrissen und meine Bluse ebenfalls, wie ich feststellte. Ganz toll. Ich würde neue Klamotten brauchen. Aber erst mal musste ich den Ersatzschlüssel finden.

Mein Vater war ein totaler Schlüsselschlunz. Dauernd kamen ihm die Schlüssel abhanden. Deswegen bunkerte er den Ersatzschlüssel auch normalerweise im Auto. Früher hatten ihn meine Eltern in einer bunt bemalten Konservendose auf einem Bord über dem Tisch aufgehoben. Leider war sie dort nicht mehr. Typisch.

Der hintere Teil des Wagens war von meinem Vater zu einer Art Wohnmobil ausgebaut worden. Es gab ein paar schmale Schränke, einen Herd und eine Rückbank, die man mit dem Tisch zu einem Bett umbauen konnte. Außerdem stand noch eine große Metallkiste rum, in der mein Vater Werkzeug und andere Arbeitsutensilien aufbewahrte, und die man bei der Fahrt unter dem Tisch befestigen konnte. Schnell durchstöberte ich die Schränke. Aber ich fand nur eine gigantische Sammlung Plastiktüten, eine Taschenlampe, ein paar zerlesene Bücher, drei Zahnbürsten mit schuhcremefarbenen Borsten, eine Knäckebrotpackung und vier Dosen Corned Beef.

Dann fiel mir der Stauraum über der Fahrerkabine ein.

Da bewahrten meine Eltern die Schlafsäcke und Kissen auf. Ich schob die kleine Tür zur Seite, und ein Stück Stoff fiel raus. Aber unter all dem Gewühle ertastete ich tatsächlich Metall und zog eine Art Baumschere hervor. Mist. Ich stopfte sie zurück und knallte dabei gegen etwas, das ein metallisches Geräusch von sich gab. Es war tatsächlich die Konservendose! Unter einer leeren Tesarolle, einem Bleistiftstummel und ein paar ranzigen Hustenbonbons lag der Ersatzschlüssel!

»Na bitte«, sagte ich zufrieden. Dann bückte ich mich und hob das Stück Stoff auf, das herausgefallen war. Es war weinrot, orange und gold mit türkis und kam mir bekannt vor. War das eine Tischdecke? Doch als ich den Stoff auseinanderfaltete, erinnerte ich mich. Es war eine Art Hemdkleid, das meine Mutter aus einem Urlaub auf Sri Lanka mitgebracht hatte. Man trug es über der Hose, und obwohl meine Mutter darin aussah wie eine wandelnde Weihnachtsauslage, hatte sie jedes Mal von der außergewöhnlichen Bequemlichkeit dieses Kleidungsstückes geschwärmt. Mmhh. Ich wühlte in dem Fach nach der passenden Hose und fand zwischen Decken und Kissen nur eine dunkelgrüne türkische Pumphose. Gut. Die Pro-und-Kontra-Liste, schnell!

Pro: Mein Hosenbein war zerrissen, meine Bluse ebenfalls. Beides war dreckig, und mit einer weißen Hose mit einem roten Fleck im Schritt würde ich auf gar keinen Fall rumlaufen. Kontra: Mit den Klamotten meiner Mutter sah ich aus wie eine Adventsdekoration. Die Entscheidung war einfach.

»Wie siehst du denn aus?«, fragte Ellen entgeistert.

»Frag nicht«, brummte ich. »Wir sollten uns lieber beeilen.«

»Du siehst aus wie deine Mutter!«, stellte Saskia fest.

Ellen kicherte. Ich wollte sie schon tadeln, aber dann musste ich plötzlich auch lachen. Das Lachen entsprang zwar eindeutig der Hysterie, aber das machte es nicht weniger spaßig. Kurz darauf gackerten wir alle drei. Wir schafften es kaum, den Sessel in den Bus zu hieven.

»Hört auf jetzt!«, mahnte ich und unterdrückte einen weiteren Lachanfall.

Schließlich übermannte uns die Anstrengung, und wir wuchteten das Ding schwitzend ins Auto. Zum Schutz vor weiteren Flecken hatte ich eine Decke auf den Boden gelegt, auf den wir den Sessel stellten. Fritz schnallten wir in seinem Maxi-Cosi auf die Rückbank. Ellen setzte sich daneben, und dann brausten wir los in die Nacht hinein.

»Was steht denn im Internet über diesen Designer?«, fragte ich.

»Also«, sagte Saskia und blätterte sich auf ihrem Smartphone durch die Webseite. »Er heißt Gool Hofmann. Was für ein total bescheuerter Name!«

»Aber echt«, rief Ellen von hinten.

»Ach, da kann er sicher nichts dafür. Da sind bestimmt seine Eltern schuld«, warf ich ein.

»Ich weiß nicht«, sagte Ellen. »Ich meine, wer nennt denn sein Kind freiwillig Gool?«

»Oder Puna Monday?«, fügte ich hinzu.

Saskia räusperte sich und sagte: »Gool Hofmann wohnt in Itzehoe. Das ist ungefähr sechzig Kilometer hinter Hamburg. Hört euch an, was dieser Verrückte schreibt: ›Die Morgenstunden sind meine produktivste Zeit. Das Licht der aufgehenden Sonne weckt meine Lebensgeister und meine Schaffenskraft!‹«

»Das ist super!«, sagte ich. »Denn morgen früh muss er als Erstes meinen Sessel reparieren.«

»Und bis er fertig ist, fahren wir nach Sylt und essen Krabbenbrötchen!«, rief Saskia.

»Au ja«, juchzte Ellen. »Urlaub am Strand! Das ist eine gute Idee. Das könnte ich jetzt echt gebrauchen.«

»Wir fahren nicht nach Sylt«, brummte ich. »Sobald der Sessel repariert ist, rasen wir so schnell wie möglich zurück. Weil ich morgen Nachmittag nach London fliege.«

»Du hast doch eben gesagt, du fliegst nicht«, sagte Ellen verwirrt.

»Ja, aber jetzt fliege ich doch«, erwiderte ich.

»Aber warum denn? Was ist denn passiert, verdammt noch mal?«, rief Saskia ungeduldig. »Jetzt raus mit der Sprache!«

Aber ich schüttelte nur mit zusammengepressten Lippen den Kopf.

»Lass sie mal«, sagte Ellen. »Sie erzählt es uns, wenn sie so weit ist. Nicht wahr, Moni?«

Ich nickte, drückte mit grimmiger Entschlossenheit das Gaspedal durch, und wir schossen mit hundertundzwölf Stundenkilometern über die Autobahn. Wenn alles gut lief, würde ich morgen Nachmittag um fünf den Flieger von Köln nach Heathrow kriegen. Zum Glück hatte ich einen Billigflug gebucht, bei dem sich eine Stornierung nicht gelohnt hatte.

Kurz vor Dortmund mussten wir tanken, und ich stellte fest, dass ich meine Handtasche mit Geld, Ausweis, Kreditkarten und Handy in meinem Auto vergessen hatte, das bei meinen Eltern um die Ecke parkte. Das war natürlich äußerst ungünstig.

»Mist!«, rief Ellen. »Ich habe auch nichts dabei! Nur die Wickeltasche. Und da ist mein Portemonnaie nicht drin.«

»Keine Sorge, Mädels«, sagte Saskia. »Tante Saskia hat alles im Griff.« Sie spendierte uns eine Tankfüllung, zwei Flaschen Wasser, drei Kaffee und eine Ladung Schokoriegel.

Aufgeputscht übernahm ich wieder das Steuer, und wir fuhren weiter. Um diese Zeit mitten in der Nacht waren nur noch wenige Autos unterwegs, und es fühlte sich merkwürdig an. Ich war ja selten um diese Zeit überhaupt noch wach. Ellen schlief hinten auf der Rückbank. Eine Hand lag auf dem Maxi-Cosi, als wollte sie sich auch im Schlaf versichern, dass ihr Sohn nicht verschwand. Saskia und ich hörten leise Musik, wobei die Musik eigentlich gar nicht so leise war. Vielmehr war der Motor des alten Busses ziemlich laut. Es war eine merkwürdig intime Atmosphäre, nachts unterwegs zu sein, umgeben von Dunkelheit, und es war beruhigend, meinen Freundinnen so nahe zu sein. Besonders Saskia sah ich nicht so häufig. Im letzten Jahr hatten wir beide unheimlich viel zu tun gehabt, und Saskia musste oft auch am Wochenende und abends arbeiten.

»Wie sieht es eigentlich bei dir aus?«, fragte ich sie. »Irgendwelche Männer in Sicht?«

»Nicht wirklich. Da gibt es diesen Anwalt, den ich vor einiger Zeit im Gericht kennengelernt habe.«

»Diesen Robert?«

»Ja. Es war ganz nett mit ihm.« Sie erzählte, dass sie ins Kino und in Restaurants gegangen seien und dass der Sex sehr gut gewesen sei. »Aber dann wurde es mir zu viel. Er hat mich einfach gelangweilt!«

Das war typisch Saskia. Sie hielt es bei keinem Mann lange aus.

»Aber du kannst mir ja diesen Lennart abtreten, wenn

du ihn nicht willst«, sagte sie dann und lachte etwas gekünstelt. »Es klang sehr nett, was du von ihm erzählt hast.«

An Lennart hatte ich gar nicht mehr gedacht. Aber jetzt, wo sie seinen Namen erwähnte, fiel es mir wieder ein. Sein Blick. Sein Mund. Sein Kuss. Und obwohl ich im Moment zu keinerlei Gefühlsregung fähig war, wusste ich doch eines: Die Vorstellung von Lennart und Saskia gefiel mir nicht.

»Er wäre nichts für dich«, sagte ich schnell. »So anspruchsvoll, wie du bist.«

»Solange der Sex gut ist, kann ich mit allerlei Marotten zurechtkommen, sogar mit gemütlichen Fernsehabenden. Zumindest vorübergehend.«

»Willst du denn nie heiraten?«, lenkte ich sie ab.

»Um Gottes willen! Niemals! Eine Beziehung ist eine Mischung aus Langeweile und Anstrengung. Als Single fühlt man sich vielleicht an Weihnachten allein, aber Alleinsein bedeutet auch Freiheit. Und Freiheit ist unersetzlich.«

»Wie unromantisch«, seufzte ich.

»Ach, Schätzchen. Wenn man eine Zeit lang in meinem Job gearbeitet hat, dann kommt einem die Romantik auf jeden Fall abhanden.«

»Aber deine Eltern sind doch auch noch verheiratet.«

»Ja«, sagte Saskia kaum vernehmbar. »Auf dem Papier zumindest.« Sie seufzte tief und schaute eine Weile aus dem Fenster.

Ich warf ihr einen besorgten Blick zu. »Ist alles klar?«

»Na ja, wenn ich ehrlich bin, es geht so.« Sie nestelte an ihrer Hose herum. »Im Moment sind meine Eltern ziemlich sauer auf mich. Ich … Ich habe Mist gebaut.«

Ich war geschockt, von Saskia ein Schuldeingeständnis zu hören. »Was?!«, schrie ich.

»Schschsch. Nicht so laut. Du weckst die beiden noch auf!«

»Aber was ist denn passiert?«

Und dann fing sie plötzlich an zu weinen. Das hatte ich auch noch nie erlebt. Ein Rastplatz kam in Sicht, und ich fuhr von der Autobahn ab. Wenn meine Freundin Saskia weinte, dann musste etwas Schreckliches passiert sein.

»Sind wir schon da?«, fragte Ellen verschlafen von der Rückbank, als wir anhielten.

»Nein«, sagte ich.

Saskia wischte sich mit einem Taschentuch die Tränen aus den Augen.

»Was ist denn mit dir …? Weinst du etwa, Saskia?«, rief Ellen plötzlich.

»Nein, natürlich nicht. Mir ist nur was ins Auge geflogen«, sagte sie und schniefte.

Ellen und ich lachten kurz auf. Das war wieder typisch für sie. Doch dann erzählte sie, dass sie bei der letzten Verhandlung in der Gehrke-Sache gepatzt hätte, weil ihr auf einmal schwindelig geworden war und sie das Gefühl gehabt hatte, ihr Herz würde ins Stolpern geraten und sie bekäme keine Luft mehr. »Und dann war ich nicht mehr konzentriert und habe einige wichtige Fragen und einen Antrag vergessen zu stellen. Und wenn ich jetzt nicht einen Zeugen auftreibe, der bestätigt, dass Ingrid Gehrke Geld beiseitegeschafft hat, indem sie es ihrem Lover zugesteckt hat, dann steht mein Mandant richtig blöd da. Dann hat sie Anspruch auf Zugewinnausgleich. Das bedeutet: Er muss ihr Geld geben. Und jetzt sind meine Eltern stinksauer, weil ich den Fall verbocke.«

»Hast du ihnen denn das erklärt, mit dem Schwindel?«

»Natürlich nicht. Das geht doch niemanden was an«, sagte Saskia bestimmt.

»Willst du nicht zum Arzt gehen?«, fragte Ellen. »Das hört sich gar nicht gut an.«

»Ach was, das war doch nur dieses eine Mal, und auch ganz schnell wieder vorbei.«

»Vielleicht will dir dein Körper irgendwas sagen?«, gab ich zu bedenken.

»Blödsinn. An so einen Unfug glaube ich nicht«, sagte sie. »Und wenn er mir was sagen möchte, braucht er schon bessere Argumente. Ich bin eine harte Gegnerin«, sagte sie, aber ihr kämpferischer Ton misslang, und auch das anschließende Lachen klang alles andere als fröhlich.

»Ich mache mir Sorgen um dich«, sagte ich.

»Ich auch«, rief Ellen.

»Bist du dir sicher, dass es dir gut geht?«

»Na ja, das wird schon wieder. Auf der anderen Seite ...«

»Was?«

»Manchmal frage ich mich schon, warum ich das alles mache. Ich verteidige ja nicht das Gesetz, sondern Menschen, die versuchen, sich gegenseitig fertigzumachen. Die Wahrheit vor Gericht ist eine ganz andere Wahrheit als die im wirklichen Leben. Da wird getrickst und gemogelt, und jeder versucht, sie so weit zu seinen Gunsten zu verbiegen, dass es seinen eigenen Interessen dient. Das ist nicht schön.«

»Aber dann mach was anderes«, schlug Ellen vor. »Such dir einen anderen Job!«

»Das geht nicht«, sagte Saskia entschieden. »Meine Eltern verlassen sich auf mich, dass ich die Kanzlei übernehme.«

»Dann sag ihnen, dass du das nicht willst«, sagte ich.

»Ich will es ja, das ist ja das Verrückte. Außerdem bin ich einfach zu gut in meinem Job. Und wenn jemand so gut in etwas ist wie ich, dann kann es doch nur das Richtige sein, oder?«

»Vielleicht«, sagte Ellen. »Aber pass auf dich auf, Süße, okay?« Sie nahm Fritz, der gerade aufgewacht war, aus seinem Maxi-Cosi und gab ihm ein Fläschchen, das sie aus ihrer Tasche zauberte.

»Ich muss nur diesen Patzer wieder ausbügeln. Dann geht es mir auch wieder bestens«, sagte Saskia, und ihre Stimme klang wieder normal.

Ich holte hinten aus dem Küchenschrank drei Plastikbecher, und wir tranken etwas Wasser. Danach fuhren wir weiter.

25

Um kurz nach fünf ging die Sonne auf, eine leuchtende Apfelsine am dunkelblauen Himmel. Gegen halb sechs Uhr waren wir in Itzehoe. Dank Navigations-App fanden wir auch die Werkstatt von Gool Hofmann Designs. Sie war in einer kleinen, modernen Villa aus Holz und Glas am Ortsrand untergebracht. Die ersten Sonnenstrahlen des Tages verwandelten die verspiegelte Fensterfront in einen Scheinwerfer. Es versprach, ein wunderschöner Tag zu werden. Zumindest wettermäßig.

»Meinst du wirklich, wir können da schon klingeln?«, fragte Ellen gähnend. Sie hatte fast die ganze Fahrt auf der Rückbank geschlafen und sah ziemlich erholt aus. Saskia und ich waren abwechselnd gefahren, und jede von uns hatte ein, zwei Stunden gedöst. Trotz – oder gerade wegen der Übermüdung – war ich ziemlich aufgekratzt.

»Natürlich. Wir dürfen keine Zeit verplempern, sonst schaffe ich unmöglich meinen Flug. Also los, Mädels.« Wir stiegen aus dem Wagen und streckten unsere eingerosteten Glieder.

»Es wäre schön, sich jetzt die Zähne zu putzen«, meinte Saskia, hauchte sich in die Handfläche und schnupperte.

»Das machen wir nachher«, bestimmte ich. »In der Zeit, in der dieser Gool-Heini den Sessel repariert.«

»Ich hab da was«, sagte Ellen und kramte in ihrer Tasche nach Kaugummis.

»Gute Idee«, sagte ich, und kurz danach kauten wir alle auf den Spearmint-Streifen herum. »Also, wie gehen wir am besten vor?«, fragte ich. »Wir überfallen den Typen ziemlich, also müssen wir einen guten Eindruck machen.«

Doch als ich uns drei betrachtete, überkamen mich Zweifel. Ellen hatte einen dicken Breifleck auf ihrer zerknitterten Leinenbluse, und die weite, schwarze Hose war auch nicht mehr in lupenreinem Zustand. Ich sah sowieso nicht zurechnungsfähig aus in meinem bunt schillernden Exotenoutfit. Die Einzige, der die Nacht optisch nichts ausgemacht hatte, war Saskia. Selbst das Weinen hatte keine Spuren in ihrem Gesicht hinterlassen. Und mit ihrer schmalen, grauen Hose und dem dünnen, eng anliegenden schwarzen Seidenpullover hätte sie jederzeit in ein Meeting mit Mandanten gehen können. Gerade bürstete sie ihre Haare mit einer auseinanderklappbaren Bürste, die sie aus einem schwarzen Ledertäschchen gefischt hatte, und band sie zu einem Pferdeschwanz zusammen.

»Saskia ist eindeutig die Schönste von uns«, stellte ich fest.

»Ja, genau. Wie machst du das bloß?«, fragte Ellen, die Fritz gerade frisch wickelte. »Bist du Wonderwoman, oder was?«

Saskia trug lächelnd Rouge auf und schminkte dann ihre Lippen mit einem dunkelrosafarbenen Lippenstift. »Ist alles nur Fake, seht ihr doch«, sagte sie und tuschte sich die Wimpern.

»Du bist auf jeden Fall gut ausgerüstet«, sagte ich und deutete auf ihr schwarzes Täschchen, das noch deutlich mehr enthielt als mein Notfallset. »Okay, dann«, sagte ich, als Saskia fertig war. »Ich denke, es wäre am besten, wenn Saskia den Typen um den Finger wickelt. Er wird nicht anders können, als ihr aus der Hand zu fressen.«

»Und wenn er schwul ist?«, warf Ellen ein.

»Egal. Jeder möchte Saskia zur Freundin haben, ist doch klar!«

»Ihr seid so nett zu mir«, sagte Saskia. »Hört lieber auf, sonst steigen mir die Komplimente noch zu Kopf.«

»Hauptsache, du bezirzt gleich den Typen, sodass er alles stehen und liegen lässt, um den Sessel zu reparieren.«

»Am besten nehmen wir ihn schon mit«, sagte ich. »Dann weiß er direkt, worum es geht. Okay?«

»Jawohl, Chefin«, sagte Saskia.

Wir schleppten das Ding bis vor die Haustür.

»Uff«, schnaufte ich, als wir es absetzten. »Wo wir uns so abgemüht haben, darf das einfach nicht schiefgehen.«

Ellen mit Fritz auf dem Arm und ich blieben im Hintergrund, während Saskia sich vor der Tür postierte. Sie legte ihren Zeigefinger auf die Klingel.

»Bereit?«, fragte sie.

»Drei Frauen, ein Baby und ein Sessel«, flüsterte Ellen. »Den Typ trifft der Schlag.«

»Bereit«, sagte ich, und mein Herz klopfte plötzlich bis zum Hals. Ich stand um sechs Uhr morgens in Itzehoe, um einen Designer anzubetteln, einen Kirschfleck aus dem Sessel meines Chefs wegzumachen. Ich war nur froh, dass Saskia das Reden übernehmen würde. Als sie die Klingel betätigt hatte, ertönte das helle Klimpern eines Windspiels. Sonst tat sich nichts.

»Ich wusste doch, dass wir zu früh sind«, sagte Ellen. »Kein normaler Mensch ist um diese Zeit wach.«

Saskia klingelte erneut. Plötzlich wurde die Tür mit Schwung aufgerissen. Eine ziemlich große, schlanke Frau stand vor uns. Sie war barfuß und trug ein weites, luftiges Gewand aus zitronengelbem Stoff, das in der Mitte von einem roten Perlengürtel zusammengehalten wurde. Die feinen, weizenblonden Haare fielen ihr bis fast auf die Hüfte. Sie hatte Sommersprossen, grüne Augen, die sie zusammenkniff, als ob sie eine Brille bräuchte, und lächelte uns schmallippig an.

»Guten Morgen«, sagte Saskia. »Wir würden gerne in einer dringenden Angelegenheit mit dem Möbeldesigner Gool …«

»Oh, mein Baby«, unterbrach die Frau sie plötzlich, als ihr Blick auf Ellen und Fritz fiel. Sie klatschte entzückt in die Hände und stürzte auf die beiden zu. Ellen zuckte zusammen und packte Fritz fester. Die Frau warf sich über den Sessel und streichelte das weiche Leder. »Mein Baby«, hauchte sie. »Da bist du ja! Oh je! Was ist denn mit dir passiert?«

Ellen warf mir einen zweifelnden Blick zu, den ich ebenso erwiderte. Eine Sache war jetzt schon völlig klar: Diese Frau hatte nicht mehr alle Tassen im Schrank.

»Sind Sie Gool Hofmann?«, fragte Saskia erstaunt.

Die Frau drehte sich zu ihr um. »Schschsch«, machte sie und legte ihren Finger auf die Lippen.

»Nun«, sagte Saskia, »wenn Sie mich kurz erklären ließen …«

Gool warf ihr einen tadelnden Blick zu, stürmte an Saskia vorbei ins Haus und knallte die Tür zu.

»Was ist denn mit der los?«, fragte Saskia. »Ziemlich unhöflich, würde ich mal sagen.« Ohne zu zögern drückte sie erneut die Klingel.

Die Frau riss die Tür wieder auf.

»Es ist wirklich wichtig …«, fing Saskia an, wurde aber sofort unterbrochen.

»Ruhe«, herrschte sie Saskia an. »Mit dir rede ich nicht. Deine Aura stört meinen Energiekreislauf, besonders am frühen Morgen.« Sie ließ den Blick über die Szenerie gleiten und blieb bei mir hängen. Ihre Miene entspannte sich. »Du da. Komm her.«

»Ich?«, fragte ich dümmlich.

Sie nickte. Ich trat zögernd vor. War ja irgendwie klar gewesen. Die Beknackten fielen von Geburt an in meine Zuständigkeit. Sie ließ den Finger in der Luft kreisen und sagte: »Dreh dich.«

Ich drehte mich in meinem albernen Dress einmal um mich selbst.

»Wo hast du das her?«, fragte sie.

Normalerweise hätte ich jedes Besitzrecht an diesem Kleidungsstück geleugnet, aber aus einer Intuition heraus sagte ich: »Aus Sri Lanka. Und die Hose ist aus der Türkei.« Dabei versuchte ich, wie ein lässiger Globetrotter zu wirken.

Sie betrachtete mich noch einen Moment undurchdringlich, dann klatschte sie wieder in die Hände und sagte: »Entzückend. Ganz entzückend. Wie heißt du?«

Darauf gab es unter diesen Umständen nur eine richtige Antwort. »Puna Monday.«

»Oh, was für ein schöner Name!«, rief sie. »Ich habe auch einen indischen Namen. Gool heißt Blume. Los, komm!« Sie fasste mich freundschaftlich an der Schulter und führte mich in ihr Haus. Als wir durch die Tür schritten, drehte sie sich um und sagte zu Saskia und Ellen in geschäftsmäßigem Ton: »Ihr dürft den Sessel reintragen und hier vorne warten.«

»Aber das schaffen wir nicht allein!«, rief Ellen.

Gool schob mit ihrem nackten Fuß ein Wägelchen mit Griff und vier Rollen nach draußen, das den Transport deutlich erleichtern würde.

Ich folgte ihr durch den luftigen Vorraum, der sich über zwei Stockwerke erstreckte und eine große Palme und eine kleine Sitzgruppe beherbergte, zu einer weißen Schiebetür, die sie mit einer leichten Handbewegung öffnete. Hinter der Tür erstreckte sich auf der rechten Seite ein großer Raum, in dem ein gigantischer Arbeitstisch stand, auf dem Stoffrollen, Holz, Zollstöcke, Wasserwaage und eine Sammlung riesiger Scheren lagen. Ein Sesselgerippe stand auf einem Podest.

»Ist das Ihr Atel…?«

»Schschsch«, machte Gool wieder.

Dieses Geschsche war schon ein wenig gewöhnungsbedürftig. Trotzdem hielt ich den Mund. Denn so wie sie eben Saskia hatte stehen lassen, schien Gool etwas empfindlich zu sein, wenn man einfach drauflosquasselte. Wir durchquerten ein weiteres Zimmer mit vier Meter hohen Decken, einer beeindruckenden Sammlung von Grünpflanzen und einem gigantischen Kamin, der aber zu dieser Jahreszeit natürlich kalt war. Sie führte mich zu einer Wendeltreppe, die sich in einer Ecke in die Höhe schraubte. Ich stieg hinter ihr die Stufen hoch und bewunderte die feinen Linien ihrer Fersentätowierung. Als wir oben waren, traten wir durch einen hellgrünen Seidenvorhang auf eine Terrasse, die ungefähr halb so groß wie ein Tennisplatz und nach Osten ausgerichtet war. Bestimmt ein Dutzend Kübel voller Bambusgras säumte das Geländer.

»Dies ist mein Morgenrefugium«, schwärmte Gool. »Hier lasse ich die Sonne in mein Herz und meinen Geist und meinen Körper!« Sie verneigte sich vor der Sonne und sagte salbungsvoll: »Ihr Licht gebiert jeden Morgen meine Energie.«

»Sehr schön«, sagte ich. »Wenn ich nun…«

»Und hierher nehme ich nur Gäste mit, zu denen ich eine besondere Verbindung spüre«, unterbrach sie und sah mich warm an.

»Danke«, sagte ich. »Wenn ich denn jetzt auf den Sessel …«

»Schschsch«, machte sie wieder, und ich überlegte langsam, ob ich sie nicht mit ihrem Perlengürtel erwürgen sollte.

»Wir begrüßen nun die Sonne und den neuen Tag und werden eins mit dem Universum!« Sie legte bedeutsam die Hände vor ihrer Brust zusammen und verbeugte sich leicht vor mir. »Du bist eingeladen, mit mir mein Morgenritual zu vollziehen zum Öffnen der Chakren. Und zur Nahrungsaufnahme.«

»Oh ja, ein Brötchen könnte ich jetzt wirklich vertragen«, sagte ich.

»Feste Nahrung brauchen wir nicht«, behauptete Gool. »Das Licht ist unsere Nahrung!«

Heiliger Zitronenstrauch! Ich hatte ja nicht ahnen können, dass sie mit dem Geschwafel von ihrer »produktivsten Zeit zum Sonnenaufgang« die Produktion von geistigem Dünnpfiff meinte. Eines war mal klar: Wenn ich jetzt mit der bekloppten Alten Gymnastik machen musste und sie dann erst anfing, den Sessel zu reparieren, dann würde ich meinen Flug niemals erwischen. Aber wenn ich nicht tat, was sie wollte, würden sie und ihre Chakren sich vielleicht weigern, mir zu helfen. Es blieb mir also nichts anderes übrig, als einfach mitzumachen. Natürlich dürfte niemand hiervon etwas erfahren. Jeder würde denken, dass ich doch genau so verrückt war wie meine Eltern.

Ich verbeugte mich ebenfalls. »Ich danke dir.«

Gool schloss die Augen, und ich tat es ihr nach. Die Sonne leuchtete hell durch meine Augenlider. Wenn Ellen und Saskia mich jetzt sehen würden! Ich musste ein Lachen unterdrücken.

»Denk an nichts«, sagte Gool mit sanfter Stimme. »Erspüre die Sonnenstrahlen. Jede Zelle deines Körpers öffnet sich und nimmt Licht auf, trinkt das Licht, labt sich an Schwester Sonne!«

Ich biss mir auf die Lippen, um nicht lachen zu müssen.

»Konzentriere dich auf deine Atmung«, raunte Gool. »Atme tief ein und aus.«

Ich schnaufte ein paarmal vor mich hin, um ihr zu zeigen, wie engagiert ich bei der Sache war. Gool fing an, eine leise Melodie zu summen, die nach einer Weile anschwoll, sodass ich erkennen konnte, dass es sich um ein gesungenes Mantra handeln musste. Nach einer gefühlten Ewigkeit, die mich stark an das ermüdende Kanonsingen von *Bruder Jakob* in der katholischen Ferienfreizeit erinnerte, ließ sie ihre Stimme abebben.

Gerade als ich dachte, jetzt hätte ich es überstanden, sagte Gool: »Und jetzt öffnen wir unser Wurzel-Chakra und spannen die Muskeln an, die zwischen Anus und Scheide liegen.«

»Na, endlich«, rief Saskia und ließ die Nagelfeile sinken. »Was hast du so lange gemacht?«

»In der Zeit, in der du weg warst, hat Fritz schon fast laufen gelernt«, nörgelte Ellen, die auf einem Stuhl saß und Fritz an den Händen hielt, sodass er auf seinen dicken, krummen Beinchen stehen konnte.

Ich verdrehte die Augen. »Ihr glaubt es nicht! Ich musste Morgengymnastik mit ihr machen«, flüsterte ich bebend. »Und jetzt kenne ich Muskeln in meinem Körper, von deren Existenz ich nicht mal etwas geahnt habe. Aber dadurch ist es mir gelungen, Sonnenlicht in Energie zu transformieren, und jetzt bin ich auf einem guten Weg, jeder festen Nahrung abzuschwören und mich künftig nur noch von Licht zu ernähren.« Ich musste hysterisch kichern.

»Bist du irre geworden?« Saskia beäugte mich skeptisch.

»Ich nicht, aber sie auf jeden Fall«, sagte ich vergnügt und wunderte mich selbst, dass ich so gut drauf war. Lag vielleicht doch an dieser speziellen Gymnastik.

»Und was ist mit dem Sessel?«, fragte Ellen.

»Keine Ahnung. Dazu hat sie noch nichts gesagt. Psst, da kommt sie.«

Gool erschien in dem Empfangsraum. Sie hatte sich einen weißen Overall angezogen, wie sie auch Maler trugen, und die Haare zu einem Pferdeschwanz zusammengebunden. Sie sah auf einmal aus wie ein normaler Mensch. Sie winkte mich zu sich, und ich rollte den Sessel auf dem Transportwagen zu ihr.

»Viel Glück«, rief Ellen mir hinterher.

In ihrem Atelier betrachtete Gool eingehend den Fleck.

»Wie lange wird die Reparatur wohl dauern?«, fragte ich.

»Das ist Kirschsaft, oder?«, fragte sie, und jede esoterische Schwingung war aus ihrer Stimme verschwunden.

»Ja.«

Sie ging zu einem Holzschränkchen, das auf einem Bord an der Wand stand, und kramte darin herum. Kurz darauf kam sie mit einer kleinen, braunen Flasche wieder, in der eine Pipette steckte. Sie zog eine gelbbraune Flüssigkeit in die Pipette und träufelte sie auf den Fleck. Das sah in meinen Augen wenig vielversprechend aus. Im Gegenteil. Der Fleck sah jetzt aus wie blutiger, eitriger Ausfluss. Auch Gool schien zu bemerken, dass es keine gute Idee war, das unersetzliche chilenische Ziegenwildleder noch mehr zu besudeln, denn sie fischte einen platten, polierten Kieselstein aus einem Samtsäckchen und legte ihn auf den unappetitlichen Klecks.

Ich schaute sie zweifelnd an. Sie blieb regungslos. Ich wagte nicht, sie zu fragen, was das Ganze sollte. So standen wir zehn Minuten da. Dann hob sie den Stein auf, und ich konnte es nicht fassen: Der Fleck war weg!

»Aber wie ....?«

»Das ist toll, nicht? Meine eigene Erfindung.« Sie hob das Fläschchen in die Höhe.

»Aber was ist denn da drin?«

»Geheimrezept«, sagte Gool.

»Wirklich verblüffend. Danke!«

»Gern geschehen.«

Damit kam ich zu der spannenden Frage: »Und wie viel kostet das jetzt?«

Sie verbeugte sich vor mir. »Puna Monday, das ist mein Geschenk für dich.«

»Danke«, sagte ich, und dann tat ich wieder etwas, was ich sonst nie tat, und vielleicht lag es wirklich an den Sonnenstrahlen zum Frühstück: Ich umarmte eine fremde Frau. »Herzlichen Dank, liebe Gool«, sagte ich. »Saubere Arbeit.«

Sie lächelte mir gnädig zu.

Jetzt schnell raus hier, bevor ich noch zum Mittagessen eingeladen werden würde und eine Schüssel Wind vorgesetzt bekäme.

»Ich werde den Flieger erwischen!«, rief ich triumphierend, als ich mitsamt dem Sessel auf dem Transportwagen wieder zu meinen Freundinnen rauskam. »Tatatataaaa! Wir können nach Hause fahren.« Ich präsentierte ihnen gut gelaunt die makellose Sitzfläche.

»Nein«, rief Ellen. »Das glaube ich jetzt nicht!«

»Wie hat sie das denn bloß so schnell geschafft?«, fragte Saskia, die gerade ihr schwarzes Kosmetiktäschchen wieder in ihre Handtasche packte. Sie stand auf, um sich das Wunder ebenfalls von Nahem anzuschauen.

Während sich Ellen und Saskia über den Sessel beugten und ungläubig nach Spuren des Kirschsafts in dem Wildleder suchten, erklärte ich ihnen, dass Gool ein selbst erfundenes Zaubermittel angewendet hatte, das imstande war, alle Flecken natürlichen Ursprungs zu eliminieren.

»Großartig«, sagte Ellen.

»Wirklich toll«, sagte Saskia und erhob sich wieder, wobei sie sich auf der Lehne abstützte.

Mit schreckgeweiteten Augen und von Panik ergriffen wisperte ich: »Saskia!«

»Was ist?«, fragte sie nichtsahnend.

Ich zeigte mit zitternder Hand auf die Lehne. Dort prangten gleich mehrere neue rote Flecken. Rot wie Saskias Nagellack.

26

»AAAAAAAHHHHHHH!«, schrie ich. Ich rannte aus dem Haus, um Gools Anwesen nicht zusammenzubrüllen.

»Es tut mir leid«, rief Saskia, die hinter mir herlief. »Oh Mann! Ich dachte, der Lack wäre schon trocken!«

»Das kann doch wohl nicht wahr sein«, kreischte ich völlig außer mir. Meine Stimme überschlug sich. »Hast du sie noch alle? Und wie kommst du darauf, mir so in den Rücken zu fallen! Redest immer von Vertrauen, und dann machst du *so was?* Mit der alten Dame …« Mein Geschrei endete abrupt. »Sorry«, sagte ich matt. »Das war wohl nicht für dich bestimmt.«

Ich ging ein paar Meter weiter und versuchte, mich zu beruhigen. Aber ich konnte nicht. Ich platzte! Vor Wut! Und Enttäuschung. Natürlich nicht wegen des Sessels – oder nicht nur deswegen. Vor allem wegen Jens.

»Aaahhhh«, brüllte ich wieder. »So eine verdammte Riesenscheiße!«

»Moni«, sagte Ellen sanft. »Brüll nicht so, sonst ruft gleich noch einer die Polizei.«

»So, und jetzt sagst du endlich, was los ist«, kommandierte Saskia.

Ich warf meinen Freundinnen einen resignierten Blick zu, und dann berichtete ich stockend, was die Frau in dem roten Toyota mir erzählt hatte.

Sie war die Enkelin einer gewissen Lore Fresen. Und dieser Frau sollte Jens zweitausend Euro abgeknöpft haben. Das fand die Enkelin heraus, als sie aus den Semesterferien nach Hause kam. Jens hatte Frau Fresen über eine Kontaktanzeige angeschrieben, sich eine Zeit lang regelmäßig mit ihr getroffen und sich als angeblicher Freund eingeschleimt und ihr dann vorgejammert, dass er Geld bräuchte, was die alte Frau ihm dummerweise auch gab. Danach tauchte er nicht mehr bei ihr auf, und Frau Fresen war total fertig, weil er ihr einziger Freund gewesen war, wie sie dachte. Aber sich Geld schenken zu lassen war ja alleine noch kein Verbrechen. Deswegen wollte die Enkelin mehr über Jens rausfinden und stellte Nachforschungen an. Und dann dachte sie, ich würde vielleicht mit ihm unter einer Decke stecken.

»Das gibt es doch gar nicht«, rief Saskia, als ich geendet hatte.

»Das kann doch gar nicht sein«, sagte Ellen. »Glaubst du ihr diesen Mist etwa?«

»Ich weiß nicht«, stammelte ich und sank in mich zusammen, hockte mich auf die Bürgersteigkante und legte die Hände vor die Augen. Mein Hirn war in Streik getreten. Ich konnte nur eine Sache denken: Das konnte nicht sein. Es musste sich um einen Irrtum handeln. Mein guter, zuverlässiger Jens wäre niemals zu so was in der Lage.

»Und sie war sicher, dass es Jens war?«, fragte Saskia.

»Ja, sie hat mir ein Foto von ihm gezeigt, das ihre Oma von ihm gemacht hatte«, hörte ich mich sagen.

»Das ist unglaublich«, stöhnte Ellen.

»Was Männer angeht, ist das Unglaublichste immer am wahrscheinlichsten«, erklärte Saskia.

»Und was willst du jetzt machen, Moni?«, fragte Ellen.

»Ich werde nach London fahren und Jens zur Rede stellen«, antwortete ich automatisch.

Saskia und Ellen standen unschlüssig vor mir.

»Dudi«, sagte Fritz, den Ellen auf dem Arm trug, und zeigte auf mich.

Saskia gab Ellen ein Zeichen und ging zurück zum Haus von Gool Hofmann Designs. Zehn Minuten später tauchte sie wieder auf.

»Montag können wir den Sessel wieder abholen«, verkündete sie.

»Montag erst?«, rief Ellen entsetzt. »Und wie teuer wird die Reparatur?«

Ich hörte Saskias Antwort gedämpft wie durch eine dicke Decke: »Eintausendachthundert Euro.«

Ellen sog erschreckt die Luft ein.

Mich tangierte es überhaupt nicht. Jens sollte kriminell sein? Aber wieso? In meinem Kopf verschwamm alles zu einem Gedankenbrei. Nur eines war mir in dem Moment klar: Vielleicht kannte ich meinen Verlobten überhaupt nicht. Vielleicht wusste ich gar nicht, wer er war. Aber wenn ich nicht wusste, wer er war, wie konnte ich dann wissen, wer ich war?

»Keine Sorge, ich habe das bezahlt«, sagte Saskia. »Ist das Mindeste, was ich tun kann.«

»Und was machen wir jetzt?«, fragte Ellen.

Saskia nahm sie beiseite, und sie flüsterten eine Zeit lang. Ein paar Minuten später kamen sie zurück.

»Los geht's«, rief Ellen gut gelaunt.

Saskia reichte mir die Hand und zog mich hoch. Ich ließ mich von ihnen ins Auto bugsieren wie ein Herdentier am unteren Ende der Rangordnung. Eine Stunde dämmerte ich auf der Rückbank vor mich hin. Dann kamen wir plötzlich nur noch im Schritttempo vorwärts, und ich schaute aus dem Fenster. Etwas weiter vor uns war ein Schalterhäuschen und im Hintergrund Eisenbahnschienen.

Das irritierte mich zumindest so weit, dass ich fragte: »Sind wir hier auf dem Hinweg auch vorbeigekommen?«

Die beiden schwiegen einen Moment, dann eröffnete Ellen mir: »Wir fahren nicht nach Köln.«

»Was?«, schrie ich, in einem Aufbäumen der restlichen Energie, die in mir noch vorhanden war. »Aber ich muss meinen Flieger erwischen. Ich muss nach London.«

»Erstens hättest du deinen Flieger höchstwahrscheinlich sowieso verpasst. Zweitens hättest du dann das Problem, dass du am Montag den Sessel wieder bei Gool abholen müsstest«, erklärte Ellen.

»Und außerdem lassen wir dich in deinem Zustand nicht nach London fliegen«, fügte Saskia hinzu. »Du musst jetzt erst einmal runterkommen.«

»Genau«, ereiferte sich Ellen. »Wenn man schlechte Nachrichten bekommen hat, dann haut man erst mal ab und denkt in Ruhe drüber nach.«

»Aber ich weiß doch gar nicht, ob das wirklich stimmt, was die Frau gesagt hat«, jammerte ich.

»Doch, das weißt du«, sagte Saskia.

»Aber ich habe überhaupt keine Beweise! Nur eine Aussage.«

»Eine Aussage von hoher Glaubwürdigkeit ist ein Beweis«, korrigierte mich Saskia.

Meine Lebensgeister erwachten für einen Moment. »Aber *wann* hätte Jens das alles tun sollen? All die Zeit, die er mit der alten Dame angeblich verbracht haben will? Er war immer bei der Arbeit oder bei seinen Eltern.«

»Woher willst du wissen, dass er wirklich da war?«, fragte Ellen.

»Sie haben zusammen eine Familientherapie gemacht«, rief ich und verkniff mir das »Ätsch«.

»Jens hat gesagt, er und seine Eltern hätten eine Familientherapie gemacht?«

»Das glaubst du doch niemals«, sagte Saskia verächtlich. »Kein Mann der Welt geht freiwillig in eine Therapie. Und schon gar nicht mit seinen Eltern.«

»Aber sie hatten doch Probleme, wegen meiner Eltern und ihrem Auftritt und wegen mir und so ...«

»Blödsinn. Alles gelogen.«

Eingeschnappt schwieg ich.

»Ruf sie an«, forderte mich Saskia auf. »Dann hast du deinen Beweis.«

»Ich kann sie doch nicht anrufen! Ich weiß nie, worüber ich mit ihnen reden soll.«

Saskia reichte mir ihr Handy. »Ruf sie an.«

»Ja«, sagte Ellen. »Dann weißt du Bescheid. Bescheid wissen ist immer besser.« Sie schluckte.

Zögernd nahm ich das Telefon. »Aber was soll ich denn sagen?«

»Sag ihnen, die Therapeutin hätte sich gemeldet, und es gäbe ein Problem mit der Rechnung, und sie müssten noch tausend Euro bezahlen. Beim Thema Geld werden alle hellwach.«

Zweifelnd wählte ich die Nummer. Herr Hill meldete sich mit seiner Telefonstimme, die es schaffte, zumindest seinen Namen energisch auszusprechen, um dann in sich zusammenzufallen. Mit belegter Stimme grüßte ich ihn, und dann schwiegen wir uns etwa zehn Sekunden an, bis ich den Satz sagte, den Saskia mir noch mal in Gebärdensprache vom Fahrersitz aus vormachte.

Der Satz mit der unbezahlten Rechnung wirkte tatsächlich Wunder. Plötzlich erwachte Herr Hill zum Leben.

»Tausend Euro für eine Therapie?«, fragte er entrüstet.

»Das kann nicht sein. Das muss ein Fehler sein. Niemals war ich bei einer Therapie.«

»Danke«, sagte ich. »Das dachte ich mir schon.« Dann legte ich auf.

Vor lauter Schock hatte ich sogar vergessen, mich zu verabschieden. Während des Telefonats hatten wir das Schalterhäuschen passiert. Aber ein weiterer Gedanke lenkte mich ab. Wenn er mich schon belogen hatte, was seine Freizeit anging, was war dann erst mit seiner Fortbildung? Mit Saskias Smartphone recherchierte ich ein bisschen über die Seminare der Finance Business School London. Warum hatte ich das bloß nicht früher gemacht? Ich war ja so ein verdammter gutgläubiger Idiot.

»Die Fortbildung war vor zwei Wochen zu Ende«, flüsterte ich atemlos.

In dem Moment fuhren wir eine Rampe hoch und gelangten auf eine Brücke mit Bodenschwellen, die das Auto ordentlich durchschüttelten. Links von uns waren die Schienen. Dann näherte sich ein Mann in orangefarbener Schutzweste, der uns zeigte, bis wo wir vorfahren sollten. Saskia stellte den Motor ab. Ein Zug fuhr links von uns ein, und darauf standen Autos wie auf einem Transporter, genauso aufgereiht wie wir jetzt. Plötzlich setzten auch wir uns in Bewegung, aber ohne dass wir selber fuhren.

»Sind wir schon auf dem Zug? Ach du meine Güte«, rief Ellen aufgeregt.

»Wo fahren wir eigentlich hin?«, fragte ich verwirrt.

Ellen drehte sich zu mir um. »Wir haben beschlossen, dass wir jetzt Urlaub machen.«

»Urlaub?«, kreischte ich.

»Auf Sylt«, sagte Saskia.

»Urlaub auf Sylt?«, wiederholte ich begriffsstutzig.

»Ja, das wird uns allen guttun«, plapperte Ellen. »Wir haben alle eine Pause verdient. Wir lassen uns den Wind um die Nase wehen, und dann sehen wir weiter.«

»Außerdem hat ein Bekannter von mir ein Haus auf der Insel. Er hat mir schon oft angeboten, dort zu übernachten«, sagte Saskia.

»Nein«, protestierte ich, aber zur Antwort drehte sie das Radio lauter, in dem der alte Song »Dreadlock Holidays« lief.

Wir fuhren an ein paar Häusern und Firmengebäuden vorbei, dann öffnete sich die Landschaft zu Wiesen und Feldern. Einige Windräder drehten sich träge im Frühlingswind. Ich konnte es nicht fassen. Sylt? Ich konnte keinen Urlaub auf *Sylt* machen! Ich hatte gerade herausgefunden, dass mich mein Verlobter nach Strich und Faden belogen hatte, und sollte mich nun untätig an den Strand legen?

»Wir müssen umdrehen«, versuchte ich es noch einmal.

»Wir können nicht umdrehen«, beschied Saskia. »Wir sind auf einem Autoreisezug.«

»Wann kommt denn endlich das Meer?«, fragte Ellen aufgeregt.

»Gute Frage ... Da hinten! Da ist es!«, rief Saskia.

Tatsächlich. Es kroch in flachen Wellen über den dunklen Sand. Es dauerte nicht lange, dann waren wir auch schon auf Sylt. Eine Viertelstunde später fuhren wir in Westerland von dem Autoreisezug herunter.

»Wir müssen zurück. Ich muss ...«, sagte ich entkräftet.

»Was musst du denn?«, fragte Saskia herausfordernd.

Darauf fiel mir aber leider keine passende Antwort ein.

»Ich sage es dir: Du kannst im Moment gar nichts machen. Also entspann dich. Wer will Kaffee?«

»Ich«, schrie Ellen von hinten. Saskia hielt vor einer Bäckerei.

Langsam wurde mir alles scheißegal. Ich ließ mir ein Käsebrötchen und einen Milchkaffee in die Hand drücken und kaute bockig darauf rum. Dann entdeckte Saskia einen Drogeriemarkt und kaufte dort die wichtigsten Hygieneartikel wie Zahnbürsten, Zahnpasta, Sonnencreme, Duschgel, Babybrei für Fritz und drei Schachteln Schokomandeln.

»Hier«, rief Saskia, als sie wiederkam. »Guckt mal, was sie auch hatten!« Sie hielt drei Bikinis hoch.

»Da passe ich doch nie im Leben rein«, sagte Ellen. »Die Erdanziehungskraft ist in den letzten Monaten wieder enorm gestiegen, wie mir meine Waage bestätigt hat.«

»Ach was, die passen jedem«, sagte Saskia. »Guck mal, die sind hier zum Zusammenbinden.« Sie hielt die Bänder hoch, mit denen man sowohl Hose als auch Oberteil zuknoten musste.

Wir putzten uns die Zähne direkt auf dem Parkplatz, spülten uns den Mund mit Mineralwasser aus und spuckten alles auf den Boden.

»Jetzt siehst du langsam wirklich aus wie ein Hippie«, sagte Ellen warm und klopfte mir anerkennend auf den Rücken.

»Vielen Dank auch«, giftete ich.

»Ich hab's! Lasst uns einfach nie mehr zurückfahren«, schlug Ellen begeistert vor. »Wir fahren einfach weiter. Wir vier. Lassen alles hinter uns und gondeln durch Europa. Was meinst du, Fritz? Wäre das nicht schön?« Sie stemmte ihn hoch und drehte sich. Ihr Handy klingelte wieder, aber sie ging nicht dran. »Ich will mit meinem Mann sowieso nichts mehr zu tun haben«, sagte Ellen trotzig. »Und du, Moni?«

»Ich?«, fragte ich errötend.

»Ja, du willst doch wohl mit Jens auch nichts mehr zu tun haben, oder?«

Darüber hatte ich noch gar nicht nachgedacht.

»Ich weiß nicht«, stammelte ich.

»Du willst ihn doch nicht ernsthaft heiraten, oder?«, rief Saskia.

»Keine Ahnung!«, schrie ich plötzlich. »Woher soll ich das wissen? Ich habe noch nicht mal mit ihm gesprochen, weil ihr mich ja hierher entführt habt. Und ich kann mich doch nicht so einfach von ihm trennen. Vielleicht … Vielleicht gibt es ja doch für alles eine logische Erklärung.«

»Das glaubst du doch wohl selbst nicht«, sagte Ellen.

»Die logische Erklärung ist, dass er ein Schwein ist«, sagte Saskia.

»Aber er hat mir den Fehler mit der Mandantin auch verziehen«, jammerte ich.

»Reine Taktik«, behauptete Saskia.

»Genau. Er wollte vorbauen für den Fall, dass du dahinterkommst und merkst, dass er alte Frauen ausnimmt«, sagte Ellen.

»Aber warum? Warum macht er so was?«

»Geld und Macht«, sagte Saskia und zuckte mit den Schultern. »Das sind die beiden Dinge, die Männer interessieren.«

»Aber wir haben doch genug Geld. Und gute Jobs. Er muss doch nicht alte Frauen um ihre Rente bringen! Das ist so was von erbärmlich!«

»Du kannst ihn nicht heiraten«, stellte Ellen fest. »So blöd wäre nicht mal ich.«

Der Boden unter meinen Füßen verschwand, meine Knie wackelten, und eine Welle der Panik erfasste mich und schleuderte meine Eingeweide hin und her. Alles um mich herum drehte sich, als mir klar wurde, dass mein ganzes Leben hinüber war.

»Aber was mache ich denn dann?«, rief ich mit erstickter Stimme. »Die Hochzeit und – und meine Zukunft! Mein ganzer Plan – der wäre dann doch im Eimer! Und dann? Was soll ich denn dann bloß tun?« Ich stützte den Kopf in die Hände und hielt ihn fest, damit er nicht wegflog.

»Ja-ha!«, triumphierte Ellen. »Lass das mal Tante Ellen und Tante Saskia machen. Wir haben nämlich genau das richtige Medikament für dich.«

»Ich werde jetzt nicht anfangen zu trinken, damit das mal klar ist.«

»Wer redet denn hier von Alkohol?« Ellen zwinkerte mir zu.

»Wir reden von Lennart«, sagte Saskia.

»Lennart?« Ich schaute verwundert auf. Ein Sonnenstrahl blendete mich.

»Er ist doch auf Sylt«, sagte Saskia.

Ich nickte langsam. Lennart hatte ich in dem Chaos ganz vergessen.

»Na also«, rief Ellen begeistert. »Dann ist ja alles klar. Ein Übergangsmann ist ideal, um mit Liebeskummer aller Art fertig zu werden.«

»Ich habe aber keinen Liebeskummer«, sagte ich, und das stimmte auch. Ich war nur wütend und enttäuscht und ängstlich. Und verwirrt, weil der Gedanke an Lennart meine Laune tatsächlich ein bisschen hob.

»Umso besser«, jubelte Ellen. »In diesem Stadium macht sich ein Übergangsmann am allerbesten. Er bringt einen auf andere Gedanken, noch ehe man am Boden zerstört ist. Und gesünder ist er auch.«

»Gesünder?«, fragte ich irritiert. »Gesünder als was?«

»Na, als unkontrollierte Kalorienzufuhr! Das zweitbeste Mittel gegen Liebeskummer nach dem Übergangsmann.«

»Ich will aber keinen Übergangsmann«, sagte ich.

»Oh. Okay«, sagte Ellen, kramte die Schokomandeln aus der Einkaufstüte und reichte sie mir.

Ich schüttelte nur den Kopf. Ellen zuckte mit den Achseln und riss die Packung auf.

»Dann bleibt nur eine andere Lösung«, sagte Saskia.

»Was soll es denn noch für eine Lösung geben?«, fragte Ellen mit vollem Mund.

»Rache.«

Wir sahen sie verblüfft an.

»Rache ist auch sehr heilsam, wenn man betrogen wurde«, sagte Saskia. »Ich habe meinen Ex angezeigt, weil er im zweiten Staatsexamen gepfuscht hatte.«

»Nein, das hast du nicht getan!«, rief Ellen.

»Doch, na klar. Ihm wurde das Examen aberkannt, und er hat seine Anwaltszulassung verloren. Jetzt arbeitet er nicht als Staranwalt, sondern als Hiwi beim Mieterbund.« Saskia lächelte triumphierend.

Ellen und ich schauten uns an und zogen eine Grimasse. Mit Saskia sollte man sich besser nicht anlegen.

»Das ist Hardcore«, sagte Ellen. »Dagegen ist ein Übergangsmann eine viel sanftere Methode, sich vom Ex zu entwöhnen und auf andere Gedanken zu bringen.«

»Aber er ist doch noch gar nicht mein Ex, und ich kann doch nicht einfach …«, versuchte ich einzuwenden.

»Warum denn nicht?«, unterbrach Saskia. »Jens hat es wirklich nicht besser verdient.«

Ich zögerte immer noch. Es kam mir einfach falsch vor. Erst einmal müsste ich mit Jens alles klären, bevor ich mit einem anderen Mann was anfing. Andererseits war die Aussicht, Lennart wiederzusehen, verlockend. Er fand, dass ich spontan war. Und lustig. Und er hatte mich geküsst.

»Du musst ja auch gar nicht mit Lennart in die Kiste springen. Dann klärst du einfach nur das Missverständnis mit deinem Vater auf«, argumentierte Ellen. »Und dann gehen wir ein Eis essen.«

»Und um Jens und seine Machenschaften kümmerst du dich, wenn du wieder zu Hause bist«, sagte Saskia. »Jetzt kannst du da sowieso nichts machen.«

Damit hatten sie natürlich recht.

»Los! Das wird lustig«, sagte Ellen. »Hab doch einfach mal etwas Spaß.«

»Also gut«, sagte ich mürrisch, um wenigstens die Fassade von der anständigen Moni aufrechtzuerhalten.

»Juchhu!«, rief Ellen und strahlte vor Aufregung. »Wer weiß? Vielleicht hat er ja auch noch einen netten Freund für mich! Und dann suchen wir nur noch für Saskia einen, und alles ist wieder gut.«

Das bezweifelte ich.

»Aber ich habe keine Ahnung, wo er sein könnte«, wandte ich ein.

»In List gibt es eine Algenfarm«, informierte Saskia. »Und das Alfred-Wegener-Institut für Meeresforschung. Da müsste Lennart irgendwo zu finden sein.«

»Es ist auch nicht weit«, sagte Ellen.

»Man könnte fast den Eindruck haben, als hättet ihr das alles geplant«, sagte ich. Saskia und Ellen warfen sich einen verschwörerischen Blick zu.

Wir fuhren nach Norden. Die sanfte Dünenlandschaft mit dem allgegenwärtigen Dünengras erstreckte sich links und rechts von uns, und Teppiche von Heidekraut, das in der Sonne seine zartlila Blüten öffnete, bedeckten den sandigen Boden.

»Hat dein Bekannter auch so eins?«, fragte ich und zeigte auf eines der reetgedeckten Häuser, das auf einem der Hügel einen guten Aussichtspunkt ergattert hatte.

»Hmmmja«, machte Saskia.

»Hast du ihn schon angerufen?«, wollte Ellen wissen.

»Ja, es geht alles klar. Ach, schaut mal, da!« Sie zeigte nach rechts, wo jetzt das Wattenmeer sichtbar wurde.

List war ein kleiner Ort ganz im Norden von Sylt. Die Algenfarm fanden wir auf Anhieb, denn sie lag direkt an der Hauptstraße neben dem Bistro einer Austernfarm.

»Wir versuchen es erst hier. Dann fahren wir weiter zu dem Institut«, bestimmte Saskia und bog auf den Parkplatz ein.

»Aber was soll ich ihm denn sagen?«, fragte ich nervös, denn das ging alles schneller, als mir lieb war. Ich fühlte mich überfordert bei der Aussicht, Lennart gleich gegenüberzustehen.

»Ganz einfach«, sagte Saskia. »Die Wahrheit.«

Wir stiegen aus. Es war hier deutlich kühler als in Itzehoe. Die Sonne war warm, aber der Wind ziemlich frisch. Eine Frau, die mit ihren Gummistiefeln und Handschuhen aussah, als ob sie auf einem Fischkutter anheuern wollte, kam mit einer grauen Kiste in den Händen aus einem Schuppen.

»Entschuldigen Sie«, sprach ich sie höflich an, »wir suchen Lennart Heinrichs. Er forscht über Algen.«

Sie musste nicht lange überlegen. »Jou«, sagte sie mit deutlich norddeutschem Akzent. »Der müsste hinten sein. Die packen gerade Sachen für die Fahrt ins Kattegat.« Sie deutete mit dem Kopf auf einen Kombi mit offener Heckklappe, der weiter hinten auf dem Hof neben einer Reihe runder Wasserbassins stand.

Ich bedankte mich bei ihr und ging zu meinen Freundinnen zurück. »Habt ihr gehört? Er ist da! Und jetzt? Oh Gott, oh Gott, oh Gott, was wird er sagen, wenn er mich sieht? Er war so sauer und …«

»Los, komm, ich begleite dich«, unterbrach Saskia und nickte mir aufmunternd zu.

»Viel Glück«, rief Ellen, die beim Auto blieb, um Fritz zu wickeln.

Im Kofferraum des Kombis stapelten sich weiße Plastikkisten, daneben lagen Gummistiefel und darauf zwei dicke, dunkelblaue Jacken. Von Lennart war nichts zu sehen. Weiter hinten stand ein Hoftor auf, aber ich würde jetzt hier warten, bis er kam.

Ich sah Saskia zweifelnd an und biss mir auf die Lippen. »Aber was, wenn er mir nicht glaubt?«

»Erklär ihm einfach das Missverständnis.«

»Und dann?«

»Dann wirst du wissen, ob er dich wirklich mag oder nicht.«

Ich nickte nervös. Es klang wie einer der Ratschläge meiner Mutter, die mir in der Vergangenheit nur Ärger eingehandelt hatten.

Und dann kam er. Er trug eine Plastikbox. Seine Muskeln spannten sich unter dem kurzärmeligen T-Shirt. Mir wurde warm im Bauch und kalt an den Händen. Er sah so gut aus mit diesem Bart und den blonden Haaren. Sein Anblick machte mich kribbelig.

Als er mich sah, stutzte er, runzelte die Stirn und senkte den Blick. Trotzdem hatte ich gesehen, dass er kurz gelächelt hatte.

Ich ging auf ihn zu. »Hey«, sagte ich. »Da bist du ja.«

Er lud die Kiste in den Kofferraum. »Was machst du denn hier?«, fragte er barsch, ohne mich anzusehen.

»Ich – äh, bin gekommen, um dir alles zu erklären.«

»Aha«, machte er und sortierte weiter die Sachen im Kofferraum.

»Dieser Mann im Whirlpool war nicht mein Freund oder so was. Igitt! Das war nur mein verrückter Vater, der die Angewohnheit hat, sich immer dann nackt auszuziehen, wenn er mich am besten blamieren kann.«

»Echt?« Lennart richtete sich auf. In seinen blauen Augen spiegelten sich die Wolken und der Himmel von Sylt.

Ich nickte. »Großes Indianerehrenwort.«

»Und du bist nach Sylt gefahren, um mir das zu sagen?«, fragte er verblüfft.

»Ja.«

Seine Mundwinkel zuckten amüsiert. Doch dann bekam er wieder den finsteren Gesichtsausdruck und sagte: »Auf den Fotos im Haus sah dein Vater aber ganz anders aus.«

Saskia, die etwas abseits stand, rief: »Hey, guckt mal.«

Wir schauten zu ihr rüber, sie hielt ihr Handy hoch und machte offensichtlich ein Foto. Wie peinlich war das denn? Als wären wir pubertierende Mädchen. Fehlte nur noch, dass sie es auf ihre Facebook-Seite hochlud.

»Ja«, sagte ich eifrig, »das liegt daran, dass das auf den Bildern gar nicht mein Vater ist, sondern …«

Ich wurde unterbrochen von einem älteren Mann mit Wollmütze, der eine weitere Kiste mit technischem Equipment ins Auto lud. »Es geht in fünf Minuten los«, sagte er zu Lennart und verschwand wieder.

»Der Mann ist gar nicht mein Vater …«, nahm ich schnell den Faden wieder auf, musste aber kurz überlegen, wie ich das jetzt am besten formulierte. Es war ja doch merkwürdig, dass ich im Haus meines Chefs schlief. Aber ich kam sowieso nicht weiter, weil sich plötzlich Saskia einmischte.

»Lennart Gehrke?«, fragte sie, und ihre Stimme klang hart, als wäre sie vor Gericht. Mein Kopf fuhr entsetzt herum.

»Ich bin Saskia Voigt, Rechtsanwältin. Ich vertrete Ihren Vater, Ulrich Gehrke, in der Scheidungsangelegenheit und brauche Sie als Zeuge vor Gericht.«

Ich war so verblüfft, dass mir der Mund offen stand. Lennart war der Sohn von Ingrid und Ulrich Gehrke, dem Schauspielerehepaar, das sich gerade einen Rosenkrieg lieferte!

Lennart wurde kalkweiß. Dann sah er mich an. Seine Augen funkelten vor Abscheu. »Ach, deswegen bist du also hinter mir her«, stieß er hervor.

»Nein, Lennart, davon wusste ich überhaupt nichts!«, rief ich verzweifelt. Ich fasste ihn am Arm, aber er machte sich los, eilte um das Auto herum, ließ sich auf den Beifahrersitz fallen und knallte die Tür zu.

»Lennart«, rief ich, aber er reagierte nicht. Wie vom Donner gerührt sah ich, wie Saskia ans Auto trat. »Rufen Sie mich an«, sagte sie und schob eine Visitenkarte durch den schmalen Schlitz des fast geschlossenen Fensters. »Wenn Sie nicht vor Gericht erscheinen und bestätigen, dass Ihre Mutter ihren Liebhabern viel Geld zugesteckt hat, unter anderem Ihrem ehemaligen Mitbewohner Paul Henkel, werde ich dafür sorgen, dass Ihr Foto veröffentlicht wird. Die Boulevardpresse interessiert sich sehr für den abgetauchten Sohn des Glamourpaars, der immer unter den Eskapaden seiner Eltern gelitten hat.«

Lennart starrte stumm vor sich hin. Ich konnte gar nicht fassen, was ich da hörte – und schon gar nicht reagieren.

»Überlegen Sie es sich gut«, sagte Saskia ungerührt. »Die Journalisten sind sicher auch daran interessiert, wo Sie zu finden sind und wo Ihre Oma wohnt. Und gerade die braucht doch wohl Ruhe nach dem Tod ihres Mannes, oder?«

Lennart würdigte sie keines Blickes. Sein Kollege kam mit einer letzten Tasche, ungerührt stellte er sie in den Kofferraum und knallte die Klappe zu. Zehn Sekunden später bogen sie auf die Straße ein und waren verschwunden.

28

Jetzt erst kam wieder Leben in mich. »Was ist mit dir los?«, schrie ich Saskia an. »Spinnst du jetzt total?«

»Reg dich ab«, sagte sie ganz ruhig. »Mit euch wäre das sowieso nie was geworden. Der Typ ist nichts für dich.«

»Diese Entscheidung kannst du doch wohl mir überlassen!«

»Saskia, das war jetzt aber echt nicht in Ordnung«, mischte sich Ellen ein.

»Hast du davon gewusst?«, herrschte ich sie an.

»Nein«, rief Ellen überzeugend. »Ich hatte keine Ahnung.«

»Lennart redet nie wieder mit mir, und das nur wegen dir!« Ich stampfte wütend mit dem Fuß auf.

»Ich habe dir einen Gefallen getan«, behauptete Saskia. »Du hättest dich vielleicht fünf Minuten mit ihm amüsiert, dann wäre doch wieder Schluss gewesen, und du wärst richtig im Arsch. Also stell dich nicht so an.«

»Ich stell mich aber an. Du hast mich belogen!«, rief ich.

»Jetzt mach nicht so eine Riesensache daraus. Ich habe dir geholfen mit dem Sessel, sodass du deinen Job behältst. Und jetzt hast du mir halt geholfen, meinen Job gut zu machen! Ich muss diesen Fall gewinnen. Unbedingt. Ich muss einfach!« Sie klang verbissen.

»Ist es wegen deiner Eltern?«, fragte ich etwas ruhiger

und dachte an ihren Aussetzer vor Gericht. »Weil sie dir so einen Druck machen?«

»Ach, Blödsinn«, schnaubte Saskia. »Die machen doch keinen Druck. Ich kann alleine entscheiden, was notwendig ist und was nicht. Ich bin zum Glück nicht so eine trübe Tasse, die nur auf Druck ihrer Eltern zur Tat schreitet. Tsss!«

Ich schüttelte fassungslos den Kopf. »War dein Weinen heute Nacht wegen deiner Eltern etwa nur gespielt?«

Sie zuckte mit den Schultern und schaute mich abschätzig an. »Was willst du jetzt genau hören, Moni?«

»Gar nichts, Saskia. Spar es dir!« Plötzlich schoss mir ein Gedanke durch den Kopf. »Die Flecken mit dem Nagellack hast du absichtlich gemacht, oder?«

Sie verdrehte die Augen. »Das war doch auch nur zu deinem Besten. Sonst wärst du jetzt zu diesem Schwachkopf Jens unterwegs.«

Ich schaute sie an, ihre hübsche Fassade, und dachte auf einmal, dass sie sich sehr verändert hatte. »Du bist echt ganz schön fies, weißt du das?«

»Danke schön«, sagte sie grinsend, als ob das ein Kompliment gewesen wäre. »Man tut, was man kann … He!«

Ellen hatte Saskia das Handy aus der Hand gerissen und umklammerte es hinter ihrem Rücken.

»Hey, gib das wieder her«, schrie Saskia.

»Nur, wenn du das Foto löschst.«

»Das geht dich doch gar nichts an. Hast du nicht schon genug Probleme mit deinem fremdgehenden Mann?«

Saskia sprang auf sie zu, aber Ellen hielt das Handy über ein Betonbassin, das mit Wasser gefüllt war.

»Wenn du mich anfasst, lasse ich es fallen«, schrie Ellen.

»Okay, okay.« Saskia hielt die Hände hoch und blieb stehen. »Und jetzt gib mir mein Handy wieder.«

»Gib es ihr nicht, Ellen.«

»Auf keinen Fall«, sagte sie und tippte auf dem Smartphone rum. »Upps. Gelöscht.« Sie sah Saskia triumphierend an und ließ zu, dass Saskia sich ihr Telefon schnappte.

Fluchend checkte sie die Bilder, dann musterte sie uns voller Verachtung. »Meine Güte! Ihr seid solche sentimentalen Schwachköpfe«, ätzte sie. »Die Männer machen mit euch, was sie wollen, und dann hauen sie ab, wenn es ihnen passt. Aber das habt ihr auch nicht besser verdient.« Sie drehte sich um und stapfte die Straße hinauf, ihre Tasche über der Schulter.

»Hey«, rief ich. »Wenn du jetzt gehst, brauchst du nicht mehr wiederzukommen.«

Und sie ging.

»Was ist nur mit ihr los?«, fragte Ellen. »Hat sie eine Gehirnwäsche gehabt, oder was?«

»Ich würde sagen, jetzt haben wir unsere Freundin erst richtig kennengelernt.«

»Sie ist nicht mehr meine Freundin«, meinte Ellen.

»Meine auch nicht.«

»Was für ein Biest.«

»Ja. Was für ein Biest.«

Saskia war nur noch ein kleiner, roter Punkt am Straßenrand. Sie würde jetzt zu ihrem Bekannten ins Haus gehen – falls das mit dem Haus nicht auch gelogen war.

Es war merkwürdig. Obwohl gerade eine weitere Katastrophe über mich hereingebrochen war, fühlte ich mich seltsam ruhig. Aber das lag natürlich nur daran, dass wir jetzt ein viel dringenderes Problem zu lösen hatten, als dass Lennart weg und Saskia ein karrieregeiles Biest war, das über Leichen ging. Wir hatten weder Geld noch Kreditkarten und nur noch zwanzig Liter Benzin im Tank. So würden wir nicht von Sylt wegkommen. Ich sah uns schon in dem Bus hausen, in zerfetzten Klamotten. Wir könnten Modeschmuck aus leeren Plastikflaschen basteln und verkaufen. Oder so.

Aber weitaus besser war, erst einmal alles auf den Kopf zu stellen und zu sehen, ob nicht doch irgendwo Geld versteckt war. Ellen durchwühlte ihre Taschen, kippte die Wickeltasche aus und durchforstete alle Täschchen und Tüten, die zum Vorschein kamen. Nichts.

»Ist hier drin nicht irgendwo ein Geheimversteck, oder so?« Ellen zeigte im Wohnmobil herum, und ich fing an, die selbst gezimmerten Einbauschränke zu durchsuchen. Ohne Erfolg.

»Und was ist das da?«, fragte Ellen und zeigte auf die metallene Arbeitskiste meines Vaters.

»Stimmt. Da habe ich noch nicht nachgesehen.« Ich zog sie unter dem Tisch hervor. Normalerweise war sie immer mit einem Vorhängeschloss gesichert, aber vermutlich hatte mein Vater mal wieder den Schlüssel verbummelt und sie deswegen gleich offen gelassen. Ich fand darin aber neben Werkzeug nur eine leere Butterbrotdose und das Malzeug meiner Mutter.

Darunter entdeckte ich dann doch noch etwas, das uns weiterbringen konnte: eine Edelstahlkassette, die wie ein kleiner Safe aussah.

»Da könnte doch was drin sein, oder?«, fragte Ellen atemlos.

»Aber sie ist abgeschlossen«, sagte ich und zeigte auf das Vorhängeschloss.

»Genau. Weil da was Wertvolles drin ist«, mutmaßte Ellen.

»Aber wie sollen wir sie aufkriegen?«, fragte ich und rüttelte an dem Schloss.

»Mit einem Austernbrecher vielleicht?«, schlug Ellen vor.

»Wohl kaum. Ah, da fällt mir was ein!« Die Baumschere, die ich in dem Stauraum über der Fahrerkabine gesehen hatte. In dem Moment ging mir auf, dass es natürlich keine Baumschere war, sondern ein Bolzenschneider, den mein Vater immer dabei hatte, falls er mal wieder die Schlüssel für ein Vorhängeschloss verloren hatte.

Ich kramte ihn hervor, setzte ihn an dem Schloss an und stemmte mit aller Kraft. Es gab ein kleines Knacken, und das Schloss war durch! Gespannt hoben wir den Deckel.

»Och nöö. Was ist denn das?«, fragte Ellen enttäuscht. In der Stahlkassette lag nur eine zerschrammte kleine einarmige Holzfigur in einem Bett aus Schaumstoff.

»Vermutlich irgendein Teil, das mein Vater auf dem Flohmarkt gekauft hat und restaurieren will«, sagte ich und schlug den Deckel wieder zu. »Verflixt. Und jetzt?«, fragte ich. »Wie sollen wir denn wieder nach Hause kommen?«

In dem Moment klingelte Ellens Handy. Zum dreißigsten Mal heute. »Papa«, sagte Fritz.

Ellen und ich sahen erst uns erstaunt an, dann den kleinen Fritz, der zufrieden vor sich hinlächelte.

»Er hat Papa gesagt«, stellte ich fest.

Ellens Blick wurde weich. Ihre Augen füllten sich mit Tränen. Sie drückte mir Fritz auf den Arm, dann ging sie ran. »Hallo, Arne«, sagte sie.

»Na, endlich«, hörte ich Arne durchs Telefon rufen. »Wo seid ihr denn?«

»Auf Sylt.« Ellen sagte es in einer Mischung aus Herausforderung und Traurigkeit.

Ich lief mit Fritz ein bisschen auf und ab und konnte nur noch hören, was Ellen sagte. Wobei sie im Grunde kaum redete. Sie hielt sich nur stumm das Telefon ans Ohr, und die Tränen kullerten ihr über die Wangen.

»Auf dem Parkplatz der Austernfarm in List«, sagte sie schließlich, und dann: »Ja, ich mich auch … Ja, ich dich auch. Bis dann.« Sie lächelte, als sie zu mir kam.

»Er hat gar keine Affäre«, sagte sie erleichtert.

»Waaas?« Ich atmete auf. »Das sind ja großartige Neuigkeiten. Aber warum hat er es denn gesagt?«

»Weil er so sauer auf meine Mutter war. Janina ist die Frau eines sehr guten Kunden, und sie war liegen geblieben mit ihrem Auto und hatte ihren Mann nicht erreicht. Deswegen hatte sie versucht, Arne anzurufen. Und weil meine Mutter mir den Floh mit der Affäre ins Ohr gesetzt hatte, war Arne total wütend und wollte mir einen Schrecken einjagen. Und jetzt tut es ihm schrecklich leid, und er meinte, er hätte eine Scheißangst gehabt und sich solche Sorgen gemacht um mich und Fritz, und alles ist wieder gut.« Sie wischte sich eine Träne von der Wange.

»Oh, ich freue mich so für dich«, sagte ich und hätte auch fast geweint. Sie nahm mir Fritz wieder ab, und dann umarmten wir uns zu dritt.

»Gaga«, sagte Fritz und kniff mir in die Nase.

»Papa kommt uns abholen«, sagte Ellen zu ihm. »Sag mal Papa!«

»Drrrrrrrr.«

»Nein. Papa.«

»Guuuuii.«

Ellen lachte. »Was soll's! Du hast eben Papa gesagt. Wir haben es genau gehört.«

Wir aßen Knäckebrot und Corned Beef und Schokomandeln und tranken Wasser. In dem Bistro der Austernfarm durften wir auf Toilette gehen. Später baute ich aus Tisch und Rückbank das Bett und holte Schlafsäcke und Kissen aus dem Stauraum über der Fahrerkabine und machte es uns gemütlich. Dann legten wir uns hin, mit Fritz in der Mitte, und redeten darüber, wie wir Saskia in einem Yogakurs kennengelernt hatten und wie sehr sie sich verändert hatte. Wir sprachen über Arne und sein in die Hose gegangenes Täuschungsmanöver, über Dagmar und Ellens Vater. Und dann erzählte ich Ellen, dass Lennart mich geküsst hatte.

»Was?«, rief sie. »Und das sagst du mir erst jetzt?«

»Ja. Es war mir peinlich. Wegen Jens. Meinem *Verlobten.*«

»Exverlobten, meinst du wohl.«

»Wie kann das sein«, fragte ich aufgebracht, »dass man sich derart in Menschen täuschen kann? Wieso können Leute auf einmal ganz anders sein, als man immer gedacht hat?«

»Sie können sich halt gut verstellen«, sagte Ellen und gähnte.

»Nur bei dir bin ich sicher, wer du bist.«

»Das kannst du auch.«

»Es ist toll, eine Freundin wie dich zu haben.«

»Finde ich auch«, murmelte sie.

»Weißt du noch, unser Urlaub auf Mallorca, damals nach der Schule?«

Es kam keine Antwort mehr, und eine Minute später war ich auch eingeschlafen.

Gegen sechs Uhr in der Früh klopfte jemand an unseren Bus.

»Ellen? Ich bin's!« Es war Arne. Er hatte sich sofort nach dem Telefonat ins Auto gesetzt und war losgefahren. Um fünf Uhr morgens hatte er den ersten Autoreisezug genommen.

Ich öffnete die Tür.

»Hi, Moni«, sagte er, suchte aber sofort nach Ellen. Arnes Augen wurden feucht, als er sie sah. Sie saß noch im Bett, die Haare verwuschelt, Fritz auf dem Arm.

»Ellen. Fritz«, sagte er und kämpfte mit den Tränen. Sofort wurde mir flau vor lauter Rührung.

»Komm ruhig rein«, sagte ich mit belegter Stimme. Ich schnappte mir eine Decke, legte sie mir um die Schultern, schlüpfte in meine Schuhe und überließ der kleinen Familie den Bus. Ich lief in der Morgendämmerung auf und ab. Es war noch ziemlich kühl. Die Sonne war zwar schon aufgegangen, hatte aber noch keine Kraft. Sie hing hinter einer Wand aus Dunst über dem Meer, als ob sie noch überlegte, ob sie nach oben steigen oder wieder ins Meer sinken sollte.

Nach einer Viertelstunde öffnete sich die Schiebetür, und Ellen und Arne kamen heraus. Sie hatten beide geweint und hielten sich lächelnd an den Händen. Nur Fritz war vergnügt wie eh und je.

»Sag mal Papa«, versuchte Ellen es noch einmal, aber Fritz strahlte sie nur stumm an. »Gestern hat er es gesagt. Nicht wahr, Moni?«

»Ja, ich habe es genau gehört«, bestätigte ich. »Sein erstes Wort war Papa!«

Wir luden den Maxi-Cosi in Arnes Auto und fuhren zum Hafen, um zu frühstücken. Es gab Fischbrötchen und Kaffee, und selten hatte etwas so lecker geschmeckt. Beim Essen legte Arne den Arm um Ellen. Sie küssten sich alle paar Minuten. Es war schön zu sehen, dass Saskia unrecht gehabt hatte. Es gab Paare, die füreinander bestimmt waren.

»Und du bist sicher, dass wir dich hier alleine lassen können?«, fragte Ellen zum zwanzigsten Mal.

»Na klar«, sagte ich so überzeugend wie möglich. »Macht euch keine Sorgen. Ich werde heute auf dem Campingplatz schlafen und morgen ganz früh zurückfahren und den Sessel abholen. Und mit Jens kläre ich alles, wenn ich zurück bin.«

»Das Geld hast du noch?«, fragte Ellen.

»Ist sicher verstaut«, sagte ich. Arne hatte mir zweihundert Euro geliehen.

Ellen umarmte mich lange. »Viel Glück. Und pass auf dich auf«, flüsterte sie.

»Gute Fahrt!«, sagte ich. »Ich melde mich, wenn ich wieder in Köln bin.« Ich gab Fritz einen Kuss auf die Wange und winkte ihnen hinterher.

Es war ein komisches Gefühl, plötzlich allein zu sein, so weit weg von zu Hause. Um nur ja keine Sentimentalität aufkommen zu lassen, setzte ich mich schnell hinters Steuer und fuhr los. Ich würde mir jetzt einen Campingplatz suchen, irgendwo am anderen Ende der Insel vielleicht. Also bog ich auf die Straße nach Süden ein.

Nach ungefähr zehn Kilometern sah ich ein Schild, das auf einen Parkplatz in Strandnähe hinwies, und so beschloss ich, mir mal den Strand anzugucken. Es war erst zehn Uhr morgens, und ich musste ja irgendwie den Tag rumkriegen, ohne durchzudrehen.

Ich bog rechts ab und fuhr auf den Parkplatz. Es war schon ziemlich voll, klar, bei dem schönen Wetter. Hier parkten auffällig viele Luxuskarossen: Porsche, BMW, Jaguar, Mercedes, Maserati, Bugatti. Das könnten alles meine Mandanten sein. Ich musste grinsen. Gegen die Superschlitten war mein Bus natürlich eine total erbärmliche Schleuder. Aber was soll's. Hauptsache, ich fand noch ein Plätzchen.

Und tatsächlich – am Ende der mittleren Reihe entdeckte ich einen freien Parkplatz. Ein Motorjaulen machte mich plötzlich auf das hinter mir fahrende Auto aufmerksam. Ein schwarzes Mercedes-Coupé hing mir fast auf der Stoßstange.

An mir kommst du nicht vorbei, dachte ich, da bog der Wagen nach links ab. Ich erkannte sofort, was die Fahrerin vorhatte: Sie wollte mich in der Parallelspur überholen, um den letzten freien Parkplatz zu ergattern. Sie gab ordentlich Gas. Aber ich auch. Und da sie außen rum fahren musste, und mein Bus größer war, war ich trotzdem eine Sekunde früher da und raste mit meinem Bus auf den Parkplatz. Die Mercedes-Fahrerin musste ordentlich auf die Bremse steigen. Ich kletterte aus der Beifahrertür hinaus.

Die Mercedes-Fahrerin ließ ihre Fensterscheibe heruntergleiten und sagte in arrogantem Tonfall: »Sie haben mir den Parkplatz weggenommen.« Die Beifahrerin nickte bestätigend hinter ihrer gigantischen Sonnenbrille.

»Nein, habe ich nicht. Ich war einfach vor Ihnen da. Tut mir leid, aber das war ganz klar mein Parkplatz.«

»Unverschämtheit«, sagte die Beifahrerin schrill. »Typisch für …« Sie ersetzte das Ende des Satzes durch einen abschätzigen Blick. Ich hatte natürlich genau verstanden, was sie von mir in meinem freakigen Outfit hielten. Die beiden Frauen in dem Coupé waren von der modernen Schönheitschirurgie in Zwillinge verwandelt worden, mit prallem Teint, schmalen Nasen und vollen Lippen. Nur die Haarfarbe unterschied sie: Die Fahrerin war blond, ihre Freundin brünett.

»Solche Autos sollten verboten werden«, meldete sich jetzt die Fahrerin zu Wort.

»Keine Sorge, das ist nicht meins«, sagte ich und schob

die Seitentür auf, um mir meine Strandsachen rauszuholen.

Die Fahrerin ließ den Motor noch mal aufheulen, aber weil ich mich davon nicht beeindrucken ließ, versuchte sie es anders: »Besorgen Sie sich einen anständigen Job, anstatt mit Ihrer Nichtsnutzigkeit hier die Leute zu belästigen.«

»Und mit diesem Schrotthaufen Parkplätze zu blockieren«, zeterte die Beifahrerin.

Ich zog mir die Schuhe aus, weil es nur ein paar Meter bis zu den Dünen waren, hinter der der Strand lag. Von diesen Schnepfen würde ich mir nicht die Laune verderben lassen – außer sie machten so weiter.

Sie machten weiter. »Und ich dachte, Hippies gäbe es nur noch im Naturkundemuseum, in der Abteilung prähistorische Mutanten«, sagte die Blonde und lachte hämisch.

Ich musste hier schnell weg, sonst würde ich ihnen noch mit dem Bolzenschneider den Mercedesstern abknipsen. »Tja, Mädels. Sieht nicht so aus, als ob hier in der nächsten Zeit noch ein Parkplatz frei werden würde«, sagte ich. »Einen schönen Tag noch.«

Ich nahm eine Decke und ein Handtuch aus dem Auto und knallte die Schiebetür zu. Die beiden Freundinnen tuschelten miteinander.

»Ich gebe ihnen zwanzig Euro für den Parkplatz«, sagte die Fahrerin.

Ich reagierte nicht.

»Dann eben fünfzig.«

Ich winkte ihnen, ohne mich umzudrehen.

Kleine Steinchen piksten in meine Fußsohlen, als ich über den gepflasterten Weg ging. Mit Jens hätte ich das nie gemacht. Die Schuhe ausgezogen. Er hätte acht Gründe aufgeführt, warum das eine absolut idiotische Idee war. Mindestens. Deine Füße werden dreckig. Du könntest in eine Scherbe treten. Oder in einen Nagel. Da ist überall massig Hundekacke auf dem Weg. Du schleppst den ganzen Sand ins Auto. Wir können nicht so schnell gehen. Wenn dir einer auf die Füße tritt, tut es total weh. Und überhaupt, wie sieht das denn aus!

Ich kicherte. Zu meinen bunten Hippieklamotten passten nackte Füße perfekt. Trotzdem achtete ich natürlich gut darauf, wohin ich trat. Jedes Steinchen pikste in den Fußsohlen. Es kam mir vor wie ein Abenteuer. Die Sonne stand schon so hoch, dass auch der Strand an der Westseite der Insel in der Sonne lag.

Ich sprang von der Treppe in den Sand und lief hinunter zum Wasser. Die Wellen schwappten über meine Füße, und die Kälte überraschte mich. Aber es war total erfrischend! Ich hob eine Muschel auf. Nach ein paar hundert Metern breitete ich die Decke aus und setzte mich darauf. Ich schaute aufs Meer. Auf die Brandung. Zum Horizont.

Was machte Jens wohl gerade in England? Oder wo auch immer er in diesem Moment war. Und Lennart? Er ärgerte sich sicher schwarz über mich. Denk nicht dran, ermahnte ich mich.

Eine Familie mit zwei Töchtern ließ sich in meiner Nähe nieder, und die Kinder sprangen juchzend zum Wasser und tobten schon kurz darauf in den Wellen. Das sah nach Spaß aus. Ich zog mein Multikulti-Outfit aus, darunter trug ich den blau-weiß gestreiften Bikini. Als ich bis zu den Knien im Wasser stand, überkamen mich erste Zweifel, ob es wirklich eine gute Idee war, schwimmen zu gehen. Zwischen angenehm erfrischend und saukalt war es nur ein schmaler Grat. Als mir das Wasser bis zum Oberschenkel ging, war ich mir sicher, dass es eine Schnapsidee war, und ich wollte schon umdrehen, da schwappte mir eine Welle entgegen, die mich bis zum Bauch nass machte. Ich japste nach Luft. Bei der nächsten Welle sprang ich hoch und drehte ihr den Rücken zu, aber irgendwie rutschte ich beim Aufkommen ab und tauchte komplett ins kalte Wasser. Die Welle brach über mir, ich drehte mich einmal um die eigene Achse und tauchte prustend wieder auf. Die nächste Welle rollte heran, ich drückte mich vom Sandboden ab und sprang wieder hoch. Jemand jauchzte. Ich stellte fest, dass ich das selbst gewesen war.

Nach ein paar Minuten hatte ich mich fast an die Temperatur gewöhnt. Ich legte mich auf den Rücken, spielte »Toter Mann« und schaute in den blauen Himmel, der von ein paar zarten Schleierwölkchen durchzogen war. Ich paddelte noch etwas herum und wollte mich von der nächsten Welle zurück ans Ufer tragen lassen. Die Welle kam, ich machte mich steif wie ein Surfbrett und ließ mich ans Ufer gleiten.

Da merkte ich plötzlich, dass sich mein Bikinioberteil löste! Es glitt mir vom Körper, und ich versuchte noch, es zu schnappen, erwischte es aber nicht mehr. Das Wasser war definitiv nicht klar genug, um jetzt danach zu tauchen. Mist! Ich schwamm noch ein paarmal hin und her, aber als ich merkte, dass sich auch der Knoten von meinem Höschen löste, beschloss ich aus dem Wasser zu gehen, bevor ich das auch noch verlor.

Ich tat so, als ob ich mich an der Schulter kratzen würde, um mit dem Arm meine nackte Brust zu verdecken, und ließ mich bäuchlings auf meine Decke fallen. Sie war sonnenwarm. Ich lag einen Moment so da, und während ich mich trocknen ließ, musste ich mir eingestehen, dass es sich gar nicht so schlecht anfühlte. Das Nacktsein. Solange keiner in der Nähe war, der einen kannte jedenfalls.

Sonnencreme wäre nicht schlecht, dachte ich, und stellte mir unwillkürlich vor, wie Lennart mir den Rücken eincremte. Jens mochte keine Sonnencreme, weil man davon schmierige Finger bekam. Wir waren immer im Schatten geblieben, wenn wir an den Gardasee gefahren waren, wo seine Tante ein Appartement besaß. Ich hätte gerne auch mal woanders Urlaub gemacht, aber Jens fand es idiotisch, woanders hinzufahren, wo es nicht schöner war, aber viel, viel teurer, weil wir für ein Hotel bezahlen mussten. Manchmal war er schon ein echter Langeweiler.

Saskia hatte vielleicht doch recht: Eine Beziehung war eine Mischung aus Anstrengung und Langeweile. Wie es mit Lennart wohl wäre? Das würde ich niemals erfahren.

Langsam wurde mir heiß, und meine Haut sah auch schon rot aus. Vermutlich hatte ich genug pralle Sonne für einen Tag abbekommen. Ich streifte mir mein buntes Hemdkleid über, zog die türkische Pumphose wieder an und machte mich auf den Rückweg. Auf der Treppe kamen mir immer neue Urlauber entgegen, die an den Strand wollten.

Es war wirklich ein herrlicher Tag – jedenfalls für Leute, die nicht gerade den Verrat ihres Verlobten entdeckt und einen potenziellen Übergangsmann vergrault hatten. Oh Gott! Was war nur mit meinem Leben passiert? Am besten nicht drüber nachdenken. Ich würde mir jetzt einen Campingplatz suchen und danach irgendwo ein Eis essen gehen. Und danach … Danach konnte ich machen, was ich wollte. Ich hatte ja keine Termine heute. Ich musste grinsen bei dem Gedanken.

Auf dem Parkplatz warteten schon einige Autos darauf, dass jemand wegfuhr. Sie würden sich freuen, dass gleich ein Platz frei wurde. Ich ließ den Blick über die Reihen schweifen und war irritiert. Ich hatte doch am Ende der mittleren Reihe geparkt. Verwundert lief ich auf den Parkplatz, schaute von links nach rechts, von vorne bis hinten. Mein Bus war verschwunden. Am Ende der mittleren Reihe stand jetzt ein schwarzes Mercedes-Coupé.

29

»Na, suchen Sie Ihren Schrotthaufen?«, hörte ich eine schnippische Stimme hinter mir. Entsetzt drehte ich mich um. Die blonde Mercedes-Fahrerin kam mit ihrer Freundin angeschlendert.

»Na, wer wird denn da eine Sorgenfalte auf der Stirn haben?«, fragte die Brünette.

Ich atmete tief ein, und es gelang mir, einigermaßen ruhig zu erwidern: »Habt ihr etwa die ganze Zeit hier rumgelungert, nur um euren kleinen Triumph zu genießen? Das ist wirklich schade. Am Strand ist es auf jeden Fall schöner als hier.« Ich bemühte mich um Coolness, auch wenn ich innerlich total zappelig war.

»Tja, was soll ich sagen?«, meinte die Blonde triumphierend. »Der Bus gehörte ja tatsächlich nicht Ihnen. Das hat jedenfalls die Polizei festgestellt und ihn deswegen beschlagnahmt.«

»Die Polizei hat meinen Bus abgeschleppt?«, rief ich entsetzt und ließ die Maske der Gelassenheit fallen.

»Erstaunt?«, fragte die Blonde. »Das wundert mich. Wo der Bus doch als gestohlen gemeldet wurde.«

»Gestohlen?«, hauchte ich. »Aber ich habe ihn nicht gestohlen!«

»Na, das glaubt Ihnen ja wohl keiner«, sagte die Brünette, die ihr Handy in ihre Louis-Vuitton-Handtasche gleiten ließ und sich wieder neben ihre Freundin stellte. »Ah, da ist die Polizei ja schon!« Sie zeigte auf ein blau-silbernes Polizeiauto, das gerade auf den Parkplatz fuhr.

»Viel Spaß dann noch«, sagte die Blonde und schnalzte mitleidig mit der Zunge. »Wirklich schade für Sie. An so einem herrlichen Tag ist es doch am Strand viel schöner als auf dem Polizeirevier.« Gut gelaunt holte sie zwei prall gefüllte Strandshopper aus ihrem Kofferraum.

Der Polizeiwagen hielt neben uns, und der Polizist stieg aus. Er war ziemlich groß, um die sechzig Jahre alt, und sein wettergegerbtes Gesicht zierte ein buschiger, dunkelblonder Schnäuzer. Er sah aus, als könnte ihn nichts aus der Ruhe bringen.

»Moin, Iris«, sagte der Polizist zu der Blonden. »Ist sie das?« Er zeigte auf mich.

»Moin, Per, ja, das ist sie«, bestätigte sie.

»Besten Dank!« Er tippte sich an seine Polizeimütze. »Man sieht sich.«

Iris und ihre Freundin warfen mir einen letzten triumphierenden Blick zu, dann dackelten sie auf den Keilabsätzen ihrer Espadrilles Richtung Meer.

»Na, junge Dame, dann steigen Sie mal ein«, sagte Per, der Polizist.

»Der Wagen gehört meinen Eltern«, rief ich verzweifelt. »Ich habe ihn nicht gestohlen. Nur geliehen.«

»Das sehen Ihre Eltern ja dann wohl anders«, sagte der Polizist trocken. *Hansen* stand auf einem Namensschild, das auf sein Hemd genäht war.

»Ich habe nur vergessen, ihnen eine SMS zu schicken«, beteuerte ich.

»Kommen Sie, junge Dame. Wir klären alles auf dem Revier.«

Er hielt mir die Beifahrertür auf. Mir blieb nichts anderes übrig, als einzusteigen. Die anderen Urlauber begafften mich wie ein Kalb mit zwei Köpfen. Gleichgültigkeit, Mitleid, aber vor allem Verachtung spürte ich. War ja klar, dachten sie wahrscheinlich, so eine Hippiebraut, natürlich hat die was ausgefressen. Wer läuft auch schon barfuß auf einem Parkplatz rum?

Ein Junge, der mich besonders aufmerksam anschaute, wurde schnell von seinen Eltern weggezerrt, als hätte ich eine ansteckende Krankheit. Mit hochrotem Kopf stieg ich in den Polizeiwagen, versank in dem Sitz und verdeckte mit einer Hand mein Gesicht. So etwas Peinliches hatte selbst ich ja noch nie erlebt.

Wir fuhren nach Westerland. Per Hansen sprach kein Wort. Ich auch nicht. Ich versuchte, mir im Kopf eine Aussage zurechtzulegen, in der weder das Haus meines Chefs, noch der Diebstahl seines Sessels, noch der Hausfriedensbruch meiner Eltern eine Rolle spielten. Das war gar nicht so leicht.

Weswegen hätte ich das Auto nehmen sollen, ohne meine Eltern zu fragen? Weswegen könnte ich sauer auf sie gewesen sein? Und was hätte ich darin transportieren wollen, dass ich nicht mit meinem Auto gefahren bin? Und wieso waren sie auf einmal solche Spießer, die ihr Auto als gestohlen meldeten, nur weil es mal einen Tag nicht da war? Verflixt und zugenäht. In meinem Kopf drehte sich alles.

Schade, dass Saskia nicht mehr da war. Die *alte* Saskia, natürlich, die meine Freundin gewesen war. Die hätte jetzt als Rechtsanwältin ein paar clevere Antworten parat gehabt.

»Also«, brummte Per Hansen, als wir an seinem Schreibtisch in dem kleinen Polizeirevier Platz genommen hatten.

»Der Wagen gehört also Ihren Eltern.« Er tippte was in seinen Computer. »Sind Sie von zu Hause ausgerissen?«

»Nein«, sagte ich eifrig. »Ich wohne doch schon ewig nicht mehr bei meinen Eltern. Ich habe mir nur das Auto von ihnen geliehen.«

»Wie heißen denn Ihre Eltern?«

»Waltraud und Manfred Steckelbach. Sie wohnen in der Bergstraße 59 in Köln. Brauchen Sie auch noch die Geburtsdaten?« Das klang doch wirklich überzeugend.

»Wenn Sie schon dabei sind.«

»19.10.1954 und 12.12.1954.«

»Mmmhh. Und Sie sind?«

»Mein Name ist Moni Steckelbach. In meinem Ausweis steht Puna Monday«, fügte ich schnell hinzu.

»Na, dann zeigen Sie mir doch mal Ihren Ausweis.«

»Ähhh. Den habe ich leider nicht dabei«, sagte ich kleinlaut. »Hab ich vergessen.«

»Das ist schlecht«, stellte Per Hansen fest. »Haben Sie denn Ihren Führerschein dabei?«

»Auch nicht. Tut mir leid.«

»Das ist noch schlechter.« Er blieb ungerührt. »Und jetzt sagen Sie mir, wieso Ihre Eltern den Wagen als gestohlen melden, wenn Sie sich den Wagen angeblich nur geliehen haben.«

»Ja, äh.« Ich wurde noch roter. »Ich hatte mich mit ihnen gestritten, und dann habe ich sie gar nicht gefragt.«

»Aha!«, machte der Polizist. »Es scheint mir, dass Sie ihn gestohlen haben.«

»Man kann doch den eigenen Eltern nichts stehlen«, behauptete ich.

Per Hansen lachte schnaubend. »Junge Dame! Das kommt öfter vor, als sie denken.«

»Aber warum sollte ich das denn tun?«

Er holte aus seiner Schreibtischschublade eine silberne Edelstahlkassette heraus, die aussah wie die aus der Arbeitskiste meines Vaters.

»Sie haben den Bus gestohlen, weil diese antike Figur im Wert von neuntausend Euro darin lag.«

»Aber nein!«, rief ich. »Ich hatte keine Ahnung, dass dieses Ding darin lag! Und ich wusste auch nicht, dass es wertvoll ist! Sie müssen mir glauben!«

»Und warum haben Sie die Kiste dann aufgebrochen?«

»Weil ich dachte, dass da vielleicht Geld drin wäre. Wir hatten keines mehr, weil unsere Freundin uns sitzen gelassen hat und ich mein Portemonnaie in Köln vergessen habe.«

»Sie hatten also Komplizen«, stellte Hansen fest.

»Nein. Meine Freundinnen Ellen und Saskia haben mich begleitet. Aber mit Saskia haben wir uns gestritten, und die ist dann abgehauen, obwohl sie die Einzige war, die Geld dabei hatte. Und Ellen war nur mitgefahren, weil sie dachte, ihr Mann hätte eine Affäre, aber er hatte doch keine, und dann ist er hergefahren und hat sie abgeholt.«

Wieso klangen meine Geschichten in letzter Zeit eigentlich so total absurd, obwohl sie wahr waren? Ich versuchte, seinem Blick standzuhalten, zum Zeichen, dass ich nichts zu verbergen hatte.

»Na gut, junge Dame«, sagte er. »Ich glaube Ihnen.«

»Danke«, sagte ich erleichtert. »Vielen Dank.«

»Und damit ich den Fall auch abschließen kann, würde ich vorschlagen, dass wir uns Ihre Aussage jetzt bestätigen lassen.«

»Und von wem?«, fragte ich.

»Natürlich von Ihren Eltern. Hier.« Er reichte mir das Telefon.

Ach, du grüne Neune. Das war natürlich das Letzte, wenn man zu Hause angekrochen kommen musste, weil man was ausgefressen hatte. Und wie ich meine Eltern kannte, würden sie sicher wieder irgendeinen schlauen Spruch loslassen. Ein paar Schrammen sind das sicherste Zeichen, dass man Abenteuer erlebt hat. Oder so was in der Art. Zögernd wählte ich ihre Nummer. Zum Glück waren sie zu Hause.

»Hallo, Mama«, sagte ich. »Hier ist Moni.«

»Ach, Moni, du glaubst nicht, was passiert ist«, platzte es aus meiner Mutter heraus.

»Sag es ihr«, dröhnte mein Vater aus dem Hintergrund. Er schaffte es sogar, sich ständig in die Telefonate anderer Leute einzumischen.

»Mama, ich …«

»Unser Wagen wurde gestohlen«, unterbrach meine Mutter.

»Sag ihr, was darin war«, kommandierte mein Vater.

»Ich …«, versuchte ich es wieder, kam aber nicht weiter.

»In dem Wagen war ein Exponat des Museums!«, verkündete meine Mutter.

»Ich hatte es darin vergessen! Und dann wollte ich es holen, und dann war es weg! Ausgerechnet just in dem Augenblick stiehlt einer das Auto!«, brüllte mein Vater. »Ich kriege so einen Ärger, wenn das Teil weg ist!«

»Mama, jetzt hör mir doch mal zu«, sagte ich. »*Ich* habe den Wagen genommen. Ich habe ihn mir geliehen.«

»Was?«, fragte meine Mutter.

»Was sagt sie?«, wollte mein Vater wissen.

»Ja. Ich musste den Sessel …« Mir fiel ein, dass Per Hansen mir gegenübersaß und mich beobachtete. »Den Sessel *von Oma* in die Reparatur bringen.«

»Den Sessel von Oma?«, fragte meine Mutter.

»Welcher Sessel von Oma?«, echote mein Vater.

»Der *weiße*. Der neben den *Bonsais* gestanden hat.«

»Hä?«

»Ist ja auch egal. Ich erkläre es euch genauer, wenn ich wieder zu Hause bin«, sagte ich hastig.

»Wo bist du denn jetzt?«, wollte meine Mutter wissen.

»Welcher weiße Sessel von Oma?«, wiederholte mein Vater im Hintergrund verwirrt.

»Ich bin in Westerland.«

Meine Mutter stutzte. »Du bist auf Sylt?«

»Sylt? Was macht sie denn auf Sylt?« Mein Vater könnte wirklich als internationale Verbindungsstörung arbeiten.

»Um genauer zu sein, auf der Polizeistation. Wegen des Autos. Weil ihr es doch als gestohlen ...«

»Auf der Polizeistation?«, unterbrach meine Mutter. Dann war einen Moment Ruhe in der Leitung.

Dann sagte mein Vater: »Unsere Tochter ist bei den Bullen!« Beide fingen schallend an zu lachen.

»Da gibt es nichts zu lachen«, maulte ich.

»Ach, Puna, endlich hast du auch mal was Verrücktes gemacht!«, kicherte meine Mutter.

»Total verrückt«, röhrte mein Vater.

»Das habe ich doch nicht freiwillig gemacht«, verteidigte ich mich patzig. »Ich konnte ja nicht ahnen, dass ihr den Wagen als gestohlen meldet.«

»Ach, Puna. Mach dir nichts draus. *Eine* Verhaftung gehört in jeden Lebenslauf«, scherzte meine Mutter.

»Ich bin nicht verhaftet worden«, widersprach ich. »Oder?«, fragte ich den Polizisten.

Der schüttelte den Kopf. »Vorläufig festgenommen«, sagte er.

»Vorläufig festgenommen«, informierte ich meine Mutter.

»Ach, das ist doch dasselbe«, sagte sie.

»Weißt du noch, Trautchen«, rief mein Vater dazwischen, »damals als wir auf diesem Festival …?«

Bevor mein Vater wieder die ganze Story zum Besten gab, wie er 1975 wegen Besitzes von Cannabis festgenommen worden war, unterbrach ich streng: »Auf jeden Fall müsst ihr jetzt dem Polizisten sagen, dass ich eure Tochter bin …«

»Du bist wirklich unsere Tochter! Einen Bus klauen und nach Sylt düsen!«, gackerte meine Mutter, und mein Vater sagte: »Was für ein Glück! So fügt sich alles zusammen.«

»Könnt ihr jetzt mal aufhören mit den blöden Witzen«, ermahnte ich sie, »und dem Polizisten bitte sagen, dass ich eure Tochter bin und ihr die Anzeige zurücknehmt?«

Ich reichte Per Hansen den Hörer, der ihn mit unbeteiligter Miene annahm.

»Hauptkommissar Hansen spricht hier«, sagte er, dann war er still, runzelte die Stirn ob der Stimmenkakofonie, die aus dem Hörer drang, dann sagte er: »Gut, verstehe. Nein, das ist nicht nötig … Vielen Dank auch … Ich lege jetzt auf!« Er seufzte und reichte mir den Hörer zurück.

»Ich melde mich, wenn ich wieder zu Hause bin, Mama«, sagte ich und legte erleichtert auf.

»Dann wäre das also geklärt.« Er tippte noch irgendwas in seinen Computer, dann drehte er sich zu mir. »Sie können gehen.«

»Na, Gott sei Dank!« Ich atmete auf.

»Sie müssen vorher nur noch die Abschleppgebühren bezahlen.«

»Wie viel kostet das denn?«, fragte ich mit mulmigem Gefühl.

»Einhundertvierundsiebzig Euro.«

»Die habe ich!«, rief ich erleichtert.

»Gut«, sagte Per Hansen. »Gegen Vorlage der Fahrzeugpapiere und Ihres Führerscheins kann ich Ihnen dann das Auto herausgeben.«

»Aber …«, hauchte ich. »Die habe ich doch nicht.«

»Dann haben Sie ein Problem«, stellte er fest, zog eine Pfeife aus einer Schublade und begann, sie zu stopfen.

»Aber was mache ich denn jetzt?«, jammerte ich.

Der Polizist zündete in Ruhe seine Pfeife an, zog ein paarmal bedächtig daran, dann zeigte er mit der qualmenden Pfeife auf das Telefon. »Sie dürfen gerne noch mal telefonieren.«

Ich sackte in mich zusammen und überlegte fieberhaft, ob mir noch irgendein Ausweg blieb. Aber leider gab es tatsächlich keine andere Lösung. Langsam näherte sich meine Hand dem Telefon, dann gab ich mir einen Ruck und drückte die Wahlwiederholungstaste.

»Ich bin es wieder, Moni«, sagte ich, als mein Vater den Hörer abgenommen hatte.

»Was ist jetzt schon wieder, Puna? Hast du einen Tortenanschlag auf den Bundespräsidenten verübt?«, grölte er.

Ich ließ ihn über seinen blöden Witz lachen, dann fragte ich kleinlaut: »Könnt ihr mich abholen kommen?«

30

Nach dem Anruf legte ich das Gesicht in die Hände und stöhnte.

»Schauen Sie aufs Meer«, sagte Per Hansen mit seiner bedächtigen Stimme. »Das beruhigt.«

Der Weg von der Polizeistation zum Strand war nicht weit und führte durch die Fußgängerzone. Ich hatte meine Schuhe aus dem Auto holen dürfen, und nun drückte mich ein Steinchen in einem meiner Schuhe unter dem Ballen. Ich hockte mich hin, um ihn herauszuholen. Als ich gerade dabei war, mir wieder die Schnürsenkel zuzubinden, hörte ich ein Klimpern, und eine Euromünze rollte mir vor die Füße. Verdutzt schaute ich auf. Eine junge Frau steckte ihr Portemonnaie zurück in die Tasche und lächelte mir aufmunternd zu.

Heiliger Zitronenstrauch! Eines war klar. Ich musste ganz dringend diese Hippieklamotten loswerden! Meinen Eltern könnte ich so nicht unter die Augen treten, sie würden glatt denken, ich wäre endlich zur Besinnung gekommen. Zum Glück für mein schmales Budget fand ich neben verschiedenen Designershops auch einen New Yorker. Dort konnte ich endlich wieder einen normalen Menschen aus mir machen.

Um bei der Verkäuferin trotz meiner unmöglichen Aufmachung einen seriösen Eindruck zu machen, grüßte ich freundlich mit meiner besten Bewerbungsgesprächstimme:

»Einen wunderschönen guten Tag. Ich wollte mich einmal umsehen.«

Die klapperdürre Verkäuferin blähte einmal die schmalen Nüstern und nahm sofort die Witterung auf. War ja klar. Gestelzt daherzureden nutzte gar nichts. Mein Aussehen hätte auch noch das Misstrauen der verschnarchtesten Einzelhandelskauffrau erregt, da war Revierverteidigung ein natürlicher Instinkt. Die Blusen, die sie gerade sortierte, ließ sie sofort fallen und folgte meiner Fährte. Während ich den Sonderangebotsständer durchforstete, tat sie so, als ob sie am Regal nebenan was zu ordnen hätte, und beobachtete mich aus den Augenwinkeln. Ich überlegte gerade, ob ich ihr erklären sollte, dass ich eine gut bezahlte Wertpapierspezialistin war, die nur durch einen bizarren Zufall in diesem peinlichen Outfit steckte, aber dann erhaschte ich einen Blick auf mein Spiegelbild.

Schock! Meine Haare sahen aus wie ein Strohhaufen, den ein fetter Hahn verwüstet hatte. Als ich mit den Fingern versuchte, sie zu kämmen, merkte ich, wie strohig und verfilzt sie waren.

»Salzwasser ist ja wohl nicht gerade ein Conditioner«, sagte ich laut, um der Verkäuferin zu beweisen, dass ich über Pflegeprodukte bestens informiert war, aber sie faltete nur mit stierem Blick zum dritten Mal ein T-Shirt.

Na gut, dachte ich. Dann würde ich jetzt eben meine zweihundert Euro investieren, um meine Würde zurückzukaufen. Ich verließ die Sonderangebotsecke und schlenderte herum, argwöhnisch verfolgt von der Verkäuferin, die sich mit einem Telefon bewaffnet hatte, falls sie die Polizei rufen musste. Schließlich kaufte ich die teuerste Röhrenjeans des Ladens, ein T-Shirt mit dem Stars-and-Stripes-Banner und ein schwarz-weißes *Bandana*, mit dem ich mein Frisurendesaster bedecken konnte. Das war zwar nicht direkt ein Business-Outfit, aber für einen Strandurlaub mehr als in Ordnung.

»Ich lass das direkt an«, sagte ich zu der Verkäuferin, die vor der Umkleidekabine lauerte.

Sie scannte die Preisschilder ein. »Einhundertsiebenundachtzig Euro«, sagte sie mit zusammengekniffenem Mund, als ob sie einen Bazillenübergriff fürchtete, und sah mich herausfordernd an.

Lässig legte ich ihr die beiden Hunderteuroscheine hin. Dann musste ich doch schlucken. Es durfte nichts mehr schiefgehen, sonst wäre ich geliefert. Das Blödeste aber war, dass sie kein bisschen beeindruckt war, sondern geschlagene vier Minuten verwendete, um die Scheine theatralisch auf ihre Echtheit zu überprüfen. Du meine Güte! Was musste ich denn noch alles anstellen, um ihr zu zeigen, dass ihr erster Eindruck von mir total falsch gewesen war!

»Haben Sie einen Mülleimer?«, fragte ich und zeigte angewidert auf die ollen Klamotten meiner Mutter. »Für das da.«

Sie schüttelte den Kopf.

»Na gut«, sagte ich. »Dann entsorge ich es eben draußen.«

Die Verkäuferin sah aus, als ob sie sich sofort die Hände waschen würde, wenn ich draußen wäre. Also ehrlich. Die Klamotten meiner Mutter stopfte ich noch vor der Fensterscheibe des New Yorker in den Mülleimer. Ich hatte zwar kurz ein schlechtes Gewissen, weil sie meiner Mutter gehörten, aber ich hatte das dringende Bedürfnis, mich maximal davon zu distanzieren. Die Aussicht, heute noch meinen Eltern gegenübertreten zu müssen, war schon deprimierend genug. Bei einem Bäcker kaufte ich mir ein Brötchen und eine Flasche Wasser, und dann lief ich eine Ewigkeit am Strand entlang, meine Schuhe in der Hand.

Per Jansen hatte recht: Aufs Meer schauen beruhigte. Es war so – weit. Für jemanden, der sonst fast den ganzen Tag auf einen Monitor glotzt und das beruhigendste Seherlebnis der Bildschirmschoner war, war das schon ein erhebendes Gefühl, bis zum Horizont schauen zu können und den Himmel zu sehen. Also den echten und nicht den auf meinem Desktophintergrund. Dazu das kribbelnde Gefühl des weichen Sands unter den nackten Fußsohlen und den Wind im Gesicht. Daran könnte ich mich glatt gewöhnen.

Ich musste plötzlich grinsen. Ich war auf Sylt! Was für ein Irrsinn! In den letzten vier Wochen, in denen Jens nicht da gewesen war, hatte ich mehr erlebt als in acht Jahren zuvor. Als die Sonne wie eine glühende Orange im Meer versank, vergaß ich sogar für einen Augenblick, was mich noch am Ende dieses ereignisreichen Tages erwartete.

Per Hansen hatte mittlerweile Feierabend. Stattdessen schob eine junge Polizistin Wache, die eifrig aufsprang, als ich reinkam. Sie war schon informiert worden und ließ mich zu meinem Bus. Da ich nicht wusste, wann meine Eltern genau auftauchen würden, nahm ich die Kohlestifte und den Skizzenblock aus der Arbeitskiste meines Vaters und krickelte ein bisschen herum, während ich mir einen Plan zurechtlegte. Ich würde meinen Eltern ein maximal schlechtes Gewissen machen wegen des Bonsais, dann würden sie mich vielleicht nicht auslachen wegen des Kirschflecks auf dem Sessel. Ich würde die Reise nach Sylt als total geplante Aktion verkaufen, dabei aber Saskia und vor allem Lennart rauslassen, weil das bestimmt komisch rüberkommen würde. Und von Jens würde ich gar nicht sprechen. Erstens wusste ich nicht genau, was ich ihnen überhaupt erzählen sollte, zweitens ging es sie sowieso nichts an.

Aber wie immer, wenn meine Eltern irgendwo auftauchten, ging auch diesmal alles schief. Ich hatte ungefähr ein Dutzend Möwen gezeichnet, die jeder Windschnittigkeit entbehrten und unglaubliche Klumpfüße hatten, da hörte ich plötzlich ein Bellen. Banjo!

»Hey«, rief ich erfreut. Dann entdeckte ich mit Schrecken, in wessen Begleitung er gekommen war. Meine Eltern waren nämlich nicht alleine.

»Tante Marianne«, stammelte ich fassungslos und taumelte aus dem Wagen.

»Ah, da ist ja mein Mädchen!« Tante Marianne drückte mich fest an sich. »Geht es dir gut, mein Kind? Hat man dich anständig behandelt?«

»Puna, erklär deiner Tante, dass das hier nicht Guantanamo Bay ist«, sagte meine Mutter spitz. Sie sah mit Stirnband, weinroter Pannesamthose, gelbem T-Shirt und Birkenstock-Sandalen aus, als ob sie zu einem Kongress veganer Urköstler unterwegs war.

Marianne ließ mich los. »Moni, sag deiner Mutter, sie soll ihre Belehrungen für sich behalten.«

Ich warf meinem Vater einen fragenden Blick zu. »Seit Bremen reden sie nicht mehr miteinander«, informierte er mich in seiner üblichen übertriebenen Lautstärke. »Zum Glück kann ich autogenes Training, sonst wäre ich längst verrückt geworden.«

»Manfred, ich sage es dir jetzt noch einmal: Seemannslieder zu grölen ist *kein* autogenes Training«, zischte Tante Marianne.

»Es hat mich aber entspannt«, hielt mein Vater dagegen.

»Was machst du hier, Tante Marianne?«, fragte ich so harmlos wie möglich.

»Deine Mutter wollte sich mein Auto leihen«, antwortete sie, »aber als ich gehört habe, dass du in Schwierigkeiten steckst, konnte ich die beiden nicht alleine fahren lassen.« Sie streichelte meine Schulter. »Ich lasse doch mein Mädchen nicht im Stich, vor allem nicht so kurz vor der Hochzeit.«

Die Hochzeit. Meine Tante. Ihre Vorbereitungen. Jens. Die alte Dame. Lennart. Die Hochzeit. Meine Tante. Mein Hirn meldete akute Überlastung, mein Magen verknotete sich.

»Puna, jetzt sag deiner Tante, sie soll endlich aufhören, dich *mein Mädchen* zu nennen«, motzte meine Mutter. »Wenn schon, bist du *mein* Mädchen.«

»Oh mein Gott!«, stöhnte Marianne. »Ständig einen auf alternativ und unangepasst machen und dann wegen eines Wortes kleinlich werden, das haben wir gern.«

»Also, und jetzt mal raus mit der Sprache, Puna. Was machst du denn hier auf der Insel der Reichen und Schnöden?«, fragte mein Vater und lachte dröhnend über sein mäßig gelungenes Wortspiel.

»Genau, wolltest du nicht in London sein? Bei Jens?«, fragte meine Tante.

»Ja«, sagte ich verkrampft. Ihr würde es das Herz brechen, wenn ich mit Jens Schluss machen und die Hochzeit nicht stattfinden würde. Und meine Eltern würden sich freuen. Was für ein Dilemma. Es müsste umgekehrt sein!

»Ja, ich wollte nach London«, erklärte ich, »aber dann sind meine Eltern in das Haus meines Chefs eingedrungen, und mein Vater hat auf seinen wertvollsten Bonsai uriniert und dann …«

»Du hast *was* gemacht?«, schrie Marianne.

»Das geht dich gar nichts an«, tadelte meine Mutter.

»Er hat es nicht anders verdient«, polterte mein Vater.

Ich verdrehte die Augen.

»Mein armes Kind«, sagte Marianne. »Und jetzt ist dein Chef bestimmt wütend.«

Ich nickte. »Ja, sehr. Und jetzt hängt mein Job am seidenen Faden.«

»Und alles wegen denen da.« Meine Tante deutete mit dem Kopf auf meine Eltern.

»Und wieso bist du dann hier in Sylt?«, fragte meine Mutter.

»Ja, genau!«, rief mein Vater. »Was machst du eigentlich hier? Außer dich verhaften zu lassen.« Er kicherte.

»Vorübergehend festnehmen«, korrigierte ich. »Es war so. Nachdem mein Vater den Bonsai – äh, beschmutzt hat und die beiden den Whirlpool meines Chefs benutzt haben, musste ich alles saubermachen, und dabei habe ich aus Versehen einen Fleck auf einen weißen Sessel gemacht.«

»Einen Fleck?«, fragte meine Tante. »Was für einen Fleck?«

»Kirschsaft. Auf weißem Wildleder.«

»Oha«, machte meine Tante.

»Und der Sessel ist der Augapfel der Frau meines Chefs, und wenn ich ihn nicht repariert zurückbringe, dann bin ich meinen Job los.«

»Oh je! Du Arme«, rief Marianne.

»Sei doch froh«, sagte meine Mutter.

»Was?«, fragte ich verwirrt.

»Sei froh, wenn du den los bist. Reiche Leute noch reicher zu machen ist ja wohl der idiotischste Beruf aller Zeiten.«

Ich glotzte konsterniert. Meine Tante machte »Tsess!« und legte beruhigend ihre Hand auf meinen Arm.

»Eines habe ich aber immer noch nicht kapiert. Warum bist du jetzt auf Sylt?«, fragte mein Vater.

»Frag doch nicht so dumm, Manni«, sagte meine Mutter. »Puna wollte auch mal ein bisschen Spaß haben, nicht wahr?«

»Ihr findet meinen Beruf idiotisch?«, fragte ich.

»Und wie!«, plapperte meine Mutter. »In der Bank arbeiten, das war ja schon unangenehm genug, aber Banken muss es nun mal geben. Aber Vermögensverwalter für irgendwelche schäbigen reichen Säcke? Also, ehrlich, Puna Monday, das musst du doch einsehen, dass das Quatsch ist.«

Tante Marianne schnaubte verächtlich, und ich wurde langsam wütend. »Erstens ist das, was du machst, auch nicht gerade toll«, fuhr ich meine Mutter an. »Erfundene Herz-Schmerz-Geschichten schreiben und sich Journalistin nennen, pah!« Meine Mutter verzog eingeschnappt das Gesicht. »Und zweitens, merkt euch endlich mal, dass ich so nicht genannt werden will«, rief ich.

»Genau«, sagte Marianne.

»Wie jetzt?«, dröhnte mein Vater, der mal wieder nichts kapierte.

»Na, Puna, du Dussel«, sagte Marianne.

»Aber Puna ist doch ein toller Name!«, grollte mein Vater.

»Genau. Ich weiß wirklich nicht, was an Puna Monday auszusetzen ist«, warf meine Mutter pikiert ein. »Es ist ein einzigartiger Name. So einzigartig wie du.«

»Ach was«, rief ich wütend. »Der Name soll nur allen zeigen, wie einzigartig *ihr* seid!«

Meine Mutter schwieg überrascht.

»Ja«, prahlte mein Vater. »Und natürlich helfen wir dir dabei, einzigartig zu sein.«

»Vielen Dank auch dafür«, sagte ich sarkastisch. »Das ist wirklich ganz großartig, wie ihr mir mit meinem Leben helft. Es klappt wirklich alles wie am Schnürchen dank euch.«

Ohne dass ich es verhindern konnte, schossen mir die Tränen in die Augen. Mist. Ich wollte jetzt nicht heulen.

»Also wirklich, Waltraud. Habt ihr nicht schon genug angerichtet?«, nörgelte meine Tante und kramte ein Taschentuch hervor. Ich schnäuzte mich.

»Man wird doch wohl noch seine Meinung sagen dürfen«, schmollte meine Mutter.

»Eines ist klar. Wir wollen nur dein Bestes«, brummte mein Vater.

»Davon merke ich aber nichts«, sagte ich.

»Los, Manni, gib es ihr«, sagte meine Mutter.

»Was geben?«, fragte ich alarmiert.

»Unser Hochzeitsgeschenk«, strahlte mein Vater. Er holte einen Pappkarton aus der großen Tasche. »Wenn du es siehst, weißt du, warum wir es dir jetzt geben.«

»Aber es ist doch noch lange nicht so weit«, sagte ich kraftlos.

»Und genau deswegen bekommst du es auch jetzt schon«, sagte meine Mutter. »Als Zeichen dafür, dass wir dich unterstützen und immer für dich da sind. Auch wenn es manchmal – nun ja, Differenzen zwischen uns gibt.«

Das war so ziemlich das Netteste, was ich jemals von meinen Eltern gehört hatte. Deswegen würde ich das Ganze jetzt über mich ergehen lassen, ohne eine Szene zu machen. Gespannt beobachtete ich, wie meine Mutter den Karton öffnete.

»Wir geben dir das als Zeichen dafür, dass wir einverstanden sind mit deiner Hochzeit und deinem Mann. Unseren Segen hast du.« Sie holte ein Hochzeitskleid heraus und hielt es in die Höhe. »Es ist von deiner Großmutter Ingeborg.«

Es war aus champagnerfarbenem Satin mit einem zarten Spitzenüberzug im Blumenmuster, an der schmalen Taille ein dünner Satingürtel, wadenlang, dreiviertellange Ärmel. Es war wie für mich gemacht: ausgefallen, aber nicht überkandidelt, festlich, aber nicht protzig, und klassisch, aber nicht spießig. Genauso, wie ich es mir immer gewünscht habe.

»Es müsste dir eigentlich passen!«, sagte Tante Marianne.

»Aber ich habe doch schon …«, fing ich an.

»Das andere Kleid können wir noch zurückgeben«, unterbrach Marianne. »Wenn dir dieses Kleid gefällt, gefällt es auch mir.«

»Es gefällt mir fantastisch«, wisperte ich. Ich streichelte ehrfürchtig über den zarten Stoff. »Und ich werde es auf meiner Hochzeit tragen.« Und dann hörte ich mich sagen: »Aber nicht in diesem Jahr.«

31

Hatte ich gerade wirklich gesagt, die Hochzeit würde nicht stattfinden? So, wie die drei mich angafften, ja.

Meiner Tante stand das Entsetzen ins Gesicht geschrieben, bei meinen Eltern lauerte unbändige Freude hinter der überraschten Miene. Ich kam mir vor, als hätte Günther Jauch mir gerade die Millionenfrage gestellt. Nur dass es für mich keine richtige Antwort gab. Meine Tante wäre so enttäuscht nach allem, was sie für mich getan hatte. Meine Eltern dagegen wären so glücklich, dass sie mich bis ans Ende aller Tage mit Prahlereien über ihre überragende Menschenkenntnis nerven würden. Ich wollte das meiner Tante nicht antun, ich wollte aber auch auf keinen Fall meinen Eltern den Triumph gönnen.

Aber was zum Teufel wollte ich eigentlich?

»Wie bitte?«, fragte Marianne hölzern. »Was soll das heißen: nicht in diesem Jahr?«

»Das heißt …« Ich räusperte mich und sagte mit fester Stimme: »Ich werde Jens nicht heiraten.«

»Waaaas?« Tante Marianne schnappte hektisch nach Luft. »Die Hochzeit findet nicht statt?«

Ich schüttelte den Kopf.

Meine Mutter fragte skeptisch: »Aber das machst du jetzt nicht wegen uns, oder? Weil wir gerade gesagt haben, dass wir einverstanden sind, und du nur das Gegenteil von dem machen willst?«

»Nein, Mama, natürlich nicht«, sagte ich und verdrehte die Augen. »Ich mache das für mich. Jens ist einfach – nicht der Richtige für mich.«

Und das war er auch nicht, ganz abgesehen von den ganzen Lügen in letzter Zeit. Er war ein Langweiler. Er mochte meinen Hund nicht. Er half nie im Haushalt mit. Er wollte, dass ich die Kinderbetreuung alleine übernahm. Und nie hatte es in meinem Bauch so gekribbelt wie mit Lennart, wenn er mich geküsst hatte.

»Einen besseren Mann als Jens findest du nie wieder!«, rief Marianne schrill. »Nie wieder!«

»Die Welt ist voll von tollen Männern«, behauptete meine Mutter. »Und alle sind sie besser als dieser Spießer.«

»Ja, genau«, bekräftigte mein Vater. »Und das haben wir schon immer gewusst.«

War ja klar, dass so was kommen musste.

»Aber ich habe mir so eine Mühe gegeben mit der ganzen Organisation! So ein schönes Fest wäre das geworden. So ein schönes Fest!«, jammerte Marianne.

»Ich danke dir auch tausendmal für alles, liebe Tante Marianne.« Ich umarmte sie. »Ich finde das ganz toll, was du alles gemacht hast. Ehrlich. Und es wäre ganz bestimmt ein schönes Fest geworden.«

Obwohl ich es bis vor ein paar Minuten nicht für möglich gehalten hatte, fühlte ich mich auf einmal erleichtert. Es wäre nie wirklich meine Hochzeit gewesen, sondern immer Mariannes. Und wenn ich tatsächlich doch noch irgendwann mal heiraten würde, dann würde ich … Dann würde ich … Ehrlich gesagt, hatte ich keine Ahnung, was ich dann machen würde. Und das Beste war, dass es mir in dem Moment auch völlig egal war. Das aber musste ich Marianne natürlich nicht auf die Nase binden.

Trotzig streckte Marianne ihr Kinn vor. »Und damit eines klar ist: Nach allem, was ich auf mich genommen habe, rufe ich niemanden an, um alles abzusagen. Und keinen Cent bezahle ich für die Arbeit, die jetzt schon berechnet wurde.«

In diesem Moment kam mir eine Idee. »Genau, sag nichts ab, Tante Marianne. Gib mir bitte einfach die Unterlagen. Ich kümmere mich um alles.«

Dann lösten wir das Auto aus. Mein Vater bezahlte die Abschleppgebühren und unterschrieb ein Formular. Danach waren wir befugt, zu fahren, wohin wir wollten. Die Idee meiner Eltern, uns zum Schlafen alle in den Bus zu quetschen, lehnten Marianne und ich ab. Zum Glück hatte die nette Polizistin einen Freund, der Ferienhäuser vermietete, und wir übernachteten in einem Zweizimmerappartement. Nach einer ausgiebigen Dusche fiel ich todmüde ins Bett und schlief wie ein Stein. Ich hörte auch nicht das Schnarchen meines Vaters, das durch die ganze Wohnung geschallt haben musste, wie meine Tante am nächsten Morgen nicht aufhörte zu bemängeln.

Um sieben Uhr früh fuhren wir hintereinander auf den Autoreisezug. Meine Eltern und Tante Marianne in Mariannes Mazda, ich im Bus. Meine Mutter, die ja keinen Führerschein besaß, hatte jovial angeboten, mir im Bus Gesellschaft zu leisten, aber das hatte ich dankend abgelehnt. Man musste die verdächtig gute Stimmung zwischen uns nicht direkt wieder durch übergroße Nähe gefährden. Außerdem war mir Banjos Gesellschaft genug.

Während meine Verwandten Richtung Köln fuhren, bog ich in Itzehoe ab und holte bei Gool Hofmann Designs den blitzweißen Sessel ab, der in eine Plastikfolie gehüllt war.

Gool half mir, ihn ins Auto zu hieven, und unterließ zum Glück jegliche Aufforderungen zum Lichtfrühstück. Um elf startete ich mit der wertvollen Fracht auf die Fünfhundert-Kilometer-Strecke nach Köln. Mein Chef würde gegen sechs Uhr abends zu Hause eintreffen. Ich würde es schaffen, wenn nichts schiefging.

Hamburg passierte ich ohne Störung. Ich hörte Radio und sang bei Liedern, die mir gefielen, laut mit. Banjo störte es nicht. Bis Münster war ich schon gekommen, da passierte es: Bremslichter leuchteten auf, Warnblinkanlagen gingen an, Stau. Ein Unfall, wie der Nachrichtensprecher des WDR mitteilte. Eine halbe Stunde lief gar nichts mehr.

Ich wurde hibbelig. Wie sollte ich meinem Chef erklären, dass ich seinen Sessel spazieren fuhr? Ich spielte alle möglichen Gesprächseröffnungen durch, aber immer wenn ich sie Banjo vorsprach, wurde mir klar, dass sie meinen Chef keinesfalls vom Durchdrehen abhalten würden. Er würde mir den Kopf abreißen und mich feuern! Und diesen Sieg würde ich meinen Eltern nicht auch noch gönnen.

Ein Hupen riss mich aus den Gedanken. Es ging weiter! Um fünf Uhr bog ich bei meinen Eltern in die Straße ein, sprang aus dem Auto, ließ den Motor laufen. Mein Vater stand tatsächlich wie verabredet bereit, um mir zu helfen. Und er hatte auch die Blumen besorgt, um die ich ihn gebeten hatte.

»Ich muss dir unbedingt was erzählen«, schrie er, als er ins Auto hüpfte.

»Später, Papa, jetzt müssen wir uns beeilen.«

»Trautchen und Marianne haben sich vertragen!«, verkündete er.

»Was?«

»Ja, als sie auf dem Rückweg wieder mit dem Gezanke

anfingen, habe ich gesagt, ich würde keinen Meter weiterfahren, wenn sie sich jetzt nicht mal vertragen. Dann haben sie sich trotzdem noch eine Menge Schimpfereien an den Kopf geworfen, und Trautchen hat mit dem Nazikram angefangen, und dann hat deine Tante erzählt …«

»Papa, ich will alle Einzelheiten wissen, aber nicht jetzt. Zuerst bringen wir den Sessel zurück, und zwar ohne dass irgendwas kaputtgeht, verstanden?«, sagte ich scharf und legte den Rückwärtsgang ein, um in die Einfahrt meines Chefs hinaufzufahren.

»Aye, aye, Käpt'n!«, dröhnte mein Vater.

»Und du fasst da drinnen nichts an«, sagte ich, als ich die Heckklappe öffnete.

»Ich fasse nichts an«, bestätigte mein Vater mit süffisantem Lächeln.

»Und du machst nirgendwo hin.«

»Keine Sorge. Ich werde sämtliche natürlichen Bedürfnisse unterdrücken.«

»Sind deine Schuhe sauber?«, fragte ich und schaute auf seine ausgelatschten Lederslipper.

»Geputzt und poliert. Na ja, nicht ganz. Aber mach dir keine Sorgen. Ich weiß doch, wie man sich benimmt.«

Das stimmte natürlich kein bisschen, aber mir blieb keine andere Wahl. Ich schloss die Haustür auf. Wir schleppten den Sessel hinein, lösten die Plastikfolie und stellten ihn exakt auf die Stelle, an der der Teppich eingesunken war.

»Hey«, sagte mein Vater. »Sieh mal einer an. Was für hässliche Dinger!« Er zeigte auf die Katzenskulpturen und tat so, als ob er danach treten wollte. Mir rutschte fast das Herz in die Hose.

»Wehe!«, kreischte ich.

»Reingelegt«, lachte er.

»Das ist überhaupt nicht witzig«, tadelte ich, drückte ihm die Plastikfolie in die Hand und schob ihn aus dem Haus. Erst als er den Bus sicher aus der Einfahrt gefahren hatte, ohne noch im letzten Moment irgendeinen Blumenkübel umzunieten, atmete ich auf.

Ich war gerade im Begriff, die Tür zu schließen, da sah ich ein Taxi kommen. Mein Chef war im Anmarsch! Hektisch rannte ich in die Küche, holte eine Vase hervor, steckte die Blumen hinein, atmete tief durch, dann ging ich zur Tür und öffnete.

»Nanu«, stutzte mein Chef, den Schlüssel in der Hand. »Was machen Sie denn hier?«

Er hatte ein bisschen Farbe bekommen. Jutta Höveler dagegen hatte sich ihren vornehmen Teint bewahrt, vermutlich auch dank des Inhalts ihres großen Schminkkoffers, den sie in der Hand hielt.

»Ich, äh – habe mir erlaubt, Ihnen zur Begrüßung ein paar frische Blumen zu bringen«, sagte ich verlegen und hielt ihnen die Tür auf. Ich fühlte mich schon wieder wie das Dienstmädchen, das die Gutsherren bei der Heimkehr von einer Kutschfahrt begrüßte.

»Aha«, machte er und ging an mir vorbei.

Seine Frau drückte mir im Vorbeigehen ihr Beautycase in die Hand. »Bringen Sie den rauf, ja?«

Ich war so perplex über ihre Unverschämtheit, dass ich aus Reflex zugriff. Doch dann wurde mir klar, was passiert war, und ich sagte freundlich: »Das werde ich auf gar keinen Fall tun.« Ich hielt ihr den kleinen Koffer hin.

Sie betrachtete erst ihn, dann mich mit deutlichem Missfallen.

»Los, Jutta, nun mach es eben selbst«, herrschte ihr Mann sie aus dem Flur an.

Sie nahm ihre Tasche und stolzierte eingeschnappt von dannen. In dem Moment rief Zacharias Höveler entsetzt aus dem Wohnzimmer: »Was ist denn das, in Gottes Namen?«

Mist. Ich musste irgendetwas übersehen haben. Irgendeine Kleinigkeit hatte mich verraten.

32

»Jutta, sieh doch nur, was passiert ist«, rief Höveler.

»Das gibt es doch gar nicht«, sagte seine Frau gleichermaßen bestürzt.

Ich stand immer noch wie angewurzelt im Flur.

»Moni? Nun kommen Sie endlich her!«

Langsam schritt ich ins Wohnzimmer. Meine Sneakers quietschten auf dem Marmorboden. Höveler stand vor dem Fenster und starrte hinaus.

»Was gibt es denn?«, fragte ich so harmlos wie möglich. Höveler riss die Terrassentür auf und trat hinaus. Oh Gott. Der bepinkelte Bonsai. Er war bestimmt elendig krepiert. Schuldbewusst schlich ich ihm hinterher.

»Da! Sehen Sie das!« Höveler und zeigte auf die vierzig Jahre alte Bonsai-Lärche. Ich traute meinen Augen kaum.

»Sie schlägt neu aus! Das hat sie seit Jahren nicht gemacht!« Er zeigte auf die hellgrünen Triebe. »Jutta! Ist das nicht toll?«

Auch Jutta Höveler zeigte den Anflug eines Lächelns. »Dann können wir nächstes Jahr ja wieder in den Urlaub fahren.«

»Ach, Urlaub. Was für eine Zeitverschwendung«, murmelte er und betrachtete beglückt den Bonsai. Seine Frau seufzte und ging wieder hinein.

»Was haben Sie nur gemacht?«, fragte Höveler und strich vorsichtig über die hellgrünen Nadeln.

»Nichts Besonderes«, sagte ich. »Liegt sicher am guten Wetter.«

»Mmmhhh.« Höveler beugte sich hinunter zu der Pflanze und schnupperte. »Wonach riecht es denn …?«

Jetzt würde er es merken. Oh nein! »Herr Höveler, ich muss Ihnen etwas beichten«, platzte ich dazwischen.

»Aha«, sagte er abgelenkt.

»Puff-Louie …«, fing ich an.

Höveler richtete sich auf und sah mich scharf an. »Was hat dieser Verrückte gemacht?«

»Er … Er war tatsächlich hier.«

»Also hatte Frau Kießling doch recht!« Höveler stützte die Hände kampfbereit in die Hüfte. »Ich zeige diesen Kerl wegen Hausfriedensbruch an!«

»Tun Sie das bitte nicht«, bat ich.

»Warum das denn nicht?«

»Ich … Ich habe ihn hereingelassen.«

»Was? Warum sollten Sie denn so was Idiotisches tun?«

Ich seufzte. »Er ist mein Vater.«

Seine frisch entspannte Stirn legte sich in Falten. »Wie bitte?«

»Ja. Er ist mein Vater. Und ich habe meine Eltern in den Garten gelassen und ihnen die Bonsais auf der Terrasse gezeigt. Ich weiß, ich habe Ihr Vertrauen missbraucht, und es tut mir sehr leid.«

Ich erwartete, dass er ausflippte, herumschrie, mich zur Schnecke machte, mich feuerte. Aber Zacharias Höveler kratzte sich nur am Kopf. »Dieser Umweltschützer und Perverse ist Ihr Vater?«

Ich nickte. »Schuldig im Sinne der Anklage.«

»Na, dann«, sagte er nachdenklich, »sollten wir dafür sorgen, dass das von unseren Mandanten niemand erfährt.«

»Ich bin nicht gefeuert?«, fragte ich verblüfft.

»Nein. Ich lasse jetzt mal fünfe gerade sein. Als Dank für die gute Pflege meiner Babys.«

Als ich zu meinen Eltern kam, erwarteten sie mich schon gespannt.

»Also, was ist los?«, fragte ich meine Mutter. »Du hast dich mit Marianne vertragen?«

Meine Mutter nickte. »Es gibt da etwas, das ich nicht wusste.« Und dann erzählte sie mir, was Tante Marianne ihr anvertraut hatte: Ihr Vater, Naziopa Johann, hatte selbst die Hand in die Kreissäge gesteckt, um aus der SA zu kommen.

»Aber er war doch so ein begeisterter Nazi!«, sagte ich verwirrt.

»Als Jugendlicher in der Hitlerjugend«, sagte meine Mutter. »Später dann nicht mehr. Das hat Tante Marianne erzählt.«

»Aber warum hat sie dir das nicht früher gesagt?«, fragte ich.

»Na ja«, sagte meine Mutter verlegen. »Ich war wohl damals ein bisschen arrogant in Mariannes Augen. Aber sie war ja auch so angepasst, tsess! Na ja, jedenfalls meinte sie, mit mir hätte man nicht reden können, weil ich mich für was Besseres gehalten hätte.«

»Und Omas Verehrerbrief an Hitler?«

»Den hat sie nur geschrieben, damit ihr Verlobter nicht als Drückeberger dastand. Natürlich hat sie das total bereut.«

»Und jetzt?«, fragte ich.

»Na ja, jetzt muss ich mir wohl endlich mal was Neues einfallen lassen, um meine Mutter zu beleidigen.« Sie lachte schallend.

Das Telefon klingelte, und meine Mutter ging nach nebenan. Ich erzählte meinem Vater ganz kurz, dass mit dem Sessel alles geklappt hatte und der Bonsai erstaunlicherweise nicht eingegangen war. Dass er sogar neu ausgeschlagen hat, verschwieg ich. Er wäre imstande, das als Aufforderung zu nehmen, zukünftig alle Pflanzen so zu düngen.

»So ein Schwein!«, rief meine Mutter, als sie wieder reinkam.

»Wer?«, dröhnte mein Vater.

»Dirk!«

»Dirk?«, fragte ich.

»Der Vorsitzende des Kölner Naturschutzvereins, der die Proteste gegen die Flughafenerweiterung und die Bebauung der Streuobstwiese organisiert hat.«

»Ach ja. Der dünne Mann mit der runden Brille.«

»Genau der!«

»Stell dir vor, er hat sich schmieren lassen.«

»Was?«, schrie mein Vater.

»Er hat das Geld von deinem Kollegen angenommen!«

»Nein«, rief ich.

»Dieses Arschloch«, schrie mein Vater.

»Er hat gesagt, er mache das jetzt seit zwanzig Jahren ehrenamtlich. Und nie hätte es was gebracht. Es würde sowieso gebaut werden, ob mit Protesten oder ohne. Das Ganze sei sinnlos. Aber jetzt hätte sich sein Engagement endlich einmal ausgezahlt, und er würde die Anerkennung bekommen, die er verdiene.«

»So ein Riesenarschloch«, wiederholte mein Vater.

»Und was wollt ihr jetzt machen?«, fragte ich.

»Wir geben das an die Presse«, rief mein Vater. »Wir ziehen die Sau in den Dreck!«

Meine Mutter schüttelte den Kopf. »Das geht nicht. Er

würde alles abstreiten, und damit würden wir den Naturschutzinitiativen im ganzen Land schaden, sagt er.«

»Und jetzt?«, fragte ich.

Meine Mutter zuckte frustriert mit den Schultern. »Na ja, wir müssen mal sehen. Alleine so einen Protest aufzuziehen ist ja wirklich schwierig.«

»Mmmhhh«, machte ich. »Mir kommt da gerade eine Idee.«

»Was für eine Idee?«, schrie mein Vater. »Los, sag es uns.«

»Also gut«, meinte ich. »Aber ich kann nicht versprechen, dass es klappt.«

Ich erklärte ihnen meinen Plan und weihte sie auch in meine Idee mit der Hochzeitsorganisation ein. Zum ersten Mal seit Ewigkeiten ließen sie sich auf etwas ein, was ich vorschlug.

Dann fuhr ich nach Hause. Es war merkwürdig, in meine Wohnung zurückzukommen. Es schien mir so, als wäre ich seit Monaten nicht hier gewesen. Und es sah auch so aus. Auf der Kommode war eine Staubschicht, und es roch merkwürdig. Ich stellte fest, dass ich ganz vergessen hatte, den Mülleimer in der Küche zu leeren. Ich knotete die Tüte zu und riss das Fenster auf. Um alles Weitere würde ich mich gleich kümmern. Nach der langen Fahrt im unklimatisierten Auto klebten mir die Klamotten am Leib, und ich freute mich auf die Dusche. Als ich, in ein Handtuch gewickelt, aus dem Badezimmer kam, stand er plötzlich vor mir.

»Ahh«, rief ich. »Mann, hast du mich erschreckt.«

»Hallo, Möhrchen«, sagte Jens begeistert. »Da bin ich endlich wieder!«

»Das sehe ich«, sagte ich angesäuert.

Er umarmte mich. Ich machte mich unwillkürlich steif. »Freust du dich denn gar nicht?«, fragte er irritiert.

»Doch, doch«, sagte ich hastig, dabei kam mir in dem Moment alles hoch. Nach dem ganzen Stress und der Fahrt und dem Ärger schneite er hier herein und dachte, ich würde ihm den roten Teppich ausrollen.

»Das solltest du auch. Ich war nämlich sehr erfolgreich in London.« Er strahlte mich gut gelaunt an. Seine Haare waren ein bisschen länger und mit Gel nach hinten gekämmt, und er hatte etwas abgenommen.

»Ich will mir erst einmal was anziehen«, sagte ich ausweichend. Ich musste mich sammeln, um gleich die richtigen Worte zu finden.

»Soll ich dir helfen?«, fragte er und machte Anstalten, mir hinterherzukommen, aber ich sagte bestimmt: »Lass mal – bin gleich wieder da.«

Ich ging schnell ins Bügelzimmer und war erleichtert, dass er mir nicht folgte. Das würde schwer werden. Er hatte ja noch gar keine Ahnung! Weder davon, dass ich von seiner Betrügermasche wusste, noch davon, dass ich ihn nicht heiraten würde. Aber plötzlich stellte ich fest, dass ich mich fast auf die Auseinandersetzung freute. Das war ja mal was ganz Neues. Ich hatte richtig Lust, ihm sein selbstgefälliges Grinsen aus dem Gesicht zu blasen.

»Sag mal, wie sieht es denn eigentlich hier aus?«, fragte er, als ich angezogen aus dem Bügelzimmer kam. Er strich über die Staubschicht auf der Kommode. »Das ist ja total dreckig hier, und es stinkt wie auf der Müllhalde.«

Oh Gott. Wie hatte ich das vergessen können? Seine penible, anmaßende Art, als wäre ich seine verdammte Putzfrau. Ich musste mich ziemlich zusammenreißen, um ihn nicht jetzt schon in Grund und Boden zu brüllen.

»Ja, stell dir vor, ich hatte auch viel zu tun und bin nicht zum Putzen gekommen«, sagte ich spitz.

»Sieht eher aus, als hättest du in der Sonne gelegen, so braun, wie du bist. Was hast du denn gemacht?«, fragte er und tarnte seinen Argwohn mit einem Lachen.

»Ach, das kommt nur von den Spaziergängen am Rhein. Mit Banjo«, schob ich hinterher. »Aber sag mir doch mal lieber, was du so gemacht hast. In den letzten zwei Wochen.«

»Ich war doch auf der Fortbil…«

»Die war vor zwei Wochen vorbei«, unterbrach ich schroff.

»Ich habe noch mein Praktikum in der Bank verlängert, um…«

»Hör auf damit, Jens«, sagte ich kampflustig. »Ich weiß von der alten Dame. Von Lore Fresen. Die hast du um zweitausend Euro erleichtert.«

»Woher weißt du das denn?«, fragte er verblüfft. »Hast du mir wieder hinterhergeschnüffelt?«

»Das war gar nicht nötig. Die Enkelin von Lore Fresen war hier. Sie hat in den Semesterferien ihre Oma besucht und herausgefunden, dass die einem fremden Mann Geld gegeben hat. Die Enkelin hat mich verdächtigt, mit dir unter einer Decke zu stecken, und mich erst verfolgt und mir später alles erzählt.«

»Damit eines mal ganz klar ist. Ich habe nichts Illegales gemacht«, sagte Jens selbstsicher. »Die Frauen haben mir ihr Geld völlig freiwillig gegeben. Sie haben es mir geradezu *aufgedrängt*.«

»*Die* Frauen?«, schnaubte ich. »Gab es etwa noch mehr?«

»Ja, sicher«, sagte er. »Die Kontaktanzeigenseiten sind

voll von einsamen alten Damen, die für ein bisschen Aufmerksamkeit alles tun würden.«

Oh Gott! Es war ja noch schlimmer, als ich dachte. »Und was hast du ihnen dafür versprochen?«

»Nichts. Ich habe ihnen bei der einen oder anderen Behördensache oder bei Arztbesuchen geholfen.«

»Aber…«

»Diese Frauen sind einsam«, unterbrach er salbungsvoll. »Und ich habe ihnen Zeit und Aufmerksamkeit geschenkt.«

»Aber niemand rückt freiwillig Geld raus«, konterte ich.

»Doch, Möhrchen«, sagte Jens. »Sie schenken es mir, weil sie mich klasse finden. Alte Ladys stehen auf mich. Sie haben keine Gesellschaft, aber Geld. Und da komme ich ins Spiel.« Er sagte das so begeistert wie ein Motivationstrainer, der mit geschickt vorgetragenen Plattitüden die Zuschauer in seinen Bann zog. »Ich gehe zu ihnen, schmeichele, höre zu, helfe bei Formularen oder beim Verstehen von Packungsbeilagen ihrer Medikamente. Ich begleite sie ins Theater oder gehe mit ihnen im Park spazieren. Und dann wollen sie mir als Ausgleich dafür was schenken. Da ist überhaupt nichts dabei.«

»Lore Fresen hast du erzählt, dass du bald heiraten würdest, aber leider kein Geld für die Hochzeit hättest.«

Er reckte trotzig sein Kinn vor. »Na und? Stimmt das vielleicht nicht?«

»Nein«, sagte ich und schüttelte fassungslos den Kopf.

»Mensch, Möhrchen. Natürlich dreht man ein bisschen an der Wahrheit, um den Geldbeutel zu lockern. Aber der Punkt ist: Sie geben es mir absolut *freiwillig*.« Er machte eine Pause.

Er schien sein Verhalten tatsächlich für total normal zu halten.

»Du willst wissen, was ich in den vergangenen zwei Wochen gemacht habe?«, fragte er. »Ich habe für unsere Zukunft gesorgt.« Er packte mich an den Schultern und sagte eindringlich: »Einen Haufen Geld habe ich uns beschafft!«

Ich wich entsetzt zurück. »Was hast du denn dafür tun müssen?«

»Ich habe eine alte Dame namens Gundula Siebert zur Beerdigung ihrer Schwester nach Brighton begleitet und ihr danach bei der Abwicklung der Erbschaft geholfen. Und da sind für uns zwanzigtausend Euro rausgesprungen! Ist das nicht fantastisch? *Zwanzigtausend* Euro für zwei Wochen Gelaber einer alten Tante, die niemanden mehr hat außer ihrer Katze, die aber nun mal nie antwortet, wenn sie etwas gefragt wird.«

Ich schnaubte verächtlich. »Ich fasse es nicht! Und warum hast du mir nicht gesagt, was du in England wirklich vorhast? Warum hast du mich angelogen?«

»Ich wollte den Fisch erst angeln, bevor ich ihn dir serviere«, sagte er stolz. »Du solltest sehen, dass ich auch besondere Talente habe und viel Geld ranschaffen kann.«

»Aber wir haben doch genug Geld«, rief ich kopfschüttelnd.

Sein Gesicht bekam einen harten Zug. »Du vielleicht«, sagte er verächtlich. »Aber ich? Selbst wenn ich Filialleiter werde, werde ich niemals reich. Auch wenn ich mein Leben lang schufte. Du dagegen ...«

»Was?« Mir blieb einen Moment die Spucke weg, bis ich kapiert hatte, was er da sagte. »Ach, darum geht es also doch? Dass ich erfolgreicher bin als du?«

»Du bist doch nicht erfolgreicher als ich«, protestierte er. »Auch wenn du noch so angibst mit deinem tollen Job und deinen ganzen Designerfummeln.«

»Du solltest dich mal reden hören«, sagte ich erschüttert. »Was ist nur mit dir los?«

»Jetzt tu nicht so!«, rief er empört. »Als ob die Börse der Versammlungsort für Tugend und Moral wäre. Ihr mauschelt und betrügt doch richtig. Da werden ganze Staaten über den Tisch gezogen. Dagegen bin ich ein Waisenknabe!«

»Aber du nutzt alte Menschen aus, die einsam und verzweifelt sind«, schrie ich.

»Ach, Blödsinn. Da hat doch jeder was davon. Die Alten fühlen sich wohl und beachtet, und wir können uns mit deren Geld das Leben finanzieren, das wir führen wollen!«

»Ich will kein Leben, das ich mir mit anderer Leute Geld finanziere!«, brüllte ich.

»Ach nein?«, sagte er kalt. »Und warum machst du dann diesen Job, den du da hast?«

»Das ist doch was ganz anderes. Denn sobald die alten Damen dir das Geld gegeben haben, lässt du sie sitzen und gehst zur nächsten. So wie bei Lore Fresen, die noch jede Woche darauf wartet, dass du vorbeikommst. Sie ist ein Häuflein Elend, wegen dir.«

Noch nicht mal das beeindruckte ihn.

»Hätte sie mir eben mehr Geld geben müssen«, sagte Jens knapp. »Und wenn es ihr nicht passt, kann sie mich ja anzeigen.«

Ich konnte nicht mehr. Seine ganze Art widerte mich an. Alles an ihm widerte mich an. Er war wirklich nicht der Mann, für den ich ihn gehalten hatte. Aber Gott sei Dank hatte ich es noch früh genug bemerkt.

Ich zog den Verlobungsring von meinem Finger. »Hier«, sagte ich und drückte ihm den Ring in die Hand.

Er starrte verwirrt darauf. »Du willst doch wohl nicht

Schluss machen, weil ich mit meinem Einkommen wieder gleichgezogen habe?«

»Nein, Jens.« Ich dachte einen Moment nach, und dann sagte ich, jetzt plötzlich wieder ganz ruhig: »Ich mache Schluss, weil du mich belogen hast, und …«

»Aber ich habe dir den Diebstahl und die Lügen mit Uschi Reinhardt auch verziehen«, argumentierte er. »Wir sind quitt.«

»Blödsinn! Wir werden niemals quitt werden. Aber damit eines ganz klar ist: Auch ohne das Lügen und das Betrügen von alten Damen hätte ich dich nicht geheiratet.«

»Was?«, fragte er verständnislos.

»Ja. Weil du mich einengst. Weil es mit dir keinen Spaß macht. Weil du ein Korinthenkacker bist und nur eine Putzfrau brauchst, die dich bekocht. Und weil ich bei dir ganz anders bin, als ich eigentlich wäre. Ich bin nicht ich selbst.«

»Was erzählst du denn da für einen Müll? Haben dir das deine Eltern eingeredet?«

»Nein«, sagte ich. »Stell dir vor, darauf bin ich ganz alleine gekommen. Und jetzt: Hau ab. Geh mir aus den Augen. Ich kann dich nicht mehr sehen.«

»Ich gehe nicht«, sagte er und pflanzte sich vor mir auf. »Wenn du unbedingt willst, dann geh du doch.«

»Du bist erbärmlich«, sagte ich, schnappte mir eine Tasche und ein paar Sachen und fuhr zu Ellen.

Am nächsten Tag ging ich sehr früh ins Büro. Sören war schon da. Er schien mir noch bleicher als sonst zu sein. Vor ihm stand eine halb leere Schachtel Marshmallows. Es roch nach abgestandenem Kaffee.

»Wie lange bist du denn schon wieder hier?«, fragte ich.

Er glotzte mit fieberhaftem Blick auf die flackernden

Monitore. »Die Börse schläft nie, das weißt du doch«, antwortete er aufgekratzt.

»Aber *du* solltest mal schlafen. Du siehst schrecklich aus.«

Er reagierte nicht darauf, weil sein It-all-started-with-a-big-bang-Jingle ertönte. Er klickte hektisch auf seiner Maus rum.

Ich setzte mich an meinen Schreibtisch und öffnete meine Computerprogramme. Aber es fiel mir sehr schwer, mich auf die Arbeit zu konzentrieren. Lieber hätte ich wieder aufs Meer geschaut. Die Taktung der Börse war einfach atemberaubend, die Möglichkeiten zu scheitern grandios, die nervliche Anspannung unmenschlich.

In der Konferenz, bei der unser Chef auf den neuesten Stand gebracht wurde, erzählte Ilja arrogant von dem Bauprojekt, dem jetzt dank seines tatkräftigen Einsatzes nichts mehr im Wege stehen würde.

»Der Bürgerverein hat eingesehen, dass der Bau eines Wohngebiets kein Anlass für Proteste ist!«, verkündete er.

»Ein kräftiges Schulterklopfen für unseren besten Mitarbeiter«, sagte Höveler und klatschte. Die anderen fielen ein.

»Wie läuft es denn sonst mit Uschi Reinhardt?«, fragte ich, als der Applaus verklungen war.

»Wie meinst du das, Steckelbach?«

»Na, eure private Beziehung.«

»Sie haben eine private Beziehung mit ihr?«, fragte Höveler stirnrunzelnd.

»Blödsinn. Da hast du was falsch verstanden, Steckelbach. Ich habe sie nur aus rein geschäftlichem Interesse bei manchen privaten Unternehmungen begleitet«, sagte Ilja, ohne mit der Wimper zu zucken. So, so.

In der Mittagspause erledigte ich die Anrufe wegen der

ausgefallenen Hochzeit. Ich telefonierte als Erstes mit meiner Kusine Anja, dann mit der Wolkenburg, dem Konditor, dem Floristen, und ich schrieb eine Rundmail an die Gäste. Und dann rief ich Uschi Reinhardt an und vereinbarte einen privaten Termin mit ihr.

Zwei Wochen später hängte ich im Flur das Bild von der klumpfüßigen Möwe auf, das ich auf Sylt gekritzelt hatte. Ich hatte es in einen kleinen roten Holzrahmen gesteckt. Es war nicht schön, aber es gefiel mir trotzdem. Außerdem freute ich mich, dass niemand darüber motzen konnte, dass ich es aufhängte. Mit niemand meinte ich natürlich Jens.

Er war vor einer Woche ausgezogen. Ich war so erleichtert gewesen, als hätte mir jemand eine Last von den Schultern genommen. Natürlich hatte ich auch ein paar Tage geheult, weil alles so anders gelaufen war, als ich es mir vorgestellt hatte, und ich mich so in ihm getäuscht hatte. Aber Ellen und Arne hatten mich getröstet. In der ersten Woche nach der Trennung hatte Jens noch in unserer Wohnung gewohnt, und ich hatte bei ihnen geschlafen. Das hatte mir sehr geholfen. Und als Jens vor Kurzem versucht hatte, mich bei Arne schlechtzumachen, hatte Arne ihm gesagt, er wolle nichts mehr mit ihm zu tun haben. Gut, solche Freunde zu haben!

Ich überlegte gerade, wie ich die Wohnung neu dekorieren könnte, da klingelte es.

Hoffentlich ist es nicht Jens, der noch irgendwelche Sachen abholen will, dachte ich.

Aber es war nicht Jens. Es war Lennart.

33

Es war Samstag, der 21. Juli. Der Tag der Hochzeit.

»Wann kommen sie denn endlich?«, fragte meine Mutter aufgeregt.

Sie trug einen Hosenanzug aus dunkelgrünem Leinen. Ich hatte ihr geraten, die rot-weiße Bluse gegen ein cremefarbenes Seidenshirt einzutauschen. Mit ihren kastanienroten Haaren, die ihr viel besser standen als der Auberginefarbton, und dem leichten Make-up sah sie richtig salonfähig aus. Mein Vater hatte das gleiche Dandy-Outfit an wie bei der Hochzeit meiner Kusine Anja. Wir standen auf der Straße vor dem steinernen Portal der Wolkenburg, einem ehemaligen Benediktinerkloster mitten in Köln. Anja kam mit Töchterchen Mia und zwei anderen Mädchen in süßen Kleidchen und mit Körben voller Blumen aus dem Tor und gesellte sich zu uns.

»Alles klar«, sagte sie. »Die Gäste sind im Innenhof. Der Champagner steht bereit. Daniel und Oma Hildegard halten die Stellung. Jetzt müssen sie nur noch kommen.«

Ein neues Tattoo zierte Anjas Unterarm. Ein kleiner Sternenregen zog sich vom Handgelenk in Richtung Ellbogen.

»Sieht schön aus«, sagte ich.

»Deine neue Frisur gefällt mir auch super«, sagte sie.

Ich fühlte über meine raspelkurzen Haare. »Erstaunlicherweise gefällt es mir auch«, kicherte ich.

Ein gelber Seat Ibiza fuhr im Schritttempo an uns vorbei.

Hannes hing entspannt auf dem Beifahrersitz, Lisa hielt genervt Ausschau nach einem Parkplatz. Wir winkten ihnen zu. Hannes grüßte in Königinnenmanier zurück.

»Da!«, rief ich plötzlich. »Da hinten sind sie!«

Der Opel Diplomat rollte langsam die Straße hinunter, ein Blumenherz aus roten und weißen Rosen zierte die Kühlerhaube.

Ich drückte aufgeregt Anjas Hand. »Ich bin so gespannt, was sie sagt«, murmelte sie.

»Wehe, sie freut sich nicht. Dann gibt es aber Ärger«, drohte meine Mutter.

»Immerhin haben wir unseren Urlaub geopfert, um das hier bezahlen zu können«, murrte mein Vater.

»Und das ist das letzte Mal, dass du das heute sagst, okay, Papa?«

Er antwortete nicht.

»Papa! Ich möchte nicht, dass du das Tante Marianne unter die Nase reibst – in Ordnung?«, mahnte ich.

»Ist gut. In Ordnung.«

Lennart hielt genau vor uns. Anja trat an den Wagen heran und öffnete die Tür. Ihrer Mutter, meiner Tante Marianne, stand die Verwirrung ins Gesicht geschrieben.

»Was ist denn hier los?«, fragte sie, als sie ausstieg.

Onkel Bernd, der eingeweiht war, trug einen dunkelblauen Cut, meine Tante ein hellblaues Satinkleid.

Ich drückte ihr einen Blumenstrauß in die Hand mit rosafarbenen und weißen Blüten und sagte: »Alles Gute und meinen herzlichsten Glückwunsch zur Perlenhochzeit, liebe Tante Marianne und lieber Onkel Bernd!«

»Was? Wie?«, stammelte sie verwirrt.

»Das hier ist eure Hochzeitsfeier«, verkündete ich.

Marianne stand der Mund offen.

»Wir dachten, ihr habt es verdient«, sagte Anja und umarmte ihre Eltern.

Tante Mariannes Kinn fing an zu zittern. Onkel Bernd legte den Arm um sie.

»Das habt ihr für uns gemacht?«, fragte sie verblüfft.

»Na ja, eigentlich hast du ja alles organisiert«, sagte ich lachend.

»Natürlich haben wir auch noch einiges getan«, dröhnte mein Vater. »Wir ...«

»Wir haben zum Beispiel den Anlass für dieses Fest geändert«, rief meine Mutter dazwischen. »Denn jetzt ist es euer Fest!«

Marianne sah ihren Mann an, eine Träne stahl sich aus ihrem Augenwinkel und rollte die Wange hinunter.

»Geweint wird erst später, Marie«, brummte Onkel Bernd und küsste sie auf die Wange.

Meine Tante umarmte uns der Reihe nach, angefangen bei ihrer Tochter. Als sie alle durch hatte und sich mit einem Taschentuch die Tränen getrocknet hatte, lächelte sie.

»Vielen Dank!«, flüsterte sie und griff die Hand ihres Mannes.

»So, ihr Mäuse, dann streut mal Blumen für das Brautpaar«, sagte Anja sanft, und die drei Mädchen stolperten vor Marianne und Bernd her und verteilten Blüten auf dem Weg.

Lennart winkte zum Zeichen, dass er noch den Wagen wegbringen würde. Ich winkte zurück.

Im Innenhof warteten die Gäste. Sie bildeten mit weißen und roten Rosen ein Spalier, durch das das Paar gehen musste. Marianne und Bernd schritten darunter her und auf ein Plakat zu, das ich mit Anja gemalt hatte: *Herzlichen Glückwunsch zum 30. Hochzeitstag.*

»Das ist die erste Familienfeier, bei der sich niemand streitet«, stellte Anja fest, als wir uns zwei Stunden später am Büfett trafen.

»Tatsächlich«, sagte ich. »Wirklich mal was ganz Außergewöhnliches.«

»Selbst Oma Hildegard sieht weniger sauertöpfisch aus als sonst.«

»Das liegt vielleicht daran, dass meine Mutter sich tatsächlich bei ihr entschuldigt hat. Für die ganzen Nazivorwürfe.«

»Ich weiß«, lachte Anja. »Oma Hildegard meinte, dass sie das noch erleben dürfe, grenze an ein Wunder.« Sie häufte sich Ratatouille auf ihren Teller. »Und bist du nicht traurig, weil es eigentlich deine Hochzeit werden sollte?«

»Überhaupt nicht«, sagte ich. »Du kannst dir gar nicht vorstellen, wie wenig traurig ich bin.«

»Wenn ich mir deinen neuen Freund so anschaue, denke ich, dass du auch gar keinen Grund dazu hast«, sagte Anja und zwinkerte mir zu.

Das fand ich in der Tat auch. Lennart war so süß!

Als er vor meiner Wohnungstür aufgetaucht war, hatte mein Herz einen Hüpfer gemacht.

»Was machst du denn hier?«, stammelte ich.

»Ich bin gekommen, um dir alles zu erklären«, antwortete er.

Ich ließ ihn herein, und da stand er – Kapuzenpulli, ausgeblichene Jeans. Sein Haar schien noch heller zu sein von der Zeit am Meer.

»Ich bin der Sohn von Ingrid und Ulrich Gehrke«, fing er an. »Das habe ich dir nicht erzählt, weil ich es niemandem erzähle und mit diesen beiden Menschen nicht in Verbindung gebracht werden möchte. Wenn sich die Gelegenheit ergibt, erkläre ich es dir auch noch genauer.«

Er machte eine Pause und strich sich eine Strähne aus dem Gesicht, und ich musste mich zusammenreißen, ihm nicht um den Hals zu fallen.

»Wichtiger ist jetzt erst mal, dass du weißt, dass ich weiß, dass du mit dem Erpressungsversuch deiner Freundin nichts zu tun hattest«, sagte er.

»Aber woher?«, fragte ich verblüfft.

»Von Saskia.«

»Saskia? Aber …«

»Ja, dass sie noch mal bei mir aufgetaucht ist, hat mich nicht gewundert. Aber dass sie sich entschuldigt hat, das hat mich wirklich erstaunt.«

»Sie hat sich entschuldigt? Aber warum das denn? Bei mir war sie nicht.« Ich verstand das alles nicht.

»Dir will sie auch noch sagen, wie leid es ihr tut«, erklärte Lennart, und dann erzählte er, dass Saskia offensichtlich eine Art Nervenzusammenbruch gehabt hatte. Ein paar Tage nach unserem Trip nach Sylt hatte sie plötzlich in ihrem Büro gesessen und nicht mehr gewusst, was sie da eigentlich machte. Sie hatte nicht mehr gewusst, wie die Kaffeemaschine funktionierte, und wer die Leute waren, die sie anriefen. Ihre Eltern waren gerade nicht in der Kanzlei gewesen, daher hatte eine Kollegin sie zum Arzt gefahren. Und der hatte ein akutes Burn-out-Syndrom diagnostiziert und sie in eine psychiatrische Klinik überwiesen. Nach einigen Therapiesitzungen war sie in Begleitung ihres Therapeuten zu Lennart gefahren und hatte ihm erklärt, dass ich absolut keine Ahnung von allem gehabt hatte. Und sie hatte sich entschuldigt und ihm meine richtige Adresse gegeben.

»Das war ja nett von ihr«, sagte ich.

»Das finde ich auch.« Lennart lächelte.

»Und den Rest hat sie dir auch erzählt?«, fragte ich hoffnungsvoll. »Das mit meinem verrückten Vater im Whirlpool meines Chefs?«

Lennart schüttelte den Kopf. »Sie hat was angedeutet, aber ehrlich gesagt, habe ich das nicht ganz kapiert.«

Also erzählte ich ihm alles, von dem Blumengießen im Haus meines Chefs und von meinen Eltern, die immer alles durcheinanderbrachten. Von dem Massagesessel und meinen Rückenschmerzen und von meinem ehemaligen Verlobten Jens, dem ich den Laufpass gegeben hatte.

»Du warst verlobt?«

Ich nickte. »Großer Fehler.«

»Und warum hast du mit ihm Schluss gemacht?«, fragte Lennart, als ich geendet hatte, und seine Stimme klang so weich wie warme Vanillesoße. Meine Wangen wurden rot.

»Weil ich dich noch mal küssen wollte«, sagte ich leise und ging einen Schritt auf ihn zu, legte meine Hand in seinen Nacken und zog sanft seinen Kopf zu mir herunter.

Ich bin mir sicher, dass in dem Moment, in dem sich unsere Lippen trafen, einige meiner Synapsen wegen Überlastung den Geist aufgaben. Dieser Kuss war wie Schneeflocken an einem heißen Sommertag, wie ein Sternschnuppenregen am helllichten Tag. Wenn er mich nicht festgehalten hätte, wäre ich auf den Boden geflossen, denn meine Knie waren nur noch so stabil wie Blumenstängel.

Und dann küsste er mich noch einmal. Und noch einmal.

Und jetzt konnte ich mit Fug und Recht behaupten, dass ich nicht auf einen Typ Mann festgelegt war, denn ich hatte mich nach einem Mann mit braunen kurzen Haaren und blank rasierten Wangen in einen mit blonden langen Haaren und Bart verliebt.

Lennart bewies mir dann auch, dass nicht nur Küssen ein gesamtkörperliches Großereignis sein konnte, sondern dass ich auch in Sachen Sex sehr vieles noch nicht wusste. Es war fast beängstigend, wie toll das sein konnte. Ähem.

Ohne hier ins Detail zu gehen, musste ich zugeben, dass ich in den letzten Wochen durchaus mehr Verständnis für meine Eltern entwickelt hatte, die sich nie auf ihr Schlafzimmer beschränkt hatten. Wobei ich immer noch fand, dass man so was den eigenen Kindern nicht zumuten sollte. Aber Lennart und ich hatten ja keine. Zum Glück! Jedenfalls im Moment.

Meine Freundin Ellen wunderte sich nicht eine Sekunde, dass ich mit Lennart zusammen war. Arne fand ihn auch sofort sympathisch, und sie drehten als Erstes eine Runde in dem Opel Diplomat. Meine Eltern taten so, als würden sie Lennart schon ewig kennen. Und noch an dem Tag, an dem sie ihn zum ersten Mal trafen, rief mich meine Mutter an und sagte mir, dass sie ihn wirklich nett finden würden und sich für mich freuten. Wahnsinn! Selbst Tante Marianne ließ sich keinerlei Irritation anmerken, als ich ihn ihr bei der Hochzeitsfeier offiziell vorstellte. Im Gegenteil. Ich konnte ihr ansehen, dass sie angetan war. Kein Wunder. Er trug heute einen schwarzen Anzug mit einem meerblauen Hemd und sah umwerfend aus.

Tante Marianne nahm mich zur Seite und fragte leise: »Und was ist mit …?«

»Mit Jens?«

»Ich glaube, ihm geht es auch gut«, sagte ich.

Ich hatte nichts mehr von ihm gehört. Zum Glück. Aber ich hatte die Enkelin von Lore Fresen angerufen und ihr erzählt, was Jens mir gesagt hatte, und ihr geraten, eine Sammelklage mit den anderen Frauen anzustrengen, wenn ihre

Oma etwas unternehmen wollte. Die Zeitungsseiten mit den Kontaktanzeigen hatte ich aus Jens' Schreibtisch mitgenommen, als ich zu Arne und Ellen gezogen war. Darüber könnte man sicher noch andere Opfer ausfindig machen. Sie wollte es sich überlegen.

Arne und Fritz saßen bei Lennart und mir am Tisch, neben ihnen Dagmar. Ellen und Arne hatten nichts dagegen gehabt, dass sie auch eingeladen wurde.

»Dann können wir länger bleiben«, meinte Ellen. »Und ich kann mit meinem Mann tanzen.«

Seit sie alleine im Urlaub in der Bretagne gewesen waren, war bei ihnen wieder alles im Lot. Sie hatten sich ausgesprochen über die Erwartungen, die sie gegenseitig hatten. Und das hatte funktioniert! Dagmar war viel zurückhaltender, Arne gelassener.

Im Moment hatte er Fritz auf dem Schoß. Als Ellen mit dem Essen für ihn kam, reichte Arne seinen Sohn zu Dagmar rüber. »Möchtest du ihn vielleicht füttern?«, fragte er.

»Darf ich wirklich?«, rief Dagmar erstaunt.

Arne nickte großzügig. »Na klar.«

»Vielen Dank«, murmelte sie und nahm gerührt ihren Enkel auf den Schoß. Der legte seine Hände auf ihre Wangen und sagte: »Oma.«

Dagmar schluckte. »Habt ihr das gehört? Er hat Oma gesagt!«

»Aber sein erstes Wort war Papa«, sagte Ellen und küsste Arne.

Am Nachtischbüfett traf ich Lisa. Sie häufte zwei Teller voll mit Mousse au Chocolat.

»Hey, Lisa«, sagte ich. »Schön, dass du da bist.«

Sie zog eine Grimasse und zischte genervt: »Warum hast du mir das nicht gesagt?«

»Was habe ich dir nicht gesagt?«

»Dass dein Bruder eine total faule Socke ist.«

»Das habe ich dir gesagt!«, antwortete ich. »Da muss ich dich eher fragen: Warum hast du mir nicht geglaubt?

»Wie hätte ich wissen können, dass du das ernst meinst? Du siehst so …« Sie musterte mich kurz von oben bis unten, mein knallrotes Kleid mit den grünen Blumen drauf und meine neue Kurzhaarfrisur, und korrigierte sich: »Du *sahst* damals so spießig aus, dass ich dachte, für dich sind alle bescheuert, die nicht mit einem Nadelstreifenanzug rumlaufen.« Sie stöhnte. »Und was mache ich jetzt mit ihm?« Sie zeigte auf Hannes, der am Tisch saß und genüsslich seinen Rotwein schlürfte.

»Wie wäre es, wenn du damit anfängst, ihm nicht den Nachtisch zu bringen. Vielleicht kommt er dann mal auf die Idee, es selbst zu machen.«

»Ja, genau!«, rief Lisa. »Bin ich denn eigentlich bescheuert?« Sie stellte den zweiten Teller hin und ging triumphierend zurück an den Tisch.

Nach dem Essen spielte der DJ den Hochzeitswalzer. Marianne und Bernd tanzten und strahlten sich dabei an, als hätten sie gerade frisch geheiratet. Danach legte der DJ alte Platten von Frank Sinatra und Dean Martin auf, aber keine Musik der Welt war altmodisch genug, dass meine Eltern normal dazu tanzen würden. Sie zappelten rum wie zwei Irre.

»Tja, seine Eltern kann man sich nicht aussuchen«, sagte ich angesichts der Verrenkungen meiner Eltern, mit denen sie die Tanzfläche unsicher machten.

»Seine Kinder aber auch nicht«, sagte Tante Marianne.

»Das stimmt allerdings«, sagte Lennart.

Er hatte mir mittlerweile von seiner Kindheit mit zwei Filmstars als Eltern erzählt. Die beiden hatten sich immer nur um ihre Karriere gekümmert und waren fast nie da gewesen. Und ich weiß jetzt von den Streiten, die sie ausgetragen hatten, beide oft betrunken oder voll mit Drogen. Und von den jungen Männern, die zu Besuch waren, wenn der Vater zum Drehen unterwegs war. Kein Wunder, dass er mit seinen Eltern nichts mehr zu tun haben wollte.

Immerhin hatte er es geschafft, den Rosenkrieg zu beenden. Lennart hatte nämlich mit seinen Eltern Tacheles geredet und ihnen gedroht, er würde alles publik machen und alles vor Gericht und vor den Medien auspacken, wenn sie sich nicht einigen würden. Und das hatte gewirkt. Die Eltern hatten sich mit ihren Anwälten geeinigt, die Scheidung lief.

Lennart und Arne hatten sich an die Bar zurückgezogen, um Grappa zu trinken. Doch als das Lied zu Ende ging, drehte Lennart sich um und kam zu mir herüber. »Los, Schnecke! Wir tanzen.«

Ich nahm seine Hand. Es kribbelte, von meinen Fingern bis in meine Zehenspitzen, und ich musste an den magischen Abend in Maastricht denken.

Später saß ich mit Ellen auf der Terrasse. »Hast du noch mal was von Saskia gehört?«, fragte Ellen.

»Ihr scheint es etwas besser zu gehen«, sagte ich. »Ich habe sie letztens besucht. Ich wollte mich bedanken, dass sie Lennart alles erklärt hat.«

Klein und blass war sie gewesen. Aber sie hatte sich gefreut, dass ich gekommen war. Jedenfalls hatte ich den Eindruck.

Sie meinte, dass ihr Therapeut ihr gesagt habe, dass es

helfen könne, wenn sie ihre Angelegenheit wieder in Ordnung bringen und reinen Tisch machen würde.

»Ich bin also nur aus egoistischen Gründen zu Lennart gegangen«, sagte sie und grinste, und unter ihrer blassen Hautfarbe konnte ich für einen Moment die alte Saskia sehen.

»Trotzdem vielen Dank«, sagte ich. »Das war nett.« Und nach einer Pause fügte ich hinzu: »Übrigens hast du recht gehabt, was Jens anging. Er konnte es wirklich nicht ertragen, dass ich erfolgreicher war als er.«

»Siehst du! Manchmal mache ich auch was richtig«, sagte sie.

»Nicht nur manchmal, Saskia. Du hast schon viel richtig gemacht«, tröstete ich sie. »Und wenn du wieder auf dem Damm bist, dann können wir ja mal einen Kaffee trinken.«

»Ja«, meinte sie nur.

Vor der Klinik traf ich dann ihre Eltern. »Es tut mir sehr leid, dass Ihre Tochter krank ist«, sagte ich zu ihnen.

»Ach was – krank! Das ist doch nur eine dämliche Ausrede dafür, dass sie den Fall verpatzt hat«, sagte ihre Mutter.

»So was wie Burn-out gibt es doch gar nicht. Das ist nur eine Erfindung der Medien«, behauptete ihr Vater.

Also ehrlich! Gegen solche Eltern waren meine bekloppten Alten wirklich Goldstücke.

»Lennart ist ja wirklich sehr süß«, stellte Ellen mit Blick auf die Männerrunde am Nachbartisch fest.

»Das finde ich auch«, seufzte ich und lachte. Wir stießen an. Mit Champagner. Zur Feier des Tages.

Als sich Tante Marianne und Onkel Bernd verabschiedeten, fingen die ersten Vögel schon an zu zwitschern. Sie umarmten mich noch einmal.

Marianne flüsterte: »Das ist das Schönste, was jemals jemand für mich gemacht hat.«

Ich wollte nicht den ganzen Ruhm für mich alleine einfahren, deswegen sagte ich: »Und du weißt, dass meine Eltern ihren Urlaub dafür geopfert haben, um das hier zu bezahlen?«

Marianne nickte. »Dein Vater hat es erwähnt.«

»Aber nur ein- oder zweimal«, lachte Bernd.

Dann gingen sie, Hand in Hand, wie zwei frisch Verliebte.

34

Das erste Streuobstwiesenfest des Streuobstwiesenvereins Steinkauz e. V. fand im September statt.

»Hoffentlich regnet es nicht«, sagte Uschi Reinhardt und betrachtete nachdenklich die dunklen Wolken, die sich am Himmel türmten.

»Es regnet heute nicht, Mama«, sagte Sundance bestimmt und stapelte die Gläser mit dem selbst gemachten Pflaumenmus auf die Tapeziertische.

Ich konnte es kaum glauben, wie fröhlich sie aussah. Und gesund. Sie hatte ein paar Kilo abgenommen und eine richtig gesunde Gesichtsfarbe.

»Hey, Sonnenschein! Wo sind denn die Preisschilder für den Saft?«, fragte Kurt Engels sie im Vorbeigehen.

»Die hat meine Schwester gemacht. Wo steckt sie nur?«

Sundance schaute sich suchend um und entdeckte Cassidy etwas entfernt am Rand des Bretterbodens, der extra für den kleinen Markt und die Vorführungen auf der Wiese aufgebaut worden war. Sie stand neben Malte, dem Enkel von Engels, und die beiden betrachteten irgendwas gebannt.

Auch Cassidy sah ganz anders aus als noch vor ein paar Monaten. Sie trug eine normale Jeans und ein einfaches T-Shirt und keine Schminke. Malte mochte keine geschminkten Mädchen. Dafür lachte sie viel. Ihr Handy hatte sie schon seit einer halben Stunde nicht benutzt. Offensichtlich konnte sie sich mit Malte richtig unterhalten.

Und sie hatte mich heute auch noch kein einziges Mal angefaucht.

Das war anders gewesen, als ich ihre Mutter dazu gebracht hatte, das Bauprojekt sausen zu lassen und einen Verein zu gründen, der diese Wiese nutzte, um Apfel- und Birnensaft und Pflaumenmus herzustellen. An einer Seite der Wiese hatte der Verein einen Garten angelegt, in dem Gemüse angebaut wurde, und zwar von Kindern und unter der Leitung von Kurt Engels, unserem Nachbarn. Er brachte ihnen alles bei, was er über den Anbau von Kartoffeln und Kohl und Gurken und Zucchini und Bohnen und Kürbis und Erdbeeren wusste. Und Cassidy und Sundance waren alles andere als begeistert gewesen, als sie verdonnert wurden, bei dem Projekt mitzumachen.

»Wie *bescheuert* ist das denn? So was habe *ich* doch wohl nicht *nötig*«, hatte Cassidy gemault.

Ihre Einstellung hatte sich schlagartig geändert, als sie Malte kennenlernte. Sundance war anfangs auch skeptisch, vor allem weil es naturgemäß lange dauert, bis aus einem Samenkorn etwas Essbares wird. Aber ihr Interesse war schnell geweckt, als Kurt Engels ihr und den anderen Kindern ein paar Möhren aus dem eigenen Garten zum Probieren gab.

»Die schmecken ja richtig gut!«, sagte sie erstaunt. »Ganz anders als sonst.«

Und als sie den ersten Apfelsaft pressten und abfüllten, war sie vor Stolz fast geplatzt. Außerdem hatte sie sich in Banjo verliebt, mit dem sie manchmal spazieren gehen durfte. Zum nächsten Geburtstag wünschte sie sich einen Hund.

»Cassy, los hilf mal mit!«, rief Sundance jetzt, und Cassidy und Malte kamen herüber und fingen an, die Kanister mit dem Apfelsaft aus dem Lieferwagen zum Verkaufsstand zu tragen.

»Der Reporter ist da«, rief meine Mutter und zeigte auf einen jungen Mann, der mitsamt einem großen Fotoapparat zu Uschi und mir herüberkam.

»Frau Reinhardt, Sie sind ja die Vorsitzende des Streuobstwiesenvereins. Wie sind Sie auf die Idee gekommen, den Verein zu gründen?«, fragte der Reporter.

»Na ja«, fing sie langsam an und ich lächelte ihr aufmunternd zu. »Ich finde, der wichtigste Rohstoff, in den wir investieren müssen, sind unsere Kinder«, sagte sie und räusperte sich. »Und Kinder brauchen die Natur, um glücklich zu sein. Um richtig Kind sein zu dürfen, müssen sie draußen sein, draußen spielen. Nur so können sie sich und die Welt begreifen und die Natur wertschätzen lernen …«

Ich wandte mich ab, sonst hätte ich jetzt lachen müssen. Den ganzen Sermon mit »Kinder müssen draußen spielen« hatte ich ihr erzählt, als ich versuchte, sie davon zu überzeugen, die Wiese so zu lassen, wie sie war. Ich erzählte ihr von den heimlichen Absprachen von Ilja mit einem gewissen Tom Küsters vom Bauaufsichtsamt.

»Ich kann es nicht beweisen, aber da sind sicher Bestechungsgelder geflossen«, verriet ich ihr. »Sonst hätte mein Kollege nicht weit im Voraus davon erfahren, dass die Umwandlung des Landschaftsschutzgebiets in Bauland genehmigt werden würde.«

Ich erzählte ihr von der Empörung der Vorbesitzer, unserer Nachbarn, die sich verständlicherweise betrogen fühlten. All das hörte sich Uschi Reinhardt schweigend an. Doch als ich anfing, ihr ganz ehrlich von den Treffen mit ihren Töchtern zu berichten, wurde sie unruhig. Trotzdem sagte ich ihr alles, was ich auf dem Herzen hatte.

»Natürlich bin ich keine Psychologin«, meinte ich vorsichtig, »und natürlich kenne ich Sie und Ihre Familie nicht gut genug, um mir wirklich ein Urteil erlauben zu können. Aber dass Ihre Töchter unglücklich sind, das ist nicht zu übersehen.«

Uschi Reinhardt war empört aufgesprungen und rausgelaufen, aber eine Woche später rief sie mich an und verkündete, dass sie es sich überlegt habe. Vielleicht spielte es auch eine Rolle, dass Ilja sie sitzen gelassen hatte.

»Eine Frau mit Kindern, das sei zu viel für ihn, hat er gesagt. Dieser Lügner. Hat mich nur wegen meines Geldes um den Finger gewickelt. Na ja, aber das hat er jetzt davon«, erzählte sie mir und fügte nach einer Pause hinzu: »Ich habe den Hinweis mit der möglichen Bestechung weitergegeben. Der Staatsanwalt kümmert sich jetzt darum.«

Ich musste grinsen. Zacharias Höveler dürfte nicht erfreut sein, aber das war mir egal. Ich hatte bei der Höveler & Wulf Vermögensverwaltungs-AG gekündigt. Das Starren auf den Monitor, die Abhängigkeit von der Börse und ihren wahnwitzigen Kapriolen, die Verantwortung den Kunden gegenüber – das war nichts für mich.

Das Interview war beendet. Uschi Reinhardt atmete auf. »Ich hoffe, ich habe nicht allzu großen Blödsinn erzählt«, meinte sie.

»Das war bestimmt klasse«, munterte ich sie auf.

Der Fotograf machte noch einige Fotos, von den Kindern im Garten, von dem Baum mit dem Steinkauz, der sich aber nicht blicken ließ, und von Schäfer Uwe und seinen Schafen, die etwas abseits friedlich grasten. Kurt Engels und ein paar Kinder führten interessierte Besucher durch den Garten. Spaziergänger kauften den selbst gemachten Saft,

Pflaumenmus, Schafskäse, Schafwolle und andere Produkte von der Schaffarm im Nachbarort.

»Aha, damit beschäftigen Sie sich jetzt also«, hörte ich plötzlich eine Stimme, die mir bekannt vorkam. Es war Zacharias Höveler. »Na ja. Einen grünen Daumen haben Sie ja. Schade, dass ich Sie nicht noch mal als Gärtnerin für die Bonsaipflege einstellen kann. Die Lärche macht mir zu schaffen. Ich glaube, sie geht vielleicht doch ein.«

»Oh, das tut mir leid.«

»Wollen Sie sie sich nicht noch einmal anschauen?«

»Nein. Lieber nicht«, sagte ich.

»Was haben Sie denn jetzt vor?«

»Ich weiß es noch nicht genau. Ich mache erst einmal keine Pläne.«

Mein ehemaliger Chef guckte mich merkwürdig an, so als ob das eine unverzeihliche Sünde wäre.

»Ich habe aber schon ein paar Ideen«, sagte ich lächelnd. Aber die würde ich ihm natürlich nicht verraten.

Lennart hatte ein Angebot von einer Biotech-Firma in Irland, die Sprit aus Algen herstellen wollte. Er hatte mich gefragt, ob ich mitkäme. Die Firma wollte übernächstes Jahr an die Börse gehen und brauchte Leute, die das koordinierten. Ich war noch nie in Irland, aber ich stellte es mir sehr schön vor.

Nach einer kurzen Ansprache von Uschi Reinhardt und Kurt Engels zu dem neu gegründeten Verein, sang der Kirchenchor ein paar rheinische Lieder. Anschließend bildeten die Mädchen des Turnvereins eine Formation und führten einen Tanz auf. Um die Bühne stand die Verwandtschaft mit leuchtenden Augen und klatschte begeistert.

Meine Mutter stellte sich neben mich. »Das haben wir doch wohl echt gut hingekriegt, meinst du nicht?«

»Doch, das haben wir.«

»Da siehst du. Man weiß nie, wofür es gut ist.«

In dem Moment stolperte mein Vater über den Rand des Bretterbodens. In dem Versuch, sich irgendwo abzufangen, riss er einen Korb mit Äpfeln um, die über den Tanzboden kullerten und die Mädchen aus dem Takt brachten. Mein Vater knallte der Länge nach hin. Die Mädchen kreischten auf, die Musik brach ab. Mein Vater lag da wie ein gestrandeter Wal.

»Achtung, Achtung«, rief er. »Hier sind einige Äpfel entlaufen! Bitte alle wieder einfangen!«

Die Kinder sammelten eifrig die Äpfel ein, und bei jedem Apfel, der in den Korb fiel, schrie mein Vater: »Treffer versenkt!«

Ich konnte kaum hingucken, so peinlich war er. Aber die andern Leute grinsten, und meine Mutter lachte auch schallend. Was für eine schwachsinnige Idee von mir, zu erwarten, dass Eltern perfekt sein müssen! Sie waren auch nur Menschen, die zufällig Kinder hatten. Und Menschen machten Fehler. Na gut, meine Eltern machten vielleicht ein bisschen mehr als andere, aber es waren ihre und nicht meine. Für meine Fehler war ich auch ganz alleine verantwortlich. Es war erstaunlich. Neunundzwanzig Jahre lang war ich so damit beschäftigt gewesen, anders zu sein als meine Eltern, dass ich überhaupt nicht gemerkt hatte, wer ich wirklich war. Ja, ich war das Kind meiner Eltern, ob ich wollte oder nicht. Aber über mein Leben bestimmte ich ganz allein. Und ich konnte damit machen, was ich wollte.

»Los, Puna Monday, hilf mir!«, rief mein Vater.

Ich verdrehte die Augen, doch dann reichte ich ihm die Hand und zog ihn hoch und lachte.